분신

분신
Двойник

표도르 도스또예프스끼 장편소설
석영중 옮김

DVOINIK
by FEDOR DOSTOEVSKII (1846)

일러두기

1. 번역 대본은 F. M. Dostoevskii, *Sobranie sochinenii v dvenadtsati tomakh* (Moskva: Pravda, 1982)와 F. M. Dostoevskii, *Polnoe sobranie sochinenii v tridtsati tomakh*(Leningrad: Nauka, 1972~1990)를 주로 사용하였습니다. 다만 판본에 차이가 없는 한 옮긴이가 번역 대본을 임의로 선택하였습니다.
2. 러시아어의 로마자 표기와 우리말 표기는 〈열린책들〉에서 정한 표기안을 따르되, 관행적으로 굳어진 일부 용어만 예외로 하였습니다

이 책은 실로 꿰매어 제본하는 정통적인 사철 방식으로 만들어졌습니다.
사철 방식으로 제본된 책은 오랫동안 보관해도 손상되지 않습니다.

분신 — 뻬쩨르부르그 서사시

7

위대한 소설의 전주곡

245

도스또예프스끼 연보

253

제1장

 9등 문관 야꼬프 뻬뜨로비치 골랴드낀이 긴 잠에서 깨어나 하품을 하고, 기지개를 켜고, 마침내 눈을 번쩍 치켜 뜬 시각은 아침 여덟 시쯤이었다. 하지만 잠에서 깬 건지 아직 자고 있는 건지, 자신의 옆에서 지금 일어나고 있는 모든 일이 꿈인지 현실인지, 그것도 아니면 어지러웠던 간밤 꿈자리의 연속인지 아직 알아차리지 못한 사람처럼, 그는 한 2분 동안 꼼짝 않고 이불 속에 누워 있었다. 그러나 어느새 골랴드낀 씨의 오감은 그에게 너무도 익숙해져 버린 일상의 느낌을 차츰 뚜렷하고 명료하게 분별해 가고 있었다. 그의 자그마한 방을 둘러싸고 있는, 연기에 그을리고 먼지가 앉아 지저분한 녹색의 벽, 마호가니 서랍장, 적갈색 의자들, 빨간 페인트가 칠해진 탁자, 녹색 꽃무늬의 불그죽죽한 터키 제 방수(防水) 소파, 거기에 어제 급하게 벗어서 구깃구깃 소파에 내동댕이친 옷까지 모두 그를 친근한 모습으로 응시하고 있었다. 잔뜩 화가 난 것만 같은, 그래서 곧 부어터질 듯 언짢은 모습의 칙칙하고 찝찝한 잿빛 가을날이 탁한 창을 통해 방 안의 그를 찾았을 때, 골랴드낀 씨는 마침내 자신이 어느 멀고먼 이야기 속 왕국에 있는 것이 아니라, 수도인 뻬쩨르부르그 시

셰스찌라보츠나야 거리[1]의 꽤 크고 웅장한 건물 4층 자기 집에 누워 있다는 사실을 더 이상 어떻게 의심해 볼 여지가 없었다. 그런 중요한 발견을 해낸 후 골랴드낀 씨는 조금 전에 꾼 꿈이 아쉬워서 1분 간만이라도 그 꿈속으로 다시 되돌아가고 싶은 듯 발작적으로 눈을 감았다. 하지만 그것도 잠시, 지금까지 산만하고 두서 없던 상념들이 도달하려 한 바로 그 생각에 마침내 이른 듯 그는 단숨에 이부자리를 걷어차고 일어섰다. 그러고 나서 그는 곧바로 서랍장 위에 놓여 있는 동그란 거울 앞으로 달려갔다. 거울에 비친 그의 모습은 실컷 자고 일어나서 눈은 흐리멍덩하고, 거기다 머리까지 벗겨진 한마디로 볼품없는 꼬락서니였다. 그런 그의 모습을 보고 각별한 관심으로 눈을 떼지 못하겠다는 사람은 아마 아무도 없으리라. 그러나, 그 모습의 주인은 거울 속에 비친 자신의 모양새가 대단히 만족스러운 모양이었다. 골랴드낀 씨는 작은 목소리로 말했다. 「무슨 일이 터질지도 몰라. 내가 만약 뭔가 중요한 것을 간과하고 일이 생각했던 대로 풀리지 않게 되면, 예를 들어 뜻하지 않던 뾰루지가 튀어나온다든지, 다른 어떤 불쾌한 일이 생긴다든지 하면, 그땐 진짜 무슨 일이 터질지도 모른다고. 하지만, 아직은 괜찮군, 아직은 만사형통이라고!」 모든 일이 순조롭게 진행되고 있는 것에 큰 만족을 표하며 골랴드낀 씨는 거울을 제자리에 놓았다. 그는 평소 잠자리에 들 때 입는 옷차림에 맨발이었는데도 불구하고 창문으로 다가가더니, 모든 아파트 창문이 향하고 있는 마당을 내려다보며 호기심 어린 눈으로 무엇인가를 열심히 찾았다.

[1] 셰스찌라보츠나야 거리는 뻬쩨르부르그의 리쩨이 구역에 위치해 있으며 현재는 마야꼬프스끼 거리라고 불린다.

아마도, 그가 마당에서 찾으려 했던 것이 그를 몹시 만족시켰는지, 그의 얼굴은 흡족한 미소로 빛나기 시작했다. 그리고 칸막이 너머에 있는 하인 뻬뜨루쉬까의 방을 흘끗 들여다보더니, 거기에 뻬뜨루쉬까가 없는 것을 알고는 살금살금 까치걸음으로 탁자 앞으로 다가갔다. 탁자 서랍 하나를 열쇠로 열고 맨 뒤쪽을 뒤적이더니 너무 낡아 누레진 서류와 잡동사니 틈에서 닳아빠진 초록색 지갑을 꺼내 들었다. 그는 조심스럽게 그것을 펴고는 지갑의 가장 안쪽에 있는 주머니로 세심하고 만족스런 눈길을 보냈다. 초록색, 회색, 파란색, 빨간색, 그리고 알록달록하고 다양한 색깔의 신용 카드들[2]도 골랴드낀 씨의 기쁨에 동의하듯 제 주인에게 반가운 눈길을 보냈을지도 모르는 일이다. 빛이라도 발산하는 듯한 얼굴로 그는 탁자 위에 지갑을 펴놓고 너무도 기분이 좋아져 두 손을 맞잡고 비볐다. 마침내 그는 자신에게 더할 나위 없이 위안을 주는 국가 발행 지폐 뭉치를 꺼냈다. 어제부터 수백 번 세고 또 센 그 돈을 지금 엄지와 검지로 한 장 한 장 꼼꼼히 펴가면서 또다시 세기 시작한 것이다…… . 돈 세는 것을 마치고 나서 그가 속삭이듯 말했다. 「지폐로 7백50루블이라. 7백50루블…… 엄청난 금액이지. 정말 대단한 금액이야.」 너무 흡족한 나머지 목소리가 떨리고 약간 작아지기까지 했지만 그는 여전히 중얼거렸다. 그리고 의미심장하게 웃으며 돈 뭉치를 두 손에 넣고 꼭 쥐었다. 「엄청난 금액이고말고! 이만하면 누구에겐들 큰돈이 아니겠어! 이만한 액수가 별것 아니라는 사람이 있다면 얼굴이나 한번 봤으면 좋겠군. 이만한 돈이면

---

[2] 통상적으로 채택하고 있는 신용 카드라는 것은 색깔에 따라 초록색은 3루블, 회색은 50루블, 파란색은 5루블, 빨간색은 10루블에 해당한다.

무슨 일이든 할 수 있지, 암……」

〈그건 그렇고, 이건 또 뭐야? 뻬뜨루쉬까는 도대체 어디 간 거지?〉 골랴드낀 씨는 생각했다. 여전히 같은 옷차림으로 그는 한 번 더 칸막이 뒤를 들여다보았다. 뻬뜨루쉬까는 여전히 그곳에 없었고, 잔뜩 화가 나서 활활 타는 듯한 사모바르만 마룻방에서 이성을 잃은 듯 흥분하고 있었다. 계속해서 넘칠 듯 위협을 해가며, 교묘한 혀로 무언가 열심히, 재빨리 지껄이고 있는 듯했다. 분명치 않은 발음으로 골랴드낀 씨에게 쉬쉬 소리를 내는 품이 마치, 〈저를 가져가세요, 여러분, 저는 이렇게 준비가 다 되어 있어요. 충분히 끓었다고요〉라고 말하는 것 같았다. 골랴드낀 씨는 생각했다.

〈이런 빌어먹을! 이 교활한 게으름뱅이가 정말 사람 미치는 꼴을 보려나. 대체 어디를 싸다니는 거야!〉 화를 내는 것이 당연했던 그는 복도 형태로 되어 있는 현관 쪽으로 나섰다. 복도 끝에는 출입구로 통하는 문이 나 있었다. 그는 빠끔히 문을 열고 수많은 어중이떠중이에게 둘러싸여 있는 자신의 하인을 보았다. 대부분 그들은 다른 집 하인들과 바깥 잡역부, 그리고 식객들이었다. 뻬뜨루쉬까가 무언가 이야기를 하고 나머지는 그 말에 귀를 기울이고 있었다. 그러나 그 얘기의 주제도, 얘기 자체도 골랴드낀 씨 마음에는 들지 않았던 것 같다. 그는 냅다 소리를 질러 뻬뜨루쉬까를 부르고는 몹시 불쾌한 표정을 짓고, 아니 정말 기분까지 나빠져서 방으로 돌아왔다. 그는 생각했다. 〈저 여우 같은 놈은 돈 한 푼에 사람도 팔아넘길 위인이야. 제 주인은 말할 것도 없겠지, 뭐. 아니, 팔아먹었어. 벌써 팔아먹었다고. 내기해도 좋아. 단돈 몇 푼에 팔아넘기고도 남을걸.〉 「그래, 뭐야?」

「하인복을 가져왔습니다, 나리.」

「그럼 입고 이리 와봐.」

하인복을 입고 멍청한 웃음을 띠면서 뻬뜨루쉬까는 주인의 방으로 들어섰다. 옷을 입은 그는 몹시 이상해 보였다. 그가 입은 것은 녹색의 아주 낡은 하인복이었는데, 금빛 레이스가 여기저기 늘어뜨려져 있었다. 아마도 뻬뜨루쉬까보다 키가 1아르신[3]은 더 큰 사람을 위해 만들어진 옷 같았다. 그의 손에는 역시 레이스와 녹색 깃털로 장식된 모자가 들려 있었고, 넓적다리께에는 하인용 칼이 가죽 칼집에 꽂혀 매달려 있었다.

마지막으로 구색이라도 맞추려는 듯, 뻬뜨루쉬까의 발은 평소 집 안에서 즐겨 다니던 그대로 맨발인 채였다. 골랴드낀 씨는 뻬뜨루쉬까를 한바퀴 휘 둘러보고 만족한 듯했다. 그 하인복은 무슨 경사스러운 일을 치르기 위해 빌려 온 것 같았다. 한 가지 눈에 띠는 점은, 주인이 자기를 둘러볼 때 뻬뜨루쉬까도 좀 야릇한 기대감과 여느때 같지 않은 호기심으로 주인의 일거수일투족을 쳐다봤다는 것인데, 그것은 골랴드낀 씨를 적잖이 당황하게 만들었다.

「그래, 마차는?」

「마차도 왔어요.」

「하루 종일 빌렸지?」

「예, 하루 종일요. 지폐로 25루블이래요.」

「장화도 가져왔어?」

「가져 왔어요.」

---

[3] 1아르신은 약 71.12센티미터이다.

「멍청한 것 같으니라고! 〈가져왔습니다, 나리〉라고 말 못하냐! 장화나 이리 가져와.」 장화가 발에 잘 맞아서 매우 만족한 골랴드낀 씨는 차를 가져오게 하고 면도와 세수할 준비도 시켰다. 꼼꼼하고 세심하게 면도와 세수를 한 그는 어느새 차를 홀짝 다 마셔 버리고 가장 중요한 마지막 단계라고 할 수 있는 옷 입기에 돌입했다. 거의 새것과 다름없는 바지를 입고, 그 다음엔 청동 단추가 달린 예복 셔츠를 입고, 아주 밝은 색깔의 예쁜 꽃무늬가 수놓아진 조끼를 입고, 목에는 알록달록한 실크 넥타이를 맸다. 그리고 마지막으로 역시 꼼꼼하게 손질된 새 문관 제복을 팽팽하게 당겨 입었다. 옷을 입으면서 그는 사랑스러운 눈길로 장화를 보고 또 보았다. 매분 이 발, 저 발을 번갈아 치켜들며 신발 디자인을 감상하는가 하면, 가끔은 머릿속에서 떠오르는 생각 때문에 의미심장하게 불쾌한 표정으로 눈도 찡긋거려 가며 혼자서 뭔가를 중얼거렸다. 그런데 이날 아침 골랴드낀 씨는 무언가에 정신을 빼앗겨 있었기 때문에 뻬뜨루쉬까가 상전의 옷 시중을 들면서 지은 웃음이나 때때로 찌푸렸던 얼굴 표정을 거의 눈치채지 못할 정도였다. 마침내 갖춰야 할 모든 것을 다 갖추고, 옷까지 다 입고 나서, 골랴드낀 씨는 주머니에 지갑을 넣었다. 그러고는 어느새 장화를 신고, 자신과 마찬가지로 완벽하게 준비를 마치고 서 있는 뻬뜨루쉬까를 대견스레 쳐다보았다. 모든 준비는 다 끝났고 더 이상 기다릴 게 없었다. 심장의 작은 고동소리를 느끼며 그는 서둘러, 조금은 소란스럽게 계단을 뛰어 내려왔다. 무슨 문장까지 새겨진, 마부 딸린 파란색 마차는 큰 소리를 내며 현관으로 굴러 왔다. 뻬뜨루쉬까는 마부와 또 넋을 잃고 쳐다보던 몇몇 구경꾼과 눈짓을 주고받으며 주인이 마차에 오르는 것을 엉거주춤한 몸짓으로 도왔다. 그러고는 바보스러운 웃음을 간신히 참으며 여느 때와는 다른 목소리로 〈가자!〉 하고 소리치더니 자신도 하인석으로 뛰어올랐다. 마차는 방울소리를 내면서 덜컹덜컹 시끄럽게 굴러 네프스끼 거리를 향해 달렸다. 파란색 마차가 대문 밖으로 나오기 무섭게 골랴드낀 씨는 성급하게 손을 비비고 거의 들리지 않는 작은 소리로 웃음을 흘렸다. 마치 어떤 명예로운 일을 해낸 후, 그것에 스스로 만족해 하고 기뻐하는 밝은 성격의 소유자처럼……. 그런데, 그 순간 기쁨은 급작스레 사그라들었고, 골랴드낀 씨의 얼굴에 퍼졌던 웃음은 뭔가 염려하는 듯한 이상한 표정으로 바뀌어 버렸다. 시간으로 봐서 습기가 많고 흐릴 때인데도 불구하고, 그는 마차의 양쪽 창문을 내리고 왼쪽, 오른쪽으로 지나다니는 행인들을 주의 깊게 바라보고 있었다. 그러다 누군가 자신을 쳐다보고 있다는 것을 알아차리면 그는 즉시 고상하고 고결한 모습을 지어 보였다. 리쩨이나야 거리에서 네프스끼 거리로 돌아가는 모퉁이쯤에서 그는 아주 기분 나쁜 어떤 느낌에 몸을 떨었다. 어쩌다 몹시 아픈 곳을 찔린 가엾은 사람처럼 인상을 찌푸려 가며, 그는 서둘러서, 심지어는 두려워하는 기색으로 마차에서 제일 어두운 구석으로 몸을 붙이고 웅크렸다. 일인즉슨, 그가 일하고 있는 직장에서 같이 근무하는 젊은 관리 둘을 본 것이었다. 골랴드낀 씨가 보기에는 그런 식으로 같은 직장 사람을 만난 것에 어떻게 대처해야 하는지 그들도 역시 모르고 있는 것 같았다. 그 중 하나는 골랴드낀 씨를 손가락으로 가리키기까지 했고, 다른 한 사람은, 이건 골랴드낀 씨가 그렇게 느낀 것에 불과하지만, 큰 소리로 그의 이름까지 부른 것 같았다. 거리에서 그런 행동을 하는 것은 물론 예의에 몹시 어긋나는 행동이었다. 우리의 주인공은 몸을 숨기고 대답도 하지 않았다.

「대체 뭐 하는 녀석들이야?」 그는 투덜대기 시작했다. 「그래, 내가 뭐가 그렇게 이상해서! 사람이 마차에 타고 있으면, 탈 일이 있어서 탔나 보다 생각하고 말 일이지. 저것들 완전히 건달들 아냐! 저런 부류의 인간들을 내 익히 알고 있지. 아직은 가끔 매를 대야 하는 철부지들이라고. 봉급을 받고 나면 오를랸까 놀이[4]나 하고 여기저기 어슬렁거리는 게 전부인 줄 알고 말야. 그게 저런 놈들 일이라고. 한마디해 줄 걸 그랬나? 아이고, 이젠 됐다, 뭐······.」 골랴드낀 씨는 하던 말도 끝내지 못하고 갑자기 멍해졌다. 골랴드낀 씨가 많이 보았던 기민한 까잔 산 말 두 필이 세련된 사륜 마차를 끌고 빠른 속도로 그의 마차 오른쪽을 스치더니 곧 앞질러 갔다. 사륜 마차에 앉아 있던 신사는, 창문 밖으로 아무렇게나 머리를 내놓고 있던 골랴드낀 씨의 얼굴을 무심코 바라보았다. 그러더니 그도 역시 그런 뜻밖의 만남에 무척 놀란 듯 한껏 몸을 구부려서 호기심과 흥미가 가득한 눈으로 우리 주인공이 재빨리 숨어 버린 마차 구석을 들여다보기 시작했다. 사륜 마차에 있던 신사는 안드레이 필립뽀비치였다. 골랴드낀 씨가 계장보로 일하는 바로 그 직장의 부장님이었다. 골랴드낀 씨는 안드레이 필립뽀비치가 자신을 완전히 알아본 것, 또 눈을 희번덕거리며 자기 쪽을 쳐다보고 있다는 것, 그리고 도저히 숨을 방법이 없다는 것을 깨닫고는 귀까지 새빨개

[4] 옛 러시아 황실의 문장인 독수리가 그려진 동전을 던져, 나오는 면을 알아맞히는 게임.

졌다.〈인사를 해야 하나, 말아야 하나? 대답을 해, 말아? 아는 체를 해야 하는 거야, 뭐야, 이거?〉 우리의 주인공은 엄청난 고민에 빠져 머리를 짜내기 시작했다. 「내가 아니고, 놀랄 정도로 나랑 닮은 누구 다른 사람인 척할까? 그리고 아무 일도 없었던 듯 태연하게 쳐다봐?」 이렇게 혼잣말을 한 골랴드낀 씨는 모자를 벗고 안드레이 필립뽀비치에게서 눈도 떼지 않고 말했다. 「그래, 내가 아니야, 나는 내가 아닌 거야, 그러면 되지, 뭐.」 그는 거의 안 들릴 정도로 속삭였다. 「저, 저는 아무도 아닙니다. 저는 전혀 아무도 아니에요. 전 제가 아니라고요, 안드레이 필립뽀비치. 제가 아니에요, 제가 아니라고요. 바로 그겁니다.」 하지만 사륜 마차는 쏜살같이 그의 마차를 지나쳐 갔고 자석처럼 따라붙던 상사의 눈길도 없어졌다. 그런데도 그는 여전히 얼굴이 발개져서, 웃음을 흘려 가면서 무언가를 계속 중얼거리고 있었다. 「아는 체하지 않다니, 난 바보 같은 행동을 한 거야.」 결국 그의 생각은 여기까지 미쳤다. 「그저 과감하게, 품위도 잃지 않으면서 솔직하게 행동했어야 하는데…….〈이러저러해서요, 안드레이 필립뽀비치, 저도 식사에 초대되었거든요, 어쩌고〉라고 말하면 되잖아, 그러면 간단했을 것을.」 망신당한 일을 갑자기 깨닫게 된 우리의 주인공은 불꽃같이 얼굴을 붉히고 눈썹을 찌푸렸다. 자신의 모든 적들을 순식간에 재만 남기고 다 태워 버릴 것 같은 무섭고도 도전적인 눈으로 마차 앞쪽 구석을 노려봤다. 어느 순간 그는 무슨 영감이라도 갑자기 받은 듯, 마부의 팔에 묶여 있는 끈을 잡아당겨 마차를 멈춰 세우고, 말 머리를 다시 리쩨이나야 거리로 돌리라고 명령했다. 골랴드낀 씨는 자신의 안정을 위해서 주치의 끄레스찌얀 이바노비치에게 무언가 흥미진진한 얘기를 한시 바삐 해야 했던 것이다. 비록 끄레스찌얀 이바노비치와 알게 된 것은 불과 얼마 되지 않았지만, 겨우 지난 주에 어떤 필요에 의해 딱 한 번 그를 방문했을 뿐이지만, 사람들 말이 의사는 원래 고백 성사를 듣는 성직자와 같아서, 그의 앞에서 무엇을 감추려 하는 것은 어리석은 일이라는 것이다. 환자에 대해 아는 것은 의사의 의무이니까. 「그런데 이렇게 해도 되는 건가?」 그는 리쩨이나야 거리에 있는 어떤 5층짜리 아파트 입구 앞에서 마차를 세우고 밖으로 나오면서 계속 중얼거렸다. 「모든 일이 그렇게 잘되어 줄까? 예의에 어긋나지는 않을까? 시의 적절한 걸까? 하지만 뭐, 다 괜찮아.」 계단을 오르면서 가끔 숨도 돌리고, 평소 다른 계단을 오를 때와 마찬가지로 습관적으로 세게 뛰는 심장을 진정시키면서 그는 여전히 중얼거렸다. 「뭐, 괜찮겠지? 비난받아야 할 일은 아무것도 없어. 바로 내 일이라고. 감추는 것은 어리석은 짓이야. 바로 그렇게 나는 그저 아무 목적 없이 지나는 길에 들른 척하는 거야. 그러면 그도 그런가 보다 생각하겠지.」

그렇게 결론을 내린 골랴드낀 씨는 2층으로 올라가서 다섯 번째 집 앞에서 멈춰 섰다. 문에는 구리로 만든 아름다운 명패가 붙어 있었고, 거기엔 다음과 같이 씌어 있었다.

끄레스찌얀 이바노비치 루쩬쉬삐쯔
내과 및 외과 전문의

문 앞에 멈춰 선 우리의 주인공이 고상하고, 활달하고, 그리고 약간의 상냥함도 갖춘 표정을 서둘러 얼굴에 담은 뒤

초인종과 연결된 끈을 막 잡아당기려는 순간, 그는 끈을 잡아당기려던 몸짓 그대로 멈춰 서서 〈내일 오는 것이 낫지 않을까, 지금은 아직 대단한 필요성도 없는 것 같은데〉 하는 생각에 불현듯 휩싸였다. 하지만 그때 갑자기 계단에서 누군가의 발자국소리가 들려왔기 때문에, 골랴드낀 씨는 방금 고쳐먹은 자신의 결심을 곧 다시 바꾸고 그와 동시에 아주 단호한 표정을 지으며 끄레스찌얀 이바노비치의 집 초인종을 울렸다.

제2장

내과 및 외과 전문의 끄레스찌얀 이바노비치 루쩬쉬삐쯔는 하얗게 세어 가는 짙은 눈썹과 구레나룻, 모든 질병을 시선 하나로 내쫓을 수 있을 것 같은 호소하듯 불타는 눈빛, 그리고 마지막으로 영광스런 훈장까지 소유한 중년이 넘은 아주 건장한 남자였다. 그날 아침 그는 진료실의 편안한 의자에 앉아, 부인이 손수 가져다 준 커피를 마시고 있었다. 그리고 그는 시가를 피우면서 담당 환자들에게 간간이 처방전을 써주기도 했다. 치질로 고생하고 있는 어떤 노인의 처방전에 물약을 써넣고, 고통스러워하는 그 노인을 옆문으로 내보낸 끄레스찌얀 이바노비치는 다음 환자를 기다리면서 자리에 앉았다. 그때 골랴드낀 씨가 들어왔다.

끄레스찌얀 이바노비치는 전혀 예상 밖이라는 듯, 아니 골랴드낀 씨를 전혀 보고 싶어하지 않는 듯했다. 왜냐하면 그는 순간적으로 갑자기 어쩔 줄 몰라했고 그래서 자기도 모르게 얼굴에 좀 이상한, 달리 말하면, 불쾌한 표정을 지어 보였기 때문이다. 골랴드낀 씨는 골랴드낀 씨대로 어떤 일을 잘 치러 보려고 누군가에게 찰싹 달라붙어야 하는 순간이 오면, 거의 언제나 똑떨어지게 행동하지 못하고 정신을 못 차렸기 때문에, 지금도 이런 순간이면 언제나 그에게 커다란 걸림돌로 작용하는 첫마디를 생각해 내지 못한 채 몹시 당황해 하며 겨우겨우 이렇게 중얼거렸다. 「그런데, 저, 죄송.」 그는 어쩔 줄 몰라하며 의자를 가져다 앉았다. 하지만 상대방이 권하지도 않았는데 앉아 버린 데 생각이 미친 순간 그는 스스로를 무례하다고 여겼고, 주인의 허락 없이 차지하고 앉았던 의자에서 벌떡 일어남으로써 세상과 상류 사회의 예의범절을 잊은 실수를 서둘러 시정하려 했다. 하지만 한꺼번에 두 가지의 어리석음을 범한 것을 경황 중에 깨달은 그는 이번에는 조금도 지체하지 않고 세 번째 어리석음을 범하고 말았다. 변명을 해보려고 몇 마디 중얼거리며 미소를 띤 채 낯을 붉히는가 싶더니, 당황해 하면서 갑자기 입을 꾹 다물어 버린 것이다. 마침내 의자에 앉은 그는 더 이상 일어나지 않았다. 그리고 만일의 경우를 위함인 듯, 마음속에서나마 자신의 모든 적들을 재로 만들고 완전히 쳐부술 수 있는 엄청난 힘을 가진 바로 그 도전적인 시선으로 자신을 무장했다. 그 시선은 골랴드낀 씨의 자립심을 완벽하게 표현해 주고 있었다. 다시 말해서, 골랴드낀 씨에게는 아무런 문제가 없으며, 그도 다른 사람들과 마찬가지로 나름대로 독자적인 사람이라는 것, 그래서 알고 싶은 것도 없다는 것을 그 시선은 분명히 말해 주고 있었다. ㄲ레스찌얀 이바노비치는 이 모든 사실에 동의하고 인정하고 있다는 표시로 헛기침을 하고 흠흠

목구멍을 울렸다. 그리고 곧 골랴드낀 씨에게 뭔가 따져 묻는 듯한 시선을 보냈다.

「저는요, 끄레스찌얀 이바노비치. 선생님께 다시 폐를 끼치러 왔습니다.」 골랴드낀 씨는 미소를 지으며 이렇게 운을 뗄 때였다. 「다시 한번 삼가 선생님의 넓은 아량을 구하려고······.」 골랴드낀 씨는 아마도 말문이 막힌 모양이었다.

「음······ 그래요!」 입에서 연기를 내뿜고, 시가를 탁자 위에 내려놓으면서 끄레스찌얀 이바노비치는 입을 열었다. 「하지만 당신은 먼저 제 지시를 따르셔야 합니다. 당신의 치료법은 습관을 바꾸는 데 있다고 제가 설명했잖습니까! 그래요, 즐거운 일에 몰두해 보기도 하고, 친구들이나 아는 사람들을 종종 찾아가기도 하고, 더불어 술도 적으로만 생각하지 말고 가끔 마시기도 하고 말이오. 언제나 밝은 사람들 틈에 섞여 있으란 말이지요.」

골랴드낀 씨는 여전히 미소를 머금은 채, 자신은 다른 사람들처럼 집도 있고, 다른 사람들처럼 즐거운 일에 몰두하기도 하고, 다른 사람들이 갖고 있는 만큼 돈도 꽤 가지고 있기 때문에 가끔은 물론 극장에도 가고, 낮에는 근무하고 저녁때는 대부분의 시간을 집에서 보낸다고, 그리고 여기엔 전혀 아무 문제 없다고 생각한다고 서둘러 말했다. 스스로 판단하기에 자신이 다른 사람들에 비해 못한 것이 없고, 자기 소유의 집에서, 바로 자신의 집에서 잘살고 있으며 마침내 자신에겐 뻬뜨루쉬까가 있다는 사실까지 내친김에 다 말해 버렸다. 그러나 여기까지 말한 골랴드낀 씨는 말문이 막히고 말았다.

「음, 아니오, 아니오, 그런 게 아닙니다. 제가 당신에게 물어보려 한 것은 전혀 그런 게 아니었어요. 제가 알고 싶은 것은 당신이 과연 즐거운 사교 모임을 좋아하는가, 스스로 즐거운 시간을 보내고 있는가 하는, 뭐 그런 따위의 것입니다. 그러니까, 저, 당신이 요즘 누리고 있는 생활 방식은 우울한 겁니까, 아니면 즐거운 것입니까?」

「저는요, 끄레스찌얀 이바노비치······.」

「음, 그러니까 내 말은,」 의사는 그의 말을 가로막았다. 「당신은 당신의 생활 방식 모두를 뿌리부터 개조해야 하고, 어떤 의미에선 당신의 성격을 속히 뜯어고쳐야 한다는 뜻입니다(끄레스찌얀 이바노비치는 이 〈뜯어고치다〉라는 말을 몹시 힘을 주어 말했고, 아주 엄숙한 표정으로 잠시 말을 멈추었다). 즐거운 생활에서 멀어지면 안 됩니다. 공연도 관람하고, 다양한 모임에도 참석하고, 그리고 술도 멀리하지 말고요. 집에만 앉아 있으면 소용없어요. 집에만 앉아 있으면 절대 안 된단 말입니다.」

「저는요, 끄레스찌얀 이바노비치, 조용한 것을 좋아합니다.」 골랴드낀 씨는 의미심장한 시선을 끄레스찌얀 이바노비치에게 던지며 자신의 생각을 가장 잘 나타낼 다음 말을 찾고 있는 듯했다. 「저희 집에는 저와 뻬뜨루쉬까뿐입니다. 그러니까, 제 말은 저와 하인이라는 말이죠, 끄레스찌얀 이바노비치. 제가 말하려는 것은요, 끄레스찌얀 이바노비치, 저는 제 길을 가는 사람이라는 거죠, 저만의 길을요, 끄레스찌얀 이바노비치. 저는 제게 아주 특별하며, 제가 생각하는 바로 저는 그 누구에게도 종속되어 있지 않다는 겁니다. 저도요, 끄레스찌얀 이바노비치, 산책하러 다니곤 한다고요.」

「뭐라고요? 오, 그래요! 그런데, 요즘은 산책하는 것도 그

다지 즐겁지는 않을 텐데요. 날씨가 워낙 나빠서.」

「네, 그렇네요. 끄레스찌얀 이바노비치. 저는요, 끄레스찌얀 이바노비치, 선생님께 전에도 말씀드릴 기회가 있었던 것 같습니다만, 저는 온순한 사람입니다. 하지만 저의 길은 독자적인 것입니다. 끄레스찌얀 이바노비치. 인생의 길은 다양하지요. 제가…… 저, 제가, 끄레스찌얀 이바노비치, 말하고 싶은 것은, 그러니까…… 미안합니다. 끄레스찌얀 이바노비치, 제가 워낙 말재주가 없어서요.」

「음, 지금 하려는 말이 그…….」

「제 말은 저를 용서해 주십사 하는 것이지요. 끄레스찌얀 이바노비치. 뭘 용서하시냐면, 저기, 제 생각엔, 제가 말재간이 워낙 없는 사람이라서…….」 골랴드낀 씨는 갈피를 못 잡고 횡설수설하면서 약간 화난 듯한 어조로 말했다. 「이 점에 있어서는요, 끄레스찌얀 이바노비치, 제가 다른 사람들하고 좀 달라서 말이죠.」 여기서 그는 얼굴에 독특한 미소를 띠며 덧붙였다. 「많은 말을 할 줄 모릅니다. 말에 아름다움을 부여하는 법을 배우지 못했거든요. 대신 저는, 끄레스찌얀 이바노비치, 행동으로 합니다. 대신 저는 몸으로 보여 준다고요, 끄레스찌얀 이바노비치!」

「음…… 도대체 그게 무슨…… 행동으로 하다니오?」 끄레스찌얀 이바노비치는 상대방이 한 말을 되씹었다. 잠시 침묵이 흘렀다. 의사는 좀 이상하고 의심스러운 눈초리로 골랴드낀 씨를 쳐다보았다. 골랴드낀 씨도 역시 나름대로 아주 미덥지 않다는 듯 곁눈으로 의사를 흘겨 보았다.

「저는요, 끄레스찌얀 이바노비치.」 골랴드낀 씨는 끄레스찌얀 이바노비치의 고집에 화도 나고 난처해 하면서도, 여전히 변함없는 투로 말을 이었다.「저는요, 끄레스찌얀 이바노비치, 상류 사회의 소음이 아닌 고요함을 더 좋아합니다. 그들은 거기서, 제 말씀은, 수준 있는 상류 사회에서는 말입니다, 끄레스찌얀 이바노비치, 마룻바닥에서 광이 날 정도로 비싼 신발을 신고 드나들며 문질러 댈 줄 알아야 해요. (여기서 골랴드낀 씨는 발로 마룻바닥을 비비며 소리를 좀 냈다.) 거기선 바로 이런 것을 요구하지요. 거기선 깔람부르[5]도 하자고 들고요······. 듣기 좋은 인사치레의 말도 잘 꾸며 댈 줄 알아야 하죠······. 바로 그런 것을 요구한다니까요. 하지만 저는 그런 것을 배우지 못했습니다, 끄레스찌얀 이바노비치. 그런 약삭빠른 처세술을 배우지 못했다고요, 그럴 새가 없었죠. 저는 단순하고 평범한 사람입니다. 외관상으로 드러나는 광채가 제게는 없지요. 이 점에 있어서는, 끄레스찌얀 이바노비치, 저는 솔직합니다, 바로 이런 점에 있어서는 솔직하게 시인한다니까요.」두말할 나위 없이 골랴드낀 씨는 〈이 점에 있어서는 솔직히 시인하고 있고 자신은 약삭빠른 처세술을 전혀 배우지 못했으며 오히려 그와는 정반대〉라는 사실을 전혀 아쉬워하지 않는다는 것을 상대방에게 확실히 인식시키려는 모습으로 말을 맺었다. 끄레스찌얀 이바노비치는 그의 말을 들으면서, 이미 무언가를 예견한 듯 얼굴에 몹시 불쾌한 표정을 지으며 밑을 내려다봤다. 골랴드낀 씨가 격앙된 어조로 긴 얘기를 마치고 난 후 꽤 길고 무거운 침묵이 흘렀다.

「당신은 아무래도 주제에서 좀 벗어난 것 같군요.」끄레스

---

5 동음이의어를 해학적으로 결합해서 말을 잇는 농담 형태의 말 놀이.

찌얀 이바노비치가 마침내 나지막한 목소리로 입을 열었다.
「저는 솔직하게 말해서 당신의 얘기를 완전히 이해할 수가 없어요.」

「저는 말재주가 없어요, 끄레스찌얀 이바노비치. 제가 말재주가 없는 사람이라는 것은 벌써 여러 번 말씀드렸을 텐데요, 끄레스찌얀 이바노비치.」 골랴드낀 씨는 이번에는 아주 단호한 어조로 딱 잘라 말했다.

「흠……」

「끄레스찌얀 이바노비치!」 골랴드낀 씨는 작지만 여러 의미를 내포하는 목소리로 마디마디 끊어 가며 위엄 있게 말을 이었다. 「끄레스찌얀 이바노비치! 여기 들어와서 저는 용서를 구하는 말부터 했었죠. 이제 그것을 한 번 더 반복하면서, 잠시 넓은 아량을 베풀어 주실 것을 다시 부탁드리는 바입니다. 제겐 말이죠, 끄레스찌얀 이바노비치, 당신께 숨길 것이 아무것도 없습니다. 저는 선생님께서도 잘 아시다시피 보잘것없는 사람입니다. 하지만 다행스럽게도, 저는 제가 보잘것없는 사람이라는 것을 안타깝게 여기고 있지 않습니다. 오히려 그 반대죠, 끄레스찌얀 이바노비치. 내친김에 다 말하자면, 저는 제가 대단한 사람이 아니라 보잘것없는 사람이라는 것을 자랑스러워하고 있습니다. 저는 모사꾼이 아닙니다. 이것도 제가 자랑스러워하는 것 중 하나지요. 남몰래 무슨 일을 꾸미는 일 같은 것도 없고, 꾀부리는 일 없이 툭 터놓고 행동합니다. 저도 남에게 해가 되는 일을 할 수도 있죠. 하려고만 하면 못할 게 뭐 있겠습니까! 더구나 저는 그런 일을 누구를 상대로 어떻게 하는 것인지도 알고 있는걸요, 끄레스찌얀 이바노비치. 하지만 저는 스스로를 더럽히고 싶지 않습니다.

이 점에 있어서 제 손은 깨끗하지요. 이 점에 있어서 제 손은 깨끗하다고요, 끄레스찌얀 이바노비치!」 골랴드낀 씨는 한순간 비장하게 말을 멈췄다.

「제가 가는 길은요, 끄레스찌얀 이바노비치,」 그는 잠시 원기를 회복하고 다시 입을 열었다. 「곧고, 솔직하며, 우회하는 법이 없지요. 왜냐하면 저는 돌아가는 것을 몹시 싫어하거든요. 그런 길은 다른 사람들이나 가라지요. 선생님이나 저보다 더 깨끗할지도 모를 다른 사람들을 무시하려는 건 아닙니다. 아 저, 그러니까, 제 말은 〈저나 그 어떤 사람들보다〉입니다, 끄레스찌얀 이바노비치. 〈선생님이나 저보다〉가 아니고요. 저는 흐리멍덩하게 대충 말하고 넘어가는 것은 싫어합니다. 같잖게 위선 떠는 것을 아주 싫어하고, 남에 대한 중상모략이나 뜬소문들을 경멸한답니다. 가면은 오로지 가면무도회에서나 쓸 뿐, 그걸 매일 쓰고 사람들 앞에 나타나지는 않습니다. 한 가지 여쭙겠습니다, 끄레스찌얀 이바노비치, 선생님이라면 선생님의 원수, 그것도 불구대천의 원수라고 여기는 사람이 있다면 어떻게 복수하시겠습니까?」 골랴드낀 씨는 끄레스찌얀 이바노비치에게 도전적인 눈길을 던지며 이렇게 물었다.

비록 골랴드낀 씨는 한 마디 한 마디 재가면서, 아주 확실한 효과를 기대하며 더할 나위 없이 또렷하고 명확하게 확신에 차서 얘기를 마치긴 했지만, 그럼에도 불구하고 걱정은 되는 듯, 그것도 몹시 걱정되는 듯, 아주아주 불안해 죽겠다는 듯 끄레스찌얀 이바노비치를 바라보고 있었다. 지금 그는 모든 신경을 눈에 모아 조심스럽게, 한편 신경질도 나고 서러워서 참을 수가 없다는 듯, 끄레스찌얀 이바노비치의 대답을 기다렸다. 하지만 끄레스찌얀 이바노비치는 혼자서 뭔가 중얼거리며 의자를 탁자 쪽으로 끌더니, 그에겐 시간이 아주 소중하다느니 골랴드낀 씨의 말은 어쩐지 이해가 다 되지 않는다느니, 자신의 힘이 닿는 일이라면 가능한 도와줄 준비가 되어 있지만 자기와 관련 없는 일들은 손대지 않겠노라는 따위의 말을 아주 무뚝뚝하게, 하지만 여전히 교양 있는 태도로 골랴드낀 씨에게 전했고, 그런 그의 태도에 골랴드낀 씨는 그저 당황스럽고 완전히 기가 질릴 따름이었다. 이때 펜을 집어 든 의사는 종이를 끌어당겨 의사의 처방전 양식을 하나 뜯어내더니 무엇을 어떻게 해야 하는지 지금 즉시 써주마고 말했다.

「아닙니다, 아무것도 필요 없어요, 끄레스찌얀 이바노비치. 정말 아니에요, 이런 것은 정말 필요 없다고요!」 의자에서 엉거주춤 일어나서 끄레스찌얀 이바노비치의 오른손을 잡으며 골랴드낀 씨는 서둘러 말했다. 「이런 건요, 끄레스찌얀 이바노비치, 지금 전혀 필요가 없는 거예요……」

하지만 그 순간, 골랴드낀 씨가 이런 말을 하고 있던 순간 그에겐 어떤 이상한 변화가 일어났다. 그의 회색 눈은 왠지 모를 이상한 광채로 빛났고, 그의 입술은 떨리기 시작했으며, 그의 얼굴 근육과 윤곽 하나하나는 흔들리고 떨리기 시작했다. 그의 사지는 온통 떨리고 있었다. 끄레스찌얀 이바노비치의 손을 제지했을 때의 자세 그대로 골랴드낀 씨는 꼼짝도 않고 서 있었다. 마치 스스로가 못 미더워 다음 행동을 하게 도와줄 어떤 영감을 기다리고 있기라도 하는 듯.

정말 이상한 광경이 벌어지고 말았다.

좀 당황한 끄레스찌얀 이바노비치는 순간적으로 의자에

붙박인 것처럼 정신없이 골랴드낀 씨의 두 눈을 뚫어져라 쳐다보았고, 골랴드낀 씨도 끄레스찌얀 이바노비치를 똑같은 방법으로 쳐다보았던 것이다……. 이윽고 끄레스찌얀 이바노비치는 골랴드낀 씨의 제복 깃을 잡으며 자리에서 일어났다. 몇 초 동안 두 사람은 그렇게 전혀 미동도 하지 않고 서로에게서 눈도 떼지 않은 채 서 있었다. 하지만 골랴드낀 씨의 두 번째 행동은 그 순간 참으로 괴상스럽기 짝이 없는 형태로 벌어지고 말았다. 입술이 경련을 일으키고, 턱은 마구 덜덜거리는가 싶더니, 우리의 주인공은 그만 울음을 터뜨리고 만 것이다. 그는 훌쩍훌쩍 울면서 머리를 흔들었다. 왼손으로는 여전히 끄레스찌얀 이바노비치의 웃옷 깃을 잡고 있고, 오른손으로는 자기 가슴을 때리면서 무슨 말이든 해서 서둘러 해명해 보려 했지만 그는 단 한 마디도 입 밖에 낼 수가 없었다. 끄레스찌얀 이바노비치는 마침내 충격에서 깨어났다.

「그만 하세요, 진정하고 좀 앉으세요!」 골랴드낀 씨를 의자에 앉히려고 애쓰면서 그는 마침내 입을 열었다.

「저에겐 원수들이 있어요, 끄레스찌얀 이바노비치, 제겐 적들이 있다고요. 저를 파멸시키려고 서약까지 한 아주 사악한 원수들이 있어요…….」 골랴드낀 씨는 겁에 질려 이렇게 속삭였다.

「그만두시래도요, 그만. 원수들이라뇨, 당치도 않은 소리! 그런 말 하는 거 아닙니다! 절대로 안 돼요. 자, 앉으세요, 앉아요.」 끄레스찌얀 이바노비치는 결국 골랴드낀 씨를 의자에 앉히고야 말았다.

골랴드낀 씨는 끄레스찌얀 이바노비치에게 여전히 눈길을

고정시킨 채 마침내 자리에 앉았다. 끄레스찌얀 이바노비치는 못마땅해 죽겠다는 태도로 이쪽 구석에서 저쪽 구석으로 진료실 안을 왔다 갔다 했다. 그 뒤로 긴 침묵이 흘렀다.

「감사합니다, 끄레스찌얀 이바노비치. 저는 선생님께 정말 감사하고 있습니다. 그리고 선생님께서 저를 위해서 지금 해주신 일을 모두 절절히 느끼고 있습니다. 선생님께서 해주신 위로를 관에 들어갈 때까지 잊지 않겠습니다, 끄레스찌얀 이바노비치.」 마침내 골랴드낀 씨는 기분이 상한 모습으로 의자에서 일어나면서 입을 떼었다.

「이러지 마세요, 그만, 그만두라고 말하고 있잖습니까!」 끄레스찌얀 이바노비치는 한 번 더 골랴드낀 씨를 의자에 앉히면서 상식에 어긋난 그의 그런 행동에 아주 엄격한 어조로 대꾸했다. 「도대체 무슨 일입니까? 도대체 무슨 좋지 않은 일이 있으신 것인지 저에게 말씀을 해보세요.」 끄레스찌얀 이바노비치는 계속했다. 「그리고 대체 어떤 원수들에 대해서 말씀하시는 거죠? 도대체 무슨 일이 벌어지고 있는 건데요?」

「아닙니다, 끄레스찌얀 이바노비치, 이제 여기서 그만두는 게 좋겠습니다.」 골랴드낀 씨는 마룻바닥으로 눈을 떨구며 말했다. 「이젠 모든 것을 접어 두는 게 좋겠어요. 다른 기회가 올 때까지요…… 다른 때요, 끄레스찌얀 이바노비치, 좀 더 적당한 시간이 올 때까지요. 모든 일이 명백해지고 몇몇 사람들에게서 가면이 벗겨져 나가고 그래서 무언가가 보이기 시작할 때까지요. 하지만 지금은 아직, 물론 선생님과 저 사이에 작은 일이 일어난 후라…… 동의하시겠지요, 끄레스찌얀 이바노비치…… 그럼 평안한 아침이 되시기를 바랍니다, 끄레스찌얀 이바노비치.」 골랴드낀 씨는 이번엔 아주 단호하고 심각하게 자리에서 일어서서 모자를 집으며 말했다.

「그렇다면 뭐…… 원하시는 대로…… 흠…… (잠시 침묵이 흘렀다) 저는, 나름대로, 그러니까, 제가 할 수 있는 일이라면…… 진심으로 당신에게 행운을 바라는 바입니다.」

「선생님을 이해합니다, 끄레스찌얀 이바노비치. 이해하고 말고요. 이젠 선생님을 완전히 이해하게 되었죠…… 어쨌든 선생님께 심려를 끼쳐 드려 죄송스럽습니다, 끄레스찌얀 이바노비치.」

「흠…… 아니오, 제가 하려던 말은 그것이 아닙니다. 하지만 뭐 편하신 대로 하시죠. 약은 옛날에 처방해 드린 대로 계속 드십시오.」

「선생님 말씀대로 계속 복용하겠습니다, 끄레스찌얀 이바노비치. 계속 복용하면서 약도 전에 말씀하신 그 약국에서 구입하겠습니다. 요즘은 약사로 일하는 것도 아주 대단한 일이더라고요, 끄레스찌얀 이바노비치…….」

「뭐라고요? 그건 또 무슨 의미로 하는 말인가요?」

「그냥 상식적인 의미로 드리는 말씀이에요, 끄레스찌얀 이바노비치. 제가 하려는 말은요, 요즘 세상은 그렇게 돌아간다는…….」

「흠…….」

「약국의 사환뿐 아니라 요새 젊은 것들은 죄다 점잖은 사람들 앞에서 거들먹거리기나 하지요.」

「흠…… 대체 그건 또 어떻게 이해해야 하는 말입니까?」

「끄레스찌얀 이바노비치, 제 말은 우리가 알고 있는 어떤 사람을 두고 하는…… 우리 둘 다 아는 사람이오, 끄레스찌얀 이바노비치. 예를 들자면, 뭐, 블라지미르 세묘노비치라든가…….」

「오라, 그래요……!」

「네, 끄레스찌얀 이바노비치. 제가 아는 몇몇 사람들은요, 끄레스찌얀 이바노비치, 진실을 말한답시고 가끔 대중의 일반적인 의견을 무시하곤 하는 사람들도 있어요.」

「오호……! 도대체 그건 또 무슨?」

「아, 글쎄, 그렇다니까요, 선생님. 하지만 그건 부수적인 일이고요, 사람들은 가끔 달걀에 소스를 쳐서 권하기도 한답니다.」

「뭐요? 뭘 권해요?」

「스스를 친 달걀[6]요, 끄레스찌얀 이바노비치. 이건 러시아 속담이죠. 가끔 보면 어떤 사람들은 시기를 잘 맞춰 누구를 축하해 줄 줄도 알고 말이죠, 예를 들자면, 그런 사람들이 있어요, 끄레스찌얀 이바노비치.」

「축하를 해요?」

「네, 축하요, 끄레스찌얀 이바노비치. 일전에 저와 꽤 친한 사람들 중의 하나가 한 행동 같은 거죠…….」

「당신과 꽤 친한 사람들 중의 하나라……. 그래서! 도대체 뭐가 어찌 되었는데요?」 끄레스찌얀 이바노비치는 골랴드낀 씨를 주의 깊게 바라보면서 물었다.

「네, 저와 아주 가까운 사람 중의 하나가 역시 가까운 또 다른 지인이자 친구, 그러니까 사람들이 흔히 말하는 가장 절친한 친구의 승진을 축하하고 있었죠. 그 사람은 8등 문관이 되었거든요. 그게 그러니까 이렇게 말했던 것 같군요. 〈삼

---

6 관용구로서 맛 좋은 요리를 말하며 전이된 의미로 예기치 않은 〈환대〉, 〈불쾌함〉이란 뜻의 러시아 속담이다.

가〉 어쩌고 한다는 말이, 〈자네에게 축하할 수 있는 기회를 갖게 되어 진심으로 기쁘다네, 블라지미르 세묘노비치. 승진한 것을 《진 ─ 심으로》 축하한다고. 그리고 세상 사람들이 다 알고 있는 얘기네만, 요즘은 요술쟁이 노파들도 없는데 턱하니 승진을 하다니 어찌 더욱 기쁘지 않겠는가〉.」여기서 골랴드낀 씨는 간교하게 고개를 까딱거리며 실눈을 뜨고 끄레스찌얀 이바노비치를 쳐다보았다…….

「흠…… 그랬단 말이지요…….」

「그랬다니까요, 끄레스찌얀 이바노비치. 그렇게 말하더니 우리의 총아인 블라지미르 세묘노비치의 삼촌 안드레이 필립뽀비치의 눈치를 냉큼 살피더라니까요. 하지만, 끄레스찌얀 이바노비치, 그가 8등 문관이 됐는데, 그래 저더러 뭘 어쩌란 말입니까? 저하고 대체 무슨 상관이 있다고요? 게다가, 좀 실례되는 말씀이긴 합니다만, 입술에서는 아직도 젖비린내를 풍기는 것이 결혼을 하고 싶다나요. 그래도 전 할 말은 했죠. 저는 〈블라지미르 세묘노비치! 전 이제 할 말 다 했으니 이만 가보겠습니다〉라고 말했어요.」

「흠…….」

「네, 끄레스찌얀 이바노비치, 〈저는 이제 그만 가보겠습니다〉라고 제가 그랬어요. 그리고 돌멩이 하나로 두 마리의 참새를 한꺼번에 잡아 보려고 저는 그렇게 젊은이에게 망신을 주고 곧 끌라라 올수피예브나에게 말을 걸었어요(이건 모두 사흘 전 올수피 이바노비치의 집에서 있었던 일입니다). 그녀는 그때 막 애절한 로망스를 한 곡 부르고 난 참이었는데, 저는 이렇게 말했죠. 〈참으로 애절한 로망스를 부르셨습니다〉, 어쩌고. 〈다만 당신 노래를 듣는 사람들의 마음이 깨끗하지 못하구려.〉 제가 그 말로 분명하게 암시하려 한 것은, 그러니까 말이죠, 끄레스찌얀 이바노비치, 확실한 암시를 주려 한 것은, 이젠 사람들이 그녀에게서 무엇을 찾기보다는 뭔가 그 이상의 것을 바란다는⋯⋯.」

「오호! 그래, 그는 어떻던가요?」

「레몬 갉아먹은 얼굴이었죠, 끄레스찌얀 이바노비치, 속담에도 있잖습니까.」

「흠⋯⋯.」

「네, 끄레스찌얀 이바노비치. 저는 그 노인네한테도 얘기했어요. 〈올수피 이바노비치, 전 제가 귀하께 빚을 졌다는 것을 잘 알고 있습니다. 제가 어렸을 때부터 귀하께서 제게 베풀어 주신 호의가 얼마나 값진 것인지도 압니다. 하지만 올수피 이바노비치, 눈을 뜨시란 말입니다. 자, 보세요. 오직 저만이 깨끗하게 숨기는 것 없이 처신하고 있습니다, 올수피 이바노비치.〉」

「오호, 그래요!」

「네, 끄레스찌얀 이바노비치. 그래요⋯⋯.」

「그분은 뭐라던가요?」

「그가 뭐라고 하다니오, 끄레스찌얀 이바노비치! 우물쭈물하더군요. 〈뭐, 저기, 그게, 나도 자네를 알지. 각하는 참 훌륭한 분이셔, 응.〉 그러면서 뭐 계속 엉뚱한 얘기나 해대고⋯⋯ 하지만 어쩌겠어요? 그야말로 노령 때문에 오락가락하시는 것을.」

「오호! 이젠 또 그렇게 된 얘기라고요!」

「네, 끄레스찌얀 이바노비치, 더 뭘 어쩌겠어요, 어쩌냐고요, 노친네라 그러는데! 죽을 날만 기다리며 사람들이 흔히 말하듯 벌써 향 냄새를 맡고 있는데 말이에요. 그래도 여편네들이 지어낸 무슨 헛소문이라도 돌면 그 양반 그 즉시 주위듣는답니다. 노친네 하는 일이 그런 것밖에…….」

「헛소문이 돌아요?」

「네, 끄레스찌얀 이바노비치, 헛소문을 퍼뜨렸더라고요. 저희 사무실 곰하고 그 조카, 아까 말한 우리의 총아 말이에요. 그들도 여기 가담했죠. 할망구들하고 결탁해서, 뻔한 얘기지만 아주 멋대로 일을 꾸몄더라고요. 선생님은 어떻게 생각하세요? 사람을 죽이기 위해 그들이 생각해 낸 방법이 뭘 거 같으세요?」

「사람을 죽여요?」

「그래요, 끄레스찌얀 이바노비치. 사람을 죽이기 위해서, 그러니까 도덕적으로 사람을 매장하기 위해서 그들은 소문을 퍼뜨렸어요……. 저는 지금 제가 잘 아는 어떤 사람에 대해서 말씀드리는 거예요…….」

끄레스찌얀 이바노비치는 고개를 끄덕였다.

「그에 관한 소문을 퍼뜨렸다고요……. 저는 솔직히 말해서, 이런 말을 하는 것도 부끄럽습니다, 끄레스찌얀 이바노비치…….」

「흠…….」

「그 사람이 벌써 결혼 서약을 했다고, 그래서 어떤 의미에서 그는 벌써 신랑이라고 소문을 퍼뜨린 거예요……. 그런데, 끄레스찌얀 이바노비치, 상대가 누구인지 생각해 보실 수 있으시겠어요?」

「그래, 그게 대체 누군데요?」

「식당 주인 여자요. 그가 밥을 대놓고 먹는 식당의 천한 독일 여자 말입니다. 외상 값을 지불하는 대신 결혼하자고 하는 거래요.」

「그렇게 말하고 다니는 게 그들이란 말이오?」

「믿어지세요, 끄레스찌얀 이바노비치? 독일 여자요, 그것도 천박하고 뻔뻔하며 수치심도 모르는 독일 여자요. 까롤리나 이바노브나라고 아시는지 모르겠군요…….」

「제 입장으로서는 솔직히 말해서…….」

「이해합니다, 끄레스찌얀 이바노비치, 이해한다고요. 제 입장에서도 그걸 느낄 수 있죠…….」

「한 가지 말씀해 주시죠. 당신은 지금 어디 사시죠?」

「제가 지금 어디서 사냐고요, 끄레스찌얀 이바노비치?」

「네…… 제가 바라는 것은…… 아마도 당신이 이전에 사시던…….」

「살았죠, 끄레스찌얀 이바노비치. 살았고말고요, 전 이전에도 살아 있었어요. 어떻게 살아 있지 않을 수가 있겠어요!」 웃음소리를 내가며 골랴드낀 씨는 말했고 그러한 대답은 끄레스찌얀 이바노비치를 어느 정도 당황하게 만들었다…….

「아니오, 제 말을 달리 받아들이셨군요. 나름대로 제가 바란 것은…….」

「저도 역시 바라고 있습니다, 끄레스찌얀 이바노비치. 제 나름대로 저 역시도 바란다고요.」 여전히 웃어 가며 골랴드낀 씨가 계속했다. 「그건 그렇고요, 끄레스찌얀 이바노비치. 제가 여기 너무 오래 앉아 있었군요. 이젠 제가 가게 허락하시는 것으로 알고……. 평안한 아침이 되시길…….」

「흠…….」

「네, 끄레스찌얀 이바노비치, 선생님을 이해합니다. 지금은 선생님을 완전히 이해한다니까요.」 우리의 주인공은 끄레스찌얀 이바노비치에게 약간 우쭐해 하며 말했다. 「자, 그럼, 안녕히 계십시오.」

끄레스찌얀 이바노비치를 완벽한 충격 속에 남겨 놓고서 우리의 주인공은 발을 구르더니 진료실을 나왔다. 빙긋거리며 계단을 내려온 그는 기분좋게 두 손을 비볐다. 아파트 입구에 서서 신선한 공기를 들이마시고 자신이 자유로워졌음을 느낀 그는 이 세상에서 자기가 정말 가장 행복한 보통 사람이라고 호언하며 곧장 관청으로 향할 참이었다. 그때 갑자기 입구에서 마차가 요란한 소리를 내었고 눈을 그쪽으로 돌린 그는 모든 것을 상기했다. 뻬뜨루쉬까는 벌써 마차 문을 열고 서 있었다. 골랴드낀 씨는 뭔가 묘하고 아주 기분 나쁜 느낌에 휩싸였다. 순간적으로 얼굴이 확 달아오르는 것 같기도 했다. 뭔가 그를 따갑게 찌르고 있었다. 마차 발판에 발을 막 디디려던 순간 그는 홱 몸을 돌려서 끄레스찌얀 이바노비치의 진료실 창문을 바라보았다. 그러면 그렇지! 끄레스찌얀 이바노비치는 창가에 서서 오른손으로 구레나룻을 쓰다듬으며 꽤 흥미로운 눈으로 우리의 주인공을 내려다보고 있었다.

〈저 의사는 바보야.〉 마차에 올라타면서 골랴드낀 씨는 생각했다. 〈아주 어리석어. 환자들은 잘 치료하는지 몰라도 어리석은 건 어리석은 거야…… 돌대가리 같아.〉 골랴드낀 씨가 마차에 앉자 뻬뜨루쉬까가 〈가자!〉 하고 외쳤고, 마차는 다시 네프스끼 거리로 굴러 갔다.

제3장

아침 내내 골랴드낀 씨는 정말이지 끔찍할 정도로 분주하게 시간을 보냈다. 네프스끼 거리에 들어서자 우리의 주인공은 시장 옆에 마차를 세우게 했다. 마차에서 뛰어 내린 그는 뻬뜨루쉬까를 데리고 아치 형의 시장 입구로 뛰어 들어가서 곧장 금은 세공품 점으로 향했다. 골랴드낀 씨가 입 안 가득 할 말도 많고 할 일 또한 태산이라는 것은 그의 모습만 보고도 한눈에 척 알 수 있었다. 지폐로 1천5백 루블이 넘는 식기 및 찻잔 세트를 흥정하는가 하면, 정교한 모양의 시가 케이스와 은제 면도기 세트를 바로 그 가격에 깎고, 마지막으로 저마다 쓸모 있고 보기에도 좋은 물건 몇 가지의 값을 더 물었다. 그리고 내일 꼭 들르마고, 아니면 오늘이라도 당장 흥정한 물건들을 사러 사람을 보내겠다고 약속하고 상점 번호를 적었다. 선금이라도 달라고 안달하는 주인의 말을 경청하더니 때가 되면 선금도 주겠노라는 약속까지 했다. 그것으로 골랴드낀 씨는 그곳에서의 볼일을 마쳤다. 그는 의심쩍어하는 주인에게 서둘러 안녕을 고하고, 떼로 몰려 앉아 있는 좌판 상인들의 외침소리에 쫓겨 시장통을 지나갔다. 그러면서도 가끔 뒤돌아 뻬뜨루쉬까를 쳐다봤으며 새로운 어떤 가게가 없나 세심하게 훑어보았다. 지나는 길에 그는 환전상에 뛰어 들어가 자신이 가지고 있던 거액의 지폐를 모두 잔돈으로 바꾸었다. 수수료는 좀 떼야 했지만 대신 그의 지갑은 아주 두둑해졌다. 아마 그것은 그를 아주 기분좋게 만들어 준 모양이었다. 마침내 그는 여성용 옷감을 다양하게 취급하는 상점에서 발을 멈추었다. 또다시 높은 금액의 물건을 깎고 흥정한 후 골랴드낀 씨는 여기서도 다시 들르겠다고 약속하며 상점 번호를 적었다. 그리고 선금에 대한 질문에 대해서도 때가 되면 주겠다는 말을 되풀이했음은 물론이다. 몇몇 가게에 더 들러서 그는 온갖 물건의 값을 흥정하고 다양한 상품의 가격을 묻고, 가끔은 가게 주인들과 오랫동안 언쟁도 벌였다. 어떤 가게는 세 번이나 다시 들어가기도 했다. 한마디로 엄청난 활약을 벌인 것이다. 시장에서 나온 우리의 주인공은 유명한 가구 전문점으로 들어갔다. 거기서 그는 방여섯 개에 들어갈 만큼의 가구를 흥정하고 아주 정교하게 만들어진, 최신 유행하는 스타일의 세련된 화장대 앞에서는 감탄사를 연발했다. 그것을 모두 구입하겠다고 하며, 사람을 꼭 보내겠노라고 상점 주인에게 다짐하고 나서야 그는 밖으로 나왔다. 습관대로 선금도 약속하고…… 그러고도 그는 또 어딘가에 들러 무엇인가를 흥정했다. 한마디로 그의 번거로운 수고는 끝이 없는 것 같았다. 마침내, 골랴드낀 씨 스스로 이 일에 완전히 질려 버리고 말았다. 그의 마음을 하느님인들 알겠는가만은, 더욱이 그는 난데없는 양심의 가책으로 괴로워하기 시작했다. 그는 무슨 일이 있어도 안드레이 필립뽀비치나 심지어는 끄레스찌얀 이바노비치 같은 사람들과 지금은 만나려 하지 않았을 것이다. 마침내 도시의 시계들이 오후 세 시를 알려 왔다. 골랴드낀 씨가 마차로 돌아와 앉았을 때, 그가 오늘 아침에 흥정한 그 많은 물건들 중에서 정말로 그의 손안에 들어온 것은 지폐로 1루블 반을 주고 산 장갑 한 켤레와 향수 한 병이 고작이었다. 아직 시간이 일렀기 때문에 그는 마부에게 네프스끼 거리에 있는 한 유명한 레스토랑 앞에서 멈추라고 했다. 지금껏 그는 그 레스토랑을 소문으로만 들어 알고 있었다. 거기서 가볍게 식사를 하고 좀 쉬면서 시간이 될 때까지 기다리려고 그는 마차에서 나와 서둘러 레스토랑으로 들어갔다.

 잠시 후에 성대하고 특별한 식사를 하게 될 사람이라면 누구나 그러하듯 그는 대강 끼니를 때우고, 다시 말하자면, 가벼운 음식과 보드까 한 잔으로 흔히 사람들이 말하듯 허기만 면한 다음 골랴드낀 씨는 편안한 의자에 앉아 공손하게 주위를 둘러보고는 별 내용도 없는 국가 발행 기관지[7]를 집어 들어 한가롭게 읽기 시작했다. 한두 줄이나 읽었을까, 그는 일어나서 거울을 보면서 매무새를 다시 고치고 머리를 가다듬었다. 그리고 창문으로 다가가 마차가 그곳에 있나 확인했다……. 그리고 다시 자리에 앉아 신문을 집어 들었다. 우리의 주인공이 극도로 흥분된 상태에 있다는 것은 분명한 일이었다. 시계를 들여다본 그는 이제 겨우 3시 15분이니까 아직도 한참을 더 점잖게 기다려야만 한다고 판단했고, 그와 동시에 그냥 앉아만 있는 것은 예의에 어긋난다고 생각해서 지금 꼭 먹고 싶은 것도 아니면서 뜨거운 코코아를 주문했다. 그걸 다 마신 그는 시간이 좀 더 흐른 것을 확인하고 계산하러 갔다. 그때 갑자기 누군가가 어깨를 쳤다.

 뒤돌아보니까 그의 앞에는 직장 동료 두 명이 서 있었다. 그들은 아침에 리쩨이나야 거리에서 마주친, 나이로 보나 직책으로 보나 아직 한참 어린 바로 그 청년들이었다. 우리의 주인공은 그들과 이렇다 할 사이도 아니었고, 친분이 있는 것도 아니었고, 그렇다고 드러내 놓고 적의를 품고 있는 사

---

[7] 『북방의 꿀벌』을 말하는 듯하다.

이도 아니었다. 따라서 당연히 서로 예의를 깍듯이 지켜 왔었다. 더 이상 가까워지는 일도 없었고, 또 그럴 수도 없었다. 그렇기 때문에 지금의 만남은 골랴드낀 씨에겐 몹시 불쾌한 것이었다. 그는 얼굴을 찌푸리며 잠시 당황스러워했다.

「야꼬프 뻬뜨로비치, 야꼬프 뻬뜨로비치!」 두 명의 14등 문관은 시끄럽게 떠들어 댔다. 「여긴 어쩐 일로……」

「아! 당신들이군, 제군들!」 골랴드낀 씨는 그 두 관리가 친한 척하며 호들갑을 떨면서 자신을 불러 대는 것이 조금 당혹스럽고 거북스러웠지만, 어쩔 수 없이 그도 허물없는 사이인 척 행동하면서 얼른 그들의 말을 막았다. 「일은 제쳐 두고 놀러 나오셨구먼, 제군, 헤헤헤……!」 지금까지는 직책상 선을 긋고 대해 왔던, 사무실에 묶인 청춘들에게 품위를 잃지 않는 범위에서 너그럽게 대해 주려고 그는 그 중 한 청년의 어깨를 툭 쳐보려고까지 했다. 하지만 이런 경우 그런 통속적인 행동은 골랴드낀 씨에겐 무리였다. 예의 바르되 친한 듯이 행동해 보려던 그의 시도는 전혀 엉뚱한 다른 언행으로 변해서 튀어나왔다.

「그래, 어때요, 우리 곰은 제자리에 계신가?」

「누굴 두고 하시는 말이지요, 야꼬프 뻬뜨로비치?」

「거, 곰 말이오. 이 사람들 이거 누구보고 곰이라고 하는지 모르는 척하기오?」 골랴드낀 씨는 한바탕 웃고 나서 잔돈을 받기 위해 종업원 쪽으로 고개를 돌렸다. 「안드레이 필립뽀비치 말이오, 제군.」 종업원과 계산을 마치고 이번에는 좀 심각한 표정으로 관리들 쪽을 돌아보며 그는 말을 이었다. 14등 문관 두 명은 저희들끼리 의미 있는 눈짓을 주고받았다.

「사무실에 계세요, 당신을 찾던데요, 야꼬프 뻬뜨로비치.」

그중 한 명이 대답했다.

「사무실에 있다고, 아! 그럼 계속 있으라지요, 뭐, 제군. 그런데 날 찾는다고요?」

「네, 찾으셨어요, 야꼬프 뻬뜨로비치, 그런데 웬일이세요? 향수도 뿌리시고 포마드까지 바르신 데다가 옷까지 이렇게 멋있게 차려입으셨으니······?」

「그냥, 뭐, 제군, 별다른 일은 없으니까 그만 해요.」 골랴드낀 씨는 옆을 쳐다보며 계면쩍은 미소를 지으며 대답했다. 골랴드낀 씨가 웃는 것을 보고 관리들이 큰 소리를 내며 웃었기 때문에 골랴드낀 씨는 기분이 좀 나빠졌다.

「제군들, 내가 우의(友誼)를 갖고 얘기해 주는 건데,」 잠시 말을 멈추고 우리의 주인공은 마치 무언가 그들에게 털어놓기로 결심한 듯이(아니, 그것은 이미 사실이었다) 말했다. 「제군들, 그대들은 나를 알고는 있지만, 지금까지는 한쪽 면만 보아 온 것이라오. 그렇다고 그것이 누군가의 잘못이라는 얘기는 아니고, 어느 정도는 나 자신의 잘못도 있었다고 인정하는 바요.」

골랴드낀 씨는 입술을 꼭 붙이고 의미심장하게 관리들을 쳐다보았다. 관리들은 다시금 서로 눈짓을 주고받았다.

「지금까지는, 제군, 그대들은 나를 몰랐어요. 이런 걸 설명하기엔 장소나 시간이 그다지 좋지는 않구먼. 지나가는 말로 그저 조금만 말해 주지요. 제군, 옆길로 우회하는 것을 싫어하면서도 가장무도회에서만은 가면을 쓰는 사람들이 있는가 하면, 또 비싼 구두를 신고 마룻바닥에 광을 잘 내는 것이 사람의 참다운 본분이라고 생각지 않는 사람들도 있죠. 또한, 제군, 어떤 사람들은 말이오, 예를 들어 고급 바지가 몸에 아주 잘 맞는데도 행복하다거나, 사는 게 만족스럽다거나 하는 말을 하지 않는다오. 끝으로 어떤 사람들은 말이오, 공연히 분주해 하면서 빈둥거리고, 아첨하고, 아부하고, 특히 주목할 만한 것은 다른 사람들이 전혀 청하지도 않는데 아무 데나 끼어들고 하는 그런 모든 짓을 싫어한다오. 나는 말이지, 제군, 이만하면 할 말을 거의 다 한 것 같으니 이제 그만 가봐야겠소……」

골랴드낀 씨는 가다가 멈춰 섰다. 14등 문관들이 이젠 정말 흡족해졌는지 갑자기 아주 무례할 정도로 떼굴떼굴 구르며 웃어 댔기 때문이었다. 골랴드낀 씨는 얼굴이 시뻘게졌다.

「웃어요, 제군들, 그래 아직은 웃으라고! 하지만 살다 보면 알게 될걸.」 모자를 들고 문을 향하면서 그는 인격 모독을 당한 기분으로 말했다.

「하지만 제군, 한 가지 더 말해 주지요.」 마지막으로 한 번 더 14등 문관 쪽을 쳐다보며 그는 덧붙였다. 「내가 더 말하고 싶은 것은, 두 사람은 지금 여기서 나하고 얼굴을 마주하고 서 있소. 제군, 나의 규칙은 이런 것이지요. 일이 잘되지 않으면 분발할 것이요, 일이 잘되면 그것을 고수하고 무슨 일이 있더라도 다른 사람을 곤경에 빠지게는 하지 않는다. 나는 모사꾼이 아니오. 그리고 그것을 자랑스러워하지. 나는 아마도 외교관으로는 적합지 않은 사람일 거요. 제군, 이런 말이 있지, 가끔은 새가 스스로 사냥꾼에게 뛰어들수도 있다.[8] 그래, 그 말에 동의할 수도 있겠죠. 하지만 누가 사냥꾼이고 누가 새지요? 그게 바로 문제요, 제군!」

---

8 노력하지 않아도 가끔은 행운이 직접 찾아 들기도 한다는 뜻.

골랴드낀 씨는 눈썹을 치켜 올리고 두 입술은 꼭 붙인 아주 진지한 표정으로 깊은 여운을 남기며 말을 마쳤고 14등 문관 제군들에게 작별을 고했다. 그들을 그렇게 완전히 어리둥절하게 만들어 놓고 그는 밖으로 나왔다.

「어디로 갈 건데요?」 혹독한 추위에 이리저리 헤매고 다니느라 완전히 지치고 질려 버린 듯 뻬뜨루쉬까는 거칠게 물었다. 모든 것을 다 삼켜 없애 버릴 것 같은 골랴드낀 씨의 예의 그 눈초리, 우리의 주인공이 오늘 아침에만 벌써 두 번이나 자신을 무장했고, 지금 계단을 내려오면서 세 번째로 하는 그 눈초리에 응수하며 뻬뜨루쉬까는 골랴드낀 씨에게 〈어디로 갈 건데요?〉라고 물은 것이다.

「이즈마일로프스끼 다리.」

「이즈마일로프스끼 다리로! 가자!」

「그 집 만찬은 네 시가 넘어야 시작될 거야, 아니면 다섯 시에 시작할지도 모르지.」 골랴드낀 씨는 생각했다. 〈지금은 너무 이르지 않을까? 하지만, 나는 좀 일찍 가도 되지, 뭐. 가족적인 분위기의 만찬이니까. 나는, 고상한 사람들의 표현대로, 격식 같은 거 좀 안 차려도 돼. 내가 그러면 안 될 거 뭐 있어? 우리 곰도 격식 같은 거 안 따져도 될 거라고 말한 적 있잖아, 그러니까 나도 마찬가지지…….〉 생각은 그렇게 했지만 골랴드낀 씨의 불안은 점점 더 커져만 갔다. 틀림없이 그는 뭔가 몹시 귀찮고 번거로운 일에 대비하고 있는 것 같아 보였다. 더 자세히 얘기하자면, 그는 계속 중얼거리면서 오른손을 움직였고 끊임없이 마차 창밖을 쳐다보았다. 따라서 지금 골랴드낀 씨를 누가 본다면, 그가 훌륭한 만찬에, 더욱이 고상한 사람들의 표현대로 격식을 차리지 않아도 되는 가족적인 분위기의 만찬에 가고 있다고는 절대로 말할 수 없을 것이다. 이즈마일로프스끼 다리 바로 옆에서 골랴드낀 씨는 마침내 어떤 집을 가리켜 보였다. 마차는 큰 소리를 내며 그 집 대문으로 굴러 들어갔고 오른쪽 입구 옆에서 멈춰 섰다. 2층 창문에서 어떤 여성의 모습을 언뜻 본 골랴드낀 씨는 손을 들어 그녀에게 키스를 보냈다. 하지만 그는 그 순간 완전히 제정신이 아니었기 때문에 자신이 무슨 짓을 하고 있는지도 몰랐다. 마차에서 나온 그의 얼굴은 창백했고 어쩔 줄 몰라하고 있었다. 입구로 다가간 그는 모자를 벗어 들었고, 두 무릎이 약간 떨리는 것을 느끼며 기계적으로 걸어 계단을 올라갔다.

「올수피 이바노비치는?」 문을 열어 준 하인에게 그는 물었다.

「계십니다, 나리. 아, 안 계십니다. 집엔 아무도 안 계십니다.」

「뭐라고? 자네 지금 무슨 말을 하는 겐가? 나는 만찬에 온 거야, 이 사람아. 자네 나를 알고 있잖은가?」

「어떻게 모르겠습니까? 다만 나리를 들이라는 말씀은 듣지 못했습니다.」

「자네…… 자네, 여보게…… 자넨, 지금 실수를 하고 있는 거야. 이봐, 나라고. 난 만찬에 초대받았다고.」 외투를 벗어 던지고 안으로 들어가려는 강한 의지를 보이며 골랴드낀 씨가 말했다.

「부탁입니다, 안 됩니다요, 나리. 모시라는 말씀이 없었습니다. 나리를 거절하라는 분부를 받았습니다요. 그래요, 그렇습니다요!」

골랴드낀 씨는 하얗게 질렸다. 바로 그 순간 안쪽에서 방문이 열리더니 올수피 이바노비치의 시종장인 게라시모비치가 나왔다.

「바로 이분입니다, 예멜리얀 게라시모비치. 들어가려고 하십니다. 하지만 저는……」

「자넨 바보야, 알렉세예비치. 자넨 방으로 들어가서 그 망할 놈의 세묘노비치를 이리로 보내.」 시종장은 단호하게 골랴드낀 씨를 돌아보며 정중히 말했다. 「안 됩니다요, 나리. 절대로 안 됩니다. 용서를 바란다고 말씀하셨습니다. 받아들이실 수 없다고 하시면서요.」

「그렇게 말했단 말이지, 나를 받아들일 수가 없다고?」 골랴드낀 씨는 주저하듯 물었다. 「미안하지만 게라시모비치, 왜 절대로 안 된다는 것인가?」

「절대로 안 됩니다, 나리. 오셨다고 말씀드렸습니다만, 〈죄송하다고 전해〉라고 말씀하셨습니다. 들이실 수가 없다면서요.」

「글쎄, 왜냐고? 어떻게 그럴 수가 있나? 어떻게……」

「죄송합니다, 죄송합니다……!」

「하지만 도대체 어떻게 그럴 수가 있단 말인가? 그럴 순 없네. 말씀드려 주게…… 어떻게 이럴 수가? 나는 만찬에……」

「죄송합니다, 죄송합니다……!」

「그래, 좋아. 그건 그렇고, 죄송하다고 했다고? 그렇다면 얘기는 좀 달라지지. 하지만, 그래도 게라시모비치, 어떻게 이럴 수가 있는가, 게라시모비치?」

「죄송합니다, 죄송합니다!」 게라시모비치는 골랴드낀 씨를 두 손으로 아주 단호하게 막아 버티면서도, 바로 그 순간 현관으로 들어오던 두 손님에게는 넓게 길을 열어 주었다. 안으로 들어온 손님들은 안드레이 필립뽀비치와 그의 조카인 블라지미르 세묘노비치였다. 그들은 둘 다 의혹에 찬 눈으로 골랴드낀 씨를 쳐다보았다. 안드레이 필립뽀비치가 무슨 말인가 하려 했지만, 골랴드낀 씨는 벌써 마음을 굳히고는 눈을 내리깔고 얼굴이 벌게져서 거의 넋이 나간 표정으로 웃음을 흘리며 올수피 이바노비치의 집 현관에서 나가고 있었다.

「나중에 들르겠네, 게라시모비치. 그때 꼭 해명을 하겠어. 빠른 시일 안에 나는 이 모든 일이 다 해명되리라고 믿네.」 현관에서 나간 그는 계단을 따라 내려가며 말했다.

「야꼬프 뻬뜨로비치, 야꼬프 뻬뜨로비치……!」 골랴드낀 씨의 뒤를 따르는 안드레이 필립뽀비치의 목소리가 들렸다.

골랴드낀 씨는 그때 벌써 첫번째 층계참에 서 있었다. 그는 후닥닥 뒤를 돌아 안드레이 필립뽀비치를 바라보았다.

「무슨 일이십니까, 안드레이 필립뽀비치?」 그는 아주 단호한 어조로 물었다.

「대체 이게 무슨 일인가, 야꼬프 뻬뜨로비치? 어떻게 해서……」

「아무 일도 아닙니다, 안드레이 필립뽀비치. 저는 단지 제가 원해서 여기에 와 있는 것입니다. 이건 제 사생활이라고요, 안드레이 필립뽀비치.」

「뭐라고?」

「제 말씀은요, 안드레이 필립뽀비치, 이건 제 사생활이고, 제가 생각하기에 이런 곳에서까지 관청일로 당신께 꾸중 들을 일은 전혀 없는 것 같다는 겁니다.」

「뭐라고! 관청일이, 뭐…… 도대체 자네에게 무슨 일이 일어난 건가?」

「아무것도 아닙니다, 안드레이 필립뽀비치. 전혀 아무 일도 아니에요. 뻔뻔스러운 계집 같으니라고, 별일 아니에요……」

「뭐……! 뭐가 어째……?」 안드레이 필립뽀비치는 당황스러워서 넋이 나갈 지경이었다. 지금껏 계단 아래쪽에 서서 안드레이 필립뽀비치와 얘기를 나누던 골랴드낀 씨는 당장이라도 상대방의 얼굴로 달려들 준비가 되어 있기라도 한 듯 노려보았다. 부장의 다소 당황하는 모습을 보고 그는 거의 자신도 모르게 한 발 앞으로 다가섰다. 안드레이 필립뽀비치는 뒷걸음질쳤다. 골랴드낀 씨는 한 발, 그리고 또 한 발 내디뎠다. 안드레이 필립뽀비치는 불안스레 주위를 둘러보았다. 갑자기 골랴드낀 씨가 속도를 내었다. 안드레이 필립뽀비치는 그보다 더 빨리 집 안으로 뛰어 들어 문을 쾅 하고 닫았다. 골랴드낀 씨는 혼자 남았다. 눈이 흐려져 왔다. 완전히 이성을 잃고 말도 안 되는 생각에 빠져 그는 그렇게 서 있었다. 바로 조금 전에 일어난 정말로 말도 안 되는 상황을 되새겨 보고 있는 것 같았다. 「에이, 에잇!」 억지웃음을 지어 가며 그는 조그맣게 중얼거렸다. 그러는 사이 계단 밑에서 올수피 이바노비치의 집에 초대된 다른 손님들의 목소리와 발자국소리가 들려왔다. 골랴드낀 씨는 정신을 좀 가다듬어 너구리 모피 코트의 깃을 올린 다음, 그것으로 될 수 있는 한 많이 얼굴을 가리고 겨우 걸음을 떼어 종종걸음으로 황망하게 여기저기 부딪혀 가며 계단을 내려왔다. 기운이 쭉 빠지고 심지어 몸이 마비되는 것처럼 느껴졌다. 아파트 입구로 내려온 그는 너무도 당황한 나머지 마차가 다가오기를 기다리지도 않고 직접 더러운 마당을 가로질러 마차가 있는 곳까지 곧장 걸어갔다. 마차로 다가가는 동안, 또 마차에 오르는 동안, 골랴드낀 씨는 마차와 함께 땅속으로 꺼져 버리든지 아니면 쥐구멍에라도 숨어 버렸으면 좋겠다고 생각했다. 올수피 이바노비치의 집에 있는 모든 사람들이 지금 창문 너머로 그를 내다보고 있는 것만 같았다. 만약 고개를 돌린다면, 자신은 지금 이 자리에서 바로 죽어 버리리라는 것을 알고 있었다.

「뭘 보고 웃고 있는 거야, 이 바보 같은 놈아?」마차에 앉는 것을 도우려던 뻬뜨루쉬까에게 그는 냅다 쏘아 댔다.

「제가 웃을 일이 뭐가 있다고 그러세요? 안 웃었어요, 이젠 어디로 갈 건데요?」

「집으로 가자, 출발해……」

「집으로 가자!」뻬뜨루쉬까는 뒷자리 하인석에 올라가 자리를 잡으면서 소리쳤다.

〈까마귀 까악거리는 것 같은 목소리하고는!〉골랴드낀 씨는 생각했다. 그러는 사이 마차는 벌써 이즈마일로프스끼 다리에서 꽤 멀리 떨어져 있었다. 갑자기 우리의 주인공은 있는 힘을 다해 줄을 잡아당겨 마부에게 즉시 되돌아가라고 소리 질렀다. 마부는 말 머리를 돌렸고 2분 후 올수피 이바노비치가 사는 집 마당으로 다시 들어섰다. 「필요 없어, 이 멍청아, 필요 없다고, 되돌아가!」골랴드낀 씨는 다시 고래고래 소리를 질렀다. 마부는 마치 그런 분부를 기다리고나 있었다는 듯, 아무 이의도 없이 입구에서 멈추지도 않고 마당을 한 바퀴 휘 돌더니 다시 거리로 나왔다.

골랴드낀 씨는 집으로 가지 않았다. 세묘노프스끼 다리를 지나 어떤 골목으로 들어가서 아주 초라한 선술집 근처에 마차를 세우도록 했다. 마차에서 나와 우리의 주인공은 마부에게 셈을 치렀고, 그렇게 해서 마침내 그는 마차로부터 벗어나게 됐다. 뻬뜨루쉬까에게는 집으로 돌아가 자기가 돌아올 때까지 기다리라고 말한 다음, 자신은 선술집으로 들어가 특실을 잡아 저녁을 주문했다. 그는 정말로 기분이 나빴고 머릿속은 너무 혼란스러워 온통 뒤죽박죽이었다. 격한 감정 속에서 오랫동안 홀 안을 서성거리던 그는, 마침내 탁자에 앉아 손으로 이마를 쓸어 내리고 현재 상황에 대해서 무언가 판단을 내리고 해결해 보려고 안간힘을 쓰기 시작했다······.

제4장

그 옛날 한때 골랴드낀 씨의 은인이라 할 수 있는 5등 문관 베렌제예프의 고명딸 끌라라 올수피예브나의 생일 잔치가 성대하게 벌어지는 날, 이즈마일로프스끼 다리 부근의 관리들 집에서는 한동안 볼 수 없었던, 만찬이라기보다는 차라리 벨사살의 향연에 가까운 화려하고 웅장한 만찬회가 열린 날[9] ······ 그 만찬은 휘황찬란한 빛, 화려함, 클리코 샴페인, 그리고 옐리세예프와 밀류찐[10]에서 가져온 굴과 각종 과일, 갖가지 먹음직스러운 송아지 고기 요리와 관등표가 놓인 식탁으로 보아 바빌론의 영광을 상기시키기에 충분한 것이었

---

[9] 구약 성서 다니엘 5장에 따르면 사치스럽고 무사태평한 황제 벨사살의 만찬회 때, 신비로운 손이 우둔한 주인에게 벽에 서면으로 재난을 예언했다.
[10] 옐리세예프와 밀류찐은 당시 뻬쩨르부르그에 있었던 대형 식료품점과 과일 가게의 주인 이름을 가리킨다.

다. 성대한 만찬을 베풀어 축하하는 그런 성대한 잔칫날은 화려하지만 작고 가족적인 분위기의 무도회로 끝을 맺어 가고 있었다. 한편 그 무도회도 세련된 감각과 교양과 예절에 관한 한 두각을 나타내고 있었음은 물론이다. 당연히 나도 가끔은 그런 무도회가 열리기도 한다는 의견에 전적으로 동의하지만, 그것은 분명 드문 일이었다. 무도회라기보다 가족 간의 즐거운 회합에 가까운 그런 무도회는 5등 문관 베렌제예프의 집 같은 그런 집에서만 열릴 수 있는 것이었다. 좀 더 말해 볼까? 모든 5등 문관의 집에서 그런 무도회가 열릴 수 있다고는 생각하지 않는다. 한마디로 몹시 의심스러운 일이다. 아, 만일 내가 시인이었다면! 최소한 호메로스나 뿌쉬낀 같은 그런 시인이었다면! 그보다 못한 재주로는 입도 뻥긋 못할 일이다. 만약 내가 시인이라면 선명한 색채와 거침없는 필치로 여러분에게 묘사해 드렸을 텐데. 아, 독자들이여! 이 날은 진정 성대하기 그지없었다오. 아니지, 나라면 이 작품을 만찬 식탁에서부터 시작했을 것이다. 나라면 모두가 축제의 여주인공 이름을 부르며 만복을 축원하는 첫 잔을 들던 놀랍고 장엄한 순간을 특히 힘주어 묘사했을 것이다. 나라면 여러분께, 침묵이라기보다는 데모스테네스[11]의 미사여구라고 표현함이 마땅할 경건한 침묵과 기대 속에 잠겨 있던 손님들을 우선 묘사했을 것이다. 나라면 여러분께 그 다음으로, 손님들 중에서 가장 연장자이고 만찬의 주빈 자격도 어느 만큼 갖고 있는, 백발이 성성하고 그 백발에 어울리는 훈장으로 치장한 안드레이 필립뽀비치를 묘사했을 것이다. 그

---

11 고대 그리스의 웅변가이자 정치가. 『영관론(榮冠論)』 등의 저술은 세계 웅변술사에서 귀한 자료로 꼽힌다.

는 자리에서 일어나서 아주 먼 어느 왕국에서 바로 이런 순간 마시기 위해 가져온, 포도주[12] 라기보다는 신의 음료에 가까운 불타는 빛깔의 포도주 잔을 높이 치켜들며 여왕에게 건강을 축원했다. 여러분께 나는 그곳의 손님들과 여왕의 행복한 부모님들에 대해서도 묘사했을 것이다. 그들도 역시 안드레이 필립뽀비치를 따라 잔을 높이 들었으며 무언가 〈기대하는 듯한 눈빛〉[13]을 그에게 함빡 담아 보내고 있었다. 나라면 여러분께, 이미 앞에서도 자주 언급된 안드레이 필립뽀비치가 우선 포도주 잔에 눈물을 한 방울 떨어뜨린 뒤 어떤 축하와 기원의 말을 했는지, 어떤 덕담을 얘기하고 어떻게 건강을 빌며 잔을 비웠는지에 대해서도 묘사했을 것이다. 하지만 나는, 축제의 여왕인 끌라라 올수피예브나가 봄날의 장미같이 얼굴을 붉히며 수줍음에 겨워 홍조를 가득 띠고 더없이 행복해 하며 인자한 어머니의 품속으로 뛰어든 모습이며 상냥한 어머니가 눈물을 지은 모습은 표현할 수가 없다. 더욱이 수많은 세월을 직장에 몸 바쳐 일하고 존경을 받아 온 5등 문관인 그녀의 아버지, 오랜 세월 근무로 인해 다리를 쓸 수 없게 되어 버린 그녀의 아버지, 성실의 대가로 자산과 집, 몇몇 마을과 아름다운 딸을 보상받은 그녀의 아버지, 올수피이바노비치가 어린아이처럼 울음을 터뜨리면서 눈물 사이로 각하는 은혜로운 분이라고 말하던 모습을, 그 순간의 엄숙함을, 솔직히 시인하건대, 나는 도저히 표현할 수 없을 것이다. 그렇다, 바로 그 순간 모든 사람들의 가슴에 번지던 벅찬 느낌을 나는 아마도 여러분께 다 표현해 보일 수 없을 것이다.

12 어느 먼 왕국은 프랑스를 의미하며, 부르고뉴 산 포도주이다.
13 고골의 『죽은 혼』에서 인용한 풍자적인 표현.

그 벅찬 느낌은 안드레이 필립뽀비치의 말에 귀 기울이며 역시 눈물을 짓고 있던, 14등 문관이라기보다는 5등 문관에 더 가까운 한 젊은 문관의 행동으로 인해서 확실히 알 수 있는 것이었다. 안드레이 필립뽀비치는 안드레이 필립뽀비치대로 전혀 6등 문관이나 관청의 평범한 부장 같지 않았다. 아니, 확실히 그는 다른 사람이 된 것 같았다. 다만 나는 그를 누구와 비교해야 할지 모르겠지만, 분명 6등 문관은 아니었다. 훨씬 더 높아 보였다! 마침내…… 아! 인생에서 정말 멋있고 교훈적인 이 순간들, 미덕이라는 것이 가끔은 반정부 사상이나 자유 사상,[14] 죄악과 미움 등을 이길 때도 있음을 증명하려고 마치 일부러 만들어진 것만 같은 이 순간들을 표현할 수준 높고, 강하고, 웅장한 문체의 비밀을 도대체 나는 왜 터득하지 못한 것일까! 나는 아무 말도 않겠다. 조용한 침묵이 그 어떤 미사여구보다 나을 것이므로. 다만 여러분에게 스물여섯 번째 봄을 맞는 한 행복한 젊은이, 안드레이 필립뽀비치의 조카인 블라지미르 세묘노비치의 모습을 보여 주려 한다. 그는 자신의 차례가 되자 자리에서 일어나 축배의 인사말을 시작했다. 그러자 여왕의 부모님의 눈물에 젖은 눈, 안드레이 필립뽀비치의 자랑스러운 눈, 축제의 여왕의 수줍은 눈과 손님들의 열광하는 눈, 심지어는 빛을 발하는 듯한 이 젊은이의 몇몇 동료들이 예의에 어긋나지 않을 정도로만 흘겨 보는 질투에 찬 눈까지 모두 그에게 쏠렸다. 나는 아무 말도 하지 않겠다. 하지만, 이것 한 가지는 언급하지 않을 수가 없다. 활짝 피어나는 것만 같은 뺨에서부터 그가 가진 8등 문관이

---

14 여기서는 기존의 질서에 회의적이고 부정적인 태도를 갖는 것을 의미한다.

라는 관등에 이르기까지, 좋은 의미로 말해서 젊은이라기보다는 노인에 가까운 이 청년이 가지고 있는 모든 것은, 단정한 품행이란 사람을 그렇게 높은 수준까지 끌어올릴 수 있다고 방금 이 성대한 순간에 알려 주지 않았던가! 마침내 한 관청의 계장이자 안드레이 필립뽀비치의 동료이고 언젠가 올수피 이바노비치의 동료이기도 했던, 이 집안의 오랜 친구이면서 끌라라 올수피예브나의 대부인 백발의 노인 안똔 안또노비치 세또츠낀은 자기 차례가 되자 축배의 인사를 하면서 수탉처럼 꽥꽥거리는 목소리로 노래를 부르고 재미있는 음절시도 읊었다. 이런 표현이 가능한지는 모르겠지만, 예절에 어긋나지 않는 우스꽝스러운 행동으로 그는 사람들을 눈물이 나도록 웃겼고 끌라라 올수피예브나는 부모님의 말씀에 따라 재미있고 사려 깊은 그의 행동에 키스로 답했다. 하지만 나는 이 모든 광경을 그려 내지 않을 참이다. 다만 내가 말하려는 것은 이렇다. 만찬이 끝나고 난 후 손님들은 두말할 것도 없이 서로를 친지나 친구로 여기며 자리에서 일어났다. 나이가 지긋한 사람들과 고관들은 얼마 동안 다정한 대화를 나누다가, 물론 정중하고 친절함을 바탕으로 한 것이었지만 솔직한 얘기까지 나누면서 점잖게 다른 방으로 건너갔다. 금쪽 같은 시간을 낭비하지 않고 그들은 몇몇 그룹으로 나뉘어 모두 더없이 만족하며 녹색의 천이 씌워진 탁자에 둘러앉았다. 응접실에 앉아 있던 부인들도 갑자기 모두들 유난히 상냥해져서는 이 얘기, 저 얘기 이야기 꽃을 피웠다. 마침내 신의와 진실로 직장에서 일을 하다가 다리를 못쓰게 된, 그 대가로 앞서 말한 것으로 보상을 받은, 모두가 존경하는 이 집의 바깥주인은 블라지미르 세묘노비치와 끌라라 올수피예브나의 부축을 받으며 손님들 사이를 왔다 갔다 하고 있었는데, 갑자기 그 역시도 여느때와는 좀 다르게 관대해져서 적지 않은 비용을 무릅쓰고 작고 조촐한 무도회를 개최하기로 즉흥적으로 결정을 내렸다. 민첩한 청년 하나가 악사들을 부르러 갔다(만찬 식탁에서 청년이라기보다는 5등 문관에 더 가까웠던 바로 그 젊은이였다). 열한 명이나 되는 악사들이 곧 도착했고, 여덟 시 반 정각에는 마침내 프랑스 카드리유[15]와 몇몇 무도곡이 울려 퍼졌고 곧 사람들이 모여들었다. 이제 더 말할 것이 없다. 머리가 허옇게 센 집주인이 여느때 같지 않은 상냥함으로 즉흥적으로 개최한 무도회를 훌륭하게 표현해 내기에 나의 펜은 너무도 미약하고 힘이 없고 둔하다. 나름대로 흥미로운 골랴드낀 씨의 모험담을 쓰고 있다고는 하나, 어떻게 내가, 어떻게 나같이 보잘것없는 이야기꾼이 아름다움과 광채와 예절, 즐거운 회합, 상냥한 절도와 절도 있는 친절, 생기발랄하고 밝은 사람들의 모습 등이 각별히 고상하게 어우러진 것을 표현할 수 있겠는가 여러분에게 묻고 싶다. 부인들이라기보다는 선녀에 더 가까운 귀한 댁 마님들의 우유에 장미 꽃잎을 띄워 놓은 것만 같은 어깨와 뺨, 경쾌한 몸놀림, 생기발랄하며 장난기 가득한 작고 귀여운 발, 그리고 그들의 유희와 웃음소리는 또 어떻게 표현한단 말인가? 호탕하고 위풍당당하게 빛을 발하는 관리들, 단정하되 즐거움에 도취된 젊은이들, 무도곡 사이의 쉬는 시간에 녹색의 작은 별실에서 파이프 담배를 피우느라 눈빛이 몽롱해진 젊은이들, 혹은 담배를 피우지 않는 젊은이들, 하나

---

15 18세기 말에서 19세기에 걸쳐 유럽에서 유행한 4분의 2박자의 4인 1조 사교 댄스.

에서부터 열까지 상당한 지위와 고결한 성을 가진 신사들, 세련미와 인격에 대한 자부심으로 충만한 신사들, 부인들과 대부분 프랑스 어로 대화를 나누고 러시아 어로 하더라도 최고 상류 사회의 표현과 찬사, 그리고 깊은 배려에서 나오는 표현만을 사용하는 신사들, 오로지 흡연실에서만 수준 높은 언어에서 살짝 벗어나 〈어이, 자네, 이 별난 친구, 삐찌까, 폴카를 꽤 잘 추더구먼〉이라든가, 〈이봐, 바샤, 이 괴물 같은 친구야, 원하던 대로 그 아가씰 휘어잡았더구먼 그래〉 등과 같이 친근하고 허물없는 표현을 스스로에게 허락하는 신사들, 도대체 이들을 내가 어떻게 여러분에게 그려 보일 수가 있겠는가? 위에서 여러분에게 설명한 이 모든 것을 그려 내기에는, 오, 독자 여러분! 나의 펜은 정말 너무도 미약하다. 따라서 나는 이제 그만 입을 다물고자 한다. 그보다는 이 실화의 하나밖에 없는 진짜 우리 주인공, 골랴드낀 씨에게로 관심을 돌려 보기로 하자.

문제는 그가 지금, 간단히 말해, 아주 이상한 상황에 처해 있다는 것이다. 여러분, 그도 바로 거기에 있었다. 무도회장 안은 아니었지만 거의 무도회장에 있는 것이나 다름없었다. 여러분, 그에게 별다른 일이 있는 것은 아니다. 그는 나름대로 바르게 사는 사람이었지만, 지금은 있어야 할 곳에 있지 않고 엉뚱한 곳에 서 있었다. 그가 서 있는 곳은, 말하기도 이상하지만, 올수피 이바노비치의 집 뒤쪽 층계 출입구에 딸린 광 비슷한 곳이었다. 그가 거기에 서 있다는 사실쯤은 아무것도 아니었다. 그리고 그럭저럭 견딜 만했다. 그가 서 있는 곳은 구석이었는데, 그는 어두컴컴한 곳에서 거대한 진열장과 낡은 칸막이, 그리고 온갖 잡동사니, 고물, 못쓰는 물건들 틈에 몸을 가리고 때가 될 때까지 숨어서 아직은 방관자적인 입장으로 사태의 추이만 지켜보고 있었던 것이다. 여러분, 그는 지금 지켜보고만 있다. 여러분, 그는 들어갈 수도 있는 것이다……. 왜 못 들어가겠는가? 몇 발자국만 떼면 들어갈 수 있는 것을, 그냥 시치미 뚝 떼고 들어갈 수도 있는 것을. 지금은 그저 오랜 시간 버티고 서서, 벌써 세 시간 가까이 추위에 떨며, 진열장과 칸막이, 온갖 잡동사니와 쓰레기, 고물 틈에 서서, 자신의 행동을 정당화하기 위해 고인이 된 프랑스의 재상 빌렐[16]이 남긴 문장 하나를 인용하고 있었다. 〈기다릴 줄 아는 분별이 있다면 만사는 순조롭게 풀릴 것이다.〉 골랴드낀 씨는 이 말을 언젠가 별로 대수롭지 않은 책에서 읽었는데, 지금 공교롭게도 그 기억을 되살린 것이다. 그 말은 우선 그가 지금 처한 상황과 아주 잘 맞아떨어졌는데, 하긴 거의 세 시간 동안이나 어둡고 추운 광에서 자신의 운명이 행복한 결말로 끝나기만 학수고대하는 사람의 머릿속으로 어떤 문장인들 떠오르지 않았겠는가? 앞서 언급한 전 프랑스 재상 빌렐의 문장을 시의 적절하게 인용하고 나서 골랴드낀 씨는 뜬금없이, 역시 언젠가 책에서 접한 적이 있는 전 터키 대사 마르치미리스와 아름다운 변경의 백작 부인 루이자의 인생사에 대한 것도 생각해 냈다. 그 다음으로 그는 예수회 교도[17]들이 목적 달성을 위해서라면 수단과 방법을 가리지 않는 것을 철칙으로 삼고 있다는 말도 생각해 냈다. 자

---

16 조셉 빌렐(1773~1854). 프랑스의 반동적인 정치가, 재상. 샤를 10세 내각의 수상을 역임했고, 6월 혁명 이후 정치가로서의 활동을 중단했다. 골랴드낀에 의해 인용된 이 구절은 빌렐의 자기만족적인 정치 신조였다.

17 위선적이면서 교활하고 지나치게 영리한 이중 인격자를 지칭한다.

신의 처지와 비슷한 역사적 사실들을 생각해 내어 스스로에게 희망을 불어넣은 뒤, 골랴드낀 씨는 〈그래, 예수회 교도들이 뭐 어쨌다고?〉라고 자문했다. 예수회 교도들이란 골랴드낀 씨 혼자서도 충분히 상대해 모두를 이겨 버릴 수 있는 하나같이 엄청난 바보들이 아니던가! 식기실이 비기만 하면(식기실의 문은 지금 골랴드낀 씨가 위치한 집 뒤쪽 층계, 즉 광쪽으로 나 있었다), 저 예수회 교도들이 어떻게 나오든 그는 행동을 개시하고 말 텐데…… 처음엔 식기실에서 다실(茶室)로, 그리고 사람들이 카드 놀이를 하고 있는 방을 지나면 폴카를 추고 있는 홀로 거침없이 통과해 갈 텐데. 그렇게 뚫고 들어가서, 꼭 뚫고 들어가서, 어떤 방해가 있더라도 뚫고 들어가서 누가 눈치 채지 못하게 살짝 스며들기만 하면 되는데, 그뿐인데, 그러면 아무도 눈치 채지 못할 텐데. 그렇게만 된다면 그 다음엔 어떤 행동을 취해야 하는지 그는 이미 알고 있는데. 여러분, 도대체 지금 그에게 무슨 일이 벌어진 것인지 설명하긴 힘들지만, 우리 실화의 주인공이 처해 있는 상황은 그래도 알 수 있다. 문제는 그가 〈왜 못 가? 다들 가는데……〉라면서 광과 계단까지는 도달할 수가 있었지만, 더 이상은 뚫고 들어갈 수가 없었다는 것이다. 도저히 그렇게 할 수가 없었다. 아니, 못해서라기보다는 그는 그걸 바라지 않았다. 그저 묵묵히 있는 것이 더 좋았다. 여러분, 이렇게 그는 지금 조용히 기다리고 있는 것이다. 벌써 두 시간 반 동안이나 기다리고 있는 것이다. 못 기다릴 게 무엇이 있겠는가? 위대한 빌렐도 기다렸는데. 골랴드낀 씨는 생각을 돌렸다. 〈지금 여기 빌렐이 무슨 상관인데? 빌렐이 무슨 소용이냐고? 그나저나 이제 한번…… 행동 개시를 하고 뚫고 들어가?〉……

에이그, 이 보잘것없는 인간아!〉 골랴드낀 씨는 얼어서 곱은 손으로 꽁꽁 언 볼을 꼬집으며 말했다. 「이 멍청한 인간아, 골랴드낀인가 뭔가! 거지 같은 이름 하곤……!」[18] 하지만 자신을 향한 애교 섞인 질책은 현시점에서 지나가는 말로 그저 한번 해본 말일 뿐, 별다른 뜻이 있는 것은 아니었다. 이제 그는 몸을 내밀고 앞으로 나아가려 한다. 때가 된 것이다. 식기실은 비어서 아무도 없었다. 골랴드낀 씨는 그것을 창문을 통해 보고 있었던 것이다. 문 쪽으로 두 발자국을 떼어 문을 막 열려던 참이었다. 〈가야 하나 말아야 하나, 이거 참, 가야 하나 말아야 하나, 까짓것, 가자…… 못 갈 이유가 뭐 있어? 용감한 자 앞에는 길도 많은 법이잖아!〉 스스로에게 희망을 불어넣고 나서 우리의 주인공은 갑자기, 너무나도 뜻밖에 다시 칸막이 뒤로 쏘옥 숨어 버리고 말았다. 〈안 돼. 누가 들어오기라도 하면 어떻게 해? 그러면 그렇지, 저렇게 들어왔잖아. 사람들 없을 때 나는 뭐 하느라 꾸물거렸지? 그냥 뚫고 들어가 버리는 건데……! 아니야, 사람 성격이 이래 가지고서야 어딜 뚫고 가겠어! 이렇게 주변머리가 없어서야! 암탉처럼 꽁무니를 빼는 꼴이라니. 하지만 겁내는 건 우리 일이야, 그럼, 그렇고말고! 일을 망치는 것도 항상 우리 일이고. 그러니까 댁들은 상관 마슈. 그래, 나무토막처럼 계속 여기 서 있어라, 그러면 되지, 뭐. 지금쯤 집에서 차나 마시고 있었더라면…… 차나 한 잔 마시고 있었더라면 참 좋았을 텐데. 늦게 가면 뻬뜨루쉬까가 꽤나 투덜거리겠지. 집에 가지 말까? 에잇, 제기랄, 될 대로 되라. 가자, 바로 그거야!〉 이렇게

---

18 〈골랴드낀〉의 〈골〉은 러시아 어로 〈빈민, 거지〉를 뜻하는 단어이다.

입장을 정리한 골랴드낀 씨는 마치 누군가가 밑에 있던 용수철을 건드리기라도 한 듯이 후닥닥 발을 앞으로 내디뎠다. 두 발자국 만에 그는 벌써 식기실에 닿았다. 외투와 모자를 벗어서 서둘러 구석에 쑤셔 박은 그는 옷매무새를 고치고 머리를 가다듬었다. 그리고…… 그러고 나서 차 마시는 방으로, 다시 재빨리 몸을 움직여 차 마시는 방에서 다른 방으로 향했다. 내기 도박에 빠져 있는 사람들 사이로 거의 아무도 모르게 숨어든 다음, 그리고…… 그러다가…… 골랴드낀 씨는 그 순간 자신의 처지를 몽땅 까맣게 잊어버리고 느닷없이 무도회가 열리는 홀에 나타나고 말았다.

마치 일부러 그러기라도 한 것처럼 그 순간 사람들은 춤을 추고 있지 않았다. 부인들은 무리를 지어 그림처럼 아름답게 홀 안을 걸어 다녔고, 신사들은 끼리끼리 모여 서 있거나 숙녀들에게 춤을 신청하면서 홀 안을 바쁘게 다녔다. 골랴드낀 씨는 그것을 눈치 챘는지 어쨌는지, 오로지 끌라라 올수피예브나와 그녀의 옆에 있는 안드레이 필립뽀비치, 그 다음 블라지미르 세묘노비치, 그리고 네댓 명의 장교와 젊은 사람들만을 바라보았을 뿐이다. 그들 역시 무척 흥미롭고 장래가 촉망되는 청년들로 몇몇은 첫눈에 판단하기에도 이미 야망을 이룬 사람들 같았다. 그는 누군가를 더 보았다. 아니, 어쩌면 안 보았는지도 모른다. 그는 아무도 쳐다보지 않고 그 누구에게도 시선을 주지 않았다. 초대도 안 받았으면서 남의 무도회에 뛰어들 수 있게 만든 그 용수철의 힘으로 그는 조금씩 더 앞으로, 계속 앞으로 나아갔다. 그는 어떤 문관과 부딪쳤고 발을 밟았다. 또 어떤 귀부인의 치맛자락을 밟아 찢어 놓기까지 했고, 쟁반을 들고 오는 하인과 또 누군가 한 사람을 밀었다. 정말 못 보고 그러는 것인지, 아니면 보고도 신경을 안 써서 그러는 것인지, 알 수가 없었다. 무작정 계속 앞으로 헤치고 나가 어느 순간 그는 끌랴라 올수피예브나 바로 앞에 서게 되었다. 그 순간 그가 땅속으로 꺼져 버리고 싶은 심정이었음에는 물론 두말할 필요도 없다. 눈 하나 깜짝 않고 기꺼이 그럴 수 있을 것 같았다. 하지만 엎질러진 물은 주워 담을 수 없는 법…… 이제는 어떤 물길도 되돌릴 수 없는 지경에 와 있었다. 무엇을 어쩔 수 있단 말인가? 〈일이 잘되지 않으면 분발할 것이요, 일이 잘되면 그것을 고수하라. 골랴드낀 씨는 물론 모사꾼도 아니고, 구둣발로 마룻바닥에 광을 내는 일에 달인도 아니었다…….〉 일은 이미 그렇게 벌어지고 만 것이다. 어찌 된 영문인지 예수회 교도들까지도 섞여 있었지만 골랴드낀 씨는 그들에게까지 신경을 쓸 여유가 없었다. 홀 안을 거닐며 떠들고, 얘기하고, 웃어 대던 사람들이 무슨 신호라도 받은 듯 갑자기 조용해지면서 차츰 골랴드낀 씨 주변에 모여들었다. 그러나 골랴드낀 씨는 아무 소리도 듣지 못하고 아무것도 보지 못하는 것 같았다. 아니 쳐다볼 수가 없었다……. 그는 도저히 쳐다볼 수가 없었다. 시선을 땅에 떨어뜨리고 그냥 그렇게 서 있었다. 그러면서 그는 오늘 밤 총으로 스스로 목숨을 끊어 버리겠다고 굳게 결심했다. 결심을 굳힌 골랴드낀 씨는 생각했다. 〈될 대로 되어 버려라!〉 갑자기 그는 말을 하기 시작했다. 그것은 스스로도 깜짝 놀랄 만큼 너무도 뜻하지 않은 일이었다.

골랴드낀 씨는 입을 열어 아주 고상하게 축하하고 축수했다. 축하는 잘되었다. 하지만 축수의 순간에 우리의 주인공은 더듬거리기 시작했다. 더듬거리게 되면 모든 것이 엉망이 되고 말리라 생각했는데, 그것은 현실로 나타나고 말았다. 더듬더듬, 이러지도 저러지도 못하고 그는 얼굴만 붉혔다. 얼굴을 붉히다가 어쩔 줄을 몰라했고, 어쩔 줄 몰라하다가 눈을 들었다. 눈을 들어 주위를 빙 둘러보고는 그만 망연자실해졌다. 그를 에워싼 사람들은 모두 숨소리 하나 없이 조용했고 뭔가를 기다리고 있었다. 멀리 떨어져 있는 사람들은 귀엣말을 했고, 가까이 있는 사람들은 웃음을 터뜨리기도 했다. 골랴드낀 씨는 어쩔 줄 몰라 면구스러운 눈으로 안드레이 필립뽀비치를 바라보았다. 안드레이 필립뽀비치가 응수하는 시선은, 마치 골랴드낀 씨가 지금 아직 묵살당한 것이 아니라면 다음번에는 반드시 완전히 묵살당하고 말 것이라고 말하는 듯했다. 만일 그것이 가능하기만 하다면 말이다. 침묵은 계속되었다.

「이것은 제 가정사이자 개인사입니다, 안드레이 필립뽀비치.」빈사 상태의 골랴드낀 씨는 기어들어 가는 목소리로 말했다.「이것은 관청의 일이 아니라고요, 안드레이 필립뽀치……」

「부끄러운 줄 알게나, 부끄러운 줄!」안드레이 필립뽀비치는 분노로 일그러진 표정으로 낮은 목소리를 뱉어 냈다. 그리고 끌라라 올수피예브나의 손을 잡고 골랴드낀 씨에게서 등을 돌렸다.

「제겐 부끄러워해야 할 일이 없습니다, 안드레이 필립뽀비치.」골랴드낀 씨는 불행한 시선으로 주위를 한번 주욱 훑어보며 어쩔 줄을 몰라하더니, 그 와중에도 영문조차 모르는 사람들 틈에서 처지가 비슷한 중간 계층의 사람들과 자신의 사회적 지위와 유사한 사람들을 찾아보며 작은 소리로 말했다.

「자, 아무 일도 아닙니다. 아무것도 아니라니까요, 여러분! 에이, 이게 뭡니까? 누구에게나 일어날 수 있는 일이잖아요?」 골랴드낀 씨는 서 있던 자리에서 조금씩 움직여 자신을 에워싸고 있는 군중 틈에서 빠져나오려고 애쓰면서 말했다. 사람들은 길을 내주었다. 영문을 몰라하며 호기심을 나타내는 양쪽 구경꾼들 사이를 그는 겨우겨우 빠져나왔다. 그를 이렇게 만든 건 운명이었다. 골랴드낀 씨는 운명이 그를 여기까지 오게 했다고 생각했다. 만약 체면이 깎이는 일 없이 좀 전에 서 있던 뒷계단 근처 광으로 돌아갈 수만 있다면, 아무리 비싼 값을 치르고서라도 그렇게 했을 것이다. 하지만 그것은 전적으로 불가능한 일이기에, 그는 구석 쪽으로 몸을 감추고 그곳에서 아무도 건드리지 않고 관심도 끌지 않으면서, 손님들과 주인의 동정 속에 혼자 겸손하고 점잖고 고상하게 서 있으려고 노력했다. 하지만 골랴드낀 씨는 무언가 자신을 쓰러뜨리려 한다고 느꼈고, 자신이 흔들리고 넘어지고 있는 것 같은 기분을 느꼈다. 마침내 그는 구석에 다다랐다. 아무 상관없는 무관심한 방관자처럼 행동하며 의자 두 개를 제 것인 양 움켜쥐고 등받이를 손으로 잡더니, 가능한 한 최고로 자신만만한 눈으로 주위에 떼지어 서 있던 올수피 이바노비치의 손님들을 쳐다보았다. 그와 가장 가까운 곳에 키가 훤칠하니 잘생긴 한 장교가 있었는데, 그 앞에서 골랴드낀 씨는 자신이 진짜 벌레 같다고 느꼈다.

「이 의자들은 말이지요, 중위님, 끌라라 올수피예브나와 저기서 춤을 추고 있는 공작의 영애 체프체하노바 양을 위한 것입니다. 중위님, 두 분을 위해서 저는 이렇게 의자를 준비하고 있는 것이지요.」 골랴드낀 씨는 간신히 숨을 쉬며 애원하는 시선으로 중위를 바라보며 말했다. 중위는 아무 말 없이 살인적인 미소를 지으며 얼굴을 돌렸다. 무참히 당해 버린 우리의 주인공은 다른 데서 다른 식으로 운을 시험해 보려고 눈에 확 띄는 십자 훈장을 목에 건 어떤 고위 관리에게 고개를 돌렸다. 하지만 그는 얼음처럼 쌀쌀맞은 시선으로 훑어보았기 때문에 골랴드낀 씨는 사람들이 자기에게 한 양동이의 물을 뒤집어씌운 것 같은 느낌을 똑똑히 받았다. 골랴드낀 씨는 입을 다물었다. 그는 입을 다물고, 뻥긋도 하지 않는 것이 더 낫겠다고 생각했다. 그래서 그는 자기에겐 아무 일도 없고, 다른 사람들과 똑같을 뿐이며, 자신의 처지를 꽤 괜찮게 생각한다는 것을 보여 주리라 결심했다. 목표를 세운 그는 입고 있던 제복 소매에 시선을 고정시켰다가 곧 눈을 들어 단정한 외모의 신사에게 시선을 멈추었다. 골랴드낀 씨는 생각했다. 〈저 사람은 가발을 썼군. 만약 저 가발을 벗기면 나의 맨 손바닥과 똑같은 대머리가 나오겠지.〉 대단한 발견을 해낸 골랴드낀 씨는 아랍의 군주들에 대해서 생각했다. 선지자 마호메트의 후손이라는 증표로 그들이 쓰고 다니는 녹색 두건을 벗겨 낸다면, 그들도 역시 머리카락 하나 없는 민둥머리만 남게 될 것이다. 골랴드낀 씨의 머릿속에서는 터키인들에 대한 이런 저런 생각들이 충돌했고, 터키식 구두에 대해서도 생각하다가 마침내 안드레이 필립뽀비치의 장화는 장화라기보다는 구두에 더 가깝다는 생각까지 하게 되었다. 골랴드낀 씨는 이제 자신의 처지에 어느 정도 익숙해져 있었다. 그의 머릿속엔 이런 생각도 떠올랐다. 〈만약, 만약에 저 샹들리에가 사람들 머리 위로 떨어지면 나는 즉시 끌랴라 올수피예브나를 구하러 달려갈 거야. 그녀를 보호하면서 이렇게 말하는 거야.《걱정하지 말아요, 아가씨, 이건 아무것도 아니라오. 당신 옆엔 내가 있잖소.》그리고……〉 골랴드낀 씨는 눈을 돌려 끌랴라 올수피예브나를 찾다가 올수피 이바노비치의 시종장인 게라시모비치를 보았다. 게라시모비치는 아주 걱정스럽고 공적이며 엄숙한 태도로 조용하게, 하지만 그를 향해 똑바로 걸어오고 있었다. 골랴드낀 씨는 부르르 몸을 떨며 이유를 알 수 없는 불쾌한 느낌으로 얼굴을 찌푸렸다. 기계적으로 주위를 둘러보았다. 아무도 몰래 조용히 이 불행에서 비켜 갈 수는 없을까, 눈 깜짝할 사이에 연기처럼 사라져 버릴 수는 없는 것일까, 아무렇지도 않은 척 멀쩡하게, 아무 잘못도 없는 척할 수는 없을까 하는 생각이 떠올랐지만 우리의 주인공이 뭔가 실행에 옮길 새도 없이 게라시모비치는 벌써 그의 앞에 서 있었다.

「저기 말이오, 게라시모비치,」 우리의 주인공은 게라시모비치에게 미소를 지으면서 말을 걸었다. 「자네 빨리 손을 써야겠어. 저기 보이나, 저기 촛대 위 양초가 말이야, 게라시모비치, 곧 쓰러질 것 같아, 그러니까 자네가 똑바로 세우도록 조처해야 할 것 같은데. 정말 곧 쓰러지겠어, 게라시모비치……」

「양초 말입니까, 나리? 아니오, 양초는 똑바로 서 있는뎁쇼. 그건 그렇고, 누가 저쪽에서 나리를 찾는데요.」

「아니, 도대체 누가 나를 찾는다는 것인가, 게라시모비치?」

「글쎄요, 누군지 확실히는 모르겠습니다만, 아마도 어느 댁에선가 보낸 사람인 것 같습니다, 나리. 그 사람 말이, 여기 야꼬프 뻬뜨로비치 골랴드낀 씨가 계시냐고 하더군요. 그러면서 불러 달라고, 아주 긴요하고 급한 일 때문에 그런다고…… 그렇게 말하던데요, 나리.」

「아닐세, 게라시모비치. 자네 뭔가 착각하는 것 같군. 이건, 게라시모비치, 자네가 뭔가 실수하는 거…….」

「아닌 것 같은데요, 나리…….」

「아니야, 게라시모비치, 아닌 것 같은 게 아니야. 이 일엔, 게라시모비치, 의심할 만한 게 아무것도 없다네. 나를 찾는 사람은 아무도 없어, 게라시모비치. 날 찾을 사람은 아무도 없으니까 말일세. 나는 지금 여기 내 자리, 즉 내가 있어야 할 곳에 있다네, 게라시모비치.」

골랴드낀 씨는 잠시 숨을 돌리고 주위를 둘러보았다. 그러면 그렇지! 홀에 있던 사람들 모두 뭔가 굉장한 것을 기대하면서 귀와 눈을 활짝 열어 놓고 있었다. 남자들은 무리를 지어 좀 더 가까이 오려고 붐볐고, 좀 먼 곳에서는 부인네들이 어수선하게 속닥거렸다. 집주인도 골랴드낀 씨에게서 멀지 않은 곳에 서 있었다. 그의 모습만으로는 그가 골랴드낀 씨가 처해 있는 상황에 직접적이고 전적인 관여를 하고 있는지 아닌지 전혀 알 수가 없었다. 그 정도로 이 일은 치밀한 계산 속에서 벌어지고 있었던 것이다. 그럼에도 불구하고 이 일은 우리 서사시의 주인공으로 하여금 결정적인 순간이 닥쳤음을 분명하게 깨닫게 했다. 과감하게 한 방 먹일 순간이 왔음을, 원수들에게 불명예의 순간이 도래했음을 확실히 알 수 있었다. 골랴드낀 씨는 흥분했다. 골랴드낀 씨는 어떤 영감 같은 것을 느꼈고, 그때까지 기다리고 서 있던 게라시모비치에게 위엄 있고 떨리는 목소리로 다시 입을 열었다.

「아니라니까, 이 사람, 아무도 날 부르지 않아. 자넨 실수하는 거야. 좀 더 말해 볼까. 자넨 오늘 낮에도 부득부득 우기면서 내게 실수를 범했어……. (여기서 골랴드낀 씨는 목소리를 높였다.) 내가 기억할 수도 없는 어린 시절부터 나의 은인이시고, 내겐 어떤 의미에서 아버지와도 같으신 올수피 이바노비치가, 어버이인 그에게 가슴 뿌듯한 기쁨을 주는 오늘같이 경사스러운 날, 당신 집 대문을 나에게 열어 주지 말라고 하셨다면서 자넨 감히 나를 설득하려 했어. (골랴드낀 씨는 스스로 만족한 나머지 깊은 감동을 느끼며 주위를 둘러보았다. 속눈썹에는 눈물까지 맺혔다.) 다시 말해 주지, 이 사람.」 우리의 주인공은 마무리를 지었다. 「자넨 실수했어, 잔인하고 용서받지 못할 실수를 저지른 거야…….」

엄숙한 순간이었다. 골랴드낀 씨는 효과가 꽤 크다고 생각했다. 골랴드낀 씨는 겸손하게 눈을 내리뜨고, 올수피 이바노비치의 포옹을 기다리면서 서 있었다. 손님들 사이에서도 동요와 망설임의 빛이 역력했다. 심지어는 그렇게 단호하고 엄하기로 소문난 게라시모비치조차도 〈아닌 것 같은데요, 나리〉라는 말 이후로는 입을 다물고 서 있었다……. 그런데 그때 갑자기 몰인정하기 짝이 없는 오케스트라가 뜬금없이 요란스런 폴카를 연주하기 시작했다. 모든 것이 뒤죽박죽되었다. 모든 것이 수포로 돌아가 버렸다. 골랴드낀 씨는 움찔 몸을 떨었고, 게라시모비치는 뒤로 물러났다. 블라지미르 세묘노비치가 재빨리 끌라라 올수피예브나와 첫번째 커플을 이루고, 잘생긴 중위가 체프체하노바 공작 영애와 커플이 되면서 홀 안에 있던 사람들은 모두들 파도처럼 동요하기 시작했다. 관객들은 호기심 가득한 눈으로 이리저리 밀치며 폴카를 추는 젊은이들을 열광적으로 바라보았다. 춤은 정말 재미있고, 신선하고, 세련된 것이어서 모두를 열광시키기에 충분했다. 골랴드낀 씨는 그렇게 잊혀지고 만 것이다. 그러다가 모두들 술렁거리며 혼란에 빠져 북새통을 이루는 일이 뜻하지 않게 벌어지고 말았다. 음악도 멎었다…… 이상한 사건이 일어났던 것이다. 춤추다 지친 끌라라 올수피예브나가 간신히 숨을 쉬면서 활활 불타오르는 것 같은 뺨과 거세게 고동치는 가슴을 안고 힘이 쭉 빠져서 소파에 쓰러지듯 앉았다. 그러자 손님들은 황홀하도록 아름다운 그 매력 있는 여인에게 앞다투어 달려갔고, 쉬는 시간을 이용해 그녀에게 인사를 하고 즐거운 파티에 대해 감사의 말을 하려고 북적거렸다. 그때 그녀의 앞에 갑자기 골랴드낀 씨가 나타났다. 골랴드낀 씨는 얼굴이 창백해 보였고 몹시 낙담해 있었다. 그도 기진맥진한 듯 간신히 움직이고 있었다. 무슨 이유에서인지 그는 미소를 짓고 있었고 애원하듯 손을 내밀었다. 끌라라 올수피예브나는 당황한 나머지 손을 움츠리지도 못하고 기계적으로 따라 일어났다. 골랴드낀 씨는 비틀거리면서 한 발, 두 발 나아갔다. 그러다가 한 발을 들고 찌익 소리 나게 끌어서 숙녀에게 인사하는 시늉을 하고 발장단을 겨우겨우 맞추는가 싶었는데, 그만 넘어지고 말았다……. 그는 자기도 한번 끌라라 올수피예브나와 춤을 춰보고 싶었던 것이다. 끌라라 올수피예브나는 비명을 질렀다. 사람들은 골랴드낀 씨의 손에서 그녀의 손을 빼내기 위해 달려들었고, 순식간에 우리의 주인공은 그녀로부터 열 걸음은 족히 될 만한 곳으로 밀려나고 말았다. 주변엔 곧 사람들이 에워쌌다. 골랴드낀 씨가 뒷걸음질 칠 때 쓰러뜨릴 뻔한 노파들의 비명소리와 고함소리도 들려왔다. 끔찍한 혼란이 일어나고 만 것이다. 모두들 이게 웬일인가 했고, 모두들 비명을 질러 댔고, 모두들 이러쿵저러쿵 따지고 들었다. 오케스트라도 멈췄다. 우리의 주인공은 사람들에게 둘러싸여 이리저리 밀려다니면서 가끔은 웃음도 흘려 가며 혼자 중얼거렸다. 「도대체 왜 안 된다는 거야. 내가 생각하기에 폴카는 새롭고 아주 재미있고, 여자들을 만족시키기 위해서 만들어진 춤 같은데……. 하지만, 뭐, 일이 이렇게 벌어졌으니 나도 인정해야겠지.」 하지만, 골랴드낀 씨가 수긍해 주기를 바라는 사람은 아무도 없는 것 같았다. 우리의 주인공은 누군가의 손이 자신의 손을 잡고 또 다른 어떤 손은 등에 대어져, 각별한 배려와 함께 어디론가 몰아가는 것을 느꼈다. 마침내 그는 그게 문으로 가는 것임을 알아차렸다. 골랴드낀 씨는 뭔가 말하고 싶었고 무슨 행동이든 하고 싶었다. 하지만 그는 이미 전혀 아무것도 할 수 없었다. 다만 기계적으로 웃기만 했을 뿐이었다. 마침내 누군가가 그에게 외투를 입혔고, 눈까지 모자를 푹 눌러 씌웠다. 결국 끝내 그는 춥고 어두운 광과 계단까지 오게 된 자신의 모습을 보았다. 막다른 골목에 다다른 그는 자신이 나락으로 떨어지고 있다고 느꼈다. 그래서 막 비명을 지르려던 순간, 정신을 번쩍 차리고 보니 마당이었다. 대기의 신선한 향기를 맡으며 잠시 그는 가만히 서 있었다. 다시 연주를 시작한 오케스트라의 음악소리가 들려왔다. 순간 골랴드낀 씨는 모든 것을 기억해 냈다. 쇠잔했던 힘이 다시 되살아나는 것만 같았다. 그는 지금까지 붙박인 듯 서 있던 그 자리에서 벗어나 뒤도 안 돌아보고 내달았다. 멀리, 그 어딘가로, 대기 속으로, 자유를 향해, 눈길 닿는 대로…….

제5장

 골랴드낀 씨가, 적들과 모진 박해, 우박같이 쏟아지던 모멸스러운 말, 겁을 잔뜩 집어먹은 노파들의 비명소리, 숱한 여자들의 〈오!〉, 〈아!〉 하던 외침소리, 그리고 안드레이 필립뽀비치의 살인적인 시선에서 벗어나서 정신없이 이즈마일로프스끼 다리 바로 옆에 있는 폰딴까 강변으로 도망쳐 왔을 때, 뻬쩨르부르그에 있는 모든 탑의 타종 시계는 자정을 알렸다. 골랴드낀 씨는 죽임을 당한 것이나 다름없었다. 완전히, 그 말이 갖고 있는 의미 그대로 그는 피살되었던 것이다. 만약 지금 달릴 수 있는 힘이 남아 있다면, 그것은 단지 기적에 의한 것일 뿐, 결국 스스로도 믿기를 거부해 버린 기적에 의한 것일 뿐이었다. 끔찍한 밤이었다. 안개 때문에 희뿌연 11월의 눅눅한 밤, 진눈깨비는 내리고 염증, 코감기, 열병, 편도선염, 고열 등 온갖 증상으로 가득한, 한마디로 말해서 뻬쩨르부르그 시의 11월이 줄 수 있는 선물은 모두 모아 놓은 밤이었다. 바람은 폰딴까 강의 시커먼 물을 보도 난간의 연결 고리보다도 더 높이 솟구치게 만들었고, 흐릿한 강둑 가로등들을 신경질적으로 건드리며 텅 빈 거리에서 울부짖었다. 가로등은 가로등대로 바람의 윙윙거리는 소리에 가느다랗고 날카롭게 삐걱삐걱 응수하고 있었다. 이 소리들은 뻬쩨르부르그의 모든 주민들에게 아주 익숙한 연주회 같은 것으로 끊임없이 삑삑거리고 덜그럭거렸다. 눈과 비가 한꺼번에 쏟아졌다. 바람이 흩뿌리는 빗줄기들은 마치 소방 호스로 옆에서 물을 뿌려 대는 것 같았고, 수천 개의 옷핀과 머리핀이 되어 불행한 골랴드낀 씨의 얼굴을 찌르고 때렸다. 멀리

서 들려오는 마차 바퀴 소리와 바람의 울부짖음, 그리고 삑 삑거리는 가로등만이 가끔 밤의 정적을 끊어 놓았는데, 지붕과 현관 계단과 배수관과 처마에서 화강암 보도로 떨어져 흐르는 물 소리는 그 정적의 한복판에서 우울하게 울리고 있었다. 가까운 곳이든 먼 곳이든 사람이라곤 그림자도 보이지 않았다. 하기야 그런 시간 그런 날씨엔 사람이 있는 게 오히려 이상하다고 여겨졌다. 오직 한 사람, 절망 속에서 거리로 내몰린 골랴드낀 씨만이 셰스찌라보치나야 거리에 있는 건물 4층의 자기 아파트로 될 수 있는 한 빨리 서둘러 가려고 이런 시간에 폰딴까 거리를 평소 습관처럼 종종걸음으로 허둥지둥 달려가고 있었던 것이다.

눈과 비, 그리고 눈보라나 먹구름이 11월의 뻬쩨르부르그 하늘에서 한꺼번에 위세를 떨칠 때면 이름도 대지 못할 온갖 것들이 갑자기 한꺼번에, 그렇지 않아도 불행으로 숨이 끊어질 것 같은 골랴드낀 씨를 공격해 왔다. 그것은 작은 관용도, 휴식할 여유도 주지 않고 사방에서 몰아닥치며 뼈마디까지 스며들고 눈에 엉겨붙어, 그는 길을 잃고 갈팡질팡했다. 하늘은 마치 골랴드낀 씨의 원수들과 일부러 왕래하고 내통해서 오늘 낮과 저녁때와 밤에 그가 겪은 불행을 훌륭히 매듭지어 주자고 미리 짜기라도 한 듯 한꺼번에 덤벼들었다. 하지만 이런 공격에도 불구하고 골랴드낀 씨는 가혹한 운명의 마지막 증거와도 같은 지금 사태에 별다른 느낌을 가질 수가 없었다. 몇 분 전 5등 문관 베렌제예프 씨의 집에서 일어난 사건들은 그만큼 그를 뒤흔들어 놓고 충격을 주었던 것이다. 만약 지금 아무 상관도 관심도 없는 관찰자가 골랴드낀 씨의 쓸쓸한 행보를 그저 대충 옆에서 흘끗 보았다면, 그는 골랴드긴 씨의 불행을 즉시 알아차리고 끔찍해 하며, 골랴드낀 씨가 지금 마치 자기 자신으로부터 도망쳐서 자기 자신으로부터 숨어 버리고 싶은 사람 같다고 말했을 것이다. 그랬다! 정말로 그랬다. 더 말해 볼까. 골랴드낀 씨는 지금 자기 자신으로부터 도망치고 싶은 것은 물론이거니와 완전히 사라져 버리고 싶었다. 이 세상에 더 이상 존재하지 않고 재가 되어 날아가고만 싶었다. 지금 주위의 그 어떤 것에도 신경을 쓰지 않고 있는 그는 주위에서 무슨 일이 벌어지고 있는지 감각도 없었으며, 악천후의 불쾌한 밤이나, 앞에 놓인 먼 길, 비, 눈, 바람으로 가득한 험한 날씨까지도 사실은 현실이 아닐 거라 생각하며 멍한 시선으로 앞만 바라보았다. 골랴드낀 씨의 오른쪽 장화에서 빠져나간 덧신은 폰딴까 거리의 진흙과 눈 속에 내팽개쳐졌지만 그는 그것을 집으러 돌아갈 생각도 안 했고, 사실 없어진 줄도 몰랐다. 극심한 혼란에 빠진 그는 조금 전의 무서운 추락에 대한 생각으로 가득 차 주위의 악천후에도 불구하고 몇 번씩이나 보도 한가운데에 갑자기 멈춰 서서 말뚝처럼 꼼짝 않고 있곤 했다. 그럴 때면 그는 맥을 놓고 이 세상에서 완전히 사라졌던 것이다. 그러다 갑자기 미친 사람처럼 펄쩍 뛰어 뒤도 안 돌아보고 달리고 또 달렸다. 마치 누군가의 추적으로부터, 더 끔찍한 재난으로부터 도망이라도 치듯……. 그의 현실은 정말 끔찍했다……! 탈진해 버린 골랴드낀 씨는 마침내 가던 길을 멈추고 코피라도 터진 사람처럼 강둑 난간에 기대어 섰다. 폰딴까 강의 뿌옇고 검은 물을 뚫어져라 쳐다보았다. 시간이 얼마나 흘렀는지는 알 수 없는 노릇이다. 다만 분명한 것은 골랴드낀 씨가 가슴이 찢겨 나가는 괴로움을 느낄 정도로 절망했고, 그렇지 않아도 약해진 기력마저 동이 났을 정도로 쇠잔해져서, 이즈마일 로프스끼 다리도 세스찌라보치나야 거리도 현재 자신의 모습도 모두 잊어버리고 말았다는 것이다. 도대체 이게 정말 뭐란 말인가? 이미 엎질러진 물이고, 결론도 확실히 나버려 이젠 어쩔 수 없는 일 아니던가. 그런데 이건 또 무슨 일이지……? 갑자기…… 갑자기 그는 온몸을 떨었다. 자기도 모르게 그는 두어 걸음 옆으로 튕겨 나갔다. 형언할 수 없는 불안감으로 그는 좌우를 둘러보았다. 아무도 없었다. 특별한 일이 일어난 것도 아니었다. 그런데…… 그럼에도 불구하고 누군가 지금 이 순간, 여기 그의 주변, 그의 바로 옆에서 강둑 난간에 역시 팔꿈치를 괴고 서 있는 것 같았다. 희한한 일이었다. 그는 골랴드낀 씨에게 말도 걸었다. 뭔가 재빨리, 사이를 두고, 이해할 수도 없는 말을 지껄였다. 하지만 뭔가 골랴드낀 씨와 밀접하게 관련된 일에 대한 것이었다. 골랴드낀 씨는 주위를 한번 더 둘러보며 말했다. 「뭐야, 이게, 그냥 내 느낌인가? 그런데 이거 여기가 어디야? 에이그, 에이그!」 고개를 저으며 말은 했지만, 한편으로는 불안하고 슬프고 무서운 생각까지 들어서, 그는 눈에 힘을 잔뜩 주고 근시의 시력이나마 있는 힘을 다해 앞에 펼쳐진 젖은 공간을 꿰뚫어 보려 애쓰며 칙칙하고 눅눅한 전방 먼 곳을 쳐다보았다. 하지만 골랴드낀 씨의 눈에 띄는 것 중에는 새로운 것도, 특별한 것도 없었다. 있어야 할 것만 있었고, 모든 게 다 정상인 것 같았다. 풀어 말하자면, 눈은 점점 더 굵고 세차게 쏟아져 지척도 분간할 수 없었고, 가로등은 더 날카롭게 삑삑거렸고, 바람은 한결 더 간절하게 호소하고 흐느끼면서 슬픈 노래를 길게 늘여 빼고 있었다. 마치 먹을 것을 얻기 위해 동전 한 닢을 간절히 구걸하는 끈질긴 거지와도 같았다. 「아이고, 아이고! 도대체 내가 이게 무슨 꼴이람?」 골랴드킨 씨는 보도로 내려와 여전히 주위를 슬금슬금 살피며 말했다. 그런데 뭔가 새로운 느낌이 골랴드킨 씨의 온몸에 퍼지고 있었다. 슬픔인 듯 아닌 듯, 공포인 듯 아닌 듯…… 열병 같은 전율이 혈관을 타고 지나갔다. 견뎌 내기 힘들 정도로 기분 나쁜 순간이었다! 스스로를 격려해 보려고 그는 이렇게 말해 보았다. 「뭐, 괜찮아, 괜찮다고, 이건 아무것도 아닐 거야. 체면 깎일 일이야 생기려고. 꼭 그래야 할 필요가 있었나 보지, 뭐.」 자기가 무슨 말을 하는지도 모르면서 그는 계속 중얼거렸다. 「때가 되면 다 잘될 테고 이러니저러니 따질 필요도 없을 거야. 모든 게 다 밝혀지겠지.」 그렇게 스스로를 위로한 골랴드킨 씨는 몸을 약간 흔들어 모자며, 옷깃, 외투, 넥타이, 신발 위에 두껍게 내려앉아 있던 눈을 털어 냈다. 하지만 기이한 느낌과 이유를 알 수 없는 침울한 슬픔은 여전히 떨쳐 낼 수가 없었다. 어딘가 멀리서 대포 쏘는 소리가 들려왔다. 우리의 주인공은 생각했다. 〈이런, 날씨하고는. 저런, 저런! 홍수는 안 날까 몰라? 수면이 꽤 높아진 것 같은데.〉 골랴드킨 씨가 이것을 말한 것인지 생각한 것인지는 확실하지 않다. 바로 그 순간 그는 멀리서 자기 쪽을 향해 걸어오는 행인 한 사람을 보았다. 그도 골랴드킨 씨처럼 무슨 일이 생겨 늦어진 사람일 것이다. 따라서 별일 아닐 수도 있었는데, 왜 그런지 골랴드킨 씨는 당황해 하면서 겁을 집어먹고 허둥지둥 정신을 못 차렸다. 나쁜 사람인 것 같지는 않았지만, 그래도 혹시……. 골랴드킨 씨의 머릿속에선 이런 생각도 떠올랐다. 〈그래, 저 사람이 누군지 어떻게 알아. 어쩌면 저 사람도 역시, 어쩌면 아주 중요한 일이 있어서 여기 나타난 것인지도 모르지. 괜히 어슬렁거리는 게 아니라 무슨 목적을 갖고 왔다 갔다 하는 것일 수도 있어. 내 길을 가로막고 시비를 걸어 올지도 몰라.〉 하지만 골랴드낀 씨는 이런 생각을 구체적으로 했던 게 아니라 그와 비슷한 아주 기분 나쁜 느낌만 순간적으로 가졌었는지도 모르겠다. 한편 뭘 생각하고 느낄 새도 없이 행인은 벌써 두 발자국 정도 앞에서 걸어오고 있었다. 그와 동시에 골랴드낀 씨는 평소 습관대로 매우 고고한 표정을, 즉 골랴드낀 씨라는 사람은 독자적인 인물이며, 살아가는 데 아무 문제도 없고, 길이 충분히 넓으므로 자신은 절대 그 누구도 건드리지 않는다는 것을 확실하게 보여 주는 표정을 서둘러 지어 보였다. 그러다 갑자기 그는 장승처럼, 벼락맞은 사람처럼 멈춰 서서 방금 곁을 스쳐 지나간 행인을 향해 재빨리 고개를 돌렸다. 마치 뒤에서 뭔가가 끌어당기기라도 한 것처럼, 바람이 갈 길을 돌려놓기라도 한 것처럼 그렇게 그는 돌아섰다. 행인은 아주 빠르게 눈보라 속으로 사라지고 있었다. 골랴드낀 씨와 마찬가지로 그도 몹시 서두르고 있었다. 그는 골랴드낀 씨와 같은 옷을 입고 골랴드낀 씨처럼 머리끝에서 발끝까지 옷으로 푹 싸여, 약간 비틀거리면서 폰딴까 거리의 보도를 일정하게 때려 가며 잰 걸음으로 바삐 가고 있었다.「이게, 이게 뭐야?」 골랴드낀 씨는 어이가 없어 웃으며 작은 소리로 말했다. 동시에 그는 온몸을 떨었다. 등골이 오싹했다. 그러는 사이 행인은 완전히 사라졌고, 발자국소리도 더 이상 들리지 않게 되었다. 하지만 골랴드낀 씨는 여전히 거기 서서 그가 사라진 쪽을 바라보았다. 그는 차츰 정신을 차려 갔다. 그는 화가 났다. 〈도대체 이게 뭐야. 도대체 내가 왜 이러지? 정말 내가 미치기라도 한 건가?〉 뒤로 돌아선 그는 걸음을 점점 더 빨리 떼면서, 더 이상 아무것도 생각하지 않는 것이 낫겠다 싶어 가던 길을 재촉했다. 그런 목적으로 마침내 그는 눈까지 감았다. 바람의 울부짖음과 악천후가 내는 소음 사이 그리 멀지 않은 곳에서 또다시 누군가의 발자국소리가 그의 귓전에까지 날아왔다. 그는 부르르 몸을 떨며 눈을 떴다. 한 스무 걸음 전방에서 빠른 속도로 다가오고 있는 어떤 사람의 모습이 보였다. 그는 몹시 서둘렀고 종종 걸음을 치며 허둥댔다. 두 사람의 거리는 빠른 속도로 가까워졌고, 골랴드낀 씨는 밤늦게 돌아다니는 그 동행인을 제대로 쳐다볼 수도 있게 되었다. 그를 보고 골랴드낀 씨는 황당함과 공포를 못 이기고 비명을 질렀다. 다리에서는 힘이 쭉 빠져나갔다. 그 사람은 10분 전쯤 그가 본, 옆을 스쳐 지나간 바로 그 행인이었다. 너무도 뜻밖에 그가 갑자기 다시 나타난 것이다. 하지만 골랴드낀 씨를 놀라게 한 기적은 이것 한 가지만이 아니었다. 골랴드낀 씨는 너무 놀라서 걸음을 멈추었고 소리소리 질러 뭔가 말하고 싶었다. 그는 낯선 사람을 쫓아가기 시작했다. 서둘러 그를 멈추게 하려는 마음에 뭐라고 큰 소리로 말하기까지 했다. 낯선 사람은 골랴드낀 씨로부터 한 열 걸음 떨어진 곳에서 정말로 멈춰 섰다. 옆에 있던 가로등의 불빛이 그의 모습을 완전히 비추어 주고 있었다. 그는 걸음을 멈추고 골랴드낀 씨 쪽으로 돌아서서 조급해 하고 걱정스러워하는 얼굴빛으로 골랴드낀 씨가 무슨 말을 할까 기다리고 있었다. 「죄송합니다, 제가 사람을 잘못 봤나 봅니다.」 우리의 주인공은 떨리는 목소리로 간신히 말했다. 낯선 사람은 아무 말 없이 골이 난 듯 홱 뒤로 돌더니, 마치 골랴드낀 씨로 인해 잃어버린 2초를 만회해 보겠다는 듯 서두르면서 가던 길을 재촉했다. 한편 골랴드낀 씨는 혈관이 벌벌 떨렸고, 무릎은 꺾일 지경이었다. 그러고는 완전히 탈진해서 〈끙〉 소리를 내며 길가 턱에 주저앉았다. 그가 그토록 혼란스러워한 데에는 합당한 이유가 있었다. 그 낯선 사람이 아는 사람처럼 느껴졌던 것이다. 하지만 그 정도는 아무것도 아니었다. 그는 이제 그가 누군지 거의 완벽하게 알아내고 만 것이다. 그는 그를, 그 사람을 자주 보아 왔다. 옛날에도 보았고 심지어는 바로 얼마 전에도 보았다. 그게 언제였더라? 혹시 어제였나? 하지만, 정말 중요한 건 골랴드낀 씨가 그를 자주 보아 왔다는 것도 아니다. 그 사람에게는 주목할 만한 것이 거의 아무것도 없었다. 처음 봤을 때, 사람들의 각별한 관심을 끌 만한 것은 거의 없는 사람이었다. 다른 사람들과 마찬가지로 그도 그저 평범한 사람이었고, 다른 점잖은 사람들과 마찬가지로 품위 있는 사람이었고, 어쩌면 꽤 고매한 인품을 갖고 있는 사람일 수도 있는 것이다. 골랴드낀 씨는 그가 싫은 것도 아니었고, 그에 대해 적대감이나 심지어는 아주 조그마한 반감 같은 것도 갖고 있지 않았다. 오히려 그 반대일 수 있었다. 하지만(바로 이 부분이 아주 중요한 것인데), 하지만 그는 세상에서 제일 귀한 보물을 준대도 그자와 만나고 싶지 않았다. 특히 지금과 같은 만남은 절대로 싫었다. 더 말해 보자. 골랴드낀 씨는 이 사람을 잘 알고 있었다. 그의 이름과 성까지도 알고 있었다. 하지만 절대로, 다시한번 말하지만, 세상의 어떤 귀한 보물을 준다 해도 그 사람의 이름이 무엇이고, 부칭이 뭐고, 성씨가 어떻다고는 절대로 말하거나 인정하지 않을 참이었다. 골랴드낀 씨의 어지러운 상념들이 얼마나 계속되었을까. 길가 턱에는 얼마나 오래 앉아 있었던 것일까? 모르겠다. 하지만 한 가지, 마침내 제정신으로 돌아온 그는 갑자기 뒤도 돌아보지 않고 힘껏, 숨이 턱에 닿도록 뛰었다. 두 번인가 무엇에 걸려서 넘어질 뻔했고, 그 와중에 골랴드낀 씨의 나머지 장화 한 짝도 덧신을 버리고 혼자 남았다. 마침내 골랴드낀 씨는 숨을 돌리기 위해 속도를 좀 늦추고 휘휘 주위를 둘러보았다. 자신도 모르는 사이 그는 폰딴까 거리를 지났고, 아니취꼬프 다리를 넘었으며, 네프스끼 거리를 지나 지금은 리쩨이나야 거리로 돌아가는 모퉁이에 서 있었다. 골랴드낀 씨는 리쩨이나야 거리로 접어들었다. 지금의 그의 처지는 무시무시한 벼랑 끝에 서 있는 사람의 처지와 같았다. 발 밑에선 땅이 끝나 버리고, 그 전부터 흔들거리며 움직이던 땅은 결정적으로 요동을 치고 무너져 내리면서 그를 나락으로 끌고 간다. 하지만 불행한 사람에게는 튕겨 돌아갈 힘도, 아니 집어삼킬 듯 입을 벌리고 서 있는 벼랑에서 눈을 돌릴 힘도, 굳은 마음도 없다. 나락은 그를 끌어당기고, 결국 그는 스스로 파멸의 시간을 재촉하며 제 발로 그 속에 뛰어든다. 골랴드낀 씨는 자신에게 뭔가 안 좋은 일이 틀림없이 더 일어나리라는 것을, 그 낯선 사람을 다시 만나게 된다든가 하는 등의 기분 나쁜 일이 머리 위로 쏟아질 것이라는 사실을 알고 있었다. 느끼고 있었다. 아니 전적으로 확신하고 있었다. 하지만 이상한 일이었다. 그는 그 만남을 원하고 있었다. 그것을 피할 수 없는 일이라 여겼고, 다만 모든 것이 빨리 끝나기를 바랄 뿐이었다. 어떤 식으로든 상관없으니, 그저 빨리 해결되기만을 바랄 뿐이었다. 그는 알 수 없는 힘으로 움직이는 사람처럼 달리고 또 달렸다. 온몸에서 그는 무기력과 무감각을 느꼈고, 별의별 상념들이 가시 덩굴처럼 여기저기 걸려 있었지만, 도무지 아무 생각도 할 수가 없었다. 흠뻑 젖어 추위에 떠는 길 잃은 개 한 마리가 꼬리와 귀를 바짝 붙이고 어느새 골랴드낀 씨 옆에 따라붙어 서둘러 달리면서, 이따금 겁먹은 듯한 눈으로, 가끔은 이해한다는 표정으로 골랴드낀 씨를 흘깃흘깃 쳐다보았다. 오래전에 잊어버린 아득한 상념 하나가, 옛날에 일어났던 어떤 일에 대한 기억 하나가 지금 그의 머릿속을 비집고 들어와 망치로 치듯 머리를 울려 그를 화나게 했고, 도무지 떨어져 나가려 들지 않았다. 「에잇, 이 더러운 개새끼야!」 스스로 자신을 이해하지도 못하면서 그는 중얼거렸다. 이딸리얀스까야 거리 모퉁이에서 마침내 그는 그 낯선 사람을 발견했다. 다만 지금 그자는 골랴드낀 씨 앞에서 오고 있는 것이 아니라, 몇 발자국 앞에서 골랴드낀 씨와 같은 방향으로 뛰고 있었던 것이다. 그들은 세스찌라보치나야 거리로 접어들었다. 골랴드낀 씨는 숨을 헐떡거렸다. 낯선 사람은 골랴드낀 씨가 세 들어 사는 바로 그 집 앞에서 멈춰 섰다. 종 울리는 소리가 들렸고 그와 거의 동시에 쇠로 된 빗장이 삐걱거리는 소리가 들렸다. 쪽문이 열렸고 낯선 사람은 아른아른 하더니 허리를 굽히고 사라졌다. 거의 동시에 골랴드낀 씨도 쏜살같이 대문 안으로 뛰어 들어갔다. 문지기가 투덜거리든 말든 그는 숨이 턱까지 차서 마당으로 뛰어 들어가 잠시 놓쳤던 수수께끼의 동행인을 다시 발견했다. 낯선 사람은 골랴드낀 씨 집으로 들어가는 계단 입구에서 사라졌다. 골랴드낀 씨도 뒤를 따라 뛰어 들어갔다. 계단은 어둡고 눅눅하고 지저분했다. 가는 곳마다 세입자들의 잡동사니가 끝도 없이 산더미처럼 쌓여 있었기 때문에, 가끔 이곳에 처음 오는 외부인이 어두울 때 이 계단에 들어오면, 자신에게 이런 불편을 초래한 이곳의 친지와 계단을 저주하면서 다리가 부러질 각오로 족히 30분은 계단을 헤매고 다녀야 한다. 하지만 골랴드낀 씨의 동행인은 마치 그것을 잘 아는 내부인 같았다. 이곳 사정을 확실히 아는지 아무 어려움 없이 쉽게 계단을 뛰어 올라갔다. 골랴드낀 씨는 그를 거의 따라잡고 있었다. 두세 번 정도 그 낯선 사람의 외투 자락이 그의 코를 때리기까지 했다. 심장이 멎는 것만 같았다. 수수께끼의 사나이는 골랴드낀 씨의 집 앞에 멈춰 서서 노크했다. 그러자 뻬뜨루쉬까는 자지 않고 기다렸다는 듯이 곧바로 문을 열어 주었다. (만약 다른 때에 그랬다면 골랴드낀 씨는 무척 놀랐을 것이다.) 뻬뜨루쉬까는 손에 촛불을 들고 안으로 들어간 사람의 뒤를 따랐다. 우리 서사시의 주인공은 정신없이 집으로 뛰어 들어갔다. 외투와 모자도 벗지 않은 채 복도를 걸어 들어가 자기 방 문턱에 벼락 맞은 사람처럼 멈춰 섰다. 두려워하고 예측해 왔던 모든 것들이 지금 현실로 나타나 있었다. 숨이 멎을 것만 같았고 머리가 핑 돌았다. 낯선 사람은 외투에 모자까지 쓴 채 골랴드낀 씨의 침대에 걸터앉아 그를 마주보고 있었는데, 입가엔 미소를 띠고 약간은 인상을 찡그려 가며 다정하게 고개를 끄덕이고 있었다. 골랴드낀 씨는 소리를 지르고 싶었지만 그럴 수가 없었다. 머리카락은 온통 쭈뼛 곤두섰고 공포로 인해 아무 감각도 없이 그는 자리에 주저앉고 말았다. 그도 그럴 것이 골랴드낀 씨는 이제 밤 손님의 정체를 완벽하게 알아보고 만 것이다. 그의 손님은 다른 그 누구도 아닌 바로 그 자신, 골랴드낀 씨 자신이었다. 다만 다른 골랴드낀 씨, 하지만 완벽하게 똑같은, 한마디로 말해서 모든 면에서 똑같은 그의 분신이었던 것이다.

제6장

 다음날 아침 정각 여덟 시에 골랴드낀 씨는 잠에서 깼다. 그리고 곧 전날 일어난 이상한 일들, 믿을 수 없이 끔찍했던 밤, 불가사의한 경험 등이 갑자기 한꺼번에 몸서리가 쳐지도록 낱낱이 생각과 기억 속에서 되살아났다. 원수들의 격렬하고 잔인한 적의, 특히 그 적의를 증명한 마지막 사건은 골랴드낀 씨의 가슴을 얼어붙게 만들었다. 하지만 그와 동시에 골랴드낀 씨에겐 모든 일이 너무도 기이하고 이해가 안 되고 끔찍해서 도저히 일어날 수 없는 일처럼 여겨졌고, 따라서 정말 믿을 수가 없었다. 만약 그가 인생의 쓰디쓴 경험에 비추어, 악운이라고 하는 것이 가끔은 사람을 그 정도로 몰아칠 수도 있다는 것을 모르는 행복한 사람이었다면, 자존심과 명예에 상처를 입고 복수의 칼을 가는 원수들이 그 정도로까지 잔인해질 수도 있다는 것을 모르는 행복한 사람이었더라면, 골랴드낀 씨는 어제 일이 실현 불가능한 잠꼬대에 불과하다고, 그의 상상력이 순간적으로 장애를 일으키고 이성이 혼미해졌던 탓이라고 스스로 인정하고 말았을 것이다. 더욱이 녹초가 된 사지와 어지러운 머리, 끊어질 것 같은 허리와 지독스런 코감기는 어젯밤의 산책과 그사이 벌어진 일들이 모두 어김없는 사실임을 증명하며 주장하고 있는 듯했다. 그뿐만 아니라 그들이 뭔가 준비하고 있고, 그들에게 누군가 다른 사람이 있다는 것을 골랴드낀 씨는 옛날옛적부터 알고 있었던 것이다. 하지만 뭐 어때? 생각을 일단락 지은 골랴드낀 씨는 때가 올 때까지 이 일에 대해서 입을 다물고 순종하며 저항하지 않으리라 결심했다. 〈어쩌면, 그저 나를 놀래키려고 그런 건지도 몰라. 내가 끄떡도 않고 아무렇지도 않게 행동하면서 저항도 안 하고 온순하게 견뎌 내는 것을 보면 모두 뒤로 물러서겠지. 스스로들 포기하겠지. 자기들이 먼저 두손 들겠지.〉

골랴드낀 씨는 기지개를 켜면서 지친 사지를 곧게 펴고 침대 위에서 여느때처럼 뻬뜨루쉬까가 나타나 주기를 기다리며, 그런 생각을 하고 있었다. 게으름뱅이 뻬뜨루쉬까가 사모바르를 들고 칸막이 뒤에서 왔다 갔다 하는 소리를 들으면서 그는 벌써 15분째 기다리고 있었다. 하지만 웬일인지 하인을 부르려 하지 않았다. 좀 더 말하자면 골랴드낀 씨는 뻬뜨루쉬까와의 대면에 두려움까지 느끼고 있었다. 그는 생각했다. 〈누가 알겠어? 저 사기꾼 같은 놈이 이 일을 어떻게 생각할지 누가 알겠냐고. 저놈은 저렇게 입을 꾹 다물고 생각에 빠져 있는데 말이야.〉 마침내 문이 삐걱거리더니 뻬뜨루쉬까가 손에 쟁반을 들고 나타났다. 무슨 일이 일어날 것인가, 뻬뜨루쉬까가 그 일에 대해서 뭐라고 말을 하지는 않을까 초조하게 기다리면서 골랴드낀 씨는 소심하게 흘끗 곁눈질했다. 하지만 뻬뜨루쉬까는 아무 말도 하지 않았다. 오히려 전보다 입을 더 꾹 다물고 평소보다 더 엄숙하고 화난 표정으로 기분 나쁘게 눈을 치켜 뜨고 있었다. 몹시 골이 난 것처럼 보였다. 심지어는 주인에게 눈길도 한번 주지 않았다. 그것은 골랴드낀 씨의 기분을 상하게 했다. 가져온 것을 탁자 위에 내려놓고 나서 뒤를 돌더니 그는 조용히 칸막이 뒤로 사라졌다.「알고 있어, 알고 있는 거야. 모든 걸 다 알아, 저 약아빠진 놈!」골랴드낀 씨는 차를 마시면서 투덜거렸다. 한편 우리의 주인공은 그 후로도 몇 번씩이나 뻬뜨루쉬까가 이런 저런 일로 방에 들어왔었는데 그에게 아무것도 묻지 않았다. 골랴드낀 씨는 정신 상태가 몹시 불안해졌다. 관청에 나가는 것도 무서웠다. 뭔가 예전 같지 않은 것이 그곳에 도사리고 있을 거라는 예감이 강렬하게 들었다. 그는 생각했다. 〈자, 내가 출근을 했는데, 무슨 일에 부딪히게 되면 어쩌지? 지금은 참는 게 낫지 않을까? 지금은 기다려 보는 게 낫지 않을까? 그들은 어쩌면…… 하고 싶은 대로들 하라지, 뭐. 나는 오늘 집에서 기운도 좀 차리고 원기도 회복하고 건강도 되찾았으면 좋겠는데. 이 모든 사태를 잘 따져 보고 호기를 포착해서, 그자들 모두에게 된서리를 내리고 나는 모르는 척 그랬으면 좋겠는데 말이야.〉 골랴드낀 씨는 계속 파이프를 피워 댔고 시간은 계속 흘러가고 있었다. 벌써 아홉 시 반이 다 되어 가고 있었다. 골랴드낀 씨는 생각했다. 〈벌써 아홉 시 반인데. 지금 나타나기엔 좀 늦었군. 더군다나 나는 아픈 사람이라고, 정말 아파, 진짜로 병이 났단 말이야. 감히 누가 안 된다고 하겠어! 하지만 관청에서 확인할 사람을 보내겠지, 에이, 검사관 까짓것 보내라고 해. 그런데 내가 정말 이게 웬일이람? 등도 아프고, 기침에 코감기에. 그래, 그러니까 정말로 출근하면 안 돼. 더구나 이런 날씨에는 절대로 안 되지. 진짜로 큰병이 나서 죽을지도 모르잖아. 요즘 사망률이…… 특히…….〉 골랴드낀 씨는 그런 변명들로 양심을 위로했고, 안드레이 필립뽀비치에게서 근무 태만을 이유로 듣게 될 질책에 맞서 혼자 미리 변명을 늘어놓았다. 대개 이런 비슷한 상황에서 우리의 주인공은 반박이 불가능한 여러 가지 이유를 대서 자신의 행동을 정당화하고 양심을 위로하는 것을 아주 좋아했다. 그러나 충분히 양심을 위로하고 파이프를 들어 채우면서 점잖게 빨아 보려다 말고 그는 느닷없이 소파에서 벌떡 일어나더니 파이프를 내던지고 후닥닥 세수하고 면도하고 머리를 매만지고 제복을 입고 어떤 서류를 움켜쥐고는 관청으로 날다시피 뛰어갔다.

골랴드낀 씨는 겁을 잔뜩 집어먹고서 아주 안 좋은 일이 생길 것 같은 떨리는 예감과 음울하고 껄끄러운 느낌으로 사무실로 들어가 계장인 안똔 안또노비치 세또츠낀의 옆 자기 자리에 소심하게 앉았다. 골랴드낀 씨는 아무것도 쳐다보지 않고, 아무것에도 신경을 쓰지 않고 앞에 놓여 있는 서류 속으로 푹 빠져 들었다. 자신에게 향할 어떠한 불손함도 피해 가리라 결심했다. 어제 저녁 일에 대한 예의에 어긋난 질문이나 농담, 점잖지 못하게 비꼬는 말 등 그 어떤 심한 모욕도 피해 가리라 결심하고 맹세했다. 심지어 그는 평소 동료들과 주고받던 예의 바른 인사말, 즉 건강에 대한 질문 같은 것도 자제하리라 결심했다. 하지만 그렇게 가만히 있기만 하는 것도 불가능하겠다 싶었다. 주변에선 정체를 알 수 없는 무엇인가가 자꾸 그를 자극했고, 그로 인해 불안해 하고 있었는데, 그를 점점 더 괴롭히는 것은 자극 자체보다도 그 불안감이었다. 때문에 골랴드낀 씨는 무슨 일이 생겨도 끼어들지 않고, 무슨 일이 터져도 한 발 떨어져 있겠다던 맹세에도 불구하고, 이따금 슬쩍 고개를 들어 가만히 좌우를 몰래 살펴 동료들의 표정을 훔쳐보면서 거기서 뭔가 알아내려고 했다.

자신과 관련해서 심상치 않은 일이 새로이 벌어지고 있지는 않은지, 그에게는 비밀로 하고 어떤 흉악한 일이 벌어지고 있는 것은 아닌지 알아내려 했던 것이다. 그는 어제 일어난 일과 지금 주변에서 일어나는 일이 모두 분명히 관련이 있다고 판단했다. 결국 그는 우울해져서 재난이 와도 좋고 무슨 일이 벌어져도 좋으니, 어떻게든 지금의 상황이 빨리 해결되기를 바라게 되었다. 골랴드낀 씨가 운명의 덫에 걸린 것은 바로 그때였다. 소원을 채 다 빌어 볼 사이도 없이, 그의 의혹은 한순간에 아주 뜻밖의 형태로 풀려 버린 것이다.

지금 들어오는 사람이 대수롭지 않은 인물이라는 듯 옆 사무실 문이 아주 조심스럽게 조용히 삐걱거리더니 골랴드낀 씨에게 낯이 많이 익은 누군가의 모습이 그가 앉아 있는 탁자 바로 앞에 수줍은 듯 나타났다. 우리의 주인공은 고개를 들지 않았다. 아니, 아주 잠깐 그 모습을 슬쩍 훔쳐보기는 했다. 하지만 그것만으로 그는 모든 것을 알아차릴 수 있었다. 세세한 것까지 모두 이해할 수 있었다. 그는 창피해서 얼굴이 붉어졌고, 사냥꾼에게 쫓기는 타조가 뜨거운 모래 속에 대가리만 파묻는 것과 같은 이유로 불행한 머리를 서류 속에 쑤셔 박았다. 새로 들어온 사람은 안드레이 필립뽀비치에게 인사하고 있었다. 곧 이어 어느 사무실에서든 새로운 부하 직원이 생기면 들려오는 상사들의 전형적인 부드러운 목소리가 울려 퍼졌다. 「여기에 앉게나.」 안드레이 필립뽀비치는 안똔 안또노비치의 책상을 신참에게 가리키면서 말했다. 「여기 골랴드낀 씨 맞은편에 말이야. 업무도 곧 생길 걸세.」 안드레이 필립뽀비치는 신참에게 위엄 있는 훈계조의 몸짓을 보이며 말했고, 산더미처럼 쌓여 있던 서류 더미로 곧 다시 몰두했다.

 골랴드낀 씨는 마침내 눈을 들었다. 그가 기절하지 않은 것은 처음부터 떠돌이 신참내기의 존재를 알고 있었고, 그런 일을 예감했었고, 또 처음부터 이 모든 일이 예고된 것이기 때문이었다. 골랴드낀 씨는 누가 속닥속닥 귀엣말을 하지는 않나, 이 일에 대해 누가 빈정거리지는 않나, 누군가의 얼굴이 놀라움으로 일그러지지는 않았나, 누군가가 너무 놀란 나머지 결국 의자에서 나가떨어지지는 않았나 등등을 살피려고 우선 재빨리 주위를 둘러보았다. 하지만 정말 놀랍게도 그런 것은 누구에게서도 발견되지 않았다. 골랴드낀 씨의 상사와 동료들의 행동은 정말 놀라웠다. 전혀 상식 밖이었다. 골랴드낀 씨는 그런 비정상적인 침묵에 그만 기가 막혔다. 사건의 본질이 이렇게 훤히 보이는데, 정말 이상하고 엉터리 같고 기이하기 짝이 없는 일이었다. 몸서리마저 쳐지는 일이었다. 하지만 골랴드낀 씨는 이런 생각들을 머릿속에서만 할 수 있을 뿐이었다. 그는 혼자서 불 위에서 타고 있었던 것이다. 지금 골랴드낀 씨 맞은편에 앉아 있는 사람은 골랴드낀 씨의 공포 그 자체이자, 수치이자, 어젯밤의 악몽이었다. 한마디로 그는 골랴드낀 씨 자신이었다. 멍청하게 입을 벌린 채 손에 펜을 쥐고 지금 의자에 앉아 있는 골랴드낀 씨 말고, 계장보로 일하는 골랴드낀 씨 말고, 대중 앞에선 주눅이 들어 숨어 버리기를 좋아하는 그 골랴드낀 씨 말고, 〈나를 건드리지 마시오, 나도 당신을 건드리지 않을 테니〉 또는 〈나를 건드리지 마시오, 나는 당신을 건드리지 않잖소〉라고 말하는 것 같은 걸음걸이로 걷는 그 골랴드낀 씨 말고, 그렇다, 그 골랴드낀 씨가 아니라 완전히 다른, 하지만 첫번째 골랴드낀 씨와 너무나도 닮은 다른 골랴드낀 씨였다. 키도 같고, 몸집도 같고, 옷도 똑같이 입었고, 머리가 벗겨진 것까지 똑같은, 한마디로 똑같이 닮는 데 빠진 거라곤 아무것도 없는 사람이었다. 만약 누가 두 사람을 붙잡아 나란히 세워 놓는다면, 아무도, 결코 그 누구도 누가 진짜 골랴드낀 씨이고 누가 가짜인지, 누가 고참이고 누가 신참인지, 누가 원본이고 누가 복사본인지 구별할 수 없노라고 할 것이다.

이런 비유가 가능한지 모르겠지만, 우리의 주인공은 지금 철부지 장난꾸러기의 놀잇감이 되어 꼬마가 장난삼아 갖다 댄 점화용 렌즈 밑에 놓여 있는 것만 같았다. 그는 생각했다. 〈이게 어찌 된 영문이지? 꿈이야, 생시야? 현실이야, 아니면 어제 일의 연속이야? 어떻게 이럴 수가 있지? 대체 무슨 권리로 이런 일을 벌이는 거지? 누가 저런 관리를 받아들였을까? 누가 허락한 거냐고? 내가 자고 있는 건가? 꿈을 꾸고 있나?〉 골랴드낀 씨는 자기 자신을 꼬집어 보았다. 누군가 다른 사람을 꼬집어 보려고까지 했다……. 아니야, 꿈이 아니야, 틀림없어. 골랴드낀 씨는 우박 덩어리 같은 땀을 쏟고 있었다. 지금까지 듣도 보도 못한 일이 벌어져서 그로 인해 자신이 끝내는 불행한 결말을 맞게 될 것이라고 느꼈다. 망신스러운 일에 첫번째 본보기가 되는 것이 얼마나 큰 손해인지 그는 알고 있었고 느끼고 있었다. 그는 스스로의 존재까지도 의심을 하기 시작했다. 비록 그가 일어날 모든 일에 각오를 다지며, 어떤 식이어도 좋으니 의혹이 속히 풀리도록 해달라고 빌긴 했었지만, 지금의 상황은 너무도 뜻밖이었다. 그는 마음이 우울해져서 답답하고 괴로웠다. 순간순간 아무것도 생각할 수도 기억할 수도 없었다. 그런 순간에서 깨어날 때 그가 발견하는 것은 기계적이고 무의식적으로 뭔가를 끼적거리고 있는 자신이었다. 스스로도 못 미더워 쓴 것을 확인하려 했지만 그때마다 아무것도 이해할 수가 없었다. 지금까지 예의 바르고 얌전하게 앉아 있던 다른 골랴드낀 씨는 자리에서 일어나더니, 무슨 일 때문인지 다른 부서로 통하는 문 뒤로 사라졌다. 골랴드낀 씨는 주위를 둘러보았다. 아무 기척도 없었다. 조용했다. 볼펜 끼적이는 소리와 서류 넘기는 소리, 그리고 안드레이 필립뽀비치에게서 조금 떨어진 곳 구석에서 누군가 말하는 소리만이 들려왔다. 골랴드낀 씨는 안똔 안또노비치를 쳐다봤다. 우리 주인공의 표정엔 자신의 처지와 생각이 두말할 것도 없이 확연히 드러나 있었고 눈에 확 띄었기 때문에, 사람 좋은 안똔 안또노비치는 펜을 한쪽에 내려놓고 각별한 관심으로 골랴드낀 씨에게 건강이 어떠냐고 물었다.

「저는요, 안똔 안또노비치,」 골랴드낀 씨는 말을 더듬었다. 「다행히도……. 저는, 안똔 안또노비치, 아주 건강합니다. 저는요, 안똔 안또노비치, 지금 아무렇지도 않습니다.」 자신이 〈안똔 안또노비치〉라고 자꾸 불러 대는 그 사람을 아직 완전히 신뢰할 수가 없어서 그는 머뭇거리며 말했다.

「아! 그저 내가 보기에 자네 어디가 안 좋은 것 같아서. 하지만, 내가 공연한 소릴 하는지도 모르지! 요즘은 특히 온통 그런 병이 유행이니까 말일세. 그리고…….」

「네, 안똔 안또노비치, 저도 그런 것은 알고 있어요……. 저는요, 안똔 안또노비치, 그것 때문이 아니고.」 골랴드낀 씨는 안똔 안또노비치를 뚫어져라 쳐다보며 말을 이었다. 「저는 말이죠, 안똔 안또노비치, 당신께 어떻게 말을 해야 하는

지도 모르겠는데요. 그러니까 제가 말하고 싶은 것은, 대체 이 일을 어디부터 손을 대야 할까요, 안똔 안또노비치…….」

「그게 무슨 소린가? 나는 자네 말이…… 저기, 솔직히 이해가 잘 안 되는군. 그러니까…… 좀 자세하게 설명해 주겠나. 무슨 일로 곤란을 겪고 있는지 말일세.」 안똔 안또노비치는 골랴드낀 씨의 눈에 눈물이 비치는 것을 보고 약간 난처해 하면서 말했다.

「저는, 정말…… 여기, 안똔 안또노비치…… 그 관리가 말입니다, 안똔 안또노비치…….」

「허 참! 점점 더 모르겠구먼.」

「제가 말씀드리고 싶은 것은, 안똔 안또노비치, 이곳에 새로운 관리가 들어온 것 같은데.」

「응, 그래, 자네와 성도 같아.」

「뭐라고요?」 골랴드낀 씨는 소리를 질렀다.

「자네하고 성이 같다고. 그 또한 골랴드낀이라더군. 혹시 자네 동생 아닌가?」

「아니오, 안똔 안또노비치, 저는…….」

「흠! 그렇다면 대단한 일이구먼 그래. 난 틀림없이 자네의 가까운 친척일 거라고 믿었는데. 가끔은 말일세, 그렇게 성이 비슷할 수도 있는 법이라네.」

골랴드낀 씨는 놀라서 장승처럼 굳어 버렸다. 그는 잠시 말도 잊었다. 듣도 보도 못한 이런 해괴한 일을, 아무 상관없는 제삼자라도 놀라 버렸을 일을, 정말로 거의 일어날 수조차 없는 이런 일을 그렇게 쉽게 말해 버리다니, 두 사람이 거울에 비친 듯 똑같이 닮았는데, 이토록 분명한 일을 보고 그저 성만 비슷하다고!

「이보게, 저 말이야, 충고 한마디하겠는데, 야꼬프 뻬뜨로비치.」 안똔 안또노비치는 말을 이었다. 「의사한테 가서 상의를 한번 해보지 그러나. 거, 건강이 아주 안 좋아〈보이니까〉말이야. 특히 눈이…… 말이지, 눈에서 특히 뭔가 나타나는 것 같아.」

「아닙니다, 안똔 안또노비치. 기분은 물론 좀…… 제가 묻고 싶은 것은, 그러니까 그 관리는 도대체 어떻게 된 겁니까?」

「무슨 뜻인가?」

「그러니까 말입니다, 안똔 안또노비치. 당신은 그에게서 뭔가 이상한 것을, 아주 눈에 확 띄게 이상한 것을 정말 아무것도 알아차리지 못했나요?」

「무슨 말이야, 그게?」

「무슨 말이냐면요, 제 말은, 안똔 안또노비치. 어떤 사람하고 놀랄 만큼 닮았다든지, 예를 들자면, 저하고 말입니다, 예를 들자면요. 당신은 그저 성이 비슷하다고만 말씀하셨는데, 그냥 잠깐 언급하고 마셨는데…… 저 말이죠, 가끔, 그러니까 두 개의 물방울같이 완벽하게 똑같아서 도저히 구별할 수 없는 쌍둥이가 가끔 있지요? 제가 말하려던 게 바로 그건데요.」

「아, 그렇군.」 안똔 안또노비치는 잠시 생각에 잠기더니, 이제서야 그것을 깨닫고 깜짝 놀랐다는 듯이 말했다. 「아, 정말 그렇구먼! 정말 그래. 정말 놀랄 만큼 닮았구먼. 자네 정말 잘도 알아맞혔네그려. 정말 두 사람을 서로 착각할 수도 있겠구먼.」 눈을 점점 더 크게 뜨면서 그는 계속했다. 「야, 정말, 야꼬프 뻬뜨로비치, 정말 기적같이 닮았구먼, 사람들이 흔히 말하듯 이건 환상이야. 정말 완벽해, 꼭 자네 같아……. 야꼬프 뻬뜨로비치, 안 그런가? 나는 자네에게 설명해 달라

87

고 할 참이었어. 그래, 솔직히 말해서 처음엔 별다른 관심이 없었다네. 이건 기적이야, 진짜 기적이야! 저 말일세, 야꼬프 뻬뜨로비치. 자네 여기 출신 아니지, 그렇지?」

「아닙니다.」

「그 사람도 역시 여기 출신이 아니야. 어쩌면 자네와 한 고장 출신인지도 모르겠군. 이런 걸 물어도 되는지 모르겠네만, 자네 어머님이 주로 사신 곳은 어디지?」

「지금 말씀은, 그러니까 지금 말씀은, 안똔 안또노비치, 그가 여기 출신이 아니란 말입니까?」

「응, 아니야, 고향이 여기가 아니라고. 그건 그렇고, 정말 기적 같은 일이군.」 무슨 일이 생기면 그것에 대해서 말을 하고 또 하고 끊임없이 얘기를 늘어놓는 것을 낙으로 삼는 수다스러운 안똔 안또노비치가 계속 떠들었다. 「정말로 흥미로운 얘긴데. 그렇게 자주 지나치고, 걸리고, 부딪치고 했는데도 몰랐다니 말이야. 그건 그렇고 자네 너무 신경 쓰지 말게, 있을 수 있는 일이야. 저기 말일세, 내가 얘기 하나 해주지. 바로 이런 일이 우리 어머니 쪽 아주머니뻘 되는 분에게도 일어났었는데, 돌아가시기 직전 그분도 당신이 둘이라고 생각하셨다네……」

「그게 아닙니다, 저는…… 죄송합니다, 제가 말씀을 가로막고 말았군요, 안똔 안또노비치. 저는, 안똔 안또노비치, 그 관리가 어떻게 해서, 어떤 연유로 여기 들어온 것인지 알고 싶습니다.」

「돌아가신 세몬 이바노비치 후임으로 온 걸세, 자리가 비어 있었으니 채운 거지. 참, 그런데 가엾은 세몬 이바노비치는, 사람들이 그러는데, 아이를 셋이나 남기고 갔다나 봐. 셋 다고만고만하고 말이야. 미망인이 각하의 발 밑에 엎드려 도와 달라고 애걸을 했다나. 하지만 그 여잔 숨기고 있는 것이 있다더군. 돈이 좀 있는데 그 사실을 숨기고 있다나 봐……」

「아닙니다. 저는요, 안똔 안또노비치, 저는 여전히 아까 그 얘기를 하고 있는 건데요.」

「무슨? 아! 그래, 그렇군! 그런데 자네는 그 일에 웬 관심이 그리 많은가? 너무 언짢아하지 말라고 했잖아. 일시적인 일일 뿐이야. 어쩌겠어? 자네 잘못도 아닌 것을. 신이 만든 일이야, 그분의 뜻이 그런 거니까 불평하는 것은 죄라고. 짐작도 못할 깊은 뜻이 여기 있는 거야. 야꼬프 뻬뜨로비치, 내가 아는 한 자네는 잘못한 게 요만큼도 없어. 세상에 기적 같은 일이 어디 한둘인가! 자연은 어머니의 품처럼 풍요롭지. 누구도 자네에게 이 일을 책임지라고 하지는 않을 거야. 예를 들어서, 자네도 들었을 거라고 생각되네만, 뭐라더라, 음, 거 뭐라더라. 아! 그래. 샴 쌍둥이! 등이 붙은 채로 태어난 쌍둥이인데, 그렇게 같이 먹고 자고 그냥 산대. 돈도 많이 번다지, 아마.」

「죄송합니다만, 안똔 안또노비치……」

「자네를 이해하네, 이해한다고! 그래! 하지만 어쩌겠는가? 괜찮아! 내가 아무리 생각해 봐도 기분 나쁠 일이 아니란 말일세. 어쩔 거야? 그 사람도 다른 관리들과 똑같은 보통 관리일 뿐이고, 그래, 일은 잘하는 것 같더구먼. 자기 입으로 성은 골랴드낀이고, 여기 출신이 아니고 9등 문관이랬어. 각하와는 개인적으로 얘기를 했다더군.」

「그래서요, 어떻게 됐는데요?」

「뭐, 별일 있었겠나. 사정 설명도 충분히 했고 경위도 밝혔다더군. 〈이래저래 되어서요, 어쩌고저쩌고, 각하, 가진 것은 없지만 일하고 싶습니다. 특히 각하처럼 훌륭하신 분 밑에서 일하고 싶습니다……〉라고 했다네. 그리고 말일세, 아주 능수 능란하게 할 말 다 했다더군. 똑똑한 사람인가 봐. 추천서도 물론 가져왔고. 그게 없이는 안 되니까……」

「네, 그래요, 대체 누구 추천서랍니까…… 그러니까 제 말은 대체 누가 이 수치스러운 일에 가담을 했느냐고요?」

「뭐, 훌륭한 추천서였다고들 하더군. 각하께서 안드레이 필립뽀비치와 함께 웃음을 터뜨리셨다지.」

「안드레이 필립뽀비치하고 웃어요?」

「응, 한바탕 웃고 나서 좋다고 말씀하셨대. 일만 성실히 한다면 그들로서는 괜찮다는 뜻이었겠지.」

「예, 그래서요? 안똔 안또노비치, 당신은 지금 저를 희생시키고 계세요. 제발 부탁이니 좀 더 말씀해 주세요.」

「미안하지만, 나는 또 자네를 이해할 수…… 그래, 좋아. 그래, 괜찮아. 상황이 좋은 것은 아니지. 자네, 내 말 잘 듣게. 당황하지 말게, 의심스러운 일은 아무것도 없으니까 말이야……」

「아닙니다, 저는 그러니까, 안똔 안또노비치, 여쭙고 싶은 것이 있는데요. 각하께선 더 이상 아무 말씀도 안 하셨나요……. 예를 들면 저에 대해서?」

「그건 또 무슨 소린가! 그런 소리 말게! 아니야, 아무 말씀도 없으셨어. 마음 푹 놓고 있어도 된다네. 저기 말이지, 물론 그게 처음엔 당연히 좀 놀랄 만한 일이긴 하지만……. 예를 들어 나 같은 경우는 처음에 눈치를 거의 못 채지 않았는가. 정말 모를 일이야. 어떻게 자네가 알려 준 순간까지 그걸 알아채지 못했는지. 하지만 마음 푹 놓아도 된다니까. 특별한 일은 하나도 없었어. 정말 아무 말씀도 없으셨다니까.」 사람 좋은 안똔 안또노비치는 의자에서 일어서며 덧붙였다.

「그런데, 그게요 저는, 안똔 안또노비치……」

「아아, 이젠 나를 놓아주게. 그렇지 않아도 사소한 일로 많이 떠들었는데, 지금은 아주 급하고 중요한 일이 있어서 말이야. 빨리 수습해야 한다네.」

「안똔 안또노비치!」 안드레이 필립뽀비치가 점잖게 부르는 소리가 들렸다. 「각하께서 찾으세요.」

「지금 갑니다, 안드레이 필립뽀비치. 지금 간다고요.」 안똔 안또노비치는 서류 뭉치를 집어 들고 처음에는 안드레이 필립뽀비치에게 뛰어갔다가 다음엔 각하의 방으로 내달았다.

〈도대체 이게 어떻게 된 일이지?〉 골랴드낀 씨는 생각했다. 〈일이 이렇게 돌아가는 거였군 그래! 이런 바람이 불고 있었어…… 나쁘지 않군. 사태가 최상의 방향으로 좋아졌으니 말이야.〉 우리의 주인공은 좋아서 손을 싹싹 비벼 가며 아무 생각 없이 혼잣말을 했다. 〈그래, 그런 일이 있을 수 있어. 까짓것 별일 아냐, 아무것도 아니라고. 정말로 아무도 아무것도 불만스러워하지도 않잖아. 날강도 같은 놈들, 태평하게 앉아서 일만 하는군. 좋아, 좋다고! 나는 착한 사람을 좋아해. 옛날에도 그랬고, 항상 존경할 준비도 되어 있지…… 그런데 그건 그렇고, 안똔 안또노비친가 뭔가는 어떻게 생각해야 하지…… 함부로 믿자니 두렵단 말이야. 머리는 허예 가지고 고령으로 왔다 갔다 하니 말이지. 뭐니뭐니 해도 오늘 가장 멋있고 대단한 일은 각하께서 아무 말도 않으시고 그냥 지나가셨다는 거야. 정말 대단해, 대만족이라고! 그런데 안드레이 필립뽀비치는 도대체 왜 쓴웃음을 지어 가며 이 일에 끼어드는 거야? 도대체 무슨 상관이 있다고? 늙어 빠진 여우 같으니! 언제나 내가 하는 일에 끼어들고, 검은 고양이처럼 사람의 앞길을 가로질러 부정이나 타게 한단 말이야. 항상 남의 길을 가로막고 방해하고, 방해하고 가로막고……〉

골랴드낀 씨는 주위를 둘러보고 다시 희망에 부풀었다. 하지만 뭔가 가슴 밑바닥에서 어떤 생각 하나가, 기분 나쁜 생각 하나가 여전히 그를 어지럽히고 있었다. 심지어 그의 머릿속엔 〈무슨 방법을 써서든 관리들의 신용을 얻고 상대방보다 빨리 그들에게 접근을 해야 할까, 아니면 (퇴근 시간에, 혹은 다른 일이 있는 척 관리들에게 접근해서) 대화 도중에 《여러분, 어쩌고저쩌고. 정말 놀랍도록 닮았죠. 이상한 일이죠. 유치한 코미디 같죠》라고 말하면서 마음을 떠볼까, 다시 말해 스스로 떠벌리고 야유하고 다니면서 직접 얼마나 위험한지 탐색해 볼까〉 하는 생각까지 떠올랐다. 악마는 고요한 심연에서 생겨나는 법이라고들 하니까 말이다. 우리의 주인공은 결론을 내렸다. 하지만 이것은 생각뿐이었다. 그는 제때 마음을 고쳐먹었다. 도가 좀 지나치다는 것을 깨달은 것이다. 그는 손가락으로 가볍게 이마를 치며 생각했다. 〈나는 무슨 성격이 이렇담! 혼자 일을 꾸미고 혼자 좋아하고! 참 단순해 빠진 영혼이로군! 아니야, 야꼬프 뻬뜨로비치. 이젠 좀 참아 보는 것이 좋겠어. 참고 기다려 보자!〉 마치 죽은 자 가운데서 부활한 듯 골랴드낀 씨는 온통 희망에 부풀어 있었다. 그는 생각했다. 〈좋았어. 마치 가슴속에서 무거운 짐을 내려놓은 것 같아! 이렇게 된 일인 것을! 보석 상자는 이렇게 간단히 열리고 만 것을![19] 끄릴로프가 옳았어, 끄릴로프가 옳

앉다고…… 정말 거장이야, 재치꾼이라고, 끄릴로프는 정말 위대한 우화 작가라니까! 그건 그렇고 그 신참은 여기서 그냥 일하라지, 뭐. 잘해 보라지, 뭐. 남들 방해만 않고 비위만 건드리지 않으면 되겠지. 그래, 일해 봐라. 나도 찬성이다, 동의한다고!〉

어느새 시간은 흘러, 아니, 날듯이 지나 시계가 네 시를 알렸다. 관청 업무 시간이 끝났다. 안드레이 필립뽀비치는 모자를 집어 들었고, 언제나 그렇듯이 모두 그의 행동을 뒤따랐다. 골랴드낀 씨는 동작을 약간 늦추었다. 시간이 필요했다. 일부러 제일 늦게 나왔다. 모두 각자 제 갈 길을 찾아 뿔뿔이 흩어지고 난 후, 그는 제일 마지막으로 나왔다. 거리로 나온 그는 마치 천국에 있는 것 같았다. 심지어는 먼 길을 돌아 네프스끼 거리로 우회하고 싶은 마음까지 들었다. 우리의 주인공이 말했다. 「인생이란 묘한 거야. 모든 일에는 뜻밖의 전환점이 있거든. 날씨도 맑아지고 추위도 더해지고 썰매 타기 좋은 날씨군. 러시아 사람에겐 추위가 필요해. 러시아 사람에겐 추위가 잘 어울려! 나는 러시아 인을 좋아해. 하얀 눈, 방금 내린 첫눈, 사냥꾼이라면 〈이 하얀 첫눈에 토끼라도 한 마리 잡았으면 좋겠다. 제기랄! 그래도, 뭐, 좋다!〉고 말하겠지.」

이것이 골랴드낀 씨가 기쁨을 표현하는 방식이었다. 한편 머릿속에서는 무언가가 여전히 그를 자극하고 있었다. 슬픔인지 아닌지, 이따금 그것은 가슴을 쥐어짰고 골랴드낀 씨는 무엇으로 달래야 할지 알 수가 없었다. 「자, 하루만 더 기다

---

19 러시아의 우화 작가 I. A. 끄릴로프(1769~1844)가 쓴 우화시 「보석 상자」에 나오는 표현. 〈누워서 떡먹기〉, 〈손쉬운 일〉이라는 뜻.

려 보자, 기쁜 일이 생길 거야. 그건 그렇고 도대체 난 왜 그 랬지? 자, 잘 생각해 보고 살펴보자고. 자, 따져 보는 거야, 젊은 친구, 응, 따져 보자고. 그래, 우선, 그는 나와 똑같아, 완전히 똑같이 생겼어. 그래, 그게 뭐가 그렇게 엄청난 일인 데? 똑같은 사람이 나타나면 나는, 뭐, 울어야 하나? 나는 한쪽에서 휘파람이나 불고 서 있으면 돼, 그것뿐이야! 일이 그렇게 된 거야, 그뿐이라고! 그자에게 일을 시키든지 말든 지 마음대로들 하라고 해! 기적이니, 이상하다느니, 또 뭐? 샴 쌍둥이……? 그래, 샴 쌍둥이가 지금 무슨 상관인데? 그 래, 그런 쌍둥이가 있었다고 치자. 하지만 위대한 사람들도 가끔은 괴짜로 보였다잖아. 그 유명한 수보로프[20]도 수탉처 럼 째지는 목소리로 노래를 불렀다고 역사에도 기록되어 있 는걸…… 그래, 그랬어. 하지만 정치적인 이유로 그랬던 거 라고. 게다가 위대한 장군들도…… 나 참, 장군들이 뭔데? 나는 나대로 사는 사람이야, 그뿐이라고. 그 누구에 대해서 알고 싶지도 않고, 나는 결백하니까 원수들을 경멸할 자격도 있어. 나는 모사꾼도 아니고, 그것을 자랑스러워하지. 나는 깨끗하고, 정직하고, 말쑥하고, 명랑하고, 선량하……」

갑자기 골랴드낀 씨는 하던 말을 멈추고 입을 다물었다. 그 순간 그는 눈까지 감고 사시나무 떨듯 떨었다. 그가 공포 를 느끼는 대상이 단순히 환영이었기를 바라며 그는 눈을 떴 고, 두려움 속에서 오른쪽을 흘겨 보았다. 아니야, 환영이 아 니다……! 옆에는 아침에 본 그자가 종종걸음을 치면서 대화 를 시작할 기회를 엿보고 있는 듯, 슬쩍슬쩍 골랴드낀 씨의

---

20 알렉산드르 바실리예비치 수보로프(1729~1800). 러시아의 장군, 군 사 전문가, 총사령관까지 역임했다.

얼굴을 살피며 웃고 있었다. 하지만 대화는 시작되지 않았다. 두 사람은 한 50보 정도 같이 걸었다. 그동안 골랴드낀 씨가 한 일은 외투로 몸을 더 많이, 될 수 있는 대로 더 꼭 싸매서 파묻고, 내려올 수 있는 데까지 모자를 푹 눌러쓰는 것이었다. 정말로 모욕스러웠던 것은 마치 골랴드낀 씨의 것을 그대로 옮겨 놓은 듯 동행인이 모자와 외투까지도 똑같은 것을 입고 있었다는 사실이다.

「저, 문관님.」 마침내, 우리의 주인공은 동행인을 쳐다도 안 보고 가능한 한 아주 작은 목소리로 입을 열었다. 「우리는 아무래도 다른 길을 가고 있는 것 같은데…… 아니 그게 확실하다는 생각이 드는군요.」 잠깐 입을 다물고 그는 다시 시작했다. 「이만하면 당신이 제 말을 완전히 이해하셨으리라 믿습니다.」 그는 꽤 딱딱하게 말을 맺었다.

「저는 간절히, 저는 간절히……」 골랴드낀 씨의 동행인은 마침내 입을 열었다. 「당신이 넓은 아량으로 저를 용서해 주시리라……. 저는 도무지 누구에게 말을 시켜야 할지도 모르겠습니다……. 제 처지가 워낙…… 함부로 이런 말씀을 드리는 무례함을 용서해 주시기를 바라 마지않습니다. 오늘 아침 당신께선 연민으로 마음이 움직이셔서 제게 관심을 보이신 것처럼 여겨지더군요. 저도 첫눈에 당신께 애착이 갔습니다, 저는…….」 순간 골랴드낀 씨는 마음속으로 새 동료가 땅속으로 꺼져 버렸으면 좋겠다고 빌었다. 「제가 감히 이런 것을 바랄 수 있는 것인지 모르겠지만, 저, 야꼬프 뻬뜨로비치, 관대하신 아량으로 제 말을 좀 들어 주세요……. 우리는, 우리는 여기서, 저 우리는…….」

「아무래도 저희 집으로 가는 게 낫겠습니다.」 골랴드낀 씨는 대답했다. 「우리, 네프스끼 거리 저쪽 편으로 건너갑시다. 그러면 당신도 나도 좀 더 편해질 테니까요. 그 다음엔 골목으로…… 그래요, 골목길로 가는 게 더 낫겠소.」

「좋습니다. 그래요, 골목길로 가죠.」 골랴드낀 씨의 말 잘 듣는 동행인은 수줍은 듯이 말했다. 그 대답은 마치 그에게 따질 것이 뭐가 있겠느냐, 그의 처지로는 골목길로 가도 대만족이라고 말하고 있는 것 같았다. 한편 골랴드낀 씨는 도대체 자신에게 무슨 일이 벌어지고 있는 것인지 아직 완전히 이해할 수가 없었다. 스스로를 믿을 수가 없었다. 그는 아직도 충격에서 벗어나지 못하고 있었다.

제7장

그가 정신을 가다듬은 것은 아파트 입구 계단에서였다. 그는 마음속으로 자신을 욕했다. 〈에이그, 새대가리 같으니라고! 도대체 지금 내가 어디로 이자를 데려가고 있는 거야? 제 머리를 올가미 속으로 들이미는 꼴이 아닌가? 뻬뜨루쉬까가 우리 둘을 보면 무슨 생각을 하겠어? 그 망할 놈이 이젠 또 무슨 생각을 하게 되겠느냐고? 그렇지 않아도 의심이 많은 놈인데……〉 후회해도 때는 이미 늦었다. 골랴드낀 씨는 문을 두드렸고, 문은 곧 열렸다. 뻬뜨루쉬까는 손님과 주인의 외투를 벗기기 시작했다. 골랴드낀 씨는 뻬뜨루쉬까의 표정을 통해 생각을 알아보려고 아주 잠깐 그에게 시선을 던져서 슬쩍 쳐다봤다. 하지만 놀랍게도, 하인은 놀랄 생각조차 하지 않고 있었다. 오히려 그 반대로 마치 그런 일을 기다리고 있었던 것 같았다. 물론 그는 평소처럼 짜증스러운 얼굴을 하고 옆을 흘겨 보면서 누군가 먹어 치워 버릴 것 같은 표정을 하고 있었지만 말이다. 우리의 주인공은 생각했다. 〈혹시 오늘 사람들이 죄다 마법에라도 걸린 것 아니야? 어떤 악마가 훑고 지나간 거야! 오늘 사람들에게 뭔가 특별한 일이 일어난 게 틀림없어. 제기랄, 이게 무슨 난리람.〉 생각을 멈추지 않고 머리를 쥐어짜면서 골랴드낀 씨는 자기 방으로 손님을 데리고 가서 정중하게 앉으라고 권했다. 손님은 몹시 당황스러워하고 겁을 내며 집주인의 행동을 모두 찬찬히 얌전하게 살폈다. 골랴드낀 씨의 시선을 잡으려는 것으로 보아 그의 생각을 알려고 애쓰는 것 같았다. 지금까지 멸시당하고 시달림당하고 공포에 떨며 지냈다는 사실이 그의 행동 하나하나에 나타났고, 이런 비교가 가능한지 모르겠지만, 지금 그는 옷이 없어서 남의 옷을 입고 있는 사람과 다를 바 없었다. 소매는 위로 치켜 올라가고, 허리는 거의 뒤통수에 닿아 있고…… 그래서 매분마다 짧은 조끼를 매만져야 하는 사람. 몸을 옆으로 꼬고 틀고 하는 사람. 때때로 어디론가 숨을 기회를 엿보기도 하고, 때로는 눈을 크게 뜨고 쳐다보면서 사람들이 제 처지에 대해 얘기를 하고 있지는 않는지, 비웃고 있지는 않는지, 그를 망신스럽다고 생각하지는 않는지 눈치를 살피는 사람. 얼굴이 붉어지다가 이내 어쩔 줄 몰라하고 자존심 상해 하는 사람과 정말 똑같았다……. 골랴드낀 씨는 모자를 창문 턱에 올려놓았다. 조심성 없는 행동으로 인하여 모자는 마룻바닥에 떨어졌다. 손님은 즉시 모자를 집으러 달려갔고, 먼지를 떨어내어 원래 있던 자리에 조심스럽게 올려놓았다. 자기 모자는 자신이 얌전하게 걸터앉은 의자 옆 마룻바닥에 놓았다. 그와 같은 사소한 일이 골랴드낀 씨의 눈을 어느 정도 트이게 했다. 손님이 큰 곤경에 빠져 있다는 것을 느낄 수 있었기 때문에, 골랴드낀 씨는 어떻게 이야기를 풀어 가야 할지 더 이상 고민하지 않기로 했다. 당연한 일이지만, 그에게 모든 것을 맡겨 두기로 했다. 손님은 손님대로 아무 말도 하지 않았다. 겁을 내서인지, 창피해서인지, 아니면 예의 바르게 집주인이 먼저 시작하기를 기다리고 있었던 것인지 알 수 없었다. 파악하기가 어려웠다. 그때 뻬뜨루쉬까가 문 옆에 들어와 서서 손님과 주인이 앉아 있는 곳에서 정반대되는 쪽을 응시하며 약간 쉰 목소리로 성의 없이 물었다.

「저녁은 2인분 준비해요?」

「글쎄, 난, 나는 모르겠는걸…… 당신은…… 그래, 2인분 준비해 주게.」

뻬뜨루쉬까는 방에서 나갔다. 골랴드낀 씨는 손님을 바라보았다. 손님은 귀까지 새빨개져 있었다. 골랴드낀 씨는 착한 사람이었기 때문에, 곧 다음과 같은 이론을 펴 나갔다. 〈가엾은 사람. 오늘 직장에서도 첫날이었지. 한동안 고생이 심했나 봐. 어쩌면 가진 거라곤 저 잘난 옷 한 벌인가 봐. 밥 사 먹을 돈도 없나. 쯧쯧쯧, 기가 완전히 죽었군. 뭐, 괜찮아. 그게 차라리 더 나을지도 모르지…….〉

「미안합니다, 제가…….」 골랴드낀 씨가 입을 떼었다. 「참, 당신을 어떻게 불러야 하는지요?」

「야…… 야…… 야꼬프 뻬뜨로비치라고 합니다.」 손님은 부끄럽고 창피해서 죽겠다는 듯, 자기 이름도 역시 야꼬프 뻬뜨로비치인 것에 용서를 구하기라도 하듯 다 기어들어 가는 목소리로 속삭였다.

「야꼬프 뻬뜨로비치라고요!」 우리의 주인공은 더 이상 당황스러움을 감추지 못하고 그가 한 말을 되풀이했다.

「네, 그렇습니다, 틀림없습니다……. 당신과 동명이인입니다.」 골랴드낀 씨의 얌전한 손님은 용기를 내서 미소를 지으며 뭔가 더 재미있는 말을 해보려 했다. 하지만 지금 집주인에게 농담이 먹힐 때가 아니라는 것을 알아차리고 약간은 당황스러워했고, 몹시 심각한 표정을 지으며 낙담했다.

「당신은…… 한 가지 여쭙겠습니다. 어떤 연유로 저에게 이렇게…….」

「당신의 관대하심과 덕행에 대해 알게 됐습니다.」 손님은 겁이 났는지 엉거주춤 자리에서 일어나면서 재빨리 그의 말을 가로막았다. 「그래서 당신께 제 이야기를 털어놓고 친절과 도움을 청해 보려 한 것입니다.」 손님은 표현에 어려움이 있는지, 상대방에게 지나치게 아첨하는 말이나 스스로에게 모욕적인 말은 피하려고 애쓰면서 말을 맺었다. 자신의 자존심을 건드리지 않으면서, 동시에 집주인에게 예의에 어긋날 정도의 평등함을 요구하는 대담한 말은 피하려는 것이었다. 이렇게 말해 볼 수 있었다. 골랴드낀 씨의 손님은, 누덕누덕 기운 연미복을 입고, 주머니에는 귀족의 신분증을 넣고, 거지라면 당연히 해야 하는 손을 내미는 일에 실전 경험이 부족한 품위 있는 거지처럼 행동했다.

「좀 당황스럽군요.」 골랴드낀 씨는 제 몸과 벽과 손님을 차례차례 둘러보며 말했다. 「제가 뭘 할 수 있는지…… 제가 하고 싶은 말은 제가 어떤 일로 당신에게 도움을 줄 수 있다는 것이지요?」

「야, 야꼬프 뻬뜨로비치, 처음부터 저는 당신께 호감을 느껐어요. 제가 당신께 희망을 품은 것을 부디 넓은 마음으로 용서해 주십시오. 네, 감히 전 당신께 희망을 품었습니다, 야꼬프 뻬뜨로비치. 저, 저는 여기 혼자 버려진 사람입니다, 야꼬프 뻬뜨로비치. 돈도 없고, 고생도 아주 많이 했습니다, 야꼬프 뻬뜨로비치. 이곳에 온 지는 얼마 되지도 않았고요. 천성적으로 고운 마음씨와 훌륭한 성품을 소유한 당신께서 저와 동명이인이라는 사실을 알고……」

골랴드낀 씨는 얼굴을 찌푸렸다.

「저와 동명이인이라는 것을 알고, 또 고향도 같다는 것을 알고, 당신께 제 딱한 사정을 털어놓겠다고 마음을 먹게 된 것입니다.」

「좋습니다, 좋아요. 정말 무슨 말을 해야 할지 모르겠군요.」 골랴드낀 씨는 몹시 당황하고 있었다. 「자, 저녁이나 먹고 상의해 봅시다……」

손님은 고개를 숙여 보였다. 저녁이 나왔다. 뻬뜨루쉬까가 식탁을 차렸다. 손님과 주인은 허기를 채우기 시작했다. 식사 시간은 그리 길지 않았다. 둘 다 서둘러 먹었기 때문이었다. 주인은 손님을 잘 대접하고 싶었고, 한편으로는 자신이 거지처럼 살고 있지 않다는 것을 보여 주고 싶었는데, 평소와 달리 소홀한 저녁상에 기분이 상하고 창피해서 빨리 먹었고, 손님은 손님대로 계속 당황해 하고 어쩔 줄을 몰라하며 빨리 먹었다. 빵을 한 조각 집어서 먹어 치운 후, 그는 다른 조각에 손을 뻗기가 무서웠다. 좀 더 먹음직스러운 빵 조각을 집는 것이 창피해서, 자신은 전혀 배가 고프지 않다고 거듭 힘주어 말했다. 그리고 저녁이 아주 훌륭했다고, 아주 만족하고 있노라고, 죽을 때까지 절대로 잊지 않겠노라고 말했다. 식사를 마치고 골랴드낀 씨는 파이프를 피워 물었고, 친구가 올 경우를 대비해서 준비해 둔 또 하나의 파이프를 손님에게 권했다. 두 사람은 서로 마주보며 앉았고 손님은 자신이 겪은 일을 얘기하기 시작했다.

작은 골랴드낀 씨의 이야기는 세 시간에서 네 시간 정도 계속됐다. 하지만 그가 겪은 일들은, 이렇게 말해도 되는지 모르겠지만, 초라하고 보잘것없고 하찮고 공허한 사건들의 연속이었다. 그것은 어느 지방 관청 사무실의 업무, 검사들과 의장들, 사무실 내부의 어떤 음모, 재판소 서기 중 한 사람의 정신적 타락, 감사관들에 대한 이야기, 갑작스런 상관의 경질 등에 대한 것이었다. 제2의 골랴드낀 씨가 아무 죄 없이 고통을 받은 얘기며, 늙은 숙모님 뻴라게야 세묘노브나에 대한 이야기, 또 그가 적들의 온갖 모함과 모사로 인해 직장을 잃고 뻬쩨르부르그까지 걸어온 얘기 등을 늘어놨다. 여기 뻬쩨르부르그에서는 또 어떤 괴로움을 당하고 비참한 생활을 했는지, 얼마나 오래 일자리를 찾아 헤맸는지, 가지고 있던 돈은 먹는 데 다 써버리고 빈털터리가 된 뒤 딱딱하게 굳은 빵에 눈물을 삼키며 맨바닥에서 잠은 또 어떻게 잤는지 낱낱이 털어놓았다. 마침내 어떤 좋은 사람이 나타나 그를 보살펴 주었고, 새로운 직장도 소개해 취직시켜 준 이야기까지 몽땅 털어놓았다. 골랴드낀 씨의 손님은 이야기를 하면서 내내 울었고, 기름종이처럼 반들반들해진 파란 체크 무늬 손수건으로 연신 눈물을 닦아 냈다. 그는 골랴드낀 씨에게 모든 것을 다 털어놓았고, 모든 것을 다 말했다. 그에겐 지금 살 집과 자리를 잡는 데 필요한 돈만 없는 것이 아니라, 직장 생활에 반드시 필요한 의복과 장화를 살 돈마저도 없었다. 지금 입고 있는 제복도 누군가에게 잠시 빌린 것이라고 말하며 그는 긴 이야기를 마쳤다.

골랴드낀 씨는 가슴이 찡했다. 정말로 마음이 움직였다. 손님의 이야기는 아주 공허한 얘기였음에도 불구하고, 한 마디 한 마디가 그의 가슴에 와 닿아 마치 하늘이 주는 양식 같았다. 정말로 골랴드낀 씨는 최근 일었던 모든 의구심을 잊었고 마음을 자유롭고 즐겁게 풀어놓았다. 마침내 그는 바보 같았던 자신의 행동을 탓하기에 이르렀다. 모든 것이 이렇게 자연스러운 일인 것을! 마음을 쓰고 위험을 느껴야 하는 일이 있기는 있었다! 그렇다, 있었다. 정말로 신중하게 고려해야 할 일이 하나 있긴 있었다. 하지만 그것은 체면을 깎고 자존심을 상하게 하고 출세 길을 막을 만큼 커다란 재앙은 아니었다. 왜냐하면 그것은 자연이 만든 일이니까. 더군다나 손님은 보호를 요청하고 있었다. 손님은 눈물을 흘렸고 운명을 탓했다. 그는 악의도 없고 교활하지 않은 순수한 사람이었다. 또 불쌍하고 보잘것없는 사람이었다. 집주인의 얼굴과 자신의 얼굴이 기이하도록 닮은 것을 스스로 부끄러워하고 있었다. 다른 일 때문인지는 모르겠지만 미안해 하고 있는 것 같았다. 그는 더할 나위 없이 신뢰가 가도록 행동했고, 주인 마음에 쏘옥 드는 시선으로 바라보았다. 자신이 남에게 잘못한 것을 알고 양심의 가책을 받고 있는 사람처럼 바라보았던 것이다. 예를 들어 이론(異論)이 생길 만한 대화가 전개되면, 손님은 즉시 골랴드낀 씨의 의견에 동의했다. 만약에 어떻게 해서, 실수로 자신의 의견이 골랴드낀 씨의 생각과 달라지면 즉시 맥락을 잃었었노라고 시인하고, 그것에 대해 자세히 해명하면서 곧 시정했다. 그는 자기의 모든 의견이 주인과 같다는 것을 상대방이 빨리 알아채도록 만들었다. 그와 똑같이 생각하고, 한 치의 차이도 없이 똑같은 견해로 모든 것을 바라본다고 말하기도 했다. 한마디로 손님은 골랴드낀 씨가 갖고 있는 견해를 〈발견하기〉위해서 모든 노력을 총동원했기 때문에, 결국 골랴드낀 씨는 그가 어느 면으로 보나 아주 친절한 사람임에 틀림없다고 단정하기에 이르렀다. 그러는 사이 뻬뜨루쉬까가 차를 가져왔다. 시간은 여덟 시를 넘기고 있었다. 골랴드낀 씨는 기분이 아주 좋아져 마음이 들뜨고 활기에 넘쳤다. 흥분한 그는 마침내 손님과 아주 흥미롭고 생기 넘치는 대화까지 나누게 되었다. 골랴드낀 씨는 흥이 나면 마음에 드는 이야기들을 떠벌리는 것을 좋아했다. 지금이 그랬다. 그는 손님에게 뻬쩨르부르그에 대해서, 뻬쩨르부르그의 아름다움과 즐거운 삶에 대해서, 극장과 각종 모임과 브률로프[21]의 그림에 대해서 이야기했다. 언젠가 영국인 두 명이 여름 정원의 철책을 보러 일부러 영국에서 왔는데 그것만 보고 곧 가버렸다는 얘기며, 직장에 대한 얘기, 올수피 이바노비치와 안드레이 필립뽀비치에 대한 얘기도 했다. 또한 러시아는 시시각각 완성을 향해 나아가고 있고, 〈인문 과학이 융성해지고 있다〉는 이야기, 게다가 얼마 전 『북방의 꿀벌』이라는 잡지에서 읽은 우스갯소리까지 들려주었다. 인도에 산다는 어마어마한 힘을 가진 큰 뱀과 브람베우스[22]

---

21 까를 빠블로비치 브률로프(1790~1852)는 러시아의 화가로서 고전주의의 미학적 원칙을 강조하는 아카데미 교육에 불만을 품고, 러시아 회화의 사실주의 부흥을 위해 힘썼다. 브률로프의 그림 「폼페이 최후의 날」은 1834년 이탈리아에서 그를 예술가로 완성시켰으나, 뻬쩨르부르그에서는 이 그림으로 인해 그가 〈예술 아카데미〉로부터 쫓겨나게 되었다. 그 당시 「폼페이 최후의 날」은 러시아와 외국의 간행물에서 많은 반향을 불러일으켰다.

남작에 대한 얘기 등등, 그의 얘기는 끝이 없었다. 한마디로 골랴드낀 씨는 최고로 만족한 상태였다. 첫번째 이유는 완벽한 정신적 안정을 되찾은 때문이었고, 두 번째는 이젠 원수들이 겁나지 않을 뿐만 아니라, 그들 모두를 마지막 결전에 불러낼 각오까지도 되어 있었기 때문이었고, 세 번째로는 자신이 몸소 누군가를 보호하고 있다는 사실, 즉 착한 일을 하고 있다는 생각 덕분이었다. 한편 그는 지금 자신이 완벽하게 행복한 것은 아니라고, 아주 작은 벌레가 하나 남아서 지금 가슴을 갉아먹고 있노라고 마음속으로 솔직히 인정하지 않을 수가 없었다. 바로 어제 저녁 올수피 이바노비치의 집에서 있었던 일들이, 그 기억이 자신을 몹시 괴롭히고 있었던 것이다. 어제 일어났던 일 중에서 몇 가지만 지울 수 있다면 그는 아무리 비싼 값이라도 치를 수 있을 것 같았다. 〈하지만, 뭐, 괜찮아.〉 마침내 우리의 주인공은 마음을 다지고, 앞으로는 행동을 조심하겠노라고, 비슷한 실수는 다시 하지 않겠노라고 결심했다. 이제 골랴드낀 씨는 완전히 긴장이 풀려서 더 없는 행복을 느꼈고, 문득 환락에 젖고 싶다는 생각을 하게 됐다. 뻬뜨루쉬까가 럼주를 가져왔고 그것으로 펀치를 만들었다. 손님과 주인은 한 잔, 두 잔, 잔을 비워 갔다. 손님은 더 친절해졌고, 여러모로 그가 정직하고 행복한 성격의 사람이라는 증거를 보여 주어 골랴드낀 씨를 만족시켰다. 골랴드낀 씨가 기뻐하는 일에만 그도 기뻐했으며, 골랴드낀 씨를 바라보는 모습이 마치 이 세상에 하나밖에 없는 진정한 은인을 바라보는 것 같았다. 그는 펜과 종이 한 장을 집어서 골랴드낀

---

22 브람베우스는 센꼬프스끼의 『독서 문고』의 발행인이다.

씨에게 보지 말아 달라고 부탁하고 무엇인가를 끼적거렸고, 다 쓰고 나서 스스로 주인에게 보여 주었다. 아주 감동적인 내용의 사행시였다. 표현도 글씨체도 모두 훌륭했는데, 친절한 손님이 직접 지은 것 같아 보였다. 시는 다음과 같았다.

만일 그대 나를 잊어도,
나는 그대 잊지 않으리.
인생엔 온갖 일이 일어날 수 있다지만,
그대, 나를 잊지 말아 주오![23]

눈에 눈물이 가득 고여서 골랴드낀 씨는 손님을 끌어안았다. 깊은 감격 속에서 그는 마음속에 감추어 왔던 비밀 몇 가지를 손님에게 털어놓았다. 안드레이 필립뽀비치와 끌라라 올수피예브나에 대한 얘기는 힘껏 강조했다. 우리의 주인공은 손님에게 말했다. 「그래, 나와 자네, 야꼬프 뻬뜨로비치, 우리 친해지세나. 나하고 자네는 말이야, 야꼬프 뻬뜨로비치, 물고기하고 물처럼, 친형제처럼 지내는 거야. 우리는 말일세, 이 친구야, 계책을 세우는 거야, 같이 일을 벌이자고. 우리 나름대로 그들에게 맞서서 묘책을 세우잔 말이야. 그들에게 맞서서 일을 꾸미자고. 자넨, 절대로 누구도 믿어선 안 되네. 내가 아는 자네는, 야꼬프 뻬뜨로비치, 자네 성격을 내가 아는데, 자넨 모든 것을 얘기해 버릴지도 몰라, 성격이 너무 곧아서 말이지! 자네는 말일세, 이 사람아, 그자들에게서 멀리 떨어져 있어야 하네.」 손님은 전적으로 동의하면서 골

---

[23] 19세기에 러시아에서 널리 퍼졌던 감상적인 시로 특히 대학생들 사이에서 많이 읽혔다.

랴드낀 씨에게 고마워했고, 역시 눈물을 흘렸다. 골랴드낀 씨는 떨려서 쇳소리가 나는 목소리로 말을 이었다. 「야샤[24] 자네 말이지, 야샤, 자네, 잠시 우리 집에 와서 살든지 아니면 그냥 눌러 있게나. 우리 친해지자고. 어때, 자네는, 이 사람아, 응? 우리 둘 사이에 좀 껄끄러운 일이 있기는 하지만, 너무 기분 나빠 하거나 불평하지는 말게. 불평하는 것은, 이 사람아, 죄야. 자연이 만든 일인 걸 어쩌겠나! 자연은 어머니의 품처럼 관대하지 않던가, 그러니 아우님, 야샤! 자네를 형제처럼 사랑하기에 하는 말인데, 자네하고 나는 말이야, 야샤, 계책을 세우는 거야. 우리 나름대로 간계를 부려서 그놈들 코를 납작하게 해주자고.」 펀치[25]는 형님, 아우님 하면서 석 잔, 넉 잔째 들어갔고, 골랴드낀 씨는 두 가지 느낌을 갖게 되었다. 하나는 너무나도 행복하다는 것이었고, 또 하나는 더 이상 두 발로 서 있을 수가 없다는 것이었다. 손님에겐 물론 자고 가라고 말했다. 의자 두 줄로 침대는 그럭저럭 만들어졌고, 작은 골랴드낀 씨는 친구의 집에서라면 맨바닥에서라도 달게 잘 수 있다며, 어디서 자든 감사하는 마음으로 순순히 자겠다고, 지금 마치 천국에 있는 것 같다고 말했다. 여태껏 자기는 많은 불행과 슬픔을 겪었고 별의별 일도 다 보았으니 앞으로 무슨 일을 더 겪게 될지 어떻게 알겠느냐고도 했다. 큰 골랴드낀 씨는 이 말에 반대하면서 신께 희망을 걸어야 한다고 힘주어 말했다. 손님은 전적으로 그에 동의하면서 신만한 존재는 아무 데도 없다고 말했다. 그러자 큰 골랴드낀 씨는 꿈에서도 신의 이름을 부른다는 터키 인들이 어떤

24 야꼬프의 애칭.
25 과실즙에 설탕, 술 등을 넣은 음료.

의미에서는 옳다고 했다. 또한 터키의 예언자 마호메트를 비방하는 다른 학자들에게 자신은 동의하지 않노라고, 그도 나름대로 위대한 정치가였다고 말하다가, 어느덧 어떤 잡록에서 읽었던 알제리 이발사에 대한 재미있는 얘기로 넘어갔다. 손님과 주인은 터키 인들의 순진함에 한바탕 웃었고, 한편으로는 아편으로 인해 야기되는 그들의 광적인 믿음에 놀라움을 금하지 못했다……. 손님은 일어나서 옷을 벗기 시작했고, 골랴드낀 씨는 칸막이 뒤로 갔다. 어쩌면 변변한 셔츠도 못 입었을 거라는 친절한 배려와, 그렇지 않아도 잔뜩 고생한 사람을 무안하게 하지 않겠다는 마음에서였다. 또 뻬뜨루쉬까가 뭐 하고 있는지 확인도 하고 그를 한번 슬쩍 떠보고 싶은 마음도 있었고, 여력이 되면 그의 기분을 풀어 주고 얼러 보려는 마음도 있었다. 그러면 모두가 행복해지리라, 탁자 위에 쏟아진 소금[26]도 없으리라 생각했던 것이다. 내친김에 말하자면, 골랴드낀 씨는 그때까지도 뻬뜨루쉬까가 마음에 걸렸던 것이다.

「이봐, 뾰뜨르, 이제 그만 자도록 하게.」 방에 들어서면서 골랴드낀 씨는 부드럽게 말했다. 「이제 자라고. 그리고 내일 여덟 시에 나를 깨우는 거야, 뻬뜨루쉬까, 알겠나?」

골랴드낀 씨는 부드럽고 다정하게 얘기했다. 하지만 뻬뜨루쉬까는 말이 없었다. 그는 침대 근처에서 꾸물거리고 있었는데, 주인에 대한 존경심이 있다면 마땅히 돌아서야 함에도 불구하고, 그는 그러지 않았다.

「뾰뜨르, 내 말 듣고 있는 건가?」 골랴드낀 씨는 다시 입을

---

[26] 러시아에서는 식사 중 식탁에 소금을 쏟으면, 같이 식사하던 사람과 싸우게 된다는 미신이 있다.

열었다. 「자네 이제 그만 자고, 내일은, 뻬뜨루쉬까, 여덟 시에 나를 깨우라고, 알았지?」

「네, 벌써 알아들었다고요. 도대체 몇 번씩 얘기하시는 거예요!」 뻬뜨루쉬까는 조그맣게 투덜거렸다.

「에이, 또 그런다, 뻬뜨루샤. 내가 이렇게 말을 하는 것은 단지 자네도 편안해지고 행복해지라고 그러는 거야. 지금 우린 모두 이렇게 행복하니까, 자네도 편안하고 행복하라고 말이야. 자, 그럼 잘 자게나, 잘 자라고, 뻬뜨루샤. 우린 모두 일해야 할 사람들이니까 잘 자야지……. 그리고, 자네 말이야, 뭐 딴생각은 하지 말고……」

골랴드낀 씨는 뭔가 더 말하려다가 그만두었다. 그는 생각했다. 〈내가 너무 말이 많은 것 아닌가? 쓸데없이 말이 너무 많았던 것 아냐? 난 늘 이래. 항상 지나치게 많이 쏟아 놓는다니까.〉 스스로를 아주 못마땅해 하며 우리의 주인공은 뻬뜨루쉬까의 방에서 나왔다. 그는 뻬뜨루쉬까가 예의 없이 행동하고 말도 잘 안 들어서 화가 나고 말았다. 〈저런 변변치 않은 놈하고 시시덕거리고, 주인이 되어서 저런 가당치도 않은 놈에게 예의 바르게 굴어야 하다니. 저놈은 아무 반응도 없는데 말이야. 그런데 저런 부류의 인간들은 다들 저렇게 뻔뻔스러운가 봐.〉 골랴드낀 씨는 생각했다. 그는 비틀거리면서 방으로 돌아와서 손님이 잠자리에 든 것을 보고 잠시 그를 쳐다보며 침대에 걸터앉았다. 그리고 체머리를 흔들면서 그는 낮은 목소리로 말했다. 「자, 이제 말해 봐, 야샤. 이 비열한 놈아, 너 나한테 잘못한 거 있지? 내 동명이인인지 뭔지야, 너 말이다, 그……」 그는 손님에게 몹시 불손하게 말했다. 그리곤 살갑게 작별을 고하고, 골랴드낀 씨도 마침내 침대로 갔다. 손님은 코를 골기 시작했다. 골랴드낀 씨는 침대에 누우면서 웃으며 중얼거렸다.「넌 오늘 취한 거야, 내 사랑, 야꼬프 뻬뜨로비치. 비열한 인간 같으니라고, 너, 이 골랴드낀인가 뭔가야. 성이 그게 뭐냐! 뭐가 그렇게 좋더냐? 내일은 펑펑 울게 될 거다, 이 겁쟁이놈, 아, 도대체 나는 너를 어떻게 해야 하니!」이때 골랴드낀 씨의 온몸에선 의구심과 후회 비슷한 아주 이상한 느낌이 일었다. 그는 생각했다. 〈내가 정신이 나갔어. 이렇게 머릿속이 웅웅거리다니, 난 정말 술에 취한 거야. 자제하지 못하고서, 에이, 바보 같으니라고! 쓸데없는 소리나 실컷 지껄이고, 함부로 뱉어 내고, 게다가 난 정말 비열해, 계책을 꾸미자고까지 했어. 모욕을 준 자를 용서하고 잊는 것은 물론 첫째가는 덕목이지만, 다 잊어버리고 용서하는 것도 나쁜 거야! 그래, 맞아!〉 골랴드낀 씨는 몸을 일으켜 양초를 들고 까치발로 걸어서 잠을 자고 있는 손님에게 다가가 다시 한번 쳐다보았다. 깊은 생각에 잠긴 채 그는 오랫동안 서 있었다.「이 얼굴, 기분 나빠! 코미디야, 완벽한 코미디, 이제 다 끝났어!」

골랴드낀 씨는 마침내 잠자리에 누웠다. 머릿속은 시끄러웠고, 깨지는 것 같았고, 윙윙거렸다. 그는 점점 의식을 잃어 갔다……. 뭔가를 생각해 보려고, 뭔가 아주 재미있는 것을 기억해 보려고, 뭔가 아주 중요하고 민감한 문제를 해결해 보려고 애썼지만 그럴 수 없었다. 친한 친구와 만나서 평소 안 마시던 펀치를 갑자기 다섯 잔씩이나 마셔 버린 보통의 다른 사람들과 마찬가지로 그에게도 잠이 쏟아졌기 때문에, 복잡한 생각으로 꽉 찬 머릿속으로 잠이 공격하다시피 들어왔기 때문에, 그는 곧 잠이 들고 말았다.

제8장

다음날 골랴드낀 씨는 여느때처럼 여덟 시에 눈을 떴다. 잠에서 깨어나자마자 어젯밤 일이 모두 생각나 그는 눈살을 찌푸렸다. 〈에잇, 어제 나는 정신 못 차린 바보 같았어.〉 그는 손님의 침대를 보려고 일어나면서 생각했다. 하지만, 손님은 물론이거니와 손님이 잤던 침대까지 없는 것을 보고 그는 자지러지게 놀랐다. 골랴드낀 씨는 소리까지 지를 뻔했다. 「이게 뭐야? 도대체 이런 일이 어떻게 일어날 수 있는 거야? 이 새로운 상황은 이제 뭘 의미하는 거지?」 골랴드낀 씨가 여전히 어리둥절해 하면서 입도 못 다물고 빈자리를 쳐다보고 있었는데, 문이 삐걱거리더니 뻬뜨루쉬까가 찻쟁반을 들고 들어왔다. 「어디 갔어, 어디 갔냐고?」 우리의 주인공은 어제 손님이 차지했던 자리를 손가락으로 가리키면서 기어들어 가는 목소리로 말했다. 뻬뜨루쉬까는 아무 대답도 없이 주인을 쳐다보지도 않고, 눈동자를 오른쪽 구석으로 돌렸다. 자연히 골랴드낀 씨도 오른쪽 구석을 쳐다보았다. 잠시 침묵하고 있던 뻬뜨루쉬까는 무뚝뚝하고 약간 쉰 목소리로 〈주인님은 집에 안 계십니다〉라고 대답했다.

「이런 바보 같은 놈. 뻬뜨루쉬까, 내가 네 주인이잖아.」 골랴드낀 씨는 하인을 뚫어져라 쳐다보며 더듬더듬 말했다.

뻬뜨루쉬까는 아무 대답도 안 했다. 하지만 그는 욕설과도 같은 모욕스러운 비난의 눈길로 골랴드낀 씨가 귀까지 시뻘게질 정도로 빤히 쳐다보았다. 골랴드낀 씨는 한마디로 어쩔 줄을 몰랐다. 결국 뻬뜨루쉬까는 〈다른 분〉은 벌써 한 시간 반 전에 기다리지 않고 나갔다고 말했다. 그 대답은 틀림없는 것 같았고, 그럴 듯했다. 뻬뜨루쉬까가 거짓말을 하는 것 같지는 않았다. 모욕적인 시선과 그가 사용한 〈다른 분〉이라는 말은 껄끄러운 상황의 결과였다. 어쨌든 그는 어렴풋하게나마 뭔가 일이 잘못 돌아가고 있고, 운명이 그에게 별로 기분좋지 않은 선물을 준비하고 있다는 것을 느낄 수 있게 되었다. 그는 생각했다. 〈좋아, 두고 보자. 알게 될 거야, 더 늦기 전에 내가 다 알아내고 말 테다…… 아, 이런 세상에. 신이시여!〉 그는 목소리까지 완전히 바뀌어 신음소리를 냈다. 〈내가 왜 그 사람을 데려왔을까? 무슨 끝을 보겠다고? 도둑놈들이 쳐놓은 올가미에 정말 스스로 목을 들이미는 꼴이 아닌가? 스스로 올가미를 만든 꼴이 아니냐고? 에이그, 이놈의 대가리, 돌대가리. 참지 못하고 입이나 잘못 놀려 대고. 철부지 어린애 같은 놈, 촐싹촐싹 서기 같은 놈, 멍청한 건달놈, 허풍선이에 썩은 누더기 같은 놈, 이 수다쟁이 여편네 같은 놈! 어찌하오리까, 여러분! 날강도 같은 놈이 시를 써서 나에 대한 애정을 표시했겠다! 어떻게 그런……. 만약 날도둑놈이 돌아오면 점잖게 문을 가리켜 줄까? 그래, 방법은 많아. 이렇게 말하는 거야. 《내 한정된 봉급으로는……》 아니면 그 자에게 겁을 줘도 되겠지. 《우리 처지를 고려해 보니까 이러저러해서 솔직히 말을 안 할 수가 없군요……. 방세하고 식비를 반은 내셔야겠고, 돈은 선불로 해야겠는데요.》 흠! 아니야, 제기랄, 아니야! 이 방법은 너무 치사해. 별로 점잖지 못하다고. 어떻게 좀 좋은 방법이 없을까? 뻬뜨루쉬까를 시켜서 그자를 불쾌하게 만들고, 소홀하게 대접하게 하고, 함부로 대하게 하고, 끝내 쫓아내도록 해볼까? 부추겨서 서로 싸우도록 해……? 아니야, 제기랄, 아니야, 그건 위험해. 더군다나 그렇고 그런 관점에서 보면, 그래, 안 좋아, 아주 안 좋아! 그런데, 안 오면 어떻게 하지? 그것도 안 좋은 건가? 어젯밤 그 녀석은 내 실없는 소리를 잔뜩 들었는데. 에이, 이런, 제기랄! 왜 이렇게 일이 꼬이기만 하지? 에잇, 이 저주받을 머리통아! 해야 할 말과 하지 말아야 할 말도 구별 못 하냐! 머릿속에 순리라는 것을 처박아 두면 어디가 덧나냐고! 만약에 그가 거절하면 어쩌지? 아, 그나저나 오기나 하면 좋으련만! 오기만 한다면 나는 뛸 듯이 기쁠 텐데. 오기만 한다면 어떤 대가라도 치를 텐데……〉 차를 마시면서 연신 벽시계를 쳐다보며 골랴드낀 씨는 결론을 내렸다. 〈지금이 15분 전 아홉 신데, 벌써 출근할 때가 됐군. 아, 무슨 일이 생기려나? 무슨 일이 생기고야 말려나? 지금 벌어지고 있는 일이 뭔지, 도대체 그 목적이 뭐고 앞으로 어떻게 되어 갈 건지, 그 안에 숨어 있는 속임수들은 어떤 것인지, 사람들이 노리는 게 뭐고 첫걸음을 어떻게 뗄지 알 수 있다면 정말 좋으련만……〉 골랴드낀 씨는 더 이상 참을 수가 없어서 아직 다 피우지도 않은 파이프를 내던지고, 옷을 입고 직장으로 향했다. 가능하다면 위험 요소를 미리 제거하고, 자신이 있는 자리에서 모든 것이 확인되기를 바라면서. 위험 요소는 있었다. 그는 위험 요소가 있음을 이미 알고 있었다. 「난 그것을 알아내고야 말 거야. 난 이제 모든 일을 꿰뚫어 알아내고야 말 거라고.」 골랴드낀 씨는 관청 입구에서 외투와 덧신을 벗으며 말했다. 우리의 주인공은 근엄하고 격식을 갖춘 모습으로 앞을 향해 걸었다. 그가 옆에 있는 사무실로 막 들어가려 했을 때, 문 앞에서 그는 바로 어제 그 사람, 친구이자 지인인 그 사람과 부딪쳤다. 그런데 작은 골랴드낀 씨는 큰 골랴드낀 씨와 거의 코끝이 닿을 뻔했는데도 그를 못 알아본 것 같았다. 작은 골랴드낀 씨는 무척 바빠 보였고, 숨을 헐떡이며 어디론가 서둘러 가고 있었다. 그는 아주 형식적이고 사무적인 모습을 취했으며, 누구든 그의 얼굴에서 〈특별 지시를 받고 어딘가로 가고 있음……〉이라는 글귀를 읽을 수가 있을 정도였다.

「아, 당신이군요, 야꼬프 뻬뜨로비치!」 우리의 주인공은 어젯밤 친구의 손을 잡으면서 말했다.

「나중에요, 나중에요, 미안합니다, 나중에 얘기하시지요.」 작은 골랴드낀 씨는 앞으로 솟구치듯 나가며 큰 소리로 말했다.

「잠깐만, 당신이, 저, 원하신 건, 야꼬프 뻬뜨로비치, 그게…….」

「뭐라고요? 빨리 말씀하세요.」 골랴드낀 씨의 어젯밤 친구는 지금 마지못해 멈춰 서서 제 귀를 골랴드낀 씨의 코앞에 갖다 댔다.

「제가 말하려는 것은, 야꼬프 뻬뜨로비치, 이런 대접…… 이런 대접에 전 놀랍기만 하군요. 이런 대접은 전혀, 꿈에도 생각해 본 적이 없는 겁니다.」

「모든 일에는 누구나 다 아는 형식이라는 것이 있습니다. 각하의 비서에게 가서 모습을 보이시고 절차대로 행동하신 후, 실장님께도 가셔야지요. 제게 뭐 부탁하실 거라도 있나요?」

「당신은, 이건 대체, 야꼬프 뻬뜨로비치! 당신은 저를 몹시 놀라게 하는군요, 야꼬프 뻬뜨로비치! 당신은, 지금 아마도 저를 못 알아보고 있거나, 밝은 성격을 타고나신 까닭에 농담을 하고 계신 모양인데요.」

「아, 당신이었군!」 작은 골랴드낀 씨는 마치 이제야 겨우 큰 골랴드낀 씨를 알아본 듯 말했다. 「그러니까 당신이셨군요? 그래, 어땠어요, 잘 잤나요?」여기서 작은 골랴드낀 씨는 미소까지 띠었다. 공식적이고 틀에 박힌 미소를 지은 것이다. 그가 취할 수 있는 행동이 아니었는데도 불구하고. (왜냐하면 그는 골랴드낀 씨에게 감사하는 마음을 가져야 마땅하지 않은가.) 공식적이고 형식적으로 웃음을 띠고 그는 골랴드낀 씨가 잘 자고 일어나서 아주 기쁘다고 덧붙이고 고개를 약간 숙였다. 그리고 제자리에서 발을 구르더니 오른쪽, 왼쪽을 둘러보고는 눈을 땅으로 내리깔고 특별 지시를 받았노라고 재빨리 지껄이더니 옆문으로 쏙 들어가 버렸다. 눈 깜짝할 사이의 일이었다.

「대단한 물건이로군!」한순간 그 자리에 붙박여 버린 우리의 주인공은 이렇게 중얼거렸다. 〈대단한 물건이야! 그래, 여긴 지금 그런 상황이다 이거지……!〉골랴드낀 씨는 왠지 온몸에 소름이 돋는 것 같았다. 계속 생각하면서 그는 슬그머니 자기 부서로 들어갔다. 〈그건 그렇고, 이런 상황이 오리라고 난 이미 오래전에 말했었어. 그가 특별한 지시를 받고 있다는 사실을 벌써 오래전에 예감했다고. 그래, 어제 얘기한 것처럼 누군가 특별히 의뢰해서 그자를 고용한 게 틀림없어……〉

「야꼬프 뻬뜨로비치, 자네 어제 그 서류 마무리했나?」안똔 안또노비치 세또츠낀은 옆에 앉아 있는 골랴드낀 씨에게 물었다. 「그 서류 지금 여기 있나?」

「여기 있습니다.」그는 다소 얼빠진 모습으로 계장을 쳐다보면서 중얼거렸다.

「확인해 두게나. 안드레이 필립쁘비치가 벌써 두 번이나 물으셨거든. 지금 바로 각하께서 가져오라고 하실지도 모르네…….」

「아닙니다, 다 끝냈습니다…….」

「그렇다면 됐네.」

「저는요, 안똔 안또노비치. 제 맡은 바 임무를 항상 충실히 수행해 왔고, 윗분들이 맡기시는 일에 열과 성을 다했고, 또 지금도 성실하게 일하고 있다고 생각합니다.」

「그래, 그렇지. 그런데 자네 또 무슨 얘기를 하고 싶어 그러나?」

「별건 아니고요, 안똔 안또노비치. 제가 말이죠, 안똔 안또노비치, 설명하고 싶은 것은 다만 저는…… 다시 말해서 제가 하고 싶은 말은, 남에게 해를 끼치려는 불온한 마음과 시기심을 갖고 있는 사람들은 언제나 〈오늘은 누굴 잡아먹을까〉 찾아다니면서 아무도 그냥 놓아두지 않는다는 겁니다…….」

「미안하지만, 나는 전혀 이해할 수가 없네. 자넨 지금 누구를 염두에 두고 하는 말인가?」

「제가 하고 싶은 말은요, 안똔 안또노비치, 저는 곧은 길을 가는 사람이기 때문에 돌아가는 것, 즉 우회하는 것을 경멸한다는 겁니다. 저는 모사꾼이 아닙니다. 그래서, 이렇게 표현해도 되는지 모르겠지만, 전 스스로를 자랑스럽게 여기고 있고 그건 아주 당연한 일이라고…….」

「그래, 자네 말 다 맞네. 내가 판단하기에도 자네 생각이 전적으로 옳아. 하지만, 자네, 나도 한마디하게 해주어야겠네, 야꼬프 뻬뜨로비치. 훌륭한 사회에서는 인신 공격이 언제나 허용되지는 않아. 예를 들어, 안 보이는 곳에서는 임금님도 욕한다니까 뒤에서 하는 욕이야 참을 수 있겠네만, 하지만 자네도 한번 생각해 보게. 눈앞에서 누가 모욕적인 언행을 하면, 나도 말일세, 참아 넘길 수가 없어. 여보게, 나는 국가 기관에서 일하며 머리가 센 사람이야. 나잇살이나 먹은 내게 모욕적인 언행을 하는 것은 참을 수가 없다고……」

「아닙니다, 저는, 안똔 안또노비치, 당신은 말이죠, 안똔 안또노비치, 당신은 아무래도 안똔 안또노비치, 제 말을 잘 못 알아들으셨나 봐요. 당치도 않습니다, 저는요, 안똔 안또노비치, 제가 제 나름대로 명예를 걸고 말씀드리는데, 저는 그저……」

「그렇다면, 나도 용서를 빌어야겠군……. 우린 구식 교육을 받은 사람들이어서 말이야. 하지만, 자네들 식대로 신식으로 공부하기엔 우린 너무 늦었어. 조국에 봉사하는 일에 관한 한 우리 지식이 아직까지는 쓸모가 있었던 것 같아. 여보게, 나는 말이야, 자네가 알고 있다시피, 25년 우수 근속 훈장도 받았지 않은가……」

「압니다, 안똔 안또노비치, 말씀하신 거, 다 잘 알고 있습니다. 하지만 제가 말씀드리려던 것은 그게 아니고요, 가면에 대한 얘깁니다, 안똔 안또노비치……」

「가면?」

「저, 또 잘못 이해하실까 봐……. 그러니까, 안똔 안또노비치, 그렇게 자꾸 물으시는데, 막상 제 말뜻은, 또 달리 받아들이실까 봐 걱정됩니다만, 제가 하려는 말의 주제는요, 안똔 안또노비치, 제가 생각하기에 요즘은 가면을 쓰고 사는 사람들이 많아져서 그들의 진면목을 알기가 어렵다는 겁니다……」

「그래, 하지만 그건 그다지 어려운 일만은 아니라네. 어떤 땐 아주 쉽지. 멀리 가서 찾을 필요가 없을 때도 있으니까.」

「아니오, 저기, 안똔 안또노비치, 제 말은요, 저 자신에 대한 말인데요, 가령 저는 필요할 때만 가면을 씁니다. 곧이곧대로 말하자면, 카니발이나 즐거운 모임이 있을 때만 쓰지요. 하지만 함축적인 뜻으로 말하자면, 사람들 앞에서 매일 가면을 쓰고 다니지는 않습니다. 제가 말씀드리려던 것은 바로 이겁니다, 안똔 안또노비치.」

「알았네, 자 이제 그 얘기는 잠깐 접어 두세. 내가 워낙 시간이 없거든.」 안똔 안또노비치는 자리에서 일어나 각하께 보고할 서류 몇 가지를 챙기면서 말했다. 「내가 판단하기에, 자네 일은 빠른 시일 내에 깨끗이 해결될 것 같네. 자네가 누구를 꾸짖고 누구를 질책해야 하는지 스스로 알게 될 거라고. 참, 앞으로는 공무에 방해가 되는 개인적인 해명이나 얘기들은 자제해 줄 것을 정중히 부탁하는 바일세…….」

「아닙니다, 저는, 안똔 안또노비치.」 이미 멀어져 가고 있는 안똔 안또노비치의 뒤통수에 대고 골랴드낀 씨는 창백한 얼굴로 말했다. 「저는요, 안똔 안또노비치, 저기, 그럴 생각은 아니었는데요.」 혼자 남은 우리의 주인공은 생각했다. 〈이건 또 무슨 일이람? 이건 또 무슨 바람이고, 저 사람은 행동이 왜 또 변했을까?〉 정신을 못 차리고 맥이 빠져 있던 우리의 주인공이 새로운 의문에 답을 찾아보려던 바로 그 순간, 옆방에서는 업무 때문인지 사람들이 웅성거리며 분주히 움직이는 소리가 들려왔다. 곧 문이 열리면서 조금 전까지 업무로 각하의 방에 가 있던 안드레이 필립뽀비치가 가쁜 숨을 몰아쉬며 나타나서 골랴드낀 씨를 소리쳐 불렀다. 무슨 일로 그러는지 알고 있던 골랴드낀 씨는 안드레이 필립뽀비치를 기다리게 하고 싶지 않아서, 당연한 일이겠지만, 자리를 박차고 일어나 필요한 서류를 즉시 갖추어 가지런히 하고 자신도 함께 각하의 방에 가려고 신속하게 행동하며 한껏 부산을 떨었다. 그때 문 옆에 서 있던 안드레이 필립뽀비치의 손끝에서 솟아나온 듯, 작은 골랴드낀 씨가 숨을 몰아쉬며 일에 쫓기는 사람처럼 도도하고 의례적인 모습으로 사무실에 나타나, 전혀 아무것도 예상하지 못하고 있던 큰 골랴드낀 씨에게로 바로 떼구르르 굴러왔다…….

「서류요, 야꼬프 뻬뜨로비치, 서류……. 각하께서 물어보라고 하셔서요, 준비 다 되셨습니까?」 큰 골랴드낀 씨의 친구는 작은 목소리로 단숨에 재잘거렸다. 「안드레이 필립뽀비치가 기다리고 있는데요…….」

「당신이 말해 주지 않아도 기다리고 계신 줄 알고 있소.」 큰 골랴드낀 씨도 역시 작은 목소리로 단숨에 말했다.

「아니오, 저는 말이죠, 야꼬프 뻬뜨로비치. 그게 아니라, 저는, 야꼬프 뻬뜨로비치, 전혀 그런 게 아니라, 당신이 그저 안돼 보여서요, 야꼬프 뻬뜨로비치, 정신적인 공감을 표현하는 겁니다만.」

「그런 말은 부디 안 하셨으면 좋겠소. 그럼 실례, 실례하오…….」

「서류는, 당연히 표지로 싸셔야겠지요, 야꼬프 뻬뜨로비치. 세 번째 페이지에 서표하시는 것도 잊지 마시고요. 잠깐만요, 야꼬프 뻬뜨로비치…….」

「이젠 좀 가게 해주시지요, 네…….」

「하지만 여기 이렇게 잉크 자국이 있는데요, 야꼬프 뻬뜨로비치. 이거 보셨나요……?」

안드레이 필립뽀비치가 골랴드낀 씨를 두 번째로 소리쳐

불렀다.

「갑니다, 안드레이 필립뽀비치, 지금 곧, 여기 일이 좀 있어서…… 이 딱한 양반아, 러시아 어를 못 알아들으시오?」

「아무래도 칼로 긁어 내는 것이 좋겠습니다, 야꼬프 뻬뜨로비치. 저에게 맡기시는 게 낫겠어요. 직접 만지지는 마시고요, 야꼬프 뻬뜨로비치, 저한테 맡기세요. 저는 그저 여기를 좀 칼로…….」

안드레이 필립뽀비치는 세 번째로 골랴드낀 씨를 소리쳐 불렀다.

「얼토당토않은 소리, 도대체 여기 어디 얼룩이 있단 말이오? 얼룩이고 뭐고 아무것도 없구먼. 무슨 소리 하는 거요?」

「커다란 얼룩이 있다니까요, 자 여기 좀 보세요! 자, 잠깐만, 여기 어디서 봤는데. 잠깐만, 아주 잠시면 됩니다, 야꼬프 뻬뜨로비치. 칼로 조금만, 저는 그저 도와드리려는 것뿐입니다, 야꼬프 뻬뜨로비치. 정말 순수한 마음에서 칼로 좀…… 자 이렇게, 다 되어갑니다…….」

이때 작은 골랴드낀 씨는 그 짧은 싸움에서 큰 골랴드낀 씨를 물리치고 우리 주인공의 뜻을 완벽하게 거스르더니, 깨끗한 마음에서 칼로 얼룩을 긁어 내겠다는 말은 말짱 거짓이었는지, 윗사람이 요구하는 서류를 가타부타 말도 없이 순식간에 차지해 재빨리 둘둘 말아 겨드랑이에 끼고, 그런 속임수를 전혀 눈치 채지 못하고 있던 안드레이 필립뽀비치에게 한걸음에 뛰어가서 그와 함께 국장실로 날아가 버렸다. 한편 골랴드낀 씨는 무언가 긁어 내려는 자세로 손에 칼을 들고 장승처럼 서 있었다…….

우리의 주인공은 이 새로운 상황을 아직 완전히 이해하지 못하고 있었다. 제정신이 아니었다. 심한 충격을 받았으면서도 별일 아닐 거라고 생각하고 있었다. 마침내 그는 형언할 수 없는 슬픔과 두려움을 느끼며 자리를 박차고 일어나 곧 국장님 방으로 향했다. 가면서 그는 모든 일이 잘 해결되게 해달라고, 아무 일도 일어나지 않게 해달라고 하느님께 간절히 기도했다……. 국장실 옆 방에서 그는 안드레이 필립뽀비치와 자신의 동명이인과 맞닥뜨렸다. 두 사람은 벌써 돌아오고 있는 중이었다. 골랴드낀 씨는 한쪽으로 비켜섰다. 안드레이 필립뽀비치는 유쾌하게 웃어 가며 뭔가 얘기하고 있었다. 큰 골랴드낀 씨의 동명이인도 웃고 있었다. 안드레이 필립뽀비치의 비위를 맞추어 가며 얌전하게 몇 발짝 뒤처져 종종걸음을 치던 그는, 환희에 겨운 모습으로 상사의 귀에 대고 뭔가 속살거렸다. 그러자 안드레이 필립뽀비치는 가장 총애하는 사람에게 하듯 고개를 끄덕였다. 우리의 주인공은 단번에 모든 상황을 알아차렸다. 사실 그의 서류는(그가 나중에 알게 된 바에 의하면) 각하의 기대 이상이었고, 기한에 맞춰 정말 제때에 올려진 것이었다. 각하는 아주 만족해 했다. 각하는 작은 골랴드낀 씨에게 고맙다고, 정말 고맙다고 말했고, 반드시 기억에 담아 두고 절대로 잊지 않겠노라고 했다……. 물론 골랴드낀 씨가 취한 첫번째 행동은 항의였다. 있는 힘을 다해서 끝까지 항의했다. 거의 제정신이 아닌 채, 죽은 사람처럼 창백해진 얼굴로 안드레이 필립뽀비치에게 대들었다. 하지만 안드레이 필립뽀비치는 골랴드낀 씨의 일이 개인적인 일이라고 판단하고, 자기는 개인적인 용무를 볼 시간이 단 1분도 없노라고 단호하게 말하며 더 듣기를 거부했다.

골랴드낀 씨는 지나치게 무뚝뚝한 그의 말투와 단호한 거절에 깜짝 놀라고 말았다. 〈다른 방법을 써봐야겠어....... 안 똔 안또노비치에게 말하는 게 더 나을지도 몰라.〉 하지만 불행히도 안똔 안또노비치는 자리에 없었다. 다른 업무로 그도 다른 곳에서 바빴던 것이다. 〈개인적인 해명이나 얘기를 자제해 달라고 한 것은 다 이유가 있었구먼! 그래, 이러려고 그런 거야, 교활한 늙은이 같으니라고! 그렇다면 각하께 탄원해 보는 수밖에.〉 우리의 주인공은 생각했다.

머릿속을 가득 메운 혼란으로 여전히 얼굴이 창백해 있던 골랴드낀 씨는, 도대체 무엇을 어떻게 해결해야 할지 알 수가 없어서 의자에 털썩 주저앉고 말았다. 그는 생각이 끊이지 않았다. 〈이게 다 그저 별일 아니라면 얼마나 좋을까. 정말로 이 일은 의혹투성이야, 믿기지도 않는다고. 우선 너무 황당해. 일어날 수도 없는 일이야. 혹시 내가 잘못 봤나? 뭔가 잘못돼서 실제로 일어난 일은 그게 아닌지도 모르지. 혹시 내가 직접 갔다 온 건 아닐까? 다만 거기서 내가 나를 전혀 다른 사람으로 착각해 버렸는지도 몰라....... 어쨌든 이것은 완전히 불가능한 일이야.〉

골랴드낀 씨가 〈이건 완전히 불가능한 일이야〉라고 생각한 순간, 두 손과 겨드랑이에 서류를 잔뜩 든 작은 골랴드낀 씨가 사무실 안으로 뛰어 들어왔다. 그는 안드레이 필립뽀비치에게 지나가는 말로 몇 마디 건네더니, 다른 누군가와 이야기를 나누었고, 어떤 사람하고 친한 척을 하다가 또 누군가와는 허물없이 지껄였다. 사소한 일에 허비할 시간이 없는지 작은 골랴드낀 씨는 벌써 사무실에서 나가려고 했다. 하지만 큰 골랴드낀 씨로서는 다행스럽게도, 마침 문 앞에 서 있던 젊은 관리 두서넛과 그는 대화를 나누기 시작했다. 큰 골랴드낀 씨는 즉시 달려갔다. 작은 골랴드낀 씨는 큰 골랴드낀 씨가 움직이는 것을 보자마자, 〈어디로 숨을까〉 아주 불안하게 주위를 둘러보았다. 하지만 우리의 주인공은 벌써 어젯밤 손님의 옷소매를 붙잡고 있었다. 두 명의 9등 문관을 에워싸고 있던 관리들은 옆으로 비켜서서 무슨 일이 일어날까 호기심을 갖고 기다렸다. 고참 9등 문관은 사람들이 호의를 느끼는 상대가 자신이 아니라는 것을 잘 알고 있었다. 자신을 상대로 사람들이 모사를 꾸미고 있는 것도 잘 알고 있었다. 따라서 그는 지금 스스로를 제어해야 했다. 중요한 순간이었다.

「뭡니까?」 작은 골랴드낀 씨는 뻔뻔스러운 눈으로 쳐다보면서 물었다.

큰 골랴드낀 씨는 간신히 숨을 내쉬었다.

「이봐요.」 그가 입을 열었다. 「나는 정말 모르겠소. 나에 대한 당신의 이상한 행동을 어떤 식으로 납득해야 하는 것인지 도무지 모르겠단 말이오.」

「그래서요, 계속하시지요.」 작은 골랴드낀 씨는 주위를 한번 돌아보며 그들을 둘러싼 관리들에게 〈자, 이제 곧 코미디가 시작됩니다〉 하는 표정으로 눈을 찡긋해 보였다.

「더 말할 필요도 없을 것 같소. 당신이 내게 했던 뻔뻔스럽고 수치스런 행동은 지금 당신이라는 사람을 아주 잘 나타내주고 있으니까 말이오……. 하지만 자신의 유치한 놀음에 너무 기대를 걸지는 마시오. 정말 보잘것없더군요…….」

「자, 그럼 야꼬프 뻬뜨로비치, 이제 대답 좀 해주시려오, 어젯밤 잠은 잘 잤소?」 작은 골랴드낀 씨는 큰 골랴드낀 씨의 눈을 똑바로 쳐다보면서 응수했다.

「당신이라는 사람은 제멋대로군요.」 완전히 이성을 잃은

9등 문관은 간신히 마룻바닥을 딛고 서서 말했다.「그 말투를 바꿔 주시지요…….」

「오, 귀여운 것!」작은 골랴드낀 씨는 큰 골랴드낀 씨에게, 얼굴을 찌푸리고 몹시 무례한 표정을 지어 가며 말했다. 갑자기 그는 두 손가락을 들어 귀여워 죽겠다는 표정으로 큰 골랴드낀 씨의 통통한 오른쪽 뺨을 잡았다. 우리의 주인공은 불처럼 활활 타고 있었다……. 큰 골랴드낀 씨의 친구는, 상대방이 온몸을 벌벌 떨면서 분노로 인해 할 말도 잊고 가재 껍질처럼 시뻘게져서 결국 마지막 한계까지 내몰렸기 때문에, 어쩌면 곧 본격적인 공격을 해올 수도 있겠다는 것을 알아채고, 즉시 아주 파렴치한 방법으로 선수를 쳤다. 두어 번 더 그의 얼굴을 톡톡 치고 두어 번 더 그를 간지럽히고는, 다시 말해서 광기로 인해 분별력도 잃고 꼼짝 않고 서 있는 사람을 몇 초간 더 그렇게 우롱하고는(그것은 그들을 둘러싼 젊은이들에게는 꽤 재미있는 일이었다), 작은 골랴드낀 씨는 파렴치하게도 큰 골랴드낀 씨의 튀어나온 배를 손으로 퉁겨 최후의 치욕을 주더니, 독기를 잔뜩 품은 웃음을 의미심장하게 지으면서 말했다.「장난은 그만두지, 친구 야꼬프 뻬뜨로비치. 농담은 그만두라고! 자네와 난 계책을 꾸미는 거야, 야꼬프 뻬뜨로비치, 일을 꾸미자고.」우리의 주인공이 마지막 공격에서 깨어나기도 전에 작은 골랴드낀 씨는(아, 그전에 그는 에워싸고 있던 관객들에게 이미 웃음을 던졌다) 한껏 바쁘고 사무적이고 형식적인 모습을 취하더니, 눈을 내리깔고 몸은 움츠리고 어깨를 으쓱하고는 〈특별 지시가 있어서〉라고 짧게 말한 후, 짧은 다리로 종종거리며 옆 사무실로 뛰어 들어갔다. 우리의 주인공은 제 눈을 믿을 수가 없었고, 여전히 충격에서 깨어나지 못하고 있었다.

마침내 그가 정신을 차리고 깨달은 것은 자신이 소멸되었다는 사실이었다. 체면은 깎이고 명예는 짓밟히고, 제삼자가 있는 자리에서 웃음거리가 되고 치욕을 당하고, 바로 어제 세상에서 가장 신뢰할 만한 친구라고 여겼던 사람에게 배신당하고 지독한 욕설을 듣고, 남들 앞에서 결코 씻을 수 없는 모욕까지 당하고, 어떤 의미에서 그는 끝장이 나버린 것이었다. 골랴드낀 씨는 원수를 잡으러 뛰어갔다. 그 순간 그는 목격자들에 대해서는 생각하지도 않았고, 생각하고 싶지도 않았다. 그는 중얼거렸다.「이건 저자들이 모두 짜고 하는 짓이야. 모두 한패가 되어 작당하고, 모두 합심해서 나를 궁지로 몰고 있는 거야.」열 걸음이나 떼었을까, 우리의 주인공은 추적이 아무 의미도 없고 헛되다는 생각에 제자리로 돌아왔다. 〈넌 아무 데도 못 간다.〉 그는 생각했다. 〈때가 되면 사면초가에 빠지고 말 거니까. 양의 눈물 속에 빠져 죽은 늑대 꼴이 될 테니까.〉 활활 타오르는 분노와 얼음장 같은 냉정함으로 단호한 결의를 다지며 골랴드낀 씨는 자기 자리로 돌아와 앉았다.「넌 빠져나가지 못해!」 그는 다시 한번 말했다. 이제 사태는 수동적인 방어와는 거리가 멀어져 버렸다. 단호한 공격의 순간이 온 것이다. 얼굴이 벌게져서 간신히 격정을 가라앉히고 있는 골랴드낀 씨를 누군가 봤다면, 펜을 잉크에 찍어 광기 어린 모습으로 뭔가를 후닥닥 서류에 쓰고 있는 그를 봤다면, 그 사람은 이 사태가 절대로 그냥 지나갈 수 없고, 여자들이 하는 식으로 단순하게 끝나지는 않으리라는 것을 단언할 수 있었을 것이다. 마음속 깊은 곳에 결심을 굳힌 그는 기필코 그것을 반드시 이행하리라 맹세했다. 사실 그는 아직도 어떻게 행동해야 하는 것인지 완전히 파악하지는 못하고 있었다. 다시 말하면 전혀 모르고 있었다. 〈전혀 아무것도〉라고 말하는 게 더 맞을지도 모르겠다. 〈이 사람아, 남을 사칭하고 다니는 파렴치한은 우리 시대엔 이미 통하지 않는다네. 이 친구야, 사칭과 몰염치로 좋은 꼴을 볼 것 같나? 교수형이나 당할 뿐이야. 오직 한 사람, 그리쉬까 오뜨레삐예프[27]만이 어리석은 백성을 속이고 사칭에 성공할 수 있었다네. 하지만 그것도 오래가진 못했지.〉 그런 최악의 사태가 일어났는데도, 골랴드낀 씨는 몇몇 사람들에게서 가면이 떨어지고 뭔가 저절로 드러날 때까지 기다려 보기로 했다. 그러려면 우선 근무 시간이 빨리 끝나야 했다. 우리의 주인공은 그때까지 아무 행동도 취하지 않기로 결심했다. 근무 시간이 끝나면 그는 한 가지 조처를 취할 터였다. 그 결과에 따라 차후 자신이 어떻게 행동해야 하는 것인지 알게 될 것이고, 시체의 무력함을 얕보고 갉아먹는 뱀 같은 인간을 짓밟아 오만한 콧대를 꺾어 줄 세부적인 행동 계획을 짤 수 있게 될 것이다. 골랴드낀 씨는 누구든 자신을 더러운 장화나 닦아 내는 걸레로 취급하도록 내버려 둘 수가 없었다. 특히 지금 상황에서는 더 더욱 그럴 수 없었다. 조금 전 그런 모욕만 당하지 않았더라도 우리의 주인공은 아마 어떻게든 마음을 가라앉히고 더 이상 언급하지 않고 그냥 넘겼을지도 모른다. 어쨌든 꼭 저항하고 말겠다는 고집스런 결심은 안 했을 것이다. 언쟁이나 좀 하며 정당성을 주장하고 자신에겐 그럴 권리가 있다고 고집하다가, 조금 양보해서 어쩌면 조금 더 양보해서 상대방의

27 자신을 황제인 이반 4세의 아들 드미뜨리라고 사칭했던 자로 후에 실제로 황제가 되지만, 반대자들에 의해 살해당했다.

말에 수긍했을지도 모른다. 만약 골랴드낀 씨가 정말 그럴 권리가 있노라고 상대방이 엄숙하게 인정이라도 했다면, 틀림없이 그는 화해하고 말았을 것이다. 어쩌면 그는 감동해서, 그 누가 알겠냐마는, 어제의 우정보다 더 폭넓고 견고하고 뜨거운 우정이 새로 샘솟아, 결국 새로운 우정이 두 사람이 너무 닮아서 느끼는 불쾌감을 완전히 제거해 주고, 두 사람의 9등 문관은 아주 기뻐하면서 백 살까지 살았다 등등의 일이 일어났을지도 모르는 노릇이었다. 결국 무슨 얘기인고 하면, 골랴드낀 씨가 자기 자신의 권리만 옹호하려다가 불쾌한 일을 초래하게 된 것에 대해 후회하기 시작했다는 것이다. 그는 생각했다. 〈그가 내 말에 응해서, 《농담이었어요》라고만 한다면 나는 그를 용서할 텐데, 아니 그보다 더한 일이라도 할 텐데, 용서한다고 아주 큰 소리로 말해 줄 텐데. 하지만 나를 걸레 취급해서 더러운 발을 문지르도록 내버려 두지는 않을 거야. 다른 사람들도 그렇게 취급하도록 놓아둔 적이 없는데, 하물며 그런 더러운 인간에게 허락할 수는 없지. 나는 걸레가 아니야, 나는 말이지, 이 사람아, 신발이나 문지르는 걸레가 아니라고!〉 우리의 주인공은 결심을 굳혔다. 〈당신, 당신 말이야, 이게 다 바로 당신 잘못이야!〉 그는 힘닿는 데까지 항의하고 저항해 보기로 결심했다. 그는 그런 사람이었다! 자신을 화나게 하는 일은 절대로 그냥 놔둘 수 없었다. 더욱이 자신을 걸레 취급하도록 내버려 둘 수는 없는 노릇이었다. 그것도 완전히 타락해 버린 인간에게 허용하다니 말도 안 되는 일이었다. 하지만 논쟁은 그만두자, 논쟁 같은 것은 그만두잔 말이다. 예를 들어, 누군가가 골랴드낀 씨를 걸레로 만들고 싶어한다면, 누군가가 너무도 간절히 그것을 원한다면 걸레로 바꾸어 놓을 수도 있을 것이다. 아무런 방해도 받지 않고 아무런 벌도 받지 않고 바꿀 수도 있을 것이다. (골랴드낀 씨 스스로가 때로는 그것을 느끼곤 했다.) 그래서 골랴드낀 씨가 아닌, 더럽고 지저분하기 짝이 없는 걸레가 생겨날 수도 있을 것이다. 하지만, 그것은 단순히 걸레일 수는 없을 것이다. 자존심과 생기와 감정을 가진 걸레일 것이다. 비록 걸레의 깊숙한 곳 더러운 주름 속에 숨겨진 항변 한마디 못하는 자존심과 대답 없는 감정일지언정, 그래도 여전히 감정이 살아 있는······.

시간은 믿을 수 없을 만큼 느렸다. 마침내 시계가 네 시를 쳤다. 잠시 후 모두 자리에서 일어나 윗사람들을 따라 집에 갈 준비를 했다. 골랴드낀 씨도 군중 속에 끼어들었다. 그는 한눈 팔지 않고 한 사람을 눈으로 꽉 붙들고 있었다. 우리의 주인공은 그자가 외투를 나누어 주는 수위에게 달려가 제 외투를 기다리면서 평소의 비열한 습관대로 아양을 떨고 있는 것을 보았다. 결정적인 순간에 골랴드낀 씨는 처지지 않으려고 간신히 군중들 사이를 비집고 들어가 자신도 외투를 받기 위해 서둘렀다. 하지만 골랴드낀 씨 친구의 외투가 먼저 주어졌다. 왜냐하면 그는 수위들에게 늘어붙고 속삭이고 약삭빠른 짓을 하며 제 방식대로 행동한 덕에 여기서도 점수를 얻었기 때문이었다.

작은 골랴드낀 씨는 외투를 걸치며 큰 골랴드낀 씨를 쳐다보고 야유를 보냄으로써 대담하고 뻔뻔스럽게 일침을 가했다. 그리고 특유의 파렴치함으로 주위를 빙 둘러보고는 사람들에게 좋은 인상을 남기려고 그러는지 마지막으로 관리들 주위를 맴돌며 종종걸음을 쳤다. 첫번째 사람에게 한마디 건

네고, 두 번째 사람과는 속살거리고, 세 번째 사람과는 친한 척 입을 맞추고, 네 번째 사람에게는 미소를 보내고, 다섯 번째 사람에게는 손을 내밀고……. 마침내 그는 흥에 겨워 계단을 뛰어 내려갔다. 큰 골랴드낀 씨는 그 뒤를 따랐고 마지막 계단에서 그를 따라잡아 외투 깃을 움켜쥐었다. 그때의 기분은 이루 말로 다 할 수 없는 것이었다. 작은 골랴드낀 씨는 허를 찔린 듯 놀라서 어리둥절한 얼굴로 주위를 살폈다.

「당신의 행동을 저는 어떻게 이해해야 하지요?」 그는 맥빠진 목소리로 중얼거렸다.

「이봐요, 만약 당신이 예의가 있는 사람이라면, 어제 저녁 우리가 우정이라는 이름으로 마음이 통했던 사실을 기억해 내시리라 생각합니다.」 우리의 주인공은 말했다.

「아, 예. 그래, 어떻소? 잠은 잘 잤소?」

큰 골랴드낀 씨의 혀는 광기와 분노로 잠시 말을 잃었다.

「저는 잠은 잘 잤습니다……. 하지만 이것 보시오, 이 말은 해야겠군요. 당신의 놀음은 너무도 너저분하단 말이오…….」

「이건 누가 하는 말이지? 내 원수들이 하는 말인걸.」 제 성이 골랴드낀이라고 말한 그자는 또박또박 대답을 하더니, 동시에 진짜 골랴드낀 씨의 맥빠진 손에서 얼른 빠져나갔다. 자유로워진 그는 계단을 뛰어 내려가서 주위를 둘러보고, 발견한 마차로 달려가 올라앉더니 눈 깜짝할 사이에 큰 골랴드낀 씨의 시야에서 사라졌다. 모든 사람들에게서 버려진 듯 9등 문관은 절망하면서 주위를 둘러보았지만 다른 마차는 없었다. 달려 보려고도 했지만 다리가 휘청거렸다. 만신창이가 된 얼굴에 입은 헤벌어지고, 그는 철저하게 파괴당한 육신을 잔뜩 웅크린 채 기운이 없어서 가로등에 기댔다. 몇 분간 그는 그렇게 인도 한가운데에 버려져 있었다. 골랴드낀 씨에겐 이제 모든 게 끝난 것 같았다…….

제9장

모든 것이, 심지어는 자연까지도 골랴드낀 씨에게 대항해 무장하고 있는 것 같았다. 하지만 그는 여전히 두 발을 딛고 꼿꼿이 서 있었다. 아직 패배한 것이 아니었다. 그는 그것을 느낄 수 있었다. 그는 싸울 준비가 되어 있었다. 혼돈에서 깨어나 그는 그런 기분과 열정으로 두 손을 비볐다. 골랴드낀 씨가 물러서지 않으리라는 것은 그를 보면 누구나 곧 짐작할 수 있을 것이다. 하지만 위험은 코앞에 닥쳐 있었다. 그것은 틀림없는 사실이었다. 그것도 느낌으로 알았다. 어떻게 손을 대지? 어떻게 이 위험에 맞서지? 문제야. 한순간 골랴드낀 씨에겐 이런 생각까지 떠올랐다. 〈이걸 그냥 내버려 둬야 하나, 말아야 하나? 순순히 포기할까, 말까? 그래, 괜찮겠지? 그래, 좋았어. 멀찌감치 서서 내가 아닌 듯 구는 거야.〉 골랴드낀 씨는 계속 생각했다. 〈그냥 다 흘려 보내는 거야. 내가 아니야, 그러면 돼. 그자도 제멋에 사는 사람이니, 물러서지도 몰라. 사기꾼 같은 놈, 아양 떨다 떨다, 아첨 하다 하다, 저도 물러서겠지. 그래 바로 그거야! 유화 정책으로 해결해 보는 거야. 그렇게만 된다면 위험할 게 뭐 있겠어? 위험은 무슨? 여기 어디 위험이 있다는 건지 내게 가리켜 보라지! 시시한 일이야! 별거 아냐……!〉 골랴드낀 씨는 그만 입을 다물고 말았다. 혓바닥에서 맴돌던 말이 쑥 들어가 버렸다.

그리고 그런 생각을 한 자신을 욕했다. 자신이 비열하고 비겁하다고 느껴졌다. 어쨌든 사태는 여전히 제자리걸음이었다. 지금 그에게 가장 필요한 것은 어떤 결정이든 내려야 한다는 것이었고, 무엇을 결정해야 하는지 말을 해주는 사람이 있다면 어떤 대가라도 치를 생각이었다. 하지만 그걸 어떻게 알아낸단 말인가? 시간도 부족한 마당에. 어쨌든 시간을 아끼려고 그는 마차를 사서 집으로 달렸다. 그는 스스로에게 물었다. 〈어때? 이제 기분이 어떠신가? 도대체 지금 기분이 어떠냐고, 야꼬프 뻬뜨로비치? 뭐든 하긴 할 거야? 이제 뭐든 할 거냐고, 이 사기꾼아! 막다른 골목으로 저 자신을 밀어 넣고 눈물을 빼면서 넋두리를 늘어놓는 꼴이라니!〉 골랴드낀 씨는 초라한 겉모습의 덜컹거리는 마차 안에서 엉덩방아를 찧어 가며 스스로를 조소했다. 자신을 비웃고, 자신의 상처를 건드리는 것은 지금 골랴드낀 씨에겐 짜릿한 자극이었다. 거의 쾌락과도 같은 자극이었다. 그는 생각했다. 〈그래, 만약 지금 어떤 요술쟁이가 내게 와서, 아니면 공식적으로 그럴 수밖에 없다고 해도 좋아. 만약 요술쟁이가 《골랴드낀, 오른손 손가락 하나만 내놔, 그걸로 셈을 끝낼 테니. 다른 골랴드낀 따위는 이제 없어. 손가락 하나는 잃겠지만 너는 행복해질 거야》라고 말한다면, 손가락을 내줄 텐데. 기꺼이 주어 버릴 텐데, 눈 하나 깜짝 않고 줄 텐데.〉 마침내 절망에 빠진 9등 문관이 소리 질렀다. 「에잇, 빌어먹을! 왜 이런 게 다 필요한 건가? 그래, 이런 일이 꼭 다 일어나야만 했나? 다른 식으로는 풀리면 안 되고 꼭 이렇게, 이런 일이 벌어져야만 했나! 처음엔 괜찮았는데, 모두 만족해 하고 행복해 했는데. 하지만 이제는 그러면 안 되고 꼭 이래야 한단 말이지! 그건 그렇고, 말만으로는 이제 아무것도 해결 못 해. 뭔가 행동을 해야 해.」

굳은 결의로 집에 도착한 골랴드낀 씨는 조금도 지체하지 않고 파이프를 집어 들어 있는 힘을 다해 빨아들이며 이쪽저쪽으로 연기를 내뿜으면서 심각한 근심에 싸여 뛰다시피 방 안을 왔다 갔다 했다. 그동안 뻬뜨루쉬까는 식탁을 차렸다. 골랴드낀 씨는 마침내 뭔가 결심했는지 갑자기 파이프를 내던지고 외투를 걸치며 집에서 저녁을 먹지 않겠다고 말하더니 뛰어나가 버렸다. 그 뒤로 그가 잊고 나온 모자를 든 뻬뜨루쉬까가 숨을 헐떡거리며 계단까지 쫓아 나왔다. 골랴드낀 씨는 모자를 받아 들면서 뻬뜨루쉬까가 다른 이상한 상상을 하지 않도록, 이런 저런 일이 있어서 모자도 잊었노라고 지나가는 말로 해명도 하고 변명도 하려 했지만, 뻬뜨루쉬까가 쳐다보지도 않고 바로 올라가 버리는 바람에 아무 말 없이 모자만 쓰고 계단을 내려왔다. 모든 일이 다 잘될 거라고, 비록 발뒤꿈치에 서늘한 기운은 느껴질지언정, 어떻게든 사태가 곧 진정될 거라고 말하면서 그는 거리로 나와 마차를 타고 안드레이 필립뽀비치의 집으로 향했다. 골랴드낀 씨는 안드레이 필립뽀비치의 집 앞에서 초인종 끈을 잡은 채 생각에 잠겼다. 〈그런데, 내일 말하는 게 낫지 않을까? 그래, 딱히 무슨 할 말이 있다고? 특별한 일도 아닌데. 사소한 일이고, 그래, 정말 사소하고 시시한 일인데. 아니, 거의 시시하다고 할 수 있는 일인데……. 그러니까 그건, 그 일은 다, 상황이 어쩌다…….〉 갑자기 골랴드낀 씨는 줄을 잡아당기고 말았다. 종이 울렸고, 안에서 발자국소리가 들려왔……. 순간 골랴드낀 씨는 자신의 성급함과 몰염치를 저주했다. 최근 일

련의 사건으로 인해 거의 잊고 있었던 며칠 전 불쾌한 사건과 안드레이 필립뽀비치와의 불화가 순간적으로 그의 기억 속에 되살아났던 것이다. 하지만 문이 열렸기 때문에 달아날 수도 없었다. 천만다행으로 그 집 하인은 안드레이 필립뽀비치가 아직 직장에서 돌아오지 않았으며, 저녁을 집에서 들지 않을 거라고 말해 주었다. 한편 우리의 주인공은 몹시 기뻐했다. 〈어디서 저녁을 먹는지 알겠군. 이즈마일로프스끼 다리 근처겠지.〉 〈누구시라고 전할까요?〉 하고 묻는 하인에게 〈나는 자네 친구야. 그럼, 여보게, 나중에 보세〉라고 대강 얼버무리고 그는 너무도 당당히 계단을 뛰어 내려왔다. 밖으로 나온 그는 마차를 보내려고 마부와 셈을 치렀다. 마부가 〈나리, 오랫동안 기다렸습니다요, 나리를 위해 말을 아끼지도 않았굽쇼〉라며 돈을 더 요구하자, 그는 기분좋게 5꼬뻬이까나 더 웃돈을 얹어 주었다.

〈이런 일은 정말〉 골랴드낀 씨는 생각했다. 〈그냥 내버려 두면 안 되겠어. 한데 잘 따져 보면, 상식적으로 따져 보면 말이야, 대체 내가 왜 이렇게 분주하게 왔다 갔다 해야 하는 거지? 그래, 이건 아니야, 내가 왜 이렇게 바빠야 하는지 좀 따져 봐야겠어. 도대체 내가 왜 걱정하고 다치고 스스로를 괴롭히고 못살게 굴고 있는 거지? 이미 엎질러진 물이고 되돌릴 수도 없는데…… 되돌릴 수 없다고! 이렇게 생각해 보자. 사람이 한 명 나타났어. 훌륭한 추천서를 들고 어떤 사람이 나타난 거야. 사람들 말이 일도 잘한다고 하고 행동도 반듯해. 다만, 돈이 없고 힘든 일을 좀 겪었을 뿐이야. 뭐, 귀찮은 일이 좀 있었지. 하지만 가난은 흠이 아니잖아. 그러니까 나와는 상관없는 일이야. 그런데 이건 또 무슨 코미디 같은 일이야? 와서 취직도 하고 순리가 정한 대로 자리를 잡고 보니까, 그와 물방울처럼 똑같이 닮은 사람이 거기 있는 거야. 복사한 것처럼 똑같은 사람이. 그럴 때 관청에서는 그를 받아들이지 말아야 하나? 운명이, 운명이 그런 건데, 눈먼 운명의 여신이 지은 죄인데도, 그를 걸레처럼 취급해 더러운 것이나 문지르게 하고 일자리도 주지 말아야 하나……. 만약 그렇다면 도대체 정의는 어디 있다는 거지? 그 사람은 돈도 없이 정신도 못 차리고 두려워하고 있는데. 아, 가슴이 아파. 내 가슴이 그를 보살펴야 한다고 말하고 있는 것 같아! 그래, 더 말할 것도 없어. 상관들도 이렇게 판단했던 거라면, 참 좋은 분들인 거야. 아, 내 이 멍청한 머리! 이 돌대가리야! 열 명의 바보가 할 짓을 혼자 다 한다니까! 그럼, 그럼! 참 잘하신 일이야. 가난하고 불쌍한 사람을 보살펴 주셨으니 감사해야 할 일이지……. 예를 들어 우리가 쌍둥이라고 치자. 우린 이미 그렇게 태어난 거야, 쌍둥이 형제처럼. 그뿐이야, 바로 그거라고! 그게 뭐 어쨌다고? 아무 일도 아니잖아. 다른 관리에게도 다 그렇게 말하면 돼……. 외부인이 우리 사무실에 와도 그걸 보고 점잖지 못하다거나 흉하다고는 말하지 않을 거야. 오히려 감동적인 얘긴걸. 이렇게 생각할 수도 있지, 신의 섭리로 완벽하게 닮은 두 사람이 만들어졌는데 은혜로운 윗분들이 신의 섭리를 알아차리고 두 쌍둥이를 함께 잘살게 하신 거야, 물론.〉 숨을 돌리고 흥분을 조금 가라앉힌 골랴드낀 씨는 계속 생각했다. 〈물론 그게…… 물론 그건, 이런 감동스러운 일이 애초부터 없었더라면 더 좋았겠지만, 쌍둥이니 뭐니 아예 없었더라면 더 좋았겠지만……. 에잇, 제기랄! 도대체 무엇 때문에 그런 게 다 필요한 건데! 도대체 무엇이 그리 대단한 일이라고 재고의 여지도 없는 건데! 오, 하느님 맙소사! 몹쓸 악마가 이런 엉터리 뒤죽박죽을 만들어 놓았을 거야! 그자의 성격만 해도 그래. 정말 너무 경박하고 추잡스러워. 비열한 놈 같으니라고, 경솔한 아첨꾼에다 아무 데나 달라붙는 놈, 골랴드낀인가 뭔가 하는 그놈! 앞으론 더 못된 짓만 할 테고, 내 성까지도 더럽히겠지, 파렴치한 놈. 이젠 그런 놈을 살피고 돌봐 주라고! 아, 이게 무슨 형벌이람! 하지만, 뭐 어때? 문제 없어! 그래, 그놈은 비열한 놈이야. 그래, 실컷 비열해 보라지. 대신 다른 사람만 정직하면 되잖아. 그래, 그자는 비열한 인간이 되고, 나는 정직한 사람이 되는 거야. 그럼, 사람들이 그 골랴드낀은 비열하니까 쳐다보지도 말고, 다른 골랴드낀과 혼동하지 말라고 하겠지. 다른 골랴드낀은 정직하고 덕이 있고 얌전하고 선량하고 일하는 것도 믿음이 간다고, 그러니까 승진은 그런 사람이 해야 한다고 말하겠지. 바로 그거야, 좋았어……. 그런데 만약…… 사람들이 음…… 혼동하면 어쩌지? 그놈이 무슨 짓이든 못하겠어! 아, 하느님이시여……! 그 나쁜 놈은 충분히 바꾸고도 남을 거야. 그럼 날 걸레로 바꾸어 놓고, 내가 걸레가 맞다고 단언할 놈이야. 아, 하느님! 이게 무슨 재앙입니까……!〉

혼자 궁리하고 투덜거려 가며 골랴드낀 씨는 길인지 뭔지 분간도 못하고 달렸고, 어디로 가고 있는지도 몰랐다. 그는 네프스끼 거리에서 정신을 차렸는데, 그나마도 다른 행인과 별이 번쩍할 정도로 정통으로 부딪쳤기 때문이었다. 골랴드낀 씨는 고개도 들지 않고 미안하다고 웅얼거렸고, 행인이 듣기 거북한 소리를 몇 마디 하고 저만큼 떨어진 후에야 자신이 어디에서 뭘 하고 있는지 고개를 들어 둘러보았다. 주위를 둘러본 그는 그곳이 올수피 이바노비치 집 만찬에 가기 전에 시간을 보내며 쉬던 바로 그 레스토랑 근처라는 것을 알아차렸다. 우리 주인공은 배에서 꼬르륵 꼬르륵 소리가 나는 것을 그제서야 느끼고 저녁을 먹지 않았다는 데 생각이 미쳤고, 자신은 어느 집 만찬에 초대된 것이 아니므로 더 이상 귀중한 시간을 허비하지 말고 무엇이든 빨리 먹어야 한다고 생각했다. 너무 늦지 않게 최대한 서두르면서 그는 레스토랑으로 뛰어 올라갔다. 그곳의 음식은 비쌌지만, 그런 하찮은 일은 골랴드낀 씨를 방해할 수 없었다. 사소한 일로 먹는 것을 포기할 때가 아니었다. 환하게 불이 켜진 홀, 고상한 사람들의 요깃거리와 안주거리가 산더미처럼 쌓여 있는 판매대 옆에는 많은 손님들이 서 있었다. 판매원 혼자서 마실 것도 따르고 식품도 내주고 돈도 받고 거스름돈도 주었다. 골랴드낀 씨는 차례를 기다렸다가 계면쩍어하며 쇠고기 크로켓에 손을 뻗었다. 그걸 들고 구석으로 가서 사람들에게서 등을 돌린 채 아주 맛있게 먹고는 판매원에게 돌아와 탁자 위에 접시를 내려놓았다. 가격은 알고 있는 터라 은화 10꼬뻬이까짜리 동전을 판매대 위에 올려놓고 〈자, 여기 돈 있소. 쇠고기 크로켓 하나 값이오〉라고 판매원에게 눈으로 말했다.

「손님은 1루블 10꼬뻬이까를 내셔야 하는데요.」 판매원은 이빨 사이로 내뱉듯이 말했다.

골랴드낀 씨는 매우 놀랐다.

「나한테 하는 말이오……? 나는…… 나는 크로켓을 하나 먹었는데요.」

「열한 개 드셨죠.」 판매원은 자신 있게 말했다.

「당신은…… 제 생각에…… 아무래도 사람을 잘못 보고……

나는 정말 크로켓을 한 개밖에 안 먹었다니까요.」

「제가 세고 있었어요. 손님은 열한 개 가져가셨습니다. 가져가셨으면 돈을 내셔야죠. 저희 가게에선 아무것도 거저 드리지 않습니다.」

골랴드낀 씨는 어안이 벙벙해졌다. 〈이건 또 무슨 일이람, 누가 내게 마술이라도 걸어 놓은 건가, 이거, 원.〉 그는 생각했다. 판매원은 골랴드낀 씨의 결정을 기다리고 있었다. 사람들이 골랴드낀 씨를 에워쌌다. 골랴드낀 씨는 얼른 계산을 끝내고 곤혹스러운 상황에서 벗어나기 위해 은화 1루블을 꺼내려고 주머니를 뒤졌다. 그는 가재 껍질처럼 얼굴이 새빨개지며 생각했다. 〈그래, 열한 개 먹었다면 먹은 거지. 그런데 내가 어떻게 열한 개나 먹었을까? 그래, 사람이 배가 고프다 보면, 크로켓을 열한 개나 먹을 수도 있는 거지. 먹고 건강하기만 하면 되는 거야. 그럼, 뭐 놀랄 것도 없고 비웃을 일도 없네⋯⋯.〉 그때 갑자기 뭔가 그를 찌르는 것 같아서 그는 눈을 들었고 수수께끼는 한꺼번에 풀렸다. 어떤 마술이었는지 그는 알아냈다. 문제가 한꺼번에 풀린 것이다⋯⋯. 판매원의 등 뒤쪽, 지금까지 우리 주인공이 거울이라고 생각했던 문 앞에, 옆 홀로 통하는 문 앞에 골랴드낀 씨를 바라보며 서 있는 사람이 한 명 있었다. 그였다. 골랴드낀 씨 자신. 고참 골랴드낀 씨도, 우리 서사시의 주인공도 아닌, 또 다른 골랴드낀 씨, 새로운 골랴드낀 씨가 거기 서 있었다. 그는 기분이 아주 좋아 보였다. 그는 제1의 골랴드낀 씨에게 웃음을 지어 보였고 머리를 까딱했다. 눈짓을 하면서 다리도 움직여 보였다. 그 얼굴은 〈조금이라도 무슨 일이 생기면 옆의 홀로 곧 사라지겠다, 완전히 도망쳐 버리겠다, 쫓아와 봐야 헛수고일 것이다〉라고 말하는 듯했다. 손에는 열 번째 크로켓의 마지막 조각이 들려 있었다. 골랴드낀 씨가 보는 앞에서 그것을 입 속으로 집어넣더니 쩝 소리를 내며 맛있게 먹어 치웠다. 골랴드낀 씨는 모멸감으로 불덩이처럼 달아올랐다. 〈또 속였어, 더러운 자식! 이렇게 많은 사람들 앞에서 부끄럽지도 않은가! 사람들은 저자를 보고 있기나 한 거야? 아무도 모르는구먼…….〉 골랴드낀 씨는 열 손가락 모두 불에 닿은 것처럼 1루블짜리 은화를 집어던졌고, 승리감에 젖은 판매원이 우쭐해 하며 불손한 웃음을 짓는 것도 알아채지 못하고 사람들 틈에서 빠져나와 뒤도 안 돌아보고 달려 나갔다. 고참 골랴드낀 씨는 생각했다. 〈그래도 끝까지 망신을 주지는 않는구나, 고맙다! 이 날도둑 같은 놈, 고맙다고. 아직은 모든 일을 척척 처리해 주고 있는 운명에게도 고맙다. 판매원 그놈이 무례했지. 뭐, 좋아. 그자도 뭐, 권리 행사를 한 거지! 1루블 10꼬뻬이까를 받아야 한다는 말은 틀림없었으니까. 자기가 할 일을 한 거야. 《저희 가게에선 아무것도 거저 드리지 않습니다》라고! 좀 공손하면 어디가 잘못되나, 못된 놈……!〉

골랴드낀 씨는 입구로 내려오면서 계속 중얼거렸다. 하지만 마지막 계단에서 말뚝처럼 꼼짝 않고 멈춰 선 그는 얼굴이 새빨개지면서 자존심이 너무 상한 나머지 눈물까지 흘렸다. 한 30초쯤 장승처럼 서 있다가, 그는 갑자기 힘차게 발을 구르며 단숨에 거리로 뛰어나와 뒤도 돌아보지 않고 달렸다. 피곤함도 잊었는지 숨까지 헐떡거리며 셰스찌라보치나야에 있는 집까지 달렸다. 집에서는 항상 실내복 차림인 그가, 지금은 평소 습관까지 무시하고 겉옷도 벗지 않고 파이프도 잡지 않았다. 서둘러 의자에 앉은 그는 잉크병을 끌어당긴 후 편지지를 꺼내고 펜을 집더니, 격해진 마음으로 인해 벌벌 떨리는 손으로 다음과 같은 글을 쓰기 시작했다.

친애하는 야꼬프 뻬뜨로비치 귀하!
친애해 마지않는 당신과 요즘 제게 일어나고 있는 일련의 사건이 없었다면 저는 절대로 펜을 집어 들지 않았을 겁니다. 제가 당신에게 다음과 같은 설명을 하게 된 이유는 절체절명의 필요에 의한 것임을 알아 두십시오. 따라서 이 편지는 귀하를 고의로 모욕하려고 쓰는 게 아니라, 요즘 우리와 관련된 상황의 필연적 귀결이라고 생각해 주시기를 우선 부탁드리는 바입니다.

〈괜찮은 것 같군, 점잖고 공손하고 예의 바르고, 게다가 단호한 힘도 엿보이고 말이야……. 이걸 보고 화낼 일은 없겠지. 더구나 나는 충분한 권리가 있다고.〉 자신이 쓴 것을 읽고 나서 골랴드낀 씨는 생각했다.

무시하는 까닭에 이름조차 거론하고 싶지 않은 원수들이 제게 거칠고 점잖지 못하게 행동했던 폭풍우 치던 날 밤, 전혀 뜻하지 않았던 당신의 이상스러운 출현은 요즘 우리에게 발생하고 있는 모든 오해의 발단입니다. 자신의 생각만 고수하면서, 저의 생활권과 대인 관계에 침입하겠다는 당신의 고집과 갈망은 요즘 실제로 넘지 말아야 할 선을 넘고 말았습니다. 기본적인 예의와 공동체 생활의 단순한 규칙만 지키면 되는 선을 넘고 말았습니다. 당신이 윗분들의 총애를, 당신에겐 가당치도 않은 윗분들의 총애를 얻으려고 제 서류나 저만의 명예로운 이름을 강탈한 것에 대해서는 여기서 새삼스럽게 언급할 필요도 없겠죠. 이런 경우 반드시 수반되어야 할 해명을 고의적이고 모욕적인 방법으로 회피하는 당신의 태도도 새삼스레 말할 필요가 없겠지요. 내친김에 하는 말이지만, 조금 전 레스토랑에서 목격한 도저히 이해할 수 없는 당신의 행동도 저는 더 이상 언급하지 않겠습니다. 저에게는 없어도 그만인 은화 1루블을 손해 봤다고 불평하는 것은 절대로 아닙니다. 그래도 제가 아는 사람들은 아니었지만, 다른 사람들 앞에서, 그것도 품위 있는 사람들 앞에서 제 명예를 훼손하려고 했던 당신의 명백한 의도를 생각하면, 도저히 분노를 금할 수가 없군요…….

〈너무 지나친 거 아닐까?〉 골랴드낀 씨는 생각했다. 〈말이 너무 많은 거 아냐? 화난 게 너무 드러나나? 예를 들어서《품위 있는 사람들》이라는 표현은 좀……? 그래, 뭐, 괜찮아! 내 성격도 만만치 않다는 것을 보여 줄 필요가 있어. 그건 그렇고, 마음을 누그러뜨리는 의미에서 끝에서는 좀 구슬러 가면서 기분을 맞추어 주는 거야. 자, 어디, 이렇게.〉

하지만 저는 귀하께서 고결한 성격과 개방적이고 직선적인 태도로 자신의 모든 과오를 시정하고, 예전의 인격을 회복하시리라 굳게 확신하고 있습니다. 만약에 그런 확신이 없었다면, 저는 아예 처음부터 이런 편지로 귀하를 괴롭히려 들지도 않았겠지요.
희망에 부풀어 있는 저는, 당신이 제 편지를 모욕으로 받아들이지 않으시리라는 믿음도 감히 가져 봅니다. 더불어 이

번 기회를 빌어, 답장으로 해명하시고 그걸 제 하인을 통해 보내 주시리라 믿습니다.

답신을 기다리며, 귀하의 충복
골랴드낀

「자, 이제 다 됐어. 다 끝났어. 결국 편지까지 쓰게 됐군. 하지만 이게 누구 잘못인데? 바로 그자가 잘못한 거잖아. 바로 그자 때문에 나는 편지까지 쓰게 된 거라고. 나는 내 권리대로 한 거고……」

골랴드낀 씨는 마지막으로 편지를 한 번 더 읽고 나서 잘 접어 봉인한 뒤 뻬뜨루쉬까를 불렀다. 뻬뜨루쉬까는 평소와 마찬가지로 잠에 취한 눈으로 나타났는데, 왜 그런지 무척 화가 나 있었다.

「이봐, 이 편지 받아서…… 듣고 있나?」

뻬뜨루쉬까는 말이 없었다.

「이걸 갖고 관청으로 가서 서기 바흐라메예프라는 당직 근무자를 찾아. 바흐라메예프가 오늘 당직이거든. 듣고 있는 거야?」

「알았어요.」

「또 〈알았어요〉, 〈알겠습니다, 나리〉라고는 말이 안 나오냐. 서기 바흐라메예프를 찾아가서 이렇게 말해. 〈이러저러해서요, 저희 나리가 인사 올리고 관청 주소록에서 저, 9등 문관 골랴드낀 씨가 어디 살고 있는지 좀 알아봐 주십사 정중히 부탁드리라고 하셨는데요〉라고 말야.」

뻬뜨루쉬까는 입을 다물고 비웃었다. 골랴드낀 씨에게는 그렇게 느껴졌다.

「자, 자네는 말이지, 뾰뜨르. 주소를 묻고 새로 들어온 관리 골랴드낀이 어디에 사는지 알아내는 거야.」

「알았어요.」

「주소를 알면, 이 편지를 갖다 줘, 알았나?」

「알았어요.」

「만약 거기…… 자네가 편지를 가져가는 곳에, 편지 받을 사람, 그 골랴드낀인가 뭔가가…… 뭘 웃고 있냐, 이 바보 같은 놈아?」

「제가 웃을 일이 뭐가 있겠어요? 당치도 않은 말씀이세요! 저는 아무 짓도 안 했다고요. 저희 같은 놈들에겐 웃을 일도 없습니다요…….」

「좋아, 그래서…… 만약 그 나리가 너희 주인은 어떠냐는 둥, 어떻게 하고 있느냐는 둥 물으면, 뭐든 물어 오면, 너는 다른 소리 말고 그저 이렇게만 말해. 〈우리 나리는 괜찮으십니다. 나리의 친필 답신을 바란다고 하셨습니다〉라고 말이야. 알아들었어?」

「알았습니다, 나리.」

「자, 바로 그거야. 〈저희 나리는 괜찮으십니다〉라고 말하라고. 〈나린 잘 계시고요, 어느 댁엔가 초대를 받아서 나가실 준비를 하고 계십니다〉라고 하라고. 또 〈나리께 답장을 바란다고 하셨습니다〉라는 말도 잊지 말고, 알았지?」

「알았어요.」

「자, 그럼 가봐.」

〈저런 바보 같은 놈과 일을 해야 하다니! 실실거리기는, 그래, 됐다, 이 녀석아. 도대체 뭘 보고 웃는 건데? 내가 이런 지경에까지 오다니! 이런 화까지 입게 되다니. 하지만, 어쩌면 일이 다 잘 풀릴지도 몰라……. 사기꾼 같은 놈은 이제 한두어 시간 싸돌아다니다가 어느 구석엔가 처박히겠지. 아무데도 보내면 안 되는 건데. 이게 무슨 난리야! 도대체 이게 무슨 난리냐고……!〉

자신의 불행을 절감한 우리의 주인공은 두 시간 동안 뻬뜨루쉬까를 기다리는 수동적인 역할을 맡아 보기로 했다. 방 안을 서성거리다가, 담배를 피우다가, 또 파이프를 집어던지고 무슨 책인가 읽다가, 소파에 누웠다가, 또다시 파이프를 집어 들어 피우고, 다시 방 안을 뛰어다니면서 한 시간 가량을 보냈다. 그는 사태를 진단해 보려 했지만 전혀 아무런 진단도 할 수 없었다. 마침내 수동적인 역할을 견뎌 보겠다는 절망적인 노력은 극에 달했고, 골랴드낀 씨는 한 가지 조처를 취하기로 마음먹었다. 그는 생각했다. 〈뻬뜨루쉬까는 한 시간 후에나 올 거야. 문지기에게 열쇠를 맡기고 그동안 나는…… 조사를 해보는 거야. 직접 뒤를 캐보자고.〉시간을 낭비하지 않고 직접 뒤를 알아보려고 골랴드낀 씨는 모자를 집어 들고 나왔다. 현관 문을 걸어 잠그고 문지기에게 열쇠와 10꼬뻬이까짜리 은화(골랴드낀 씨는 어쩐지 요즘 이상하리만치 후해졌다)를 주고 집을 나섰다. 골랴드낀 씨는 우선 이즈마일로프스끼 다리로 걸어갔다. 30분이나 걸렸다. 목표 지점에 다다른 그는 잘 알고 있는 바로 그 집 마당으로 들어가 5등 문관 베렌제예프의 집 창문을 바라보았다. 빨간 커튼이 드리워진 세 개의 창문을 제외하고 나머지는 모두 어두웠다. 골랴드낀 씨는 생각했다. 〈오늘은 올수피 이바노비치 집에 손님이 없는가 보군. 지금 집엔 식구들만 있나 보지.〉얼마 동안 마당에 서 있다가 우리의 주인공은 무슨 일이든 하고 싶어졌다. 하지만 그것은 실행에 옮기지 않기로 한 모양이었다. 골랴드낀 씨는 생각을 고쳐먹고 팔을 내저은 다음 다시 거리로 나왔다. 〈아니야, 내가 올 곳은 여기가 아니었어. 여기서 할 일이 뭐가 있겠어……? 차라리…… 지금은 내가 직접 뒤를 쫓아가 보는 거야.〉 그렇게 마음을 먹고 골랴드낀 씨는 관청으로 향했다. 가까운 거리가 아니었다. 게다가 길은 몹시 더러웠고 눈과 비가 한꺼번에 억수로 쏟아지고 있었다. 하지만 우리 주인공에겐 지금 아무것도 힘들 게 없었다. 온몸이 흠뻑 젖고 지저분해졌다. 〈에이, 이왕에 이렇게 된 거 어쩌겠어. 대신에 목적은 달성했잖아.〉 정말로 골랴드낀 씨는 목적지에 거의 가까워지고 있었다. 거대한 정부 건물의 어둡고 육중한 모습이 전방 멀리에서 거무스레하게 보였다. 그는 생각했다. 〈잠깐! 내가 지금 어디를 가고 있는 거야? 내가 지금 여기서 뭐 하고 있는 거야? 그가 어디 사는지 알았다고 치자. 그사이 뻬뜨루쉬까는 답장을 받아 들고 벌써 집에 가 있을지도 모르잖아. 공연히 귀중한 시간만 낭비했군. 하지만, 괜찮아. 아직은 바로잡을 수 있는 일이니까. 그건 그렇고 바흐라메예프에게는 들러 볼까 말까. 아니야! 나중에……. 에잇! 처음부터 나올 필요가 없었는데. 에이그, 어쩌겠어. 성격이 그런 것을! 이런 일엔 이제 익숙하다, 익숙해. 필요한 일이든 아니든 항상 고집만 부리고 우선 어떻게든 저지르고 본단 말이야……. 흠…… 지금 몇 시지? 틀림없이 아홉 시는 됐을 거야. 뻬뜨루쉬까가 돌아와서 어쩌면 나를 찾을지도 모르겠군. 나오는 게 아닌데, 정말 나는 어리석었어. 에이, 정말 성가셔!〉

자신이 저지른 행동이 정말 어리석었다고 인정하면서 우

리의 주인공은 세스찌라보치나야의 자기 집으로 다시 뛰어왔다. 집에 도착한 그는 완전히 지치고 맥이 빠져 있었다. 한편 문지기는 아직 뻬뜨루쉬까의 그림자도 안 보였다고 말했다. 우리의 주인공은 생각했다. 〈그래, 그래! 내 이럴 줄 알았지. 그러나저러나 벌써 아홉 신데. 에잇, 몹쓸 놈같으니라고! 어디선가 세월아 네월아 하며 술에 절어 있겠지! 오, 이런 세상에! 오늘은 정말 기가 막힌 날이구먼!〉 골랴드낀 씨는 투덜거리면서 문을 열고 불을 켜고 옷을 벗고 파이프를 물었다. 지치고 배가 고파 거의 녹초가 되어 탈진한 몸을 소파에 뉘면서 그는 뻬뜨루쉬까를 기다려 보기로 했다. 촛불이 희미하게 타고, 벽에 비친 불빛은 흔들거렸다······. 그것을 보다 보다, 무슨 생각인가를 하다 하다 마침내 골랴드낀 씨는 잠이 들었다. 죽은 사람처럼 그렇게.

그는 한참 만에 잠에서 깨어났다. 촛불은 거의 다 타들어 갔고, 연기를 내며 꺼지려 하고 있었다. 골랴드낀 씨는 벌떡 일어나서 부르르 떨고 모든 것을, 완벽하게 모든 것을 기억해 냈다. 칸막이 뒤에서는 뻬뜨루쉬까의 코고는 소리가 둔하게 들려왔다. 골랴드낀 씨는 창문으로 달려갔다. 불빛은 아무 데도 없었다. 통풍창을 열었다. 조용했다. 도시는 마치 죽은 것처럼 잠을 자고 있었다. 두 시나 세 시쯤 된 것 같았다. 사실이었다. 칸막이 너머 시계가 부르르 떠는가 싶더니 두 시를 쳤다. 골랴드낀 씨는 칸막이 뒤로 달려갔다.

그는 한참을 고생한 후에야 겨우겨우 뻬뜨루쉬까를 두드려 깨울 수가 있었고, 간신히 침대에 앉혔다. 그때 촛불이 꺼졌다. 골랴드낀 씨가 다른 초를 찾아서 불을 붙이는 동안 10분이 흘렀고 뻬뜨루쉬까는 다시 잠이 들어 버렸다. 골랴드낀 씨는 두드려 깨우면서 소리 질렀다. 「이 나쁜 놈아, 이 아무짝에도 쓸모없는 놈아! 일어날 거냐 말 거냐, 깰 거야 말 거야?」 30분이나 고생한 끝에 그는 어쨌든 하인을 깨워 칸막이 밖으로 끌고 나오는 데 성공했다. 그제서야 우리의 주인공은 뻬뜨루쉬까가 곤드레만드레 취해서 두 발로 서 있기조차 거의 힘든 상태임을 알게 되었다.

「이 쓸모없는 놈아.」 골랴드낀 씨는 소리 질렀다. 「이 날강도 같은 놈! 나를 개망신시키고! 어이구, 대체 이놈이 어디다 편지를 떨어뜨렸을까? 오, 천지신명이시여, 어떻게 그것을…… 나는 또 왜 그것을 썼던가? 그래 꼭 써야 했었나! 얼간이같이 자존심만 생각해 펄펄 미쳐 날뛰고, 자존심만 따지더니 꼴 좋다! 야, 이놈아! 어디다가 편지를 없앤 거야, 이 순 날강도 같은 놈아! 그 편지 누구한테 줬어, 앙……?」

「아무한테도, 아무 편지도 준 적 없어요. 편지 같은 건 처음부터 없었다고요……. 정말이에요!」

골랴드낀 씨는 절망감을 못 이기고 두 손을 맞잡아 아프도록 쥐어짰다.

「이봐, 뽀뜨르…… 잘 들어, 내 말 잘 들어…….」

「듣고 있어요…….」

「어디 갔다 왔어? 대답해 봐…….」

「어디 갔다 왔냐고요……. 좋은 사람들한테 갔다 왔어요! 뭐요!」

「아, 이런, 하느님 맙소사! 그럼, 처음 갔던 데는 어디야? 관청에는 갔었나……? 잘 들어, 뽀뜨르. 자네 취한 거 아냐?」

「제가 취해요? 만약 그렇다면 지금 당장 여기서 죽어도 좋아요. 손 — 손 — 손톱만큼도, 맹세…….」

「아니야, 아니야, 괜찮아. 취했으면 어때…… 그냥 물어본 거야. 취했어도 상관없어. 난 괜찮다고, 뻬뜨루쉬까. 난 괜찮아…… 넌 그냥 잠시 잊어버린 걸 거야, 곧 생각날 거야. 자, 생각해 보자. 서기 바흐라메예프에게는 갔었나? 갔었어, 안 갔었어?」

「가지도 않았고요, 그런 관리도 없었어요. 만약 그렇다면 지금 당장 죽……」

「아니야, 아니야, 뽀뜨르, 그게 아니야, 뻬뜨루쉬까. 난 아무렇지도 않아. 자네 알잖아, 내가 아무렇지도 않다는 거…… 그래, 뭐 어떠냐! 밖은 춥지, 습기도 많지, 그래서 술을 좀 마신 건데, 괜찮다니까…… 나 화내는 거 아니야. 나도 오늘은 술을 좀 마셨는걸……. 자, 말해 봐, 응. 생각해 보라고, 자네, 오늘 서기 바흐라메예프에게는 갔었나?」

「그렇다면 이제 뭐 어쩌겠어요, 그렇게 나오신다면 사실대로 말해야죠. 갔었어요, 틀림없어요. 만약 그렇지 않다면 지금 여기서……」

「그래, 좋아, 뻬뜨루쉬까. 갔었다니 됐어. 나 화내지 않는 거 보이지……? 그래, 그래.」 우리의 주인공은 하인의 비위를 맞춰 주면서 어깨를 토닥이고 미소까지 지어 가며 말했다. 「그래, 꽤나 퍼마셨군, 이 더러운 놈아…… 10꼬뻬이까어치 다 마셨냐? 이 사기꾼 같은 놈아! 그래, 좋아, 나 화내지 않는 거 보이지……. 난 화내지 않아, 화내지 않는다고……」

「아니에요, 저는 사기꾼이 아니에요, 뭐, 맘대로 하세요……. 전 좋은 사람들에게 갔다 왔어요. 저는 사기꾼이 아니에요, 평생 사기 같은 거 쳐본 적도 없어요……」

「그래, 아니고말고, 아니야, 뻬뜨루쉬까! 내 말 잘 들어, 뽀뜨르. 나는 아무렇지도 않아. 내가 자넬 사기꾼이라고 한 건 욕이 아니야. 자넬 진정시키느라 한 말이었어. 좋은 뜻에서 한 말이라고. 뻬뜨루쉬까, 어떤 사람에게 〈이 여우 같은 인간아, 능글맞은 놈아〉라고 하는 것은 그가 너무 빈틈이 없어서 절대로 속아넘어가지 않을 사람이라는 뜻이거든. 마찬가지로 내가 한 말도 사람을 치켜세우는 소리야. 그래서 어떤 사람들은 그런 말을 좋아하기도 하지……. 그래, 그래, 괜찮아! 그래, 뻬뜨루쉬까, 이제 자네는 숨김없이 솔직하게 친구에게 말하듯 다 털어놓는 거야……. 그래, 바흐라메예프 관리에게는 갔다 왔다니 됐고, 주소는 알려 주더냐?」

「주소? 줬어요, 주었고말고요. 좋은 나리더라고요. 그분 말씀이 〈자네 나리는 좋은 분이야. 아주 좋은 분이셔〉 하면서, 〈가서 자네 나리께 안부 여쭙더라고 전해 주게. 내가 무척 좋아하고 있노라고 말이야〉. 또 그분 얘기가, 〈내가 자네 나리를 얼마나 존경하는지 아는가! 왜냐하면, 그러니까〉 그분이 말하기를, 〈너의 나리는〉 말하기를, 〈좋은 분이란다, 뻬뜨루쉬까〉. 그분이 말하기를, 〈자네도〉 말씀하시기를, 〈역시 좋은 사람이야, 뻬뜨루쉬까〉. 뭐 어쩌고저쩌고…….」

「아이고, 하느님 맙소사! 주소는, 주소는, 이 유다 같은 놈아!」 골랴드낀 씨는 마지막 말은 거의 안 들리게 말했다.

「주소도…… 주소도 줬어요.」

「줬어? 그래, 그자, 골랴드낀이라는 자가 어디 살고 있든? 골랴드낀이라는 관리, 9등 문관이 어디 살고 있더냐고?」

「그분 말씀이, 〈골랴드낀은 셰스찌라보치나야 거리에 가면 찾을 수 있네. 오른쪽으로 올라가서 4층에 말이지. 거기 골랴드낀이 있을 거야〉라고…….」

「이 사기꾼 같은 놈아!」 인내의 한계를 넘어선 우리의 주인공이 마침내는 소리를 버럭 질렀다. 「이 날강도! 그건 나잖아, 네가 지금 말하는 건 나라고. 다른 골랴드낀 말이다, 내가 말하는 건 다른 사람이야, 이 사기꾼 같은 놈아!」

「뭐 마음대로 하세요! 저더러 어쩌라고요! 원하는 대로 하십시오. 맘대로요……!」

「그럼 편지는, 편지는…….」

「무슨 편지요? 아무것도 없었어요. 아무 편지도 못 봤다고요.」

「도대체 어디다 놓고 온 거야, 이 사기꾼아!」

「줬어요. 편지는 전해 줬어요. 그분 말이 〈너희 나리는 좋은 분이다〉라고 하더군요. 주인에게 안부 여쭈라고, 어쩌고…….」

「도대체 누가 그랬다는 거야? 골랴드낀이 그랬어?」

뻬뜨루쉬까는 잠시 입을 다물더니, 주인의 눈을 똑바로 쳐다보면서 입을 쩍 벌리고 웃었다.

「잘 들어, 이놈아, 이 날강도 같은 놈!」 숨을 가쁘게 몰아쉬면서, 광기로 인해 이성을 잃은 골랴드낀 씨가 말했다. 「네놈이 도대체 무슨 짓을 한 거야! 말해, 네놈이 내게, 네놈이 나한테 무슨 짓을 한 건지 말하라고! 넌 내 체면을 땅에 떨어뜨렸어. 이 악당 같은 놈아! 날 개망신시켰다고, 유다 같은 놈아!」

「뭐, 마음대로 하세요, 이젠! 내가 뭘 어쨌다고 그러세요!」 뻬뜨루쉬까는 칸막이 뒤로 가면서 단호하게 말했다.

「이리 못 와, 이리 안 와! 이 날강도 같은 놈아……!」

「저는 이제 나리한테 안 가요. 절대로 안 가겠어요. 제가 뭘 어쨌다고! 저는 좋은 사람들한테 갈래요……. 그 사람들은 정직하고 얕은 속임수도 부리지 않아요. 한 사람이 둘이 되는 일도 절대로 없고 말이에요……」

골랴드낀 씨의 손과 발은 차갑게 얼어붙었고 숨도 제대로 쉴 수가 없었다…….

「네, 맞아요.」 뻬뜨루쉬까는 계속했다. 「하나가 둘이 되는 일은 절대로 없다고요. 그런 식으로 정직한 사람들과 신을 모욕하는 일 따위는 하지 않는다고요……」

「이 멍청한 놈아, 이놈. 넌 지금 취했어! 이제 그만 자버려, 이 강도 같은 놈! 내일 두고 보자.」 골랴드낀 씨는 거의 들리지도 않는 목소리로 말했다. 한편 뻬뜨루쉬까는 뭐라고 더 중얼거렸지만, 곧 침대가 삐걱거리면서 드러눕는 소리가 들려왔다. 늘어지게 하품을 하고 기지개를 켠 그는 그야말로 천진난만하게 코를 골며 잤다. 골랴드낀 씨는 살아 있는 것도 죽은 것도 아니었다. 뻬뜨루쉬까의 행동과 암시는 전혀 화를 낼 만한 건 아니었지만, 더욱이 술에 취해서 한 말이었지만, 이상한 건 사실이었다. 사태는 마침내 최악의 시점에 도달했고 그것은 골랴드낀 씨의 근본까지 뒤흔들어 놓았다. 우리의 주인공은 으스스한 느낌에 온몸을 떨면서 말했다. 「한밤중에 저런 놈하고 난리 법석을 떨었군. 내가 술 취한 놈과 상대하다니! 술 취한 사람에게서 무슨 말을 기대하겠다고! 말도 안 되는 말 아니면 거짓말만 할 텐데. 그런데 저놈, 저 날강도 같은 놈은 대체 뭘 빗대어 그런 말을 했지? 오, 하느님 맙소사! 나는 왜 편지를 썼을까? 난 살인자야. 스스로를 파괴하는 살인자! 입을 다물고 있을 수는 없었나! 꼬리를 드러내야 속이 시원했냐고! 이제 와서 뭘 어쩌겠어! 죽을 수밖에, 걸레가 되는 수밖에. 명예가 훼손된다는 둥, 회복해야 한다는 둥, 잘난 자존심을 내세우며 그런 편지를 꼭 써야 했냐고! 난 스스로를 파멸의 구렁텅이로 몰아넣고 말았어!」

공포로 옴짝달싹도 못하며 소파에 앉아서 골랴드낀 씨는 중얼거렸다. 갑자기 그의 눈은 단번에 주위를 확 끄는 어떤 물건에 가서 멎었다. 그가 보고 있는 물건은 공포로 인한 환상일까. 아니면 신기루? 가슴에 희망을 품고 형언할 수 없는 기대와 호기심으로 그는 다소 주저하면서 손을 뻗었다……. 아니, 그건 속임수가 아니었다. 환상이 아니었다! 편지였다, 분명히 편지였다. 틀림없이 그에게 온 편지였다……. 골랴드낀 씨는 탁자에 있던 편지를 집어 들었다. 심장이 거세게 고동치기 시작했다. 〈이건 저 사기꾼 같은 놈이 가져왔을 거야. 여기 놓아두고 잊어버린 거야. 틀림없어. 확실해. 그렇게 된 일이라고…….〉 편지는 한때 골랴드낀 씨와 가깝게 지냈던 젊은 동료 바흐라몌예프 관리가 보낸 것이었다. 우리의 주인공은 생각했다. 〈그건 그렇고, 나는 일이 이렇게 될 줄 알고 있었어. 편지에 뭐가 씌었는지도 짐작이 가…….〉 편지의 내용은 다음과 같았다.

친애하는 야꼬프 뻬뜨로비치 귀하!
귀하의 하인이 술에 취해 있어서 조리 있는 말을 기대하기는 어려울 것 같아, 편지로 답을 해드리는 것이 더 낫겠다고 생각했습니다. 당신께서 저를 통해 전하시려는 편지는, 제가 신의를 다해 그분께 반드시 전해 드릴 것임을 우선 말씀드리는 바입니다. 이제는 제 친구이기도 한 당신이 잘 아시는 그분, 그의 이름은 이 편지에서 거론하지 않겠습니다. 왜냐하면, 쓸데없이 아무 죄도 없는 사람의 명예에 먹칠하고 싶지는 않기 때문입니다. 지금 그분은 저희와 함께 까롤리나 이바노브나의 집에서 하숙하고 있습니다. 옛날에 당신이 우리와 함께 살 때, 땀보프에서 온 보병 장교가 묵었던 바로 그 방에서요. 하지만 그분은 정직하고 진실한 가슴을 가진 사람들이 있는 곳이라면 어디서나 찾을 수 있습니다. 아무에게나 이런 표현을 쓸 수는 없는 일이겠지요. 저는 당신과 오늘 날짜로 절교하고 싶습니다. 우리가 옛날처럼 서로 협력하는 동지 사이나 친구 사이로는 남을 수 없기 때문에 부탁드리는 건데, 저의 이 솔직 담백한 편지를 받으시는 대로, 기억하시는지 모르겠습니다만, 제가 진심으로 존경해 마지않는 까롤리나 이바노브나 집에서 당신이 저희와 함께 살 때, 즉 일곱 달 전, 외상으로 가져가신 외제 면도기 세트 값 은화 2루블을 꼭 보내 주시기 바랍니다. 제가 이렇게 할 수밖에 없는 데에는 이유가 있습니다. 영민한 사람들의 말에 따르면, 귀하께서는 요즘 자존심과 명예를 잃으시고 결백하고 순수한 사람들의 도덕성마저 위협하고 계시다 하더군요. 어떤 사람들은 진실을 멀리하면서 거짓말만 하기 때문에, 가끔 좋은 의도로 하는 행동도 의심받을 수밖에 없지요. 언제나 품행이 단정하고 정직하고, 젊은 나이는 아니지만 순결하고, 게다가 훌륭한 외국 가문 출신인 까롤리나 이바노브나가 당한 모욕은, 해명을 해야겠다는 사람이 하도 많아서 언제 어디서고 만나실 수 있을 겁니다. 그들 중 몇몇은 지나가는 말로라도 좋으니 자신의 이름으로 그런 말을 반드시 편지에 덧붙여 달라고 제게 부탁까지 하더군요. 영민한 사람들의 말에 따르면, 당신은 시내 곳곳에서 명예를 떨어뜨리는 행동을 했기 때문에 이미 여러 곳에서 당신 자신도 스스로에 대한 소문을 들을 수 있었을 겁니다. 지금까지 그것을 모르고 계셨다 해도 어쨌든 조만간 다 아시게 되겠지요. 합당한 이유가 있어서 그 분 이름은 언급하지 않고 있습니다만, 당신이 잘 아시는 그 분은 모든 양식 있는 사람들에게 존경을 받고 있고, 게다가 명랑하고 유쾌한 성격으로 직장에서뿐만 아니라, 상식이 있는 모든 사람들 사이에서도 금세 자기 자리를 찾곤 합니다. 게다가 자신이 한 말에 충실하고 우정을 소중히 여기는 분이시지요. 편지 말미를 빌려 한 가지 더 알려 드리고 싶은 것은, 그분은 눈앞에선 친한 척하다가 뒤돌아서면 욕하는 그런 사람이 아니라는 겁니다.

어쨌든 당신의 충복
바흐라메예프

추신 하인은 내쫓으셔야겠더군요. 그는 주정뱅이일 뿐만 아니라, 당신께 반드시 해를 입힐 위인입니다. 대신 옛날에 우리 집에서 일하다가 지금은 놀고 있는 예프스따피[28]를 데려다 쓰세요. 지금 하인은 술만 좋아하는 게 아니라 도둑질도 합니다. 지난 주에 까롤리나 이바노브나에게 헐값에 각설탕 1푼뜨[29]를 팔아넘기더라고요. 제 생각으로는 오랜 기간을 두고 교묘하게 조금씩 훔쳐 오지 않았나 싶은데요, 아니면 그렇게 할 수 없었을 겁니다. 세상엔 다른 사람들, 특히 정직하고 착한 사람들을 속상하게 하고 속이는 일에만 능한 사람

---

28 야노프스끼의 회상에 따르면, 이 등장 인물의 이름은 1846년에 도스또예프스끼의 형제들 집에서 일하던 퇴역 하사관 예프스따피의 이름을 딴 것이다.
29 과거 러시아의 중량 단위로 0.41킬로그램에 해당된다.

들이 있습니다. 뿐만 아니라 그들은 정직하고 착한 사람들 뒤에서 비방도 하고 사실과 다르게 악선전도 하지요. 그것은 스스로를 정직하고 착한 사람이라고 부를 수 없기 때문에 질투심에서 그러는 겁니다. 그럼에도 불구하고 제가 당신의 하인에 대해 언급한 이유는, 그래도 당신께 좋은 일이 있기를 바라는 마음이 있기 때문입니다.

바흐라메예프의 편지를 읽고 우리의 주인공은 오랫동안 꼼짝 않고 소파에 앉아 있었다. 이틀 동안이나 그를 둘러싸고 있던 탁하고 짙은 수수께끼 같은 안개 사이로 새로운 빛이 비치고 있었다. 우리의 주인공은 이제 조금씩 이해할 수 있었다……. 그는 소파에서 일어나 방 안을 왔다 갔다 하면서 마음을 가다듬고, 흩어진 생각을 모아 보려 했다. 생각을 어떤 사물에 집중시켜 잘못도 고치고 자신의 처지를 심사숙고해 보려 했다. 하지만 몸을 일으키려던 순간, 그는 기운이 하나도 없어서 그대로 도로 주저앉고 말았다. 〈물론 나는 이런 일을 예감했었어. 하지만 어떻게 이런 편지를 쓸 수 있지? 여기 쓰인 말의 의미가 뭔데? 그 의미를 내가 알았다고 치자. 그래서 어쩌자고? 이러저러해서, 이런 저런 것을 해줬으면 좋겠다고 얘기하면, 나는 그렇게 해줄 수도 있는데……. 일 되어 가는 꼴이 아주 기분 나빠. 아! 빨리 내일이 되어서 이 난국을 해결해야 하는데! 이젠 무엇을 해야 하는지 알겠어. 사정이 이러저러하다고 말해 주고, 그러그러한 이치에는 동의하지만 내 명예는 팔지 않겠다고 하는 거야. 그리고 또…… 어쩌면……. 참, 그건 그렇고, 그자, 그 추잡한 인물은 어떻게 여기까지 손을 뻗쳤을까? 왜 여기까지 끼어들었을까! 아, 빨리, 빨리 내일이 되었으면! 그자들은 계속 나에 대해 나쁜 소문을 퍼뜨리고 모함하고 약점을 잡으려 들겠지! 중요한 것은 시간을 허비하지 말아야 한다는 거야. 예를 들자면, 그래, 하다못해 편지라도 써서 사정이 이렇게 저렇게 된 것이고, 나도 이러저러한 것은 동의한다고 말해 주어야 하는 거야. 내일 날이 밝는 대로 편지를 보내고, 내일은 일찍…… 또 한편으로는 고 앙증맞은 자들에게 경고하고 대항하는 거야. 그자들은 내 명예에 똥칠을 할 자들이라고, 그래, 맞아!〉

골랴드낀 씨는 종이를 끌어당기고 펜을 집어서 서기 바흐라메예프의 편지에 대한 답장을 다음과 같이 써 내려갔다.

존경하는 네스또르 이그나찌예비치 귀하!

저는 참으로 슬프고도 놀라운 마음으로 모욕적인 당신의 편지를 읽었습니다. 당신이 저를 〈몇몇 불손한 사람들〉이나 〈위선적인 자들〉의 범주에 포함시켰음을 확실히 알았기 때문입니다. 저의 안녕과 명예, 그리고 점잖은 이름을 갉아먹는 중상모략이 얼마나 빠르게, 또 성공적으로 사람들 사이에서 깊이 뿌리를 내리고 있는지도, 몹시 슬픈 일입니다만, 이제 알 것 같습니다. 게다가 고결한 성향을 갖고 계신 정직하고 진실하신 분들까지도, 곧고 개방적인 성격을 갖고 계신 분들까지도, 바른 사람들과 착한 심성을 저버리고 해롭기 짝이 없는 부패한 자들에게 달라붙어 버린 사실은 참으로 슬프고 모욕적인 일입니다. 여러 가지로 힘들고 도덕도 사라진 이 시대에, 불행스럽게도 부패한 자들은 강한 번식력으로 극단적인 해를 끼치고 있습니다. 끝으로 말씀드리고 싶은 것은, 제가 빚진 은화 2루블은 액면 그대로 돌려드릴 것이며, 저는 그것을 신성한 의무라고까지 생각하고 있다는 사실입니다.

우리가 알고 있는 여자분에 대한 암시, 즉 그분의 의도와 계산, 그 밖의 간계에 대한 당신의 암시는, 제가 별로 잘 이해하지 못했다는 것을 솔직하게 말씀드리는 바입니다. 부디 저의 고결한 사상과 정직한 이름이 더럽혀지지 않고 간직될 수 있도록 해주십시오. 어쨌든 저는 편지보다는 개인적인 해명이 더 정확하다고 평가하는 바, 너그러운 마음으로 직접 해명할 준비가 되어 있고, 물론 쌍방의 평화적 합의에도 응할 준비가 되어 있습니다. 편지 말미를 빌려 당신께 부탁드리고 싶은 것은, 제가 개인적으로 타협할 준비가 되어 있다는 것을 그분께 말씀드려 달라는 것과, 그쪽에서 만날 장소와 시간을 정하도록 해달라는 것입니다. 마치 제가 당신을 모욕해서 우리의 옛 우정을 배신하고 당신에 대해서 몹쓸 말을 하고 다니기라도 하는 것 같은 암시는, 참으로 읽기에도 서러운 것이었습니다. 이 모든 일은 흉포한 원수들이라고 주저하지 않고 말할 수 있는 자들의 오해와 추악한 중상모략, 질투와 악의에서 비롯된 것임을 잘 알고 있습니다. 하지만 그들은 〈결백이 결백 그 자체로 강하다〉는 사실을 모르고 있나 봅니다. 그들의 몰염치와 뻔뻔스러움, 타인에게 불쾌감을 주는 무례한 태도엔 이르건 늦건 멸시의 낙인이 찍히게 되리라는 것을 모르고 있나 봅니다. 또한 그런 자들에겐 위선과 정신적 타락으로 인한 멸망 외에 다른 결말이란 있을 수 없다는 것을 모르고 있나 봅니다. 끝으로 부탁드리고 싶은 게 있습니다. 다른 사람들이 차지하고 있는 생활 터전에서 그들을 내쫓고 그 공간을 대신 차지하겠다는 괴상한 소망과 추악한 환상은 만인의 경악과 멸시, 그리고 유감의 대상이 될 것이라고, 어쩌면 정신 병원에 가게 될지도 모른다고 꼭 전해 주십시오. 그런 행동은 법으로 엄격히 금지되어 있고 사람은 누구나 자신이 차지하고 있는 자리에 만족해야 하기 때문에, 그런 결과는 정말 공정한 것이라고 제가 말하더라고 꼭 전해 주십시오. 모든 일에는 한계가 있는 법입니다. 만약 이것이 장난이라면, 건전하지 못한 장난입니다. 더 말할까요, 더할 나위 없이 부도덕한 장난입니다. 왜냐하면, 감히 단언하건대, 〈자신의 자리〉에 대해서 위에서 피력한 제 의견은 바로 도덕 그 자체이기 때문입니다.

어쨌든 당신의 충복
골랴드낀

제10장

한마디로 어제 일어난 사건은 골랴드낀 씨의 근본까지 흔드는 일이었다. 우리의 주인공은 거의 잠을 못 잤다. 단 5분도 푹 잘 수가 없었다. 마치 어떤 말썽꾸러기가 짧게 잘린 뻣뻣한 털을 침대에 잔뜩 뿌려 놓은 것만 같았다. 밤새 그는 비몽사몽간에 불면으로 괴로워했다. 이리저리 뒤척이면서, 엎치락뒤치락하면서, 한숨을 쉬고 신음소리를 내가며, 잠시 잠이 들었는가 하면 금방 다시 깨고, 슬프고 불명료한 기억들, 흉측한 환영들이 계속 그를 따라다녔는데, 한마디로 기분 나쁜 것은 몽땅 끌어다 모은 것 같았다……. 어떤 땐 정체를 알 수 없는 기이한 미광 속에서 무뚝뚝하고 화가 잔뜩 난 안드레이 필립뽀비치의 모습이 나타나 메마르고 냉랭한 시선으로 쏘아보며 무정한 말을 쏟아 놓았다……. 골랴드낀 씨가 자신은 적들이 묘사하는 그런 인간이 아니라고, 자신은 이러저러한 사람이며, 심지어는 보통 사람들보다 나은 성품도 여러 가지 타고났노라고, 어떻게든 해명하고 증명해 보이려고 그에게 다가가면, 때마침 위선적인 성향으로 잘 알려진 바로 그자의 얼굴이 나타나 파렴치한 방법으로 골랴드낀 씨의 모든 계획을 망치고, 눈앞에서 그의 명성을 철저하게 더럽히고, 자존심을 진흙에 넣어 짓밟고, 직장과 사회에서 그의 자리를 차지해 버리는 것이었다. 아니면 집인지 직장 어디선지 불가피하게 생긴 혹, 얼마 전 실수로 생긴 끔찍하고 불쾌한 혹 때문에 골랴드낀 씨의 머리가 간지러워지는 것이었다……. 그러면 골랴드낀 씨의 머리는 왜 혹을 피할 수가 없었는지 생각하느라 다시 어지러워졌다. 혹에 대한 생각은 다른 생각으로 슬쩍 넘어갔다. 그것은 많은 사람들이 알고 있는 어떤 자의 비열한 행위, 혹은 골랴드낀 씨가 보거나 듣거나 그것도 아니면 최근 자신이 직접 저지른 크고 작은 비열함에 대한 생각이었다. 하지만 그가 저지른 비열한 행위는 정말 야비한 비열함이 아니라, 동기는 그렇지 않았는데 결과가 비열해진 경우였다. 다시 말해서, 예를 들어 가끔은 너무 정확하고 치밀해서, 또는 무방비 상태에서 의지할 곳이 아무 데도 없기 때문에 야비한 행위가 야기될 수도 있는 것이었다. 그건 왜냐하면, 왜냐면…… 한마디로 골랴드낀 씨는 그것이 〈왜인지!〉 이미 잘 알고 있었다. 골랴드낀 씨는 꿈속에서도 얼굴이 붉어졌고, 달아오른 얼굴을 진정시키느라 이렇게 중얼거렸다. 〈이런 시점에서는 그래, 단호한 성격을 보여 줘야 해. 이런 경우에는 아주아주 단호한 성격을 보여 줘야 한다고…….〉 그러더니 또 이렇게 내뱉었다. 〈무슨 놈의 단호한 성격……! 그런 걸 왜 지금 생각하는 건데……!〉 하지만 무엇보다도 골랴드낀 씨를 화나게 하고 자극한 것은, 바로 그런 순간에도 형편없고 혐오스러운 성향으로 잘 알려진 예의 그 인물이 누가 부르든 안 부르든 어김없이 나타나서, 바로 그 위선적인 웃음을 띠며 〈단호한 성격은 무슨! 야꼬프 뻬뜨로비치, 당신과 내 성격이 어떻게 단호해질 거라고 그러시오, 그러시길……!〉이라며 중얼거린다는 사실이었다. 골랴드낀 씨는 꿈에서 이런 것도 보았다. 그는 어떤 훌륭한 모임에 참석하고 있었다. 구성원과 참여자들의 고결한 지위와 번뜩이는 기지로 널리 알려진 유명한 모임이었다. 그곳에선 골랴드낀 씨도 친절과 기지에 관한 한 두드러지는 사람이었기 때문에 모두들 그를 좋아했고, 심지어 과거의 몇몇 원수들까지도 그를 좋아하게 되었다. 골랴드낀 씨는 정말 유쾌했다. 모두 그에게 우선권을 주었고, 집주인은 손님 몇몇을 한쪽으로 데려가서 골랴드낀 씨를 칭찬하기까지 했으며, 골랴드낀 씨는 그것을 기쁜 마음으로 엿들을 수 있었다……. 그런데 갑자기 위선과 동물적 본능으로 유명한 그 인물이 작은 골랴드낀 씨라는 이름으로 나타나서, 대수롭지 않은 행동으로 큰 골랴드낀 씨의 위엄과 명성을 단숨에 부수고, 그의 명성을 가로채고, 그를 진흙탕에 넣고 짓밟았다. 그리고 큰 골랴드낀이자 진짜 골랴드낀인 그가 사실은 가짜고, 진짜는 자기라고, 따라서 큰 골랴드낀이 지금껏 보여 왔던 모습은 사실이 아니며 그는 그렇고 그런 자라고, 따라서 고결한 상류 모임에 속할 자격과 권리가 없다고 당당하게 말하며 증명해 보였다. 모든 게 너무나 순식간에 일어난 일이라 큰 골랴드낀 씨는 입도 뻥끗 못했고, 사람들의 몸과 마음은 이미 형편없는 가짜 골랴드낀 씨에게 기울어 죄없는 진짜 골랴드낀 씨를 멸시하고 배척했다. 비열한 골랴드낀 씨는 제 뜻대로 제멋대로, 단 한 사람의 예외도 없이 모든 사람의 생각을 돌려놓았다. 그것도 한순간에. 백해무익한 가짜 골랴드낀 씨는 아주 달콤한 행동으로, 모임에서 가장 별 볼일 없는 사람에게까지 제 뜻대로 아첨하고 신용을 얻어 냈기 때문에, 꾐에 넘어가지 않은 사람은 정말 한 명도 없었다. 그는 평소 습관대로 사람들 앞에서 향긋하고 달콤한 향을 피워 댔고, 옆에 있던 사람들은 몹시 만족해서 눈물이 날 정도로 냄새를 맡아 가며 재채기를 했다. 중요한 것은 모든 게 순식간에 일어났다는 사실이다. 아무짝에도 쓸모없는 의심스러운 그 인간, 골랴드낀 씨의 행동은 정말 놀라울 정도로 빨랐다! 예를 들어서, 한 사람에게 달라붙어 아첨하며 호감을 사는가 하면, 눈 깜짝할 사이에 벌써 다른 사람 옆에 가 있었다. 또 그에게 달라붙어서 호의적인 웃음을 빼앗기가 무섭게 어느새 그는 짧고 통통하고 튼튼한 다리로 펄쩍 뛰어 세 번째 사람 옆에 가 있었다. 그를 꾀어 다정하게 키스를 나누는가 하면, 놀라 입을 벌릴 사이도 없이 벌써 네 번째 사람 옆에 가서 그와 친분을 맺었다. 놀라웠다. 그건 마술이었다. 그렇게밖에 달리 할 말이 없다! 사람들은 모두 그로 인해 기뻐했고, 그를 좋아했고 칭찬했으며, 그의 친절과 해박한 지식과 풍자적 성향은 진짜 골랴드낀 씨의 친절이나 풍자적 성향과는 비교할 것도 아니라고 입을 모아 말했다. 사람들은 그렇게 죄 없는 진짜 골랴드낀 씨를 모욕했고, 진실을 사랑하는 골랴드낀 씨를 배척했고, 선량한 골랴드낀 씨를 내쫓았으며, 가까이 있는 사람을 사랑할 줄 아는 진짜 골랴드낀 씨에게 모멸스러운 말을 함부로 쏟아 놓았다……! 슬픔과 공포와 분노로 가득 찬 골랴드낀 씨는 거리로 달려 나와 각하께 달려가려고 마차를 잡았다. 만약 그게 안 되면, 하다못해 안드레이 필립뽀비치에게라도 가려고 했다. 하지만, 끔찍한 일이 벌어졌다! 마부는 골랴드낀 씨를 절대로 태워 줄 수 없다고 말하는 것이었다.「나리, 똑같이 생긴 두 분을 태울 수는 없습니다. 나리, 착한 사람은 정직하게 살려고 애쓰는 법이지요. 둘이 되는 일 따위는 결코 없습니다요.」정말로 정직한 골랴드낀 씨는 수치심으로 이성을 잃고 주위를 둘러보았다. 그때 그는 그들과 한통속이 된 뻬뜨루쉬까와 마부가 그렇게 말할 수밖에 없었던 이유를 자신의 두 눈으로 똑똑히 확인했다. 그곳엔 타락한 골랴드낀 씨가 어느새 나타나 있었다. 거기, 바로 옆에서, 그는 평소 야비한 성향대로, 이 위험한 순간에도 점잖지 못한 행동을 하려 했다. 혐오스러운 제2의 골랴드낀 씨는 저 편할 때마다 자신의 고결한 성품을 꽤나 자랑해 왔었다. 하지만 지금 그가 하려는 행동에선 보통의 교육을 받은 사람이면 누구나 갖고 있는 고결함이 눈을 씻고 봐도 없었다. 골랴드낀 씨임에 틀림없는 골랴드낀 씨는 수치심과 절망감에 정신을 못 차리고 완전히 파괴되어 눈길 닿는 대로, 운명이 지시하는 대로 아무렇게나 달렸다. 하지만 그가 발자국을 뗄 때마다, 그의 발이 보도의 화강암을 칠 때마다 그와 똑같이 닮은, 하지만 마음이 타락하고 혐오스러운 골랴드낀 씨들이 땅속에서 솟구치듯 튀어나왔다. 쌍둥이들은 생겨나는 즉시 거위의 행렬처럼 꼬리에 꼬리를 물고 쇠사슬 모양으로 달렸다. 그것은 점점 더 길어져서 큰 골랴드낀 씨 뒤를 절뚝거리며 쫓았다. 그에겐 똑같은 자들에게서 벗어나 도망갈 곳도 없었다. 가여운 골랴드낀 씨는 공포로 인해 숨이 멎을 것만 같았다. 똑같은 사람들이 끝도 없이 생겨났고, 마침내 도시는 똑같은 사람들로 꽉 차 버렸다. 그런 무질서를 본 경찰은 똑같이 생긴 사람들의 목덜미를 잡아 때마침 옆에 있던 파출소에 집어넣어야 했다……. 공포로 마비된 채 잠에서 깬 우리의 주인공은, 여전히 공포로 얼고 마비된 채, 현실도 꿈보다 나을 것이 없다고 느꼈다……. 곤혹스러웠고, 괴로웠다……. 심장을 도려내는 것 같은 슬픔이 밀려왔다…….

골랴드낀 씨는 더 이상 참을 수가 없었다. 「그건 절대로 안돼!」 침대에서 몸을 벌떡 일으키면서 그는 소리를 질렀고, 외침소리 덕분에 겨우 정신을 차렸다.

날은 이미 오래전에 샌 것 같았다. 방 안의 밝기도 어쩐지 여느때와 달랐다. 햇빛은 서리로 덮인 창을 촘촘하게 통과해 방 안으로 가득 쏟아져 들어오고 있었다. 그것은 골랴드낀 씨를 무척 놀라게 했다. 왜냐하면 태양의 그런 방문은 정오나 되어야 가능하기 때문이었다. 골랴드낀 씨가 기억하는 한, 천지 운행의 그런 예외는 지금까지 거의 한 번도 없었다. 우리의 주인공이 의아해 하고 있던 순간, 칸막이 뒤에서 벽시계가 부르르 떨었다. 종을 치려는 것이었다. 〈아, 친다!〉 골랴드낀 씨는 우울한 기대 속에서 귀를 기울였다……. 하지만, 정말 놀랍게도 시계는 잔뜩 긴장하는가 싶더니 딱 한 번 치고 말았다. 「이건 또 뭐야?」 우리의 주인공은 이불을 박차고 나오면서 외쳤다. 자신의 귀를 못 믿겠다는 듯, 그는 칸막이 뒤로 달려갔다. 시계는 정말 한 시를 가리키고 있었다. 골랴드낀 씨는 뻬뜨루쉬까의 침대를 쳐다봤다. 하지만 뻬뜨루쉬까의 냄새도 맡을 수가 없었다. 그의 침대는 이미 오래전에 빈 것 같았다. 장화도 없었다. 뻬뜨루쉬까가 집에 없다는 결정적 증거였다. 골랴드낀 씨는 현관으로 달려갔다. 문은 잠겨 있었다. 「도대체 뻬뜨루쉬까는 어디 간 거야?」 두려움으로 인해 전신이 바들바들 떨리고 온몸의 마디마디가 덜덜거리는 것을 느끼며 그는 중얼거렸다……. 갑자기 머릿속으로 어떤 생각이 떠올랐다……. 골랴드낀 씨는 책상으로 달려가 살펴보았다. 주위를 샅샅이 뒤졌다. 아니나 다를까, 어제 바흐라메예프에게 쓴 편지가 없었다……. 칸막이 뒤에는 뻬뜨루쉬까가 없고…… 벽시계는 한 시를 가리키고……. 어제 바흐라메예프의 편지에는 처음 보아선 언뜻 이해할 수 없었던 새로운 사실이 적혀 있었다. 하지만 이제는 확실해졌다. 마침내 뻬뜨루쉬까도, 이젠 뻬뜨루쉬까까지도 매수된 모양이었다. 그래, 그래, 그렇게 된 거였어! 골랴드낀 씨는 이마를 탁 치고는 눈을 점점 더 크게 뜨면서 소리쳤다.

「그래, 이 모든 일이 시작된 곳은 바로 거기였어! 그 인색한 독일 계집의 둥지에 사악한 무리의 우두머리들이 다 모였군! 그래, 내게 이즈마일로프스끼 다리를 가리키며 그녀는 전략적인 견제를 한 거야. 내 주의를 다른 데로 돌리고 어리둥절하게 하려고 말이야. (못된 마귀 할멈 같은 계집!) 그 여자는 함정을 판 거야! 그래, 그렇게 된 거야! 이런 관점에서 사태를 바라보니 정말 모든 것이 딱 들어맞는군! 비열한 인간의 출현도 완벽하게 설명이 되고 말이야. 그게 다 서로 관련이 있어. 그자들은 이미 오래전부터 그놈을 데리고 있으면서 준비시켰고, 그 불행한 날에 들고 일어난 거야. 이제서야 그것이 이렇게, 모든 것이 밝혀졌군. 모든 것이 풀렸어! 하지만, 뭐, 괜찮아. 아직 시간은 있어……!」 골랴드낀 씨는 벌써 낮 한 시가 넘었다는 사실을 떠올리곤 경악했다. 가슴속에서는 신음이 터져 나왔다……. 「만약에 그들이 벌써……」 〈아니야, 그럴 리 없어. 그건 사실이 아니야. 아직 못 그랬을 거야. 두고 보자.〉 그는 황급히 옷을 입고, 종이와 펜을 들어 재빨리 다음과 같은 글을 썼다.

존경하는 야꼬프 뻬뜨로비치 귀하!

당신 아니면 나 한 사람뿐, 우리의 공존은 불가능하오! 나의 쌍둥이처럼 행동하고 나를 사칭하려는 당신의 기도는 기이하고 우스꽝스럽고 실현 불가능하며, 그것은 당신의 완벽한 불명예와 패배로 끝나고 말 거라는 것을 알려 주는 바이오. 따라서 당신 스스로를 위해, 이젠 진실한 목적을 갖고 사는 점잖은 사람들에게서 멀어지고 그들에게 길을 터줄 것을 부탁하는 바이오. 그렇지 않을 경우, 나는 최후의 조처를 취할 것이오. 이만 펜을 놓고 기다리겠소……. 나는 충복이 될 준비도, 그리고…… 권총을 들 준비도 되어 있소.

골랴드낀

쪽지를 다 쓰고 나서 우리의 주인공은 격정에 차서 두 손을 비볐다. 외투를 걸치고 모자를 쓰고 비상 열쇠로 아파트를 잠근 뒤 그는 관청으로 향했다. 하지만 관청에 도착하고도 그는 들어가려 하지 않았다. 정말 너무 늦어 버렸던 것이다. 골랴드낀 씨의 시계는 두 시 반을 가리키고 있었다. 그런데 별로 대수롭지 않은 사건 하나가 골랴드낀 씨의 불안함을 풀어주었다. 관청 건물 모퉁이에서 얼굴이 벌게진 인물 하나가 숨을 헐떡이며 나타나더니, 생쥐처럼 잽싼 걸음으로 관청 입구로, 현관으로 뛰어 들었다. 그것은 서기인 오스따피예프였다. 골랴드낀 씨가 아주 잘 알고 있는 인물로 10꼬뻬이까 은전이면 무슨 일이든 하는 꽤 쓸모 있는 사람이었다. 오스따피예프의 약한 마음을 알고 있는 우리의 주인공은, 그가 개인적인 용무로 자리를 비운 뒤라서 10꼬뻬이까짜리 은화에 마음이 더 약해졌으리라 생각하고 돈을 아끼지 않기로 결심했다. 자신도 관청 입구와 현관으로 오스따피예프를 따라 뛰어 들어가면서 그의 이름을 불렀다. 그리고 비밀스런 표정으로 한쪽 구석에 있는 거대한 철제 난로 뒤 한적한 곳으로 그를 데려갔다. 우리의 주인공은 이것저것 묻기 시작했다.

「그래, 어떤가, 이 사람, 저쪽은 어떠냐고, 음...... 자네 내 말 이해하겠나......?」

「듣고 있습니다, 문관님. 그간 평안하셨습니까?」

「응, 괜찮네, 이 사람, 괜찮아. 내 자네에게 사례할게. 이 사람, 그런데, 저, 어떤가?」

「무엇을 물어보시는 것인지요?」 여기서 오스따피예프는 무심코 벌어진 입을 손으로 막았다.

「나는 말이지, 이 사람아, 저기...... 뭐 다른 오해는 하지 말고, 어떤가, 안드레이 필립뽀비치는 여기 계신가......?」

「여기 계십니다.」

「관리들도 여기 있고?」

「관리들도 여기 있습니다, 당연한 일이지요.」

「각하께서도?」

「각하께서도요.」 이때 서기는 벌어진 입을 다시 한번 가리며 뭔가 이상하다는 듯 골랴드낀 씨를 흥미로운 눈으로 쳐다보았다. 최소한 우리의 주인공에게는 그렇게 느껴졌다.

「뭐 별다른 일은 없나?」

「없습니다, 아무것도 없습니다.」

「음, 나에 대해서, 이보게, 뭔가, 뭐 그런 일이 없느냐는 거지…… 응? 그저 그런, 이 사람, 이해하겠나?」

「아직 아무 소리도 들리지 않던데요.」 이때 서기는 다시 한 번 입을 가리면서 이상하다는 듯이 골랴드낀 씨를 쳐다보았다. 왜냐하면, 지금 우리의 주인공은 오스따피예프의 얼굴을 뚫어져라 쳐다보면서 무엇인가 읽어 내려고, 뭔가 감춰진 것이 없나 알아내려고 애썼기 때문이다. 정말 무언가가 숨겨져 있는 것 같았다. 왜냐하면 오스따피예프가 처음 대화를 시작할 때의 태도와는 달리 좀 불손해지고 무뚝뚝해졌고, 뿐만 아니라 골랴드낀 씨의 관심사에 동참하려 들지도 않았기 때문이었다. 골랴드낀 씨는 생각했다. 〈그럴 만하지. 이 친구에게 뭘 어쩐다? 그는, 어쩌면 이미 저쪽에서 뭔가를 받았을지도 몰라. 그 일로 자리를 비웠던 건지도 모른다고. 그러면 이 시점에서 나도 뭘 좀 줘야…….〉 골랴드낀 씨는 10꼬뻬이까짜리 은전을 활용할 시기가 왔음을 깨달았다.

「자, 이거 받게, 이 사람아…….」

「문관님, 정말 감사합니다.」

「이따 더 주지.」

「알겠습니다, 문관님.」

「일이 끝나면, 지금, 지금 바로 더 주지. 그만큼 더 줄게, 알았나?」

서기는 말없이 부동 자세로 곧게 서서 골랴드낀 씨를 바라보았다.

「자, 이제는 말해 보게. 나에 대한 말이 아무것도 안 들린다고……?」

「아직 없는 것 같습니다……. 저기…… 아직은 아무것도 없습니다.」 오스따피예프는 간격을 두고 얘기했다. 그도 역시 골랴드낀 씨처럼 약간은 비밀스러운 표정을 지으면서, 눈썹도 움직이고 땅도 내려다보면서, 적합한 어조를 유지하려고 애썼다. 한마디로, 있는 힘을 다해 약속된 돈을 벌기 위해 노력하고 있었다. 왜냐하면 그는 지금까지 한 행동으로 자신이 약속된 돈을 차지할 권리가 충분히 있다고 여겼기 때문이었다.

「아무것도 확실한 것이 없단 말이지?」

「아직 아무 일도 없습니다.」

「저기 말일세……. 그게…… 그게, 혹시 나중에는 무슨 일인지 알게 될까?」

「물론 나중에, 그럴 수도 있겠죠.」

〈제기랄!〉 우리의 주인공은 생각했다.

「저기 이거 더 받게.」

「문관 어른, 정말 감사합니다.」

「바흐라메예프는 어제 여기 있었나?」

「네, 여기 계셨습니다.」

「다른 사람은 아무도 없었나……! 잘 생각해 보게, 응, 이 사람아.」

서기는 잠시 기억해 내려 애썼지만, 아무것도 생각해 내지 못했다.

「아니오, 다른 사람은 아무도 없었습니다.」

「흠!」 잠시 침묵이 흘렀다.

「이봐. 이거 더 받게나. 모든 것을 말해 주게, 무엇이건 다.」
「알겠습니다.」 오스따피예프는 이제는 아주 고분고분해져 있었다. 골랴드낀 씨에겐 바로 그런 것이 필요했던 것이다.
「이제, 말해 보게. 상관의 기분은 어떻지?」
「괜찮습니다, 좋으신 편이죠.」 서기는 골랴드낀 씨를 뚫어져라 쳐다보며 얘기했다.
「어떻게 좋다는 것이지?」
「그냥 그렇게요.」 오스따피예프는 눈에 띄게 눈썹을 찌푸렸다. 그는 완전히 막다른 골목에 서서 더 이상 무슨 말을 해야 하는지 몰랐다. 〈기분이 안 좋군!〉 골랴드낀 씨는 생각했다.
「바흐라몌예프에게 뭐 별다른 일은 없고?」
「모든 게 예전과 똑같은데요.」
「잘 생각해 봐.」
「있기는 있는데, 뭔가 말하는 것을 들었습니다.」
「어, 그래. 그게 뭐지?」
오스따피예프는 손으로 입을 막고 생각했다.
「그쪽에서 내게 보낸 편지는 없나?」
「오늘 수위인 미혜예프가 바흐라몌예프 댁에 다녀왔습니다. 그 독일 여자 집에요. 필요하시다면 지금 제가 가서 물어보겠습니다.」
「부탁하네, 여보게, 제발…… 나는 그저…… 여보게, 뭐 다른 오해는 하지 말고, 나는 그냥 말이야……. 자네는 그쪽에서 나에 대해 무슨 일을 준비하고 있지는 않은지 물어보고 알아봐 주게. 그자가 뭘 하고 있는지도 말일세. 내게 필요한 건 바로 그걸세. 자네가 알아 오면, 사례는 따로 하겠네…….」

「알겠습니다, 문관 어른. 그런데 오늘 문관님의 자리에 이반 세묘노비치를 앉혔습니다.」

「이반 세묘노비치라고? 어, 그래, 그게 정말인가?」

「안드레이 필립뽀비치가 그에게 앉으라고 했습니다……」

「정말인가? 도대체 왜? 그것도 알아봐 주게, 여보게. 부탁일세, 알아봐 줘, 모든 것을 다 알아봐 주게. 나중에 따로 사례는 함세. 내게 필요한 건 그거야…… 자넨 뭐 다른 오해는 하지 말고……」

「알겠습니다. 알겠습니다. 금방 다녀오겠습니다. 문관님, 그런데, 정말 오늘은 안 들어가십니까?」

「음, 안 들어가. 그저, 그냥, 그럴 일이 있어서. 그냥 보러 온 것뿐이야. 여보게, 내 나중에 꼭 자네에게 사례하겠네.」

「알겠습니다.」 서기는 부지런히 계단을 뛰어 올라갔고, 골랴드낀 씨는 혼자 남았다.

〈기분이 안 좋아.〉 그는 생각했다. 〈에잇, 나빠, 나쁘다고! 에잇, 일 되어 가는 꼴이…… 이젠 최악이야! 도대체 이건 또 무슨 뜻이야? 그 주정뱅이의 암시는 뭐고, 도대체 이게 다 누구의 짓이냐고? 아! 누구 짓인지 알 것 같아. 일이 그렇게 된 거라고. 관청에서도 알고 있었으니까 다른 사람을 내 자리에 앉혔지……. 그건 그렇고, 좋아. 안드레이 필립뽀비치가 이반 세묘노비친가 뭔가를 내 자리에 앉혔다고. 그런데, 왜 하필 그를 앉혔을까? 어떤 목적으로 앉혔을까? 무언가 알아챈 거야……. 이건 바흐라메예프가 조작한 일이야, 아니, 바흐라메예프는 아니야, 그는 나무통처럼 둔한 자니까. 이것은 내 원수들이 바흐라메예프의 배후에서 일을 꾸미는 거야. 그 비열한 놈도 같은 목적에서 이리로 보낸 거고. 독일 계집이 나에 대해 앙앙거린 게 틀림없어. 외눈박이 계집 같으니! 나는 이 모든 모함이 단순하지 않다고 항상 의심해 왔어. 계집들과 할망구들의 중상모략 속에는 틀림없이 뭔가가 도사리고 있거든. 내가 끄레스찌얀 이바노비치에게 말한 것처럼, 그자들은 도덕적인 면에서 사람을 매장시키기로 몰래 약속하고 까롤리나 이바노브나에게 달라붙은 거야. 아니야, 이 일엔 프로들이 있어, 맞아! 여기엔, 바흐라메예프의 손길 말고 누군가 프로의 손길이 느껴져. 바흐라메예프는 어리석은 자라고 벌써 말했잖아. 그러니까 그건…… 아, 누가 그자들 뒤에서 조종하는지 이제 알겠다. 그 교활한 놈이 틀림없어. 남을 사칭하고 다니는 놈. 그가 상류 사회에서 성공을 거두고 있는 것이 부분적으로나마, 그자가 이 일에만 착 달라붙어 있다는 것을 증명하는 거지. 그가 지금 어떻게 하고 있는지 정말 궁금하군……. 그들과 함께 뭔가 벌이고 있을까? 그런데 이반 세묘노비치 같은 자는 왜 데려다 놓았을까? 빌어먹을, 이반 세묘노비치 같은 자가 도대체 무슨 필요가 있다고? 다른 사람을 데려다 앉힐 수는 없었나. 그건 그렇고, 누구를 데려다 앉혔어도 어차피 마찬가지였겠지. 다만 확실한 것은 그 이반 세묘노비치라는 작자를 내가 이미 오래전부터 의심하고 있었다는 거지. 이미 오래전부터 눈여겨보고 있었어. 추악하고 혐오스러운 늙은이 같으니라고. 이자 놀이를 해서 터무니없이 높은 이자를 챙긴다지. 아마 이건 모두 《곰》의 작품일지도 몰라. 모든 사건에 곰이 끼어들었었잖아. 그렇게 시작된 거야. 이즈마일로프스끼 다리에서 시작된 거라고. 바로 그렇게 시작된 거야…….〉 골랴드낀 씨는 벌레라도 씹은 듯 얼굴을 찌푸렸다. 뭔가 몹시 기분 나쁜 일이 생각난 듯했다. 그는 생각했다. 〈하지만, 뭐, 괜찮아! 나는 내 일만 생각하면 돼. 그런데 오스따피예프는 왜 또 안 오지? 눌러앉았나, 아니면 누가 못 가게 하나. 나름대로 내가 이렇게 일을 꾸미고 함정을 파는 것도 부분적으로는 괜찮은 일이야. 오스따피예프에게는 10꼬뻬이까 은전만 집어 주면 돼. 그러면 그는…… 내 편이 되는 거야. 문제가 있다면, 그가 정말 내 편인가 하는 건데, 혹시 그자들이 그도 이미 매수…… 그를 벌써 끌어들이고 수작을 부리는지도 모르지. 사기꾼 같은 놈, 눈빛이 강도놈 같았어. 완전히 날강도 같은 눈빛으로 날 쳐다봤어! 뭔가 숨기고 있었어, 교활한 놈!《아니오, 아무 일도 없습니다》라고, 진심이 어쩌고저쩌고,《문관 어른, 감사합니다》어쩌고 했겠다. 순 날강도 같은 놈!〉

시끄러운 소리가 들렸다……. 골랴드낀 씨는 몸을 움츠리고 난로 뒤로 뛰어 들었다. 누군가 계단을 내려와 거리로 나갔다. 〈누가 어디로 가는 걸까?〉 우리의 주인공은 생각했다. 잠시 후 누군가의 발자국소리가 또 들려왔다……. 이때 골랴드낀 씨는 더 이상 참지 못하고 요새로부터 코끝을 조금, 아주 조금 내밀었다. 그러나 코끝을 내밀자마자 누군가 코를 핀으로 찌르기라도 한 것처럼 그는 도로 주저앉았다. 이번에 지나간 사람은 바로 그자, 교활한 놈, 모사꾼, 타락한 놈이었던 것이다. 그는 예의 그 비열한 종종걸음으로 마치 누군가를 걸어차기라도 할 것처럼 발을 뿌려 가며 빨리 걸었다. 〈비열한 놈!〉 우리의 주인공은 혼잣말을 했다. 한편 골랴드낀 씨는 그 비열한 자의 겨드랑이에 각하의 커다란 녹색 가방이 끼워져 있는 것을 보지 않을 수가 없었다. 〈저자가 또 무슨 특별 지시로.〉 골랴드낀 씨는 화가 치밀어 올라서 얼굴이 더 붉어졌고, 몸을 움츠려야 했다. 작은 골랴드낀 씨는 큰 골랴드낀 씨를 전혀 알아보지 못하고 스쳐 지나갔고, 곧 세 번째 발자국소리가 들려왔다. 골랴드낀 씨는 발자국소리의 주인이 서기일 거라고 짐작했다. 정말 머리에 포마드를 발라 넘긴 서기가 난로 뒤를 들여다보았다. 하지만 그건 오스따피예프가 아니라, 삐사렌꼬라는 별명을 가진 다른 서기였다. 골랴드낀 씨는 몹시 놀랐다. 우리의 주인공은 생각했다. 〈도대체 그자는 비밀스런 일에 왜 다른 사람을 끌어들였지? 에이, 야만인 같으니라고! 그런 자들에게 성스러운 것은 정말 아무것도 없다니깐!〉

「그래, 뭔가, 자네는?」 삐사렌꼬에게 고개를 돌리면서 그는 말했다. 「자네는 누가 보내서……?」

「저, 문관님의 일로요. 아직 아무한테도 아무 소식도 접하지 못했습니다. 만약 알게 되면 말씀드리겠습니다.」

「오스따피예프는?」

「문관님, 그는 여기 올 수 없습니다. 각하께서 벌써 두 번이나 부서에 다녀가셨거든요. 저도 이젠 시간이 없습니다.」

「고맙네, 여보게. 정말 고마워. 다만 자네 이거 하나만 전해……」

「정말입니다, 시간이 없습니다……. 매분 위에서 찾으십니다……. 문관님은 여기 더 서 계시지요. 문관님에 대해 무슨 일이 생기면, 꼭 저희가 알려 드리겠습니다…….」

「아니야, 자네, 잠깐만, 이 말 좀…….」

「죄송합니다. 저는 시간이 없습니다.」 삐사렌꼬는 그의 옷자락을 잡고 있는 골랴드낀 씨에게서 벗어나려 애쓰면서 말했다. 「정말입니다. 안 됩니다. 여기 좀 더 서 계세요. 꼭 말씀드릴 테니까요.」

「저기, 지금, 이봐! 지금, 이보게! 그러니까 지금, 이 편지를, 이보게, 내 자네에게 사례는 할 테니, 응?」

「알겠습니다.」

「빨리 갖다 주어야 하네, 여보게. 골랴드낀 씨에게 말이야.」

「골랴드낀 씨요?」

「응, 그래. 골랴드낀 씨에게.」

「알겠습니다. 물러가서 전하지요. 꼭 전하겠습니다. 문관님은 여기 잠깐 서 계세요. 여기 계시면 아무도 못 볼 겁니다······.」

「아니야, 나는 밀이지, 이 사람아, 오해하지 말게······. 내가 여기 서 있는 것은 아무도 못 보게 하려고 그러는 게 아니야. 나는, 이제 이 자리를 뜰 거야······. 저기 골목에 찻집이 하나 있거든. 거기 가서 기다리겠네. 무슨 일이 생기면 나에게 다 알려 주게, 알았나?」

「알았습니다. 이젠 그만 가게 해주십시오. 알았다니까요······.」

「자네에겐 따로 사례함세!」 마침내 풀려 난 뻬사렌꼬를 향해 골랴드낀 씨는 큰 소리로 말했다. 〈못된 놈, 태도가 점점 무례해지는군.〉 난로 뒤에서 슬쩍 나오면서 우리의 주인공은 생각했다. 〈속임수가 또 있어. 확실해······. 처음에는 그놈, 다음엔 이놈······. 하지만 정말로 서두르는 것 같긴 했어. 어쩌면 일이 정말 많은지도 모르지. 각하가 두 번이나 부서에 다녀가셨다고······ 도대체 무슨 일일까? 아! 뭐, 괜찮아! 그건 뭐, 괜찮아. 뭐 이제 두고 보면 알겠지, 뭐······.〉

골랴드낀 씨가 문을 열고 거리로 막 나가려 했을 때, 입구에서 각하의 마차가 큰 소리를 내며 굴러 왔다. 골랴드낀 씨가 정신을 차릴 사이도 없이 마차의 문이 열리고 그 안에 앉아 있던 신사가 입구로 뛰어 내렸다. 도착한 사람은 다름 아니라 한 10분 전쯤 자리를 비웠던 작은 골랴드낀 씨였다. 큰 골랴드낀 씨는 국장님의 집이 몇 발자국 안 되는 곳에 있다는 것을 기억해 냈다. 〈정말 무슨 특별 지시가 있나 보군.〉 우리의 주인공은 생각했다. 그러는 사이 작은 골랴드낀 씨는 마차에서 두꺼운 녹색 가방과 서류들을 집어 든 후 마부에게 무슨 지시를 내리고는, 큰 골랴드낀 씨를 밀어젖히듯 관청 문을 힘껏 열었다. 그러면서 큰 골랴드낀 씨는 짐짓 못 본 척 했다. 그렇게 한 방 먹이고 그는 잰 걸음으로 관청 계단을 올라갔다. 〈나빠!〉 골랴드낀 씨는 생각했다. 〈도대체 사태가 이젠 어떻게 되려는 거지? 얼마나 더 악화되려는 거야! 아이고, 하느님 맙소사!〉 우리의 주인공은 꼼짝 않고 서 있다가 마침내 마음을 굳혔다. 심장이 뛰고 온몸이 전율하는 것을 느끼면서 그는 더 생각하고 말 것도 없이 동료를 따라 뛰어 올라갔다. 〈아! 될 대로 되라, 뭐 어떠려고? 나는 제삼자야.〉 현관에서 모자와 외투와 덧신을 벗으면서 그는 생각했다.

  골랴드낀 씨가 사무실에 들어갔을 때 밖에선 이미 땅거미가 내리고 있었다. 안드레이 필립뽀비치도 안똔 안또노비치도 사무실에 없었다. 둘 다 보고를 드리기 위해 국장실에 가 있었다. 국장님은 들리는 바에 의하면, 최고 원수님께 또 서둘러 갔다고 했다. 윗분들도 없고 날은 저물고 근무 시간은 끝나 가고, 그래서 그런지 우리의 주인공이 들어갔을 때, 젊은 관리 몇몇은 하릴없이 왔다 갔다 하면서 잡담도 했고, 뭔가 속닥거리며 시시덕거렸고, 아무 직책도 없는 젊은 관리

몇은 소란스런 틈을 타 몰래 창문 옆 구석에서 오를랸까 놀이를 하기도 했다. 골랴드낀 씨는 예의를 아는 사람이었고, 또한 지금 스스로가 나서서 제 편을 만들고 찾아야 한다는 절박한 필요성 때문에, 그는 친하게 지내던 사람들에게 인사라도 하려고 다가갔다. 하지만 골랴드낀 씨의 인사에 동료들은 참으로 묘한 반응을 보였다. 전체적인 냉대, 푸대접, 심지어는 가혹하다고까지 할 수 있는 태도에 그는 불쾌할 정도로 놀랐다. 아무도 그에게 손을 뻗지 않았다. 혹자는 〈안녕하세요〉라고만 말한 뒤 멀찌감치 떨어졌고, 누구는 머리만 까딱했고, 또 어떤 사람들은 그냥 외면한 채 못 본 척했다. 골랴드낀 씨를 정말로 화나게 한 것은, 그의 표현을 빌자면, 틈만 나면 오를랸까 놀이나 하고 여기저기 어슬렁거릴 줄이나 아는, 관등도 없는 젊은 아이들, 즉 어린 직원들이 차츰 골랴드낀 씨 주변에 모여들어 빠져나갈 구멍도 내주지 않고 그를 에워쌌다는 것이다. 그들은 호기심을 잔뜩 품은 모욕적인 시선으로 그를 쳐다보았다.

좋지 않은 징조였다. 하지만 그는 아무 지적도 하지 않고 현명하게 대응하고 있었다. 그런데 뜻하지 않던 갑작스런 사태가 골랴드낀 씨를 파멸시키고 괴멸시켰다.

골랴드낀 씨에게 가장 서글픈 순간을 일부러 기다리고 있기라도 한 듯, 에워싸고 있던 젊은 직원들 틈에서 갑자기 작은 골랴드낀 씨가 나타났다. 골랴드낀 씨가 불쾌감을 느꼈던 것과는 달리, 그는 여느때와 마찬가지로 명랑하고, 얼굴엔 미소를 띠고, 경박스런 모습으로 나타났다. 다시 말해서 이전에도 그랬고, 어제도 그랬고, 항상 그래 왔듯, 사고뭉치에 까불이에 아첨꾼에, 아무 데서나 헤헤거리고, 말이나 행동이 경박스럽기 짝이 없는 그가 나타난 것이다. 이를 드러내며 히죽 웃고 그는 〈안녕하세요〉라고 말하는 것 같은 미소를 모두에게 지으며 종종걸음으로 빙글빙글 돌았다. 관리들 사이로 비집고 들어간 그는 이 사람과는 악수하고, 저 사람은 어깨를 토닥여 주고, 세 번째 사람과는 살짝 포옹하고, 네 번째 사람에게는 무슨 일로 각하께 불려가서 어디 가서 무엇을 했고 무엇을 가져왔는지 미주알고주알 말해 주고, 가장 친한 친구인 듯한 다섯 번째 사람과는 쪽 소리를 내며 입을 맞추었다. 한마디로, 큰 골랴드낀 씨가 꿈에서 본 것과 똑같은 광경이었다. 한동안 제멋대로 날뛰더니, 한 사람 한 사람과 제 방식대로 인사하며 그들 모두를 제멋대로 기만하더니, 필요해서 그런 건지 그냥 그런 건지 사람들과 실컷 친한 척을 하고 나서, 작은 골랴드낀 씨는 거기 서 있던 선배를 미처 알아보지 못하고 큰 골랴드낀 씨에게 갑자기 실수로 손을 내밀고 말았다. 한편 큰 골랴드낀 씨는 천박한 작은 골랴드낀 씨를 충분히 알아보았지만, 역시 실수였는지 그가 내민 손을 꼭 움켜쥐고 힘주어 다정하게 흔들었다. 전혀 뜻하지 않았던 기이한 심적 동요와 눈물이 날 것만 같은 감정으로 그는 그렇게 손을 쥐고 있었다. 적의 위선적인 행동에 우리의 주인공은 속고 만 것일까, 아니면 당황해서 한 행동이었을까, 그것도 아니면 마음속 깊은 곳에서 의지가지없는 제 처지를 느끼고 현실을 인정해 버리고 만 것이었을까, 말하기 힘들다. 분명한 것은 큰 골랴드낀 씨가 정상적인 정신 상태에서, 지금까지 철천지원수라고 불렀던 사람의 손을 본인의 의지로 엄숙하게 잡았다는 것이다. 그것도 다른 사람들이 지켜보는 가운데서 말이다. 하지만 그의 원수는, 철천지원수, 천박하기 짝이 없는 작은 골랴드낀 씨는, 지금껏 자신이 괴롭히고 배신하고 속여 온 무고한 사람의 실수를 알아차리자, 수치심도 감정도 동정심도 양심도 없이, 참아 줄 수 없는 철면피함과 무례함으로 큰 골랴드낀 씨의 손에서 제 손을 홱 빼더니, 그것도 모자라 손에 더러운 것이라도 묻은 듯 손을 탁탁 털어 냈다. 그뿐만이 아니었다. 모욕적인 행동으로 침을 탁 뱉고, 그것으로도 성에 안 차는지, 잠시 큰 골랴드낀 씨의 손에 들어가 있었던 손가락 하나하나를 손수건으로 싹싹 닦아 냈다. 큰 골랴드낀 씨의 경악과 흥분, 광기에 가까운 분노, 공포와 수치심은 형언할 수조차 없었다. 작은 골랴드낀 씨는 야비한 습관대로 일부러 주위를 한번 둘러봄으로써 모두 그의 행동에 주목하도록 했고, 골랴드낀 씨에게 가장 치욕적인 그 순간을 모두의 뇌리에 박아 넣으려 했다. 작은 골랴드낀 씨의 혐오스런 행동은 거기 있던 관리들의 분노를 자아냈다. 심지어는 경박스러운 젊은이들까지도 노골적으로 불만을 드러냈다. 불평과 비난의 소리는 점점 커졌다. 그런 큰 소리는 당연히 큰 골랴드낀 씨의 귀에도 들렸다. 하지만 작은 골랴드낀 씨의 입에 갇혀 있다가 때마침 터져 나온 농담은 우리 주인공의 마지막 희망마저도 부수고 소멸시켰다. 균형은 깨지고 백해무익한 그의 철천지원수는 다시 유리한 고지에 서게 되었다.

「이분이 바로 러시아의 포블라[30]입니다, 여러분. 여러분에게 젊은 포블라를 소개해 드리는 바입니다.」 그는 특유의 뻔

---

30 포블라는 교활하고, 약삭빠른 유혹자를 일컫는다. 프랑스의 소설가 장 바티스트 루베 드 쿠브레(1760~1797)의 『포블라 기사의 사랑들 *Les Amours du chevalier de Faublas*』이라는 소설의 주인공이다.

뻔스러움을 발휘해 종종걸음으로 관리들 사이를 빙글빙글 돌더니, 충격으로 넋이 나가고 극도로 흥분한 진짜 골랴드낀 씨를 손가락으로 가리키면서 빽빽 소리를 질렀다.「오, 귀여운 것, 우리 뽀뽀나 할까!」자신에게 배신당하고 능멸당하고 있는 사람에게 다가가면서 그는 참기 힘든 무례한 행동을 거듭 서슴지 않았다. 백해무익한 작은 골랴드낀 씨의 농담은 아마도 정곡을 찌른 모양이었다. 그 농담은 더욱이 모든 사람이 이미 공공연하게 알고 있는 어떤 사실을 교묘하게 내포하고 암시하고 있는 것 같았다. 우리의 주인공에겐 어깨 위에 놓인 원수들의 손이 너무도 무겁게 느껴졌다. 하지만 그는 이미 마음을 굳힌 것 같았다. 활활 타오르는 눈빛, 창백한 얼굴에 딱딱하게 굳은 미소를 띠고 간신히 무리에서 빠져나온 그는 평소보다 빠르되 불규칙한 걸음으로 각하의 사무실로 갔다. 국장실 바로 앞 사무실에서 그는 그곳에서 막 나오는 안드레이 필립뽀비치와 만났다. 거기엔 골랴드낀 씨와 상관없는 사람들이 꽤 많았지만, 우리의 주인공은 신경도 쓰지 않았다. 마음속으로는 자신의 용기에 스스로 놀라고 격려도 해가며, 조금도 지체하지 않고 그는 직선적으로, 단호하게, 힘껏 안드레이 필립뽀비치를 공격했다. 뜻밖의 공격에 물론 상대방은 무척 놀라는 것 같았다.

「아……! 이게 무슨…… 무슨 일인가?」더듬거리며 무슨 말을 시작한 골랴드낀 씨에게 부장은 귀도 기울이지 않고 물었다.

「안드레이 필립뽀비치, 제가…… 제가 지금, 안드레이 필립뽀비치, 지금 당장 각하를 만나 뵙고 대화를 나눌 수 있을까요?」우리의 주인공은, 더 이상 단호할 수 없는 시선을 안드레이 필립뽀비치에게 보내며 똑똑하고 분명하게 물었다.
「뭐라고? 물론 안 되지.」 안드레이 필립뽀비치는 골랴드낀 씨를 머리끝에서부터 발끝까지 훑어보았다.
「저는요, 안드레이 필립뽀비치, 제가 말씀드리려는 것은요, 남을 사칭하고 다니는 비열한 놈을 어떻게 아무도 폭로하려 들지 않는지, 참으로 놀랍다는 사실입니다.」
「뭐어 — 라아 — 고오?」
「비열한 놈이오, 안드레이 필립뽀비치.」
「도대체 누굴 두고 그렇게 함부로 말하는 겐가?」
「아시잖습니까, 안드레이 필립뽀비치. 저는요, 안드레이 필립뽀비치, 당신도 아시는 누군가를 암시하고 있습니다. 저에겐 그럴 권리가 있거든요……. 제 생각으로는요, 안드레이 필립뽀비치, 윗분들께서 이와 같은 저의 행동을 격려하셔야 한다고 생각합니다. (골랴드낀 씨는 거의 제정신이 아니었다.) 안드레이 필립뽀비치…… 상관을 아버지처럼 생각하는 것은 훌륭한 태도이고, 또한 그것은 저의 건전한 사고 방식을 반영하고 있다는 것을 아마 스스로 알고 계실 겁니다. 안드레이 필립뽀비치, 저는 은혜로운 윗분들을 아버지로 여기며 제 운명을 무조건 그분들께 맡겨 왔습니다. 그래서 말입니다……. 이렇게 말이죠…….」 골랴드낀 씨의 음성이 떨리는가 싶더니 얼굴이 새빨개지면서 눈물이 양쪽 뺨을 타고 흘렀다.

안드레이 필립뽀비치는 골랴드낀 씨의 말을 들으면서 얼마나 놀랐는지, 자신도 모르게 두 발자국이나 뒷걸음질 쳤다. 불안해 하면서 계속해서 주위를 둘러보기도 했다……. 상황이 어떻게 끝나게 될지 짐작도 할 수 없었다……. 그때 갑자기 각하의 방문이 열리면서 각하가 관리들을 대동하고 나왔다. 그 뒤로 거기 있던 사람들이 모두 따라 나왔다. 각하는 안드레이 필립뽀비치를 옆으로 오라고 해서 같이 걸으며 업무에 대한 대화를 나누었다. 모두 사무실에서 나가려 할 때, 골랴드낀 씨는 정신을 차리고 흥분을 가라앉혔다. 골랴드낀 씨는, 그가 보기에 가장 근엄하고 걱정스런 표정을 지으며 맨 뒤에서 절룩거리며 나오고 있던 안똔 안또노비치 세또츠낀의 그늘에 의지해 보기로 했다. 〈나는 또 입을 잘못 놀린 거야, 일을 다 망치고 말았어.〉 그는 생각했다. 〈뭐, 그래도 괜찮아.〉

「안똔 안또노비치, 최소한 당신께선 제 말도 들어 주시고 제 처지도 이해해 주시겠지요.」 그는 걱정으로 인해 떨리는 목소리로 조용하게 말했다. 「모든 사람들에게 배척당하고 이젠 당신밖에 의지할 분이 없어요. 지금까지도 저는 안드레이 필립뽀비치가 한 말을 이해할 수가 없습니다. 안똔 안또노비치, 가능하시다면 제게 설명 좀 해주세요…….」

「때가 되면 다 알게 될 걸세.」 안똔 안또노비치는 근엄하게 또박또박 끊어 대답했다. 골랴드낀 씨가 느끼기에 안똔 안또노비치의 대답은 더 이상 대화를 계속하고 싶지 않다는 의중을 똑똑하게 드러내 보인 것 같았다. 「조만간 모든 걸 알게 될 거야. 공식적인 통지는 오늘 받게 될 거고.」

「공식적인 통지라뇨, 그게 뭐죠, 안똔 안또노비치? 왜 반드시 공식적이어야 하는 건데요?」 우리의 주인공은 겁을 내며 물었다.

「그건 우리가 결정할 일이 아닐세, 야꼬프 뻬뜨로비치, 윗분들이 하시는 일이야.」

「왜 윗분들입니까, 안똔 안또노비치?」 골랴드낀 씨는 점점 더 두려움을 느끼며 물었다. 「왜 윗분들이냐고요? 도무지 이유를 납득할 수 없군요. 왜 윗분들까지 들먹여야 하죠, 안똔 안또노비치…… 당신이 거론하시려는 얘기는 어제 일인가요, 안똔 안또노비치?」

「아닐세, 어제 일이 아니야. 자네에겐 뭔가 다른 결점이 있단 말일세.」

「무슨 결점이오, 안똔 안또노비치? 제 생각엔, 안똔 안또노비치, 제겐 아무 결점도 없는데요.」

「도대체 누구한테 자네와 함께 모사를 꾸미자고 했었나?」 안똔 안또노비치는 단호하게 잘라 말했고 골랴드낀 씨는 허를 찔리고 멍해졌다. 골랴드낀 씨는 파르르 떨며 얼굴이 백지장처럼 하얘졌다.

「안똔 안또노비치, 물론 말입니다,」 그는 모기만한 목소리로 말했다. 「한쪽의 해명은 듣지도 않고 중상모략에만 귀를 기울이고 원수들의 말만 믿는다면, 그렇다면, 물론…… 물론, 안똔 안또노비치, 그렇다면 고생을 하게 될 수도 있겠죠, 안똔 안또노비치, 아무 죄도 없이, 아무 이유도 없이 당하게 되겠죠.」

「오호라, 그래? 그렇다면 은혜롭고 덕망 있기로 널리 알려진 집안, 그것도 자네가 큰 은혜를 입은 집안의 따님인 귀하신 아가씨의 명예에 누를 끼친 무례한 행동은 또 어쩔텐가?」

「그것은 또 무슨 행동을 두고 하시는 말씀이지요, 안똔 안또노비치?」

「그것뿐만이 아니야. 가난하기는 하지만, 훌륭한 외국 가문 출신의 아가씨에게 자네가 저지른 그 대단한 행동도 모른다고 할 텐가?」

「죄송합니다, 안똔 안또노비치······ 안똔 안또노비치, 제 말씀도 좀, 들어 주십시오······.」

「또 자네의 배신 행위와 중상모략은 어쩔 텐가, 자네가 지은 죄를 다른 사람에게 뒤집어씌워 비방한 건 또 어쩌겠냐고? 엉? 대체 어떻게 해명할 텐가?」

「저는요, 안똔 안또노비치, 그를 내쫓은 게 아닙니다.」 우리의 주인공은 부들부들 떨었다. 「제 하인 뻬뜨루쉬까에게도 그런 일을 하라고 한 적 없고요······. 그는 저희 집에서 빵도 먹었습니다, 안똔 안또노비치. 저한테 대접을 받았다고요.」 우리의 주인공은 깊은 회한을 느끼면서 호소력 있게 덧붙였다. 턱은 떨리고, 눈물도 다시 핑 돌았다.

「지금 그 말은, 야꼬프 뻬뜨로비치, 그가 자네 집에서 빵을 먹었다고 자네가 지어낸 말이야.」 안똔 안또노비치는 대답하면서 이를 내보이고 웃었다. 목소리에는 교활함이 묻어 있었고, 그것은 골랴드낀 씨의 가슴을 할퀴고 지나갔다.

「죄송합니다만, 안똔 안또노비치, 한 가지만 더 여쭙겠습니다. 이 일을 각하께서도 다 알고 계십니까?」

「그걸 말이라고 하나! 그건 그렇고, 이젠 나를 좀 놓아주게. 자네하고 여기 이렇게 있을 시간이 없어······. 자네가 알아야 할 일은 오늘 다 알게 될 걸세.」

「제발, 1분만 더요, 안똔 안또노비치······.」

「나중에 얘기하세나······.」

「아닙니다, 안똔 안또노비치, 저는요, 말입니다, 그냥 좀 들어 주십시오, 안똔 안또노비치······ 저는 절대로 자유 사상가가 아닙니다, 안똔 안또노비치. 저는 자유 사상을 멀리하는 사람입니다. 심지어 저는 그런 생각도 수용할 결심입니다. 어떤 생각이냐면……」

「알았어, 알았어. 이미 들은 얘기일세……」

「아닙니다, 이런 말은 들으신 적이 없으실 거예요, 안똔 안또노비치. 이건 다른 얘기거든요, 안똔 안또노비치. 좋은 생각입니다, 정말 좋다고요. 들으면 기분이 좋아지실 겁니다…… 안똔 안또노비치, 제 생각은 다시 말씀드려서 바로 이런 겁니다. 신의 섭리로 완벽하게 닮은 두 사람이 만들어졌고, 은혜로운 윗분들은 그 신의 섭리를 알아보시고 두 쌍둥이를 다 받아들여 잘살게 했다는 겁니다. 이건 좋은 일이지요, 안똔 안또노비치. 그렇죠, 정말 좋은 일이지요, 안똔 안또노비치. 저는 자유 사상과는 거리가 먼 사람입니다. 은혜로우신 윗분들을 아버지로 여기고 있고요. 즉 그렇게 해서…… 말하자면…… 은혜로우신 윗분들을……. 그런데 당신께선, 저…… 젊은 사람은 일을 해야 합니다……. 저를 좀 도와주세요, 안똔 안또노비치. 제 편 좀 들어 주세요, 안똔 안또노비치…… 저는 아무 짓도…… 안똔 안또노비치, 제발, 한마디만 더…… 안똔 안또노비치…….」

하지만 안똔 안또노비치는 이미 골랴드낀 씨에게서 멀어져 있었다……. 우리의 주인공은 자신이 어디에 서 있고, 무엇을 듣고, 무엇을 한 건지, 그에게 무슨 일이 일어났고, 앞으로는 무슨 일이 더 일어날지 아무것도 알 수가 없었다. 그에게 일어난 일과 그가 들은 말은 그 정도까지 그를 어지럽히고 뒤흔들어 놓았던 것이다.

안똔 안또노비치에게 좀 더 변명하고, 자신에 대해 건전하고, 고상하고, 한마디로 기분을 좋게 하는 얘기라면 어떤 얘

기든 더 하려고. 그는 애원하는 눈빛으로 관리들 속에서 안
똔 안또노비치를 찾았다……. 그런데 골랴드낀 씨가 당황해
하는 사이 새로운 빛이, 새롭고 무서운 빛이 조금씩 흘러들
어 오고 있었다. 그 빛은 지금까지 짐작도 할 수 없었고, 추호
도 의심해 본 적이 없는 상황에 대해 그에게 완벽한 그림을
제시해 주는 것이었다……. 넋이 나간 우리의 주인공을 누군
가 옆에서 툭 쳤다. 둘러 보니, 앞에 뻬사렌꼬가 서 있었다.

「편지입니다, 문관님.」

「아……! 자네 벌써 다녀왔는가?」

「아닙니다, 이 편지는 아침 열 시에 이곳으로 배달된 것입
니다. 수위인 세르게이 미헤예프가 5등 문관 바흐라메예프의
집에서 가져왔대요.」

「좋아, 좋았어, 내 자네에게 따로 사례할게.」

골랴드낀 씨는 제복 옆 주머니에 편지를 넣고 단추를 모두
잠근 다음, 주위를 한번 둘러보았다. 놀랍게도 그는 근무 시
간이 끝나서 출구로 몰려 나가는 관리들의 무리 속에 끼여
어느새 관청 현관까지 와 있었다. 골랴드낀 씨가 알아차리지
못하고 있었던 것은 그것뿐만이 아니었다. 그는 자기가 어떻
게 외투를 입고, 덧신을 신고 모자까지 손에 들고 서 있게 된
건지 전혀 기억할 수가 없었다. 관리들은 모두 예의 바르게
꼼짝도 않고 기다리며 서 있었다. 무슨 이유 때문인지 지체
되고 있는 마차를 기다리며 각하께서 계단 아래에 서 있었기
때문이었다. 그는 두 명의 문관과 안드레이 필립뽀비치와 함
께 몹시 재미있는 대화를 나누고 있었다. 문관들과 안드레이
필립뽀비치에게서 떨어진 곳에는 안똔 안또노비치 세또츠낀
과 다른 관리 몇 사람이 각하께서 농담하며 웃을 때마다 따

라 웃고 있었다. 계단 위에 잔뜩 모여 있던 관리들도 웃으면서, 각하께서 한번 더 웃어 주기를 기다리고 있었다. 단 한 사람 배불뚝이 수위 표도세예비치만 웃지 않고 있었는데, 그는 관청 문 손잡이를 잡고 부동 자세로 서서, 자기만의 평범한 행복의 순간을 간절히 기다리고 있었다. 그만의 행복이란 한 번의 손놀림으로 문을 활짝 열어젖히고 등을 활 모양으로 굽혀 옆으로 각하께서 지나가시도록 해드리는 것이었다. 한편 가장 많이 기뻐하고 가장 큰 만족을 느끼는 사람은, 골랴드킨 씨의 발뒤꿈치도 못 쫓아올 위인, 그의 천박한 원수, 바로 그자였다. 그는 자기의 비열한 습관과 다른 관리들도 다 잊었고, 사람들 사이를 빙글빙글 돌며 종종걸음 치는 것도, 심지어는 누구에게든 달라붙어 아첨하는 것까지도 모두 잊고 있었다. 그는 각하의 말을 잘 듣기 위해서 몸을 이상스럽게 잔뜩 웅크리고, 잠시도 한눈을 팔지 않고, 눈과 귀에 온 신경을 모았다. 이따금 손과 다리와 머리가 미세하게 떨렸는데, 그것은 영혼의 내밀한 움직임을 나타내고 있는 것 같았다.

〈아이고, 저 애쓰는 꼴 좀 보라지!〉 우리의 주인공은 생각했다. 〈충신처럼 쳐다보는 꼴이라니, 사기꾼 같으니라고! 저놈이 상류 사회에서 대체 무슨 수로 신임을 얻고 있는 건지 정말 알고 싶군. 머리가 좋은 것도 아니고 성격이 좋은 것도 아니고 교육을 많이 받은 것도 아니고 호감이 가는 형도 아닌데 말이야. 비열한 놈, 운이 좋단 말이야! 오, 하느님! 어떻게 저렇게 빨리 자리를 잡을 수가 있단 말입니까? 마음만 먹으면 벌써 모든 사람들의 마음을 사로잡으니 말입니다! 그자는 잘 나갈 거야, 맹세한다고, 비열한 놈, 탄탄대로겠지. 마음먹은 건 해내고 말 거야! 나쁜 놈이 운도 좋지. 도대체 사람들에게 뭐라고 쏙닥거리는지 한번 들어 보기라도 했으면 좋겠어. 도대체 사람들과 어떤 비밀을 만들고, 어떤 비밀스런 얘기를 하는 걸까? 원, 이런 세상에! 나도 그래 볼까, 그러니까⋯⋯ 나도 사람들하고⋯⋯ 이런 저런 사정 얘기를 하면서 그자에게 부탁을 해볼까⋯⋯. 그리고 각하께는 어쩌고저쩌고, 더 이상 그러지 않겠다고⋯⋯ 내가 잘못했다고 해볼까. 《각하, 요즘 시대에는 젊은 사람들이 일을 해야 하지 않겠습니까. 제 처지가 아무리 어려워도 지금부터 더 이상 문제삼지 않겠습니다.》 그래, 바로 그거야! 《대들지도 않고, 모든 걸 인내하면서 순순히 받아들이겠습니다.》 바로 그거라고! 정말로 그렇게 해볼까⋯⋯? 그렇지만, 그자는 어떻게 움직이지, 비열한 인간 말이야. 무슨 말을 해도 안 통할 것 같은데. 나무통 같은 그자 머리에 이치를 박아 넣기는 어려울 것 같은데⋯⋯. 하지만, 해보자. 기회를 잘 포착하면 될 거야⋯⋯ 그래, 그렇게 해 보는 거야⋯⋯.〉

 걱정과 슬픔과 곤혹스러움에 빠져 우리의 주인공은 이대로 있어서는 안 되겠다고, 결정적인 순간이 다가오고 있다고, 누구하고든 얘기를, 자신의 처지를 알려야 한다고 느끼면서 상대할 가치도 없는 수수께끼의 사나이가 서 있는 곳으로 조금씩 다가갔다. 하지만 그때 오랫동안 기다렸던 각하의 마차가 소리를 내며 현관으로 굴러 왔다. 표도세예비치는 문을 활짝 열고 몸을 있는 대로 굽혀서 각하가 옆으로 지나갈 수 있도록 했다. 기다리고 있던 사람들도 입구로 떼지어 나왔고, 큰 골랴드낀 씨와 작은 골랴드낀 씨 사이를 저만큼 떼어 놓았다. 「아무 데도 못 간다!」 우리의 주인공은 그자의 얼굴에서 잠시도 눈을 떼지 않고 사람들 틈을 헤집고 나오면서 말했다. 사람들은 흩어졌다. 자유로워진 우리의 주인공은 원수의 뒤를 쫓았다.

제11장

골랴드낀 씨의 가슴은 터져 나갈 것만 같았다. 빠른 속도로 멀어지는 원수를 쫓아 그는 날개라도 달린 듯 달려갔다. 그는 자신 안에 있는 무서운 에너지를 느꼈다. 하지만 그런 무서운 에너지에도 불구하고 골랴드낀 씨는 기진맥진하고 허약해져서 하찮은 모기 한 마리라도, 다만 요즘 같은 때에 뻬쩨르부르그에 모기가 살 수 있다는 가정 아래지만, 마음만 먹는다면 날갯짓 한 번으로 그를 쳐서 쉽게 꺾을 수 있겠다고 느꼈다. 자기가 지금 움직이는 것은 아주 특별한, 알 수 없는 힘에 의한 것이라고 느꼈다. 지금 뛰고 있는 사람은 그가 아닌 것 같았다. 그의 다리는 힘이 없어서 설 수도 없고, 제멋대로 움직이고 있는 것 같았다. 하지만 일이 모두 다 잘되려고 그러는 것일 수도 있었다. 〈일이 잘 풀리건 안 풀리건 간에 내가 졌다는 사실, 거기엔 추호도 의심의 여지가 없어. 내가 완전히 끝장나 버렸다는 건 누구나 다 아는 사실이 됐고, 확실해졌고, 도장까지 꽝 찍혀 버렸다고. 그건 요지부동의 사실이야.〉 골랴드낀 씨는 너무 빨리 뛰어서 숨이 넘어갈 것 같았다. 하지만 그럼에도 불구하고, 마차꾼에게 행선지를 말한 뒤 다리 하나를 마차 위에 올려놓고 있던 원수의 외투 자락을 막 붙잡았을 때, 우리의 주인공은 죽다 살아난 사람 같았다. 전투에서 승리를 거머쥔 사람 같았다. 「이봐요, 이봐요!」 자기가 따라잡은 천한 작은 골랴드낀 씨를 향해 그가 외쳤다. 「이봐요, 내가 바라는 것은 당신이……」

「아니오, 이제는 제게 더 이상 아무것도 바라지 마십시오.」 골랴드낀 씨의 무정한 적은 계단 위에 다리 하나를 여전히 올려놓은 채, 다른 다리는 공연히 공중에서 흔들어 있는 힘을 다해 마차에 올려놓으려고 하면서 균형을 유지하고자 안간힘을 쓰고 있었다. 그리고 큰 골랴드낀 씨의 손에 들어가 있는 외투 자락을 있는 힘을 다해 빼내려 했다. 하지만 큰 골랴드낀 씨는 큰 골랴드낀 씨대로 젖먹던 힘까지 동원해서 외투 자락을 붙잡고 있었다.

「야꼬프 뻬뜨로비치! 10분만……」

「미안합니다, 시간이 없어요.」

「부탁이오, 야꼬프 뻬뜨로비치……. 부디, 야꼬프 뻬뜨로비치……. 제발요, 야꼬프 뻬뜨로비치……. 이러저러하다고 해명이라도 좀 하게, 툭 터놓고 말이오……. 아주 잠시만요, 야꼬프 뻬뜨로비치……!」

「이 가엾은 양반아, 시간이 없다니까요.」 선한 영혼이라고는 찾을래야 찾을 수 없는, 위선으로 똘똘 뭉친 원수는 거칠기 짝이 없는 무례한 태도로 대답했다. 「마음 터놓고 하는 진심 어린 얘기는 우리 나중에 합시다. 내 말 믿어요……. 하지만 지금은 정말 시간이 없어요.」

〈비열한 놈!〉 우리의 주인공은 생각했다.

「야꼬프 뻬뜨로비치!」 그는 애원하듯 외쳤다. 「나는 단 한 순간도 당신의 적이었던 적이 없었소. 사악한 사람들이 헐뜯는 말을 해서…… 나도 나름대로 준비가…… 야꼬프 뻬뜨로비치, 이렇게 합시다, 나하고 당신, 야꼬프 뻬뜨로비치, 지금 어디든 들어가는 거요. 네? 거기서 방금 당신이 말한 대로 솔직하고 점잖게 진심 어린 얘기를 하는…… 아, 저 찻집에 들어갑시다. 그러면 모든 게 다 저절로 밝혀질 거 아니오. 그렇게 합시다. 야꼬프 뻬뜨로비치! 틀림없이 다 해명될 거라니까…….」

「찻집이오? 좋아요. 그럽시다. 찻집으로 들어갑시다. 다만 조건이 하나 있소, 귀여운 당신께 조건이 하나 있다고요. 정말 거기서 모든 걸 해결해 버리는 거요, 이러저러해서 그리 됐다고. 알아들었소, 귀여운 사람?」 작은 골랴드낀 씨는 마차에서 내려오면서 뻔뻔스럽게 우리 주인공의 어깨를 툭툭 치며 말했다. 「나의 소중한 친구, 야꼬프 뻬뜨로비치, 당신을 위해 나는 골목길이라도 가겠소. (야꼬프 뻬뜨로비치, 이건 당신이 전에 한 말이오. 참 옳은 말이지요.) 당신이라는 사람은 정말 수단꾼이야. 원하는 일은 다 하잖아!」 골랴드낀 씨의 거짓 친구는 희미한 미소를 띠고 곁에 찰싹 달라붙어서 엉덩이를 씰룩거리며 계속 지껄였다.

두 사람의 골랴드낀 씨가 들어간 찻집은 대로에서 멀리 떨어진 곳으로 텅 비어 있었다. 벨 소리가 나자마자 뚱뚱한 독일 여자가 카운터에 나타났다. 골랴드낀 씨와 인간 같지 않은 그의 원수가 들어간 두 번째 홀에는 머리가 짧고 볼이 통통한 소년 하나가 불쏘시개를 한 다발 들고 있었다. 그는 난로 근처를 어슬렁거리면서 꺼진 불을 다시 살리려 애쓰고 있었다. 작은 골랴드낀 씨는 코코아를 주문했다.

「먹음직스럽게 살이 오른 계집이로군.」 작은 골랴드낀 씨는 큰 골랴드낀 씨에게 음흉한 눈짓을 보내며 말했다.

우리의 주인공은 얼굴이 빨개져서 입을 다물었다.

「아, 그래요. 내 잊었군. 미안하게 됐소. 내 당신의 취향을 알지요. 우리는 하늘하늘한 독일 계집 쪽이지. 그러니까, 야꼬프 뻬뜨로비치, 자네와 나는 늘씬하면서도 기쁨을 줄 수 있는 독일 계집들을 더 탐내는 형이라고. 그것들의 집에 방을 얻어서 도덕심을 유혹해 보기도 하고, 밥값으로 우리 마음도 바치고 이것저것 약속도 하고 말이야. 그게 우리 전문이지, 안 그런가, 이 포블라인가 뭔가 하는 배신자야!」

두 사람이 알고 있는 여성에 대해서 악담을 늘어놓으며 작은 골랴드낀 씨는 그를 만나 기쁘기라도 한 듯 옆에 찰싹 달라붙어서, 거짓으로 그지없는 친절에다 상냥한 웃음까지 띠고 있었다. 한편 큰 골랴드낀 씨가 그의 말을 믿을 정도로 어리석은 사람이 아니라는 것과 그 정도까지 교양이나 품위를 잃은 사람이 아니라는 것을 알아차리자, 그 추잡한 자는 전략을 바꿔 솔직하게 행동하기로 했다. 어리석은 말을 잔뜩 늘어놓던 가짜 골랴드낀 씨는, 즉시 불쾌하고 파렴치하고 무례한 행동으로 돌입, 점잖게 앉아 있던 골랴드낀 씨의 어깨를 툭툭 치더니, 그것으로도 만족하지 못하고 품위 있는 사람들은 상상도 못 할 천박한 무례함으로 장난을 치기 시작했다. 전에도 저지른 바 있는 추잡한 행위를 되풀이하려 한 것이다. 화가 난 큰 골랴드낀 씨의 저항과 작은 외침소리에도 아랑곳없이, 그는 볼을 꼬집었다. 갈 데까지 가버린 타락한 행동에 우리의 주인공은 격분했지만 그래도 침묵했다……, 아직은 말이다.

「그런 말은 제 원수들이 했겠군요.」 그는 현명하게 스스로를 제어하며 떨리는 목소리로 대답했다. 우리의 주인공은 걱정스럽게 문을 쳐다봤다. 작은 골랴드낀 씨가 기분이 너무 좋은 나머지, 공공 장소에서는, 아니 사회 규범적으로도, 특히 상류 사회에서는 허용되지 않는 장난을 칠 것처럼 보였기 때문이었다.

「아, 그래요, 그렇다면 마음대로 하시지요.」 작은 골랴드낀 씨는 벌컥벌컥 게걸스럽게 마셔 버린 빈 컵을 탁자에 내려놓으며 큰 골랴드낀 씨의 생각에 완강히 반대했다. 「자, 그건 그렇고, 제겐 당신에게 길게 내줄 시간이 없군요....... 그런데, 요즘 어떻게 지내십니까, 야꼬프 뻬뜨로비치?」

「야꼬프 뻬뜨로비치, 제가 당신께 말씀드릴 수 있는 것은 오직 하나뿐입니다. 나는 당신의 적이었던 적이 한번도 없어요.」 냉철하게 위엄을 갖추며 우리의 주인공은 대답했다.

「음...... 아, 뻬뜨루쉬까던가요? 이름이 뭐였더라? 뻬뜨루쉬까 맞죠? 그래, 맞아, 어때요? 잘 지냅니까?」

「예, 여전히 잘 지내고 있소, 야꼬프 뻬뜨로비치.」 어리둥절해진 큰 골랴드낀 씨는 대답했다. 「도무지 난 모르겠소, 야꼬프 뻬뜨로비치...... 내 나름대로 점잖고 솔직하게...... 야꼬프 뻬뜨로비치, 이것만은 인정해 주시오, 그러니까, 야꼬프 뻬뜨로비치........」

「네, 하지만 당신도 아시다시피, 야꼬프 뻬뜨로비치.」 작은 골랴드낀 씨는 점잖은 사람을 가장해 슬프고도 절절한 후회와 유감의 뜻을 거짓으로 나타내며 조용하지만 의미심장한 목소리로 대답했다. 「당신도 아시다시피 우린 어려운 시대를 살아가고 있습니다....... 당신이 한 말을 인용하자면, 야꼬프 뻬뜨로비치, 당신은 영리한 분이시니까 옳은 판단을 하실 수가 있겠지요.」 작은 골랴드낀 씨는 큰 골랴드낀 씨를 아비하게 치켜세우며 말했다. 「산다는 것은 장난이 아니에요. 당신도 아시잖습니까, 야꼬프 뻬뜨로비치.」 작은 골랴드낀 씨는 자신이 그런 고차원적인 것까지도 느끼는 영리하고 학식 있는 사람인 척하면서 의미심장하게 말을 맺었다.

「저는 나름대로, 야꼬프 뻬뜨로비치.」 우리의 주인공은 기운을 차려 가며 대답했다. 「저는 돌려 말하는 것을 싫어하는 사람이라, 모든 걸 솔직하게 툭 터놓고 사실대로 정직하게 말하겠습니다. 당신에게 가슴을 활짝 열고 명예를 걸고 단언합니다. 저는 완벽하게 결백합니다, 야꼬프 뻬뜨로비치. 세상엔 별의별 일이 다 많지요. 당신도 아시다시피 이건 쌍방의 오해이고 세상 사람들의 의견일 뿐이며 비굴한 노예 근성을 가진 군중들의 견해입니다……. 저는 지금 솔직하게 말하고 있는 겁니다, 야꼬프 뻬뜨로비치. 세상엔 별의별 일이 다 생긴다고요. 좀 더 말하지요, 야꼬프 뻬뜨로비치. 만약 고상하고 고결한 시각에서 이 일을 바라보고 따져 보면, 부끄럽지만 툭 터놓고 얘기하면 말이오, 야꼬프 뻬뜨로비치, 나는 내가 오해를 했었다고 털어놓게 되어 기쁘기까지 하다오. 이것을 자인할 수 있어 정말 기쁘다오. 당신은 영리한 분이고 게다가 고상한 분이니까 아시겠지요. 나는 그걸 떳떳하게 인정할 준비가 되어 있다오…….」 우리의 주인공은 품위 있고 점잖게 말을 맺었다.

「운명이지요, 팔자예요! 야꼬프 뻬뜨로비치…… 하지만 그런 얘긴 다 접어 두기로 합시다.」 작은 골랴드낀 씨는 한숨을 쉬면서 말했다. 「우리의 이 짧은 만남을 좀 더 유익하고 즐거운 대화를 나누며 보내는 게 좋을 것 같군요. 보통 동료들이 만나면 하는 그런 대화 말입니다……. 정말, 나는 지금껏 당신과 어쩐 일인지 두 마디 말도 제대로 나눌 수가 없었군요

……. 내 잘못은 아니지만 말이오, 야꼬프 뻬뜨로비치.」

「제 잘못도 아니지요.」 우리의 주인공은 발끈해서 말을 막았다. 「제 잘못도 아니에요! 제 가슴 밑바닥에서 우러나오는 말입니다, 야꼬프 뻬뜨로비치. 절대로 제 탓이 아닙니다. 우리 운명을 탓합시다, 야꼬프 뻬뜨로비치.」 큰 골랴드낀 씨는 아주 부드러운 목소리로 덧붙였다. 그의 목소리는 점점 더 약해지고 떨리고 있었다.

「아니, 왜 그러세요, 건강이 어떠시기에?」 타락한 인간은 달콤한 목소리로 물었다.

「기침을 좀 할 뿐이에요.」 우리의 주인공은 좀 더 부드러운 목소리로 대답했다.

「몸조심하세요. 요즘은 온통 그런 게 유행이래요. 목감기 걸리는 것은 보통이라고요. 그래서 저도, 솔직히 말하자면, 플란넬을 꺼내 입었죠.」

「정말 그래요, 야꼬프 뻬뜨로비치. 목감기에 걸리는 건 보통…… 야꼬프 뻬뜨로비치!」 하던 말을 멈추고 우리의 주인공은 갑자기 그를 불렀다. 「야꼬프 뻬뜨로비치! 저는 제가 방황했음을 이제 정말 알게 되었습니다……. 감히 말하지만, 누추한 저희 집에서 진심으로 당신을 반겨 맞이했던 일이며, 우리가 함께 보낸 행복했던 순간들이 떠오르는군요, 감격스럽습니다…….」

「하지만 편지에는 전혀 다른 말을 쓰셨더군요.」 아주 당당한 (이 일에 있어서만은 정말로 당당한) 작은 골랴드낀 씨는 약간 질책하는 투로 말했다.

「야꼬프 뻬뜨로비치! 내가 오해했었소……. 지금은 확실히 알겠소, 불행히도 나는 상당히 오해를 했던 거요. 야꼬프 뻬뜨로비치, 당신을 쳐다보는 것도 부끄럽소. 야꼬프 뻬뜨로비치, 믿지 않으시는군요……. 그 편지 지금 제게 주세요, 당신이 보는 앞에서 찢어 버리게, 야꼬프 뻬뜨로비치. 만약 그게 불가능하다면, 제발 반대로 읽어 주세요, 완전히 반대로요. 편지 속의 단어 하나하나에 반대의 의미를 부여하면서, 다정한 내용을 담은 편지로요. 저는 오해했던 겁니다. 저를 용서해 주세요, 야꼬프 뻬뜨로비치. 저는 그만 완전히…… 유감스럽게도 저는 오해를 했던 겁니다, 야꼬프 뻬뜨로비치.」

「진심이에요, 그거?」 큰 골랴드낀 씨의 거짓 친구는 무성의하고 무관심하게 물었다.

「제가 전적으로 오해했다고 말하지 않습니까, 야꼬프 뻬뜨로비치, 정말이에요…….」

「아, 그렇다면, 뭐, 좋습니다. 당신이 오해했었다고 말하니, 그건 됐어요.」 작은 골랴드낀 씨는 퉁명스럽게 대답했다.

「저는요, 야꼬프 뻬뜨로비치, 그런 생각까지 한걸요.」 순진한 우리의 주인공은 거짓 친구의 끔찍한 위선을 전혀 눈치채지 못하고 점잖게 덧붙였다. 「무슨 생각이 떠올랐느냐면요, 그러니까, 완전히 똑같은 두 사람이 생겼는데…….」

「오호! 그게 바로 당신의 생각이라고요……!」

쓸데없는 행동과 말로 치면 둘째 가라면 서러워할 작은 골랴드낀 씨는 한마디 툭 내뱉더니 일어나서 모자를 집어 들었다. 아직도 속고 있다는 걸 알아채지 못한 큰 골랴드낀 씨는 순박하고 점잖은 웃음을 거짓 친구에게 지어 보이며, 정말 순수한 마음에서 그를 다독거리고, 격려하고, 또 그렇게 함으로써 새로운 우정을 다시 엮어 보려고 애쓰며 따라 일어났다…….

「잘 가슈, 각하 나리!」 갑자기 작은 골랴드낀 씨는 소리를 질렀다. 우리의 주인공은 원수의 얼굴에서 알콜 중독자의 광기와도 같은 그 무엇을 발견하고 깜짝 놀랐다. 그자의 광기에서 우선 벗어나겠다는 생각으로 그는 부도덕한 자가 내민 손에 제 손가락 두 개를 들이밀었다. 하지만 그때…… 작은 골랴드낀 씨의 뻔뻔스러움은 완전히 정도를 넘어서고 말았다. 큰 골랴드낀 씨의 손가락 두 개를 낚아채듯 잡아 그것을 꼭 쥐는가 싶더니, 그 인간 같지도 않은 놈은 낮에 했던 치욕스런 행동을 되풀이했다. 사람이 발휘할 수 있는 인내심은 이제 동이 나고 없었다…….

큰 골랴드낀 씨는 정신을 차리고, 용서할래야 용서할 수 없는 원수가 추잡스러운 버릇대로 훌쩍 모습을 감추어 버린 옆의 홀로 후닥닥 쫓아갔다. 손가락을 닦아 낸 손수건은 어느새 주머니 속으로 감춘 뒤였다. 아무 일도 없었다는 듯, 아주 멀쩡하게 계산대 옆에 서서 그자는 크로켓을 먹고 있었다. 덕을 갖춘 사람처럼 여유만만하게 행동하며 독일 여자에게 온갖 친절을 베풀고 있었다. 〈여자들 앞에서는 안 돼.〉 이렇게 생각한 우리의 주인공은 흥분해서 어쩔 줄을 몰라하며 계산대로 다가갔다.

「야, 정말 괜찮은 계집이잖소! 당신은 어떻게 생각하나요?」 작은 골랴드낀 씨는 상대방의 인내심의 끝을 보려는 듯, 몰상식하고 무례한 말들을 다시 내뱉기 시작했다. 뚱뚱한 독일 여자는 러시아 어를 잘 모르는지 환한 미소를 지어 가며 두 사람을 아무 의미도 없는 흐리멍덩한 눈으로 바라보았다. 우리의 주인공은 수치심을 모르는 작은 골랴드낀 씨의 말에 분노하여, 자신을 제어할 힘을 잃은 채, 마침내 그를 묵

사발을 만들고 끝장을 보고야 말겠다고 달려들었다. 하지만 작은 골랴드낀 씨는 비열한 습관을 발휘해 벌써 멀리 떨어져 있었다. 황급히 도망쳐서 현관 앞에 가 있었던 것이다. 큰 골랴드낀 씨는 잠시 꼼짝 않고 서 있다가, 정신을 수습하고 자신을 모욕한 자를 쫓아 있는 힘을 다해 달렸다. 모든 것이 약속이 되어 있었는지, 작은 골랴드낀 씨는 기다리고 있던 마차에 올라탔다. 손님 두 사람이 도망친다고 생각한 뚱뚱한 독일 여자는 〈꺄악〉 소리를 지르며 있는 힘을 다해 종을 두드려 댔고, 우리의 주인공은 날다시피 그곳으로 돌아가, 돈도 안 내고 도망가는 파렴치한 자와 자신의 찻값을 던져 주고 잔돈도 안 받고 다시 날다시피 뛰어나왔다. 그렇게 지체했는데도 그는 원수를 붙잡을 수 있었다. 작은 골랴드낀 씨가 있는 힘을 다해 마차 위에서 막고 있었지만, 우리의 주인공은 마차에 기어오르려고 젖먹던 힘까지 동원해 마차의 옆 부분을 잡고 거리를 끌려 다녔다. 갑자기 엄청난 속도로 내몰려 잔뜩 지쳐 버린 말을 마부는 채찍과 고삐와 발길질과 갖은 욕설을 다 동원해 거세게 몰며 재촉했다. 재갈 물린 말은 평소의 못된 습관인지, 세 번 뛸 때마다 한 번씩 뒷발질을 해가며 달렸다. 우리의 주인공은 마침내 마차에 기어 올라가 자리를 잡았다. 원수와 얼굴을 마주하고 마부에게 등을 기대고 앉았다. 파렴치한 자와 무릎을 맞대고 그는 타락하고 흉측스러운 원수놈의 털로 된 더러운 외투 깃을 있는 힘을 다해 오른손으로 움켜쥐었다…….

두 사람의 원수는 그렇게 말도 없이 함께 마차를 타고 갔다. 우리의 주인공은 간신히 숨을 쉬고 있었다. 길은 몹시 더러웠고, 목이 꺾일 것 같은 위험 속에서 그는 마차가 튕기는 대로 같이 덜컹거렸다. 흉측한 원수는 자신이 패자임을 여전히 인정하려 들지 않았고, 오히려 상대방을 진흙탕 속으로 밀어 넣으려 안간힘을 쓰고 있었다. 엎친 데 덮친 격으로 날씨는 정말 끔찍했다. 눈이 펑펑 쏟아지면서, 진짜 골랴드낀 씨의 벌어진 외투 속으로 눈송이들이 기를 쓰며 비집고 들어가려 했다. 주위는 온통 뿌예졌고, 지척도 분간할 수 없었다. 어디로 어떤 길을 따라 가고 있는 건지 알 수가 없었다……. 이 모든 것이 골랴드낀 씨에게는 이미 예견된 일 같았다. 잠시 그는 어제 뭔가 예감한 것이 없었나 생각해 보았다……. 그의 슬픔은 이젠 더 어찌해 볼 수 없는 마지막 단계까지 와 있었다. 잔인하기 짝이 없는 적을 누르고 그는 소리를 질러 보려 했지만, 외침소리는 입술 언저리에서 사라지고 말았다……. 한순간 골랴드낀 씨는 모든 것을 잊고, 이것은 아무것도 아니다, 이건 어쩌다 이렇게 된 일일 뿐이다, 설명할 수 없는 힘으로 전개되고 있는 일이다, 따라서 이런 경우 저항하는 것은 쓸데없는 일이며 아무 소용없는 일이라고 마음을 고쳐먹었다……. 우리의 주인공이 그런 생각을 하고 있을 때, 마차는 무언가에 부딪혀 흔들렸고, 사태의 의미를 뒤바꿔 놓았다. 골랴드낀 씨는 밀가루 포대처럼 마차에서 굴러 떨어졌다. 떨어지던 순간 그는 안 좋은 때에 흥분을 했노라고 인정했다. 벌떡 일어난 그는 도착한 곳이 어디인지 단번에 알아차렸다. 마차는 어느 집 마당에 서 있었는데, 그곳이 올수피 이바노비치의 집 마당이라는 것을 우리의 주인공은 첫눈에 알아보았다. 그는 그자가 벌써 현관으로 들어가고 있는 것도 보았다. 올수피 이바노비치에게 가는 것 같았다……. 형언할 수 없는 슬픔 속에서 원수를 따라잡기 위해 내달리려 했지만, 다행히도 그는 때맞춰 생각을 바꾸었다. 마부와 계산을 치르고 난 골랴드낀 씨는 거리로 나와 발길 닿는 대로 달렸다. 눈은 여전히 펑펑 쏟아지고 있었고, 거리는 여전히 부유스름했고, 날은 여전히 축축하고 어두웠다. 우리의 주인공은 남자, 여자, 아이 할 것 없이 거리에 있는 사람들을 모두 밀어 쓰러뜨리면서, 자신 또한 여자, 남자, 아이들에게 떠밀리면서 걷고 있었다. 아니 날고 있었다. 그가 지나간 자리에서 놀란 사람들의 웅얼거림, 비명소리, 외침소리들이 들려왔다……. 하지만 골랴드낀 씨는 아무 기억도, 생각도 없이 내달으며 전혀 신경을 쓰지 않았다……. 그가 정신을 차린 것은 세묘노프스끼 다리 옆이었다. 그는 장사하고 있던 여자 두 명을 쓰러뜨리며 좌판에 있던 물건을 몽땅 엎고 자신도 넘어졌다. 골랴드낀 씨는 생각했다. 〈이건 아무 일도 아니야. 이건 다 잘되려고 그러는 거야.〉 땅에 떨어져 뒹구는 과자며, 사과며, 땅콩이며, 기타 이런 저런 물건들이 은화 1루블로 해결되기를 바라며 그는 주머니를 뒤졌다. 그때 그에게 새로운 빛이 비쳤다. 주머니 속에서 낮에 서기에게서 전해 받은 편지를 발견한 것이다. 그는 거기서 멀지 않은 곳에 아는 선술집이 있음을 생각해 내고 그곳으로 달려가 잠시도 지체하지 않고 조악한 양초가 밝히고 있는 탁자에 앉았다. 다른 것은 쳐다도 안 보고 주문을 받으러 온 종업원의 말은 들은 체 만 체, 그는 봉인을 뜯었다. 편지의 내용은 충격 그 자체였다.

 제 가슴속에 영원히 소중히 남을 귀한 분, 그러나 저로 인해 고통받고 계신 분께!

저는 괴로워하고 있습니다. 저는 죽어 가고 있습니다. 저를 구해 주세요! 중상모략을 일삼는 모사꾼에다, 쓸데없는 행동을 일삼는 그자가 저를 묶어 버렸습니다. 저는 파멸하고 말았어요! 저는 더러워졌습니다! 하지만 저는 그가 싫습니다. 그러나 당신은……! 사람들은 당신과 저를 떨어뜨려 놓고, 당신에게 가는 제 편지들을 가로챘습니다. 이 모든 일은 당신과 닮았다는 유일한 장점을 이용하고 있는 그 부도덕한 자의 짓이지요. 잘생기지는 않았지만, 지혜와 강렬한 감정과 유쾌한 매너로 사람들의 마음을 끌고 있거든요……. 저는 죽어 가고 있어요! 저를 강제로 시집 보내려 해요. 이 일에 앞장서서 계책을 세우고 있는 사람은 나의 아버지이자 은인이신 올수피 이바노비치 5등 문관이지요. 아버지는 아마도 상류 사회에서의 저의 위치나 대인 관계를 탐내고 있나 봐요……. 하지만 저는 이미 결심을 굳혔고, 가능한 모든 방법을 동원해서 저항하고 있습니다. 오늘 정각 아홉 시에 마차를 대기하시고 올수피 이바노비치의 집 창문 아래에서 저를 기다려 주세요. 저희 집에서는 또 무도회가 열려요. 잘생긴 육군 중위님도 오시죠. 제가 나가면 우린 함께 떠나는 거예요. 국가에 봉사할 수 있는 직장은 다른 데에도 많아요. 친구여, 결백은 결백 그 자체로서 강하다는 것을 무슨 일이 있어도 기억하셔야 해요. 안녕히. 마차를 준비하고 현관 앞에서 기다리세요. 정확하게 새벽 두 시에 저는 절 보호해 주실 당신의 품에 안기겠습니다.

관에 들어갈 때까지 당신의 여자인
끌라라 올수피예브나 드림

편지를 다 읽고 난 우리의 주인공은 큰 충격 속에서 헤어 나지 못했다. 무서운 슬픔과 흥분 속에서 백지장처럼 하얘져서 그는 홀 안을 왔다 갔다 했다. 그의 비참한 처지는 파국을 향해 치닫고 있었다. 우리의 주인공은 홀 안에 있던 모든 사람들의 비상한 관심의 대상이 되고 있었는데, 본인은 그것을 알아차리지 못하고 있었다. 형편없는 몰골, 잔뜩 흥분한 모습, 걸음걸이, 아니 뜀뛰기라는 표현이 더 낫겠다, 어지러운 손짓, 공중에다 대고 정신없이 중얼거리는 알아들을 수 없는 말들, 이 모든 것은 거기 있던 사람들에게 나쁜 인상을 주고 말았다. 종업원마저도 의심스러운 눈으로 훑어보기 시작했으니까. 문득 정신을 차린 우리의 주인공은 자신이 홀 한가운데에 서서 점잖아 보이는 한 노인을 불손하게 바라보고 있다는 것을 알아차렸다. 식사를 하고 성상 앞에서 기도하던 노인은 도로 자리에 주저앉아 골랴드낀 씨에게서 눈도 떼지 않고 있었다. 우리의 주인공은 어리둥절해져서 주위를 둘러보았고, 자신을 향한 모든 사람의, 정말 모든 사람들의 의심스럽고 기분 나쁜 눈을 그제서야 알아보았다. 붉은 깃을 단 한 퇴역 군인은 갑자기 큰 소리로 「경찰 신문」[31]을 달라고 했다. 골랴드낀 씨는 깜짝 놀라서 얼굴이 빨개졌다. 자신도 모르게 눈을 내리깐 그는 엉망이 되어 버린 옷을, 공공 장소는 물론이려니와 집에서도 입어서는 안 될 정도로 엉망이 된 옷을 보았다. 장화도 바지도, 그의 몸통 왼쪽은 온통 진흙투성이였고, 오른쪽 신발끈은 끊어져 나간 채로 너덜거렸고, 상의도 여기저기가 찢어져 있었다. 슬픔의 밑바닥에서 우리의

---

31 뻬쩨르부르그에서 1839년부터 1917년까지 발행되었던 「뻬쩨르부르그 경찰 신문」을 지칭하는 것으로 보인다.

주인공은 편지를 읽던 탁자로 돌아갔다. 종업원은 여전히 의심스러운 표정으로 뭔가 따지려는 듯, 그에게 다가오고 있었다. 여전히 혼비백산해 있던 우리의 주인공은 어쩔 줄 몰라 하며 탁자를 훑어보았다. 탁자 위에는 누군가 방금 식사를 했는지, 더러운 접시와 입 닦은 휴지, 그리고 이미 사용한 칼, 포크, 숟가락 등이 널려 있었다. 우리의 주인공은 생각했다. 〈도대체 누가 먹고 난 흔적일까? 난가? 뭐 그럴 수도 있지! 나도 모르게 식사를 한 거야. 난 이제 어떻게 해야 하나?〉 눈을 번쩍 치켜뜬 골랴드낀 씨는 옆에 서서 뭔가 말하려던 종업원을 보았다.

「여보게, 내가 얼마를 내야 하지?」 그는 떨리는 목소리로 물었다.

골랴드낀 씨 주위에서는 커다란 웃음소리가 터져 나왔다. 종업원도 픽 하고 웃었다. 골랴드낀 씨는 그제서야 자신이 실수를 했다는 것과, 바보스러우리만치 어리석은 짓을 저지르고 말았다는 것을 알아차렸다. 그걸 깨닫고 그는 너무 당황한 나머지, 그냥 그렇게 서 있지 말고 뭔가 해야만 할 것 같아서, 손수건이라도 꺼내려고 주머니에 손을 넣었다. 하지만, 그가 꺼낸 물건은 자신뿐만 아니라 모든 사람들도 무척 어리둥절하게 만들었다. 손수건 대신 그는 무슨 약병을 꺼냈는데, 그것은 나흘 전 끄레스찌얀 이바노비치가 처방해 준 바로 그 약이었다. 〈약은 바로 그 약국에서 구입하겠습니다.〉 순간 그런 말이 골랴드낀 씨의 머릿속에서 울려 퍼졌다……. 갑자기 그는 화들짝 놀라 너무 무서워서 소리까지 〈악〉 하고 지를 뻔했다. 그것은 예전엔 못 보던 색상이었다……. 칙칙하고 기분 나쁜 검붉은 액체가 불길한 빛을 내면서 골랴드낀 씨의 눈앞에서 광채를 발하고 있었다⋯⋯. 유리병은 그의 손에서 떨어져 깨지고 말았다. 우리의 주인공은 소리를 질렀고 쏟아져 흐르는 액체로부터 두어 발자국 물러섰다⋯⋯. 온몸이 떨렸고, 관자놀이와 이마에는 땀이 맺혔다. 〈내 생명이 위험해!〉 홀 안에서는 술렁거림과 동요가 일었다. 모두들 골랴드낀 씨를 에워싸며 말을 걸었다. 그 중 몇 사람은 골랴드낀 씨를 움켜잡기까지 했다. 하지만 우리의 주인공에겐 아무것도 보이지 않고, 아무것도 들리지 않고, 아무 느낌도 느껴지지 않았다. 그는 입도 뻥끗 않고 꼼짝 않고 서서 그 자리에 붙박여 있었다⋯⋯. 마침내 그는 그 자리에서 떨어져 모두를, 그를 잡으려 한 모두를 뿌리치고 밖으로 뛰어나갔다. 그리고 아무 감각도 없이 앞에 멈춰 선 첫번째 마차에 엎어지듯 올라타고 집으로 달려갔다.

아파트 현관에서 그는 공문을 들고 서 있는 관청 수위 미헤예프를 만났다. 「알고 있네, 이 사람, 내 다 알고 있어.」 기진맥진한 우리의 주인공은 기운이 하나도 없는 슬픈 목소리로 말했다. 「이것이 바로 그 공문이로군⋯⋯.」 거기엔 정말로 골랴드낀 씨가 담당하고 있는 모든 업무를 이반 세묘노비치에게 위임하라는 내용의 명령서가 안드레이 필립뽀비치의 사인과 함께 들어 있었다. 문서를 받아 든 그는 수위에게 10꼬뻬이까짜리 은화를 건네주고 집 안으로 들어갔다. 그때 뻬뜨루쉬까는 제 잡동사니와 넝마 조각 같은 옷가지 모두를 한 무더기로 쌓아 놓고 짐을 꾸리고 있었다. 아마도 그는 골랴드낀 씨를 혼자 남겨 두고 예프스타피를 대신해서 그를 꾀어 낸 까롤리나 이바노브나의 집으로 옮겨 가려는 것 같았다.

제12장

 무엇 때문인지는 몰라도 거만한 노예 같은 표정을 얼굴에 담고서 뻬뜨루쉬까는 이상하리만치 태연한 몸짓으로 흔들거리며 들어왔다. 그가 무언가 다른 생각에 잠겨 있다는 것과 자신에게 그렇게 행동할 권리가 있다고 스스로 생각하고 있는 것이 한눈에 보였다. 골랴드낀 씨를 바라보는 시선도 전혀 상관없는 사람, 다시 말해 다른 사람의 하인, 최소한 골랴드낀 씨의 옛 하인은 아닌 어떤 다른 사람의 시선이었다.

「그래, 저 말이지, 이보게.」 우리의 주인공은 간신히 숨을 몰아쉬며 입을 열었다. 「지금 몇 신가?」

 뻬뜨루쉬까는 아무 말도 없이 얼른 칸막이 뒤에 갔다 오더니 단호한 말투로 조금 있으면 일곱 시 반이라고 전했다.

「그래, 좋아. 여보게, 좋다고. 저기 말이지, 이 사람아…… 이런 말까지 자네에게 하게 됐구먼. 여보게, 우리 사이에는 이제 모든 것이 끝난 것 같군.」

 뻬뜨루쉬까는 말이 없었다.

「자, 이제 우리 사이엔 모든 것이 끝났으니 솔직히 말해 주게. 친구처럼 생각하고 말이야. 자네 어디 갔다 왔나?」

「어디 갔었냐고요? 착한 사람들한테요.」

「알아, 이 사람아, 안다고. 난 항상 자네에게 만족해 왔네. 그래서 근무 증명서도 줄 것이고……. 그래, 거기서 자넨 이제 무얼 하는가?」

「무얼 하다뇨, 나리! 잘 아시잖습니까. 다들 아는 얘기지만, 좋은 사람은 나쁜 짓을 가르치지 않죠.」

「알아, 그래, 안다고. 요즘 착한 사람들 만나기가 어렵지.

여보게, 그들에게 잘해 주게. 그래, 그 사람들은 어떻게 지내나?」

「다 아시잖습니까, 어떻기는요……. 다만 저는요, 나리. 나리 댁에서 이제 더 이상 일을 할 수가 없습니다요. 그걸 아셨으면 합니다.」

「알아, 이 사람, 안다니까. 자네가 성실하게 노력해 왔다는 것은 내가 다 안다고. 다 알고 있었어, 이 사람아, 눈여겨보고 있었으니까. 나는 말이지, 이 사람아, 자네를 존중하고 있다네. 하인이라 하더라도 나는 착하고 정직한 사람을 존중한다네.」

「그럼요, 다 아는 얘기죠! 저희 같은 사람들은, 물론 나리도 아시겠지만, 더 좋은 곳을 찾아다니지요. 다 그래요, 저만 그런 게 아니라고요! 아시잖습니까, 나리. 이젠 착한 사람들이 아니면 도저히 못 살겠습니다요.」

「그래, 좋아, 좋다고. 나도 그렇게 느끼네……. 자, 이거 자네 돈하고 근무 증명서일세. 이제는 작별의 키스나 나누세나……. 자, 이제, 여보게. 내 자네에게 한 가지만 부탁함세, 마지막이니 들어주게나.」 골랴드킨 씨는 엄숙한 어조로 말했다. 「저 말이야, 이 사람아. 세상에는 별의별 일이 많다네. 황금으로 만든 궁전에도 말이야, 이 친구야, 슬픔은 있는 법일세. 누구도 그 슬픔을 피해 갈 수는 없지. 자네 그거 아나, 이 사람. 내 생각에 나는 자네에게 항상 다정하게 대했던 것 같은데…….」

뻬뜨루쉬까는 말이 없었다.

「내 생각에 난 자네에게 항상 친절했던 것 같다고, 이 사람아…… 그런데 지금 내 내의는 몇 벌 있나?」

「네, 모두 그대로입니다. 면 셔츠가 여섯 벌에 양말 세 켤레, 예복 셔츠가 네 벌에, 플란넬 재킷도 그대로고요, 그리고 속옷이 두 벌입니다. 아시다시피 모두 그대로입니다. 저는요, 나리, 나리 것은 아무것도……. 저는요, 나리, 주인의 덕을 소중히 여기는 놈입지요. 저는요, 나리, 그러니까…… 아시잖습니까요……. 저는 아무 죄도, 절대로요, 나리. 그건 나리께서 이미 아시잖습니까요…….」

「믿네, 여보게, 자넬 믿어. 내가 말하는 것은 그게 아니야, 이 사람아, 그게 아니라고. 저기 말이지, 그러니까, 여보게…….」

「저, 나리. 나리도 저도 이미 알고 있는 일이잖습니까. 제가 말이죠, 그때 스똘브냐꼬프 장군 댁에서 일할 때요, 저를 내보낸 건 그 댁 어른들이 사라또프로 이사를 가셨기 때문이에요……. 거기에 세습 영지가 있으셔서…….」

「아니야, 이 사람아, 그게 아니라니까, 나는 그저…… 자네 그런 쓸데없는 생각은 하지 마, 이 친구야…….」

「누구나 다 아는 얘깁니다요. 나리도 이건 알아 두십시오. 저희 같은 놈들을 헐뜯는 건 금방이에요. 하지만 어느 댁에서든 제게는 모두 만족해 하셨습니다. 장관님들도 만족해 하셨고요, 장군님들, 의원님들과 백작님들 모두 다 그러셨죠. 저는 여러 분들 댁에 가보았어요. 스빈차뜨낀 공작 댁에도 갔었고, 뻬레보르낀 대령님 댁에도 가보았고, 네도바로프 장군님 댁에도 갔었지요. 가끔 그분들이 저희 집에 오시기도 했어요. 그러니까 저희 주인댁 세습 영지가 있는 곳으로 오시기도 했다는 말입지요. 다 아는 얘기지요…….」

「그래, 이 사람. 그래, 좋아, 이 친구야, 됐다고. 자 이제 나도 떠나기로 했네……. 누구든 갈 길이 제각각이라 누가 어떤 길로 접어들지는 아무도 모르는 일이지. 좋아, 이 친구야. 이젠 내게 갈아입을 옷을 좀 주게나. 그리고 내 제복도 넣고…… 바지도 다른 거 넣고, 시트, 이불, 베개…….」

「그걸 다 넣고 짐을 꾸리라는 말씀이세요?」

「그렇다네, 이 사람. 그래, 그러니까, 짐을…… 무슨 일이 일어날지 누가 알겠는가. 좋아, 그리고 지금 자네는 가서 마차를 불러오게나…….」

「마차요?」

「그래, 마차, 오래 빌릴 거니까 좀 넓은 걸로 말이야. 자네, 뭐 다른 오해는 하지 말고…….」

「어디 멀리 가시려고요?」

「몰라, 이 친구야, 그것도 모른다네. 짐 꾸릴 때 털이불도 넣어야 할 것 같구먼. 자네 생각은 어떤가? 자네에게 맡기겠네…….」

「정말 지금 당장 떠나시려는 겁니까?」

「그래, 이 사람아, 그렇다니까! 상황이 그렇게 됐지……. 그렇게 된 거야, 그렇게 된 거라고…….」

「알고 있습니다, 나리. 제가 모시던 연대 중위님에게 똑같은 일이 있었어요. 지주의 딸을…… 데리고 도망쳤지요…….」

「데리고 도망을 쳐……? 무슨 소리야! 도대체, 자네…….」

「그렇다니까요. 도망을 치고 나서 다른 지주의 대저택에서 결혼식을 올렸대요. 모든 게 미리 준비된 거죠. 물론 추격대가 곧 뒤쫓았어요. 그런데 돌아가신 공작님께서 이 일에 개입하셔서 일을 해결하셨어요…….」

「결혼했다고, 그랬어……. 그런데 도대체 자네는 어떻게,

자넨 대체 어떤 경로로 그걸 알고 있는 거지?」

「에이, 이미 다 알고 있는걸요, 무슨 말씀이세요! 나리, 세상은 소문으로 가득 차 있다는 말이 있죠. 저흰 모든 것을 다 알고 있죠, 나리…… 죄를 짓고 살지 않는 사람이 어디 있겠어요. 다만 제가 지금 나리께 말씀드리려는 것은요, 미천한 의견이나마 솔직하게 여쭙자면요, 사태가 벌써 그렇게 된 거라면, 제가 말씀드리려는 것은요, 나리, 나리에겐 적이 있어요. 경쟁자요, 나리. 그것도 아주 강한 경쟁자가 있어요, 예, 그렇습죠…….」

「알아, 이 친구야, 안다고. 자네도 알다시피…… 자, 나는 자네만 믿네. 도대체 나는 이제 어떻게 해야 하는가? 나에게 조언을 좀 해주겠나?」

「그러니까, 나리께서 지금처럼 그렇게, 그런 식으로 예의를 갖추시고 제게 근사하게 물어 오신다면 말입죠. 나리, 지금은 뭘 좀 사셔야 할 것 같아요. 그러니까 거 뭐, 시트라든가, 베개라든가, 털이불도 하나 2인용으로 더 사시고, 좋은 담요도 사시고. 저기 말입죠, 요기 이웃에 사는 여자가요, 아래층 사는 여자가 장사꾼인데요, 여우털로 된 좋은 외투가 있어요. 한번 보시고 사셔도 될 것 같습니다요. 지금 당장 내려가서 보셔도 될 겁니다. 나리겐 지금 그런 게 필요하다고요. 아주 좋더라고요, 속은 여우털로 채워져 있고, 겉은 공단이고요…….」

「그래, 좋아, 좋다고, 그렇게 하지. 자네에게 맡긴다니깐, 모든 것을 다 말이야. 좋기만 하면 외투건 뭐건, 이 친구야 …… 다만 좀 빨리, 빨리 하세! 제발 빨리! 외투도 사고 다 할 테니, 좀 빨리만 하세! 곧 여덟 시야, 빨리 하라고. 제발, 이 사람아! 어서 서둘러 주게, 이 친구야······!」

뻬뜨루쉬까는 짐을 싸려고 모아 놓은 속옷이며, 베개, 이불, 시트, 이런 저런 잡동사니 보따리를 매듭도 묶지 않은 채 집어던지고, 쏜살같이 밖으로 뛰어나갔다. 그러는 사이 골랴드낀 씨는 다시 한번 편지를 집어 들었다. 하지만 읽을 수가 없었다. 괴로움으로 가득 찬 머리를 두 손으로 거머쥐고 그는 어쩔 줄을 몰라하며 벽에 몸을 기댔다. 그는 아무 생각도 할 수가 없었고, 아무것도 할 수가 없었다. 무슨 일이 벌어지고 있는 것인지 스스로도 알지 못했다. 시간은 자꾸 가는데 뻬뜨루쉬까도 외투도 나타나지 않자 골랴드낀 씨는 마침내 직접 가보기로 마음먹었다. 현관 문을 열었을 때, 아래층에서는 떠들고 얘기하고 흥정하고 다투며 이런 저런 설명을 늘어놓는 소리가 들려왔다······. 이웃집 여자들이 모여 떠들고, 소리 지르고, 무언가에 대해 장광설을 늘어놓고, 이러쿵저러쿵 수다를 떨고 있었다. 골랴드낀 씨는 그것이 무엇에 대한 것인지 이미 훤히 알고 있었다. 뻬뜨루쉬까의 목소리도 간간이 들려왔다. 누군가의 발자국소리도 들렸다. 〈세상에! 세상 사람들을 아주 다 불러모을 작정이군!〉 골랴드낀 씨는 절망감에 두 손을 꼭 잡고, 다시 방으로 뛰어 들면서 끙 소리를 냈다. 방으로 뛰어 들어온 그는 거의 제정신이 아닌 상태에서 베개에 얼굴을 박고 소파에 쓰러졌다. 그렇게 한 1분이나 누워 있었을까, 그는 벌떡 일어나서 뻬뜨루쉬까를 기다리지도 않고, 덧신을 신고, 모자를 쓰고, 외투를 두르고, 지갑을 집어 들고는 뒤도 돌아보지 않고 계단을 뛰어 내려갔다. 「아무것도 필요 없다네, 아무것도. 내가 직접, 다 내가 직접 살 거야. 자네 도움은 필요 없어. 어쩌면 일이 잘 풀릴지도 모르니까.」

뻬뜨루쉬까를 계단에서 만난 골랴드낀 씨는 이렇게 재빨리 지껄이고, 마당으로, 집 밖으로 뛰어나갔다. 그의 심장은 잦아들고 있었는데, 그는 무엇을 어떻게 해야 하는지, 지금 이 순간, 이 위기의 순간에 어떤 행동을 취해야 하는 것인지 아직도 결정을 못 내리고 있었다…….

〈대관절, 어찌해야 하는 겁니까, 하느님? 이런 일이 다 꼭 일어나야만 하는 겁니까?〉 그는 절망 속에서 소리를 질렀고, 발길 닿는 대로 간신히 걸어가고 있었다. 〈이런 일이 꼭 생겼어야만 했냐고! 그런 일만 없었으면, 바로 그 일만 아니었으면, 모든 게 다 괜찮았을 텐데, 한꺼번에, 한 방에, 절묘하고 강한 결정적인 한 방으로 모든 문제가 다 해결됐을 텐데. 그렇게만 된다면 손가락이라도 끊어 줄 텐데. 어떤 식으로 해결이 될지 그려 볼 수도 있는데. 아마 이렇게 됐겠지. 이렇게 말하는 거야. 《내가 말할 수 있는 것은 말이오, 여보, 이러저러해서 이쪽도 아니고 저쪽도 아니고 일이 그렇게 될 수는 없는 거요, 어쩌고. 그러니까, 이봐요, 존경하는 문관 어른, 그러면 안 된다니까요. 우리네한테는 사칭이라는 것이 통하지가 않아요. 남을 사칭하고 다니는 사람은, 이보쇼, 아무짝에도 쓸모없고, 조국에 도움도 안 된다오. 알아들으시겠소? 내 말을 이해하겠느냔 말이오, 이 문관 양반아?》 만약 그렇게만 된다면……. 하지만 아니야, 지금 내가 무슨 소릴 하는 거지……. 이건 전혀 그렇게 될 일이 아니야, 절대로 그렇지가 않다고……. 나는 지금 말도 안 되는 소릴 꾸며 대고 있는 거야. 바보 멍청이 같으니라고! 나는 스스로를 파멸시키고 있어! 그건 말이지, 이 바보 같은 인간아, 그건 그러니까, 절대로 그렇게 될 일이 아니라니까……. 이 썩어 빠진 인간아,

사태는 지금 영 딴판으로 돌아가고 있잖아……! 이제 난 어쩌지? 이제 나는 도대체 무엇을 해서 먹고 살지? 이제 날 필요로 하는 데는 어딜까? 도대체 넌, 이제 무슨 쓸모가 있느냐고, 이 골랴드낀인가 뭔가 하는 인간아! 이 인간 같지도 않은 인간아! 자, 이젠 어쩐다? 마차를 잡아야 해, 마차를 잡는 거야. 그러니까, 그녀도《마차를 가져오세요》라고 말했잖아. 마차가 없으면 발을 적시니까 말이야……. 그러나저러나 누군들 그런 생각을 할 수 있었을까? 이봐요, 귀하신 아가씨, 잘했소. 오, 나의 고결한 아가씨, 잘했다고요! 품행이 방정하기로 소문난 처자님, 잘했다니까요! 칭찬이 자자한 우리 아가씨, 정말 잘했소. 아가씨, 엄청난 일을 하셨소 그려, 할 말이 없어요, 대단하다고요……! 이 모든 것은 다 비도덕적인 교육 방식에서 나오는 거야. 내가 사태를 주시해서 파악해 보니까, 이런 일은 달리 일어나는 게 아니라, 비도덕성 때문이야. 어렸을 때부터 그녀를 좀 다른 식으로…… 그러니까 때때로 회초리도 대고 했어야 하는데, 사탕이나 주고 그냥 온갖 달콤한 것만 지나치게 먹이고, 그리고 그 영감탱이는 이렇게 말해 온 거야.《애야, 내 귀여운 딸아, 예쁜 딸》어쩌고저쩌고,《내 착한 딸, 너는 꼭 백작님에게 시집가게 될 거야!》어쩌고……. 하지만 이제 그녀는 이렇게 자랐고 우리에게 마침내 자기 패를 내민 거야.《우리 게임은 이런 거였어요》라고 말하면서 말이지. 어려서부터 집에서 키우지 않고 프랑스에서 망명한 마담 팔발라[32]인가 뭔가 하는 여자가 있는 기숙

---

32 기숙 학교 소유인인 프랑스 여자(falbala는 프랑스 어로 소매 끝이나 스커트 끝을 의미하며, 복수형 falbalas는 야하고 지나친 장식품이나 장신구를 뜻한다)로 뿌쉬낀의 서사시 「눌린 백작 Graf Nulin」에서도 언급되고 있다.

학교에 보내더니, 거기서 그 팔발라라는 여자한테 배운 결과가 바로 이런 식으로 나타난 거라고. 뭐, 《기뻐하세요》라고! 그리고 《몇 시 몇 분에 마차를 타고 저희 집 창문 앞으로 와 계세요. 거기서 스페인 어로 감동적인 로망스를 부르시는 거예요. 저는 당신을 기다리고 있어요. 당신이 저를 사랑하시는 것을 알아요. 우리 같이 도망가서 오두막집에서 살아요》라고! 하지만, 결국 그건 안 될 말이오. 그것은 말이오, 아가씨, 일이 그렇게 되었다 해도, 그것은 안 될 말이라오. 바르고 순결한 아가씨를 부모님의 허락도 없이 집에서 꾀어 내다니 그건 법으로도 금지된 일이오! 그래요, 왜, 무엇 때문에 결국 그래야 한단 말이오? 운명이 정해 준 사람에게로 시집가 버리면 그걸로 일은 끝나 버리고 마는 것을. 나는 공직자요, 그런 일로 내 자리를 잃을 수 있단 말이오. 아가씨, 그 일로 나는 법정에 서게 될 수도 있단 말이오! 모르고 있었는지 모르겠소만, 정말이오, 이건. 이건 모두 그 독일 여자 수작이야. 그 마귀 할멈 같은 여자에게서 비롯된 일이라고. 이 모든 게 그녀가 시작한 소동이라니까. 안드레이 필립뽀비치의 사주에 따라 무고한 사람을 비방하고, 뜬소문과 근거 없는 헛소문을 꾸며 내고 한 거야. 바로 그렇게 벌어지게 된 일이라고. 그게 아니라면 왜 뻬뜨루쉬까가 여기 끼어들었겠어? 그 놈이 이 일에 무슨 상관이라고? 그런 사기꾼 같은 놈이 무슨 소용이 있다고? 《아닙니다, 저는 그럴 수 없어요, 아가씨. 절대로, 무슨 일이 있어도 그럴 수 없어요······. 아가씨, 이번에는 어떻게 저를 좀 봐주세요. 이건 모두, 아가씨, 당신 때문에 일어나는 일이랍니다. 그 독일 여자 때문에 일어나는 일이 아니라, 그 마귀 할멈 같은 여자 때문이 아니라, 순전히 당신 때문에. 왜냐하면 그 마귀 할멈은 그래도 착한 여자거든요. 그 마귀 할멈은 아무 잘못도 없어요. 아가씨, 당신의 죄지요. 맞아요, 아가씨. 당신은 무고한 제게 죄를 짓게 하시는군요……. 저는 이렇게 망가지고 있고, 본성을 잃고, 스스로를 지탱할 수도 없는데요. 무슨 가당치도 않은 결혼식입니까!》 이게 모두 어떻게 끝날까? 사태는 이제 어떤 국면으로 접어들까? 그걸 알 수만 있다면, 나는 아무리 비싼 값이라도 치를 텐데…….〉

이렇게 우리의 주인공은 절망에 빠져 있었다. 문득 정신을 차린 그는 자신이 리쩨이나야 거리에 서 있는 것을 알아차렸다. 끔찍한 날씨였다. 눈이 녹는 시기였기 때문에 눈은 눈대로 비는 비대로 쏟아졌다. 잊을 수 없는 그때 그 시간, 골랴드낀 씨의 모든 불행이 시작된 그 무서웠던 밤과 똑같았다. 골랴드낀 씨는 하늘을 보면서 생각했다. 〈이런 날씨에 무슨 여행이람! 그저 죽음뿐인 것을……. 하느님! 제가 대체 여기 어디에서 마차를 찾는단 말입니까? 저기 저쪽 구석에 뭔가 어른거리는 것 같은데. 가서 확인해야겠군……. 오, 하느님!〉 우리의 주인공은 마차 비슷한 것이 보인 것 같은 쪽으로 기운 없고 불안정한 걸음을 떼며 말했다. 〈아니야, 그렇게 해보는 거야. 그의 발 밑에 엎드려서 애원을 하는 거야, 간절하게. 《그러니까, 그건 이렇게 저렇게 된 일입니다. 이젠 각하의 손에 제 운명을 맡깁니다, 윗분의 손에요. 각하, 인간을 불쌍히 여기시고 은혜를 베풀어 주십시오. 이렇게 저렇게 된 일이고요, 어쩌고, 그러니까, 이건 이렇고 저건 저렇고요, 불법적인 행동입니다. 저를 죽이지 말아 주십시오. 각하를 제 아버지로 생각하고 있습니다. 저를 내버려 두지 마세요……. 자존심과,

명예와, 제 이름과 성을 찾게 해주십시오……. 사악하기 그지없는 타락한 인간으로부터 저를 구해 주세요……. 그는 저와 다른 사람입니다, 각하. 그리고 저도 역시 그와는 다른 사람입니다. 그는 특별한 사람이고, 저 역시도 나름대로 살아가는 방식이 있습니다. 정말 저도 나름대로, 각하, 정말 저도 독립된 인격체입니다. 정말 그렇습니다, 저는 그를 닮을 수가 없습니다. 바꾸어 주십시오, 제발 그렇게 해주십시오. 바꾸라고 명령해 주십시오. 부당하게 제멋대로 바꿔 치기 하는 자를 금해 주십시오……. 다른 사람들에게 나쁜 선례가 되지 않도록요, 각하. 각하를 제 아버지로 생각하고 있습니다. 은혜로우시고 인자하신 윗분들은 그와 같은 행동을 물론 당연히 격려하시겠지요……. 기사도와도 약간 관련되었으니 말입니다. 은혜로운 윗분이신 각하를 아버지로 생각하고 저의 운명을 맡깁니다. 각하의 뜻에 반대하지 않겠습니다. 모든 것을 맡기고 저는 이 일에서 물러서 있겠습니다, 어쩌고……》그래, 바로 그거야!〉

「그래, 자네, 마차꾼인가?」

「그런뎁쇼…….」

「여보게, 오늘 밤 자네 마차를…….」

「멀리 가시려고 하십니까요, 나리?」

「밤에, 밤에 필요한 걸세, 어디로 가든 말일세. 여보게, 어디로 가든 말이지…….」

「어디, 시외로 나가시렵니까?」

「그렇다네, 여보게, 어쩌면 시외로. 나 스스로도 아직 잘 모른다네, 여보게. 그래서 자네에게 말할 수가 없어. 그게, 그러니까 말이지, 여보게. 어쩌면 일이 다 잘될지도 모르지. 알

다시피, 여보게······.」

「예, 그럼요, 나리, 알고 있습죠. 누구든 다 잘되어야지요.」

「그렇다네, 그래, 고맙네, 여보게. 얼마나 받으려나, 자네?」

「지금 가시렵니까?」

「응, 지금 갈 거야. 아니 그게 아니라, 어디서 좀 기다리다가 말이지. 그러니까, 잠깐, 그렇게 오래 기다리지는 않을 걸세, 여보게······.」

「만약 그렇게 줄곧 필요하신 거라면, 6루블 이하로는, 날씨도 그렇고, 안 되겠는뎁쇼······.」

「그래, 좋아, 좋다고. 그렇게 사례함세. 자, 그럼 이제 나를 데려다 주게나, 여보게.」

「앉으십시오. 아, 죄송합니다. 잠깐 여기 좀 정돈하고요. 이제 앉으십시오. 어디로 모실깝쇼?」

「이즈마일로프스끼 다리로 가세.」

마부는 말로 기어오르더니, 여윈 말 두 필을 구유통에서 간신히 떼어 내어 이즈마일로프스끼 다리로 출발했다. 그런데 골랴드낀 씨는 갑자기 끈을 잡아당겨 마차를 멈추고 이즈마일로프스끼 다리가 아니라 어디 다른 거리로 가겠다고, 그러니 돌아가자고 애원하는 목소리로 말했다. 마부는 말 머리를 돌렸고, 10분 후쯤 골랴드낀 씨의 마차는 각하가 사는 집 앞에 멈춰 섰다. 골랴드낀 씨는 마차에서 나와서 마부에게 꼭 기다려 줄 것을 당부하고, 곧 멎을 것 같은 심장으로 2층으로 뛰어 올라가 초인종 줄을 잡아당겼다. 곧 문이 열렸고 어느새 우리의 주인공은 각하의 집 현관에 서 있게 되었다.

「각하께선 댁에 계신가?」 골랴드낀 씨는 문을 연 하인에게 물었다.

「무슨 일이십니까?」 하인은 골랴드낀 씨를 머리끝에서 발끝까지 훑어보며 물었다.

「아, 나는, 여보게, 저기…… 골랴드낀이라고, 관리이지, 9등 문관 골랴드낀. 그러니까 이렇게 저렇게 된 일이라고 밝히러 왔……」

「기다리세요. 그렇게 들어가시면 안 되죠, 나리…….」

「이보게, 나는 기다릴 수가 없어. 아주 중요한 일이라고, 도저히 미룰 수 없는…….」

「도대체 어느 분이 보내신 거지요? 서류라도 가지고 오신 겁니까?」

「아닐세, 여보게. 나는 개인적인 용무…… 말씀드려 주게, 여보게. 이런 저런 일을 의논하러 왔다고 말일세. 내 자네에게는 따로 사례함세, 여보게…….」

「안 됩니다. 아무도 들이지 말라고 하셨습니다. 손님이 와 계십니다. 아침 열 시에 오십시오…….」

「부디 말씀드려 주게. 이봐, 나는, 나는 도저히 기다릴 수가 없어……. 자네, 이 일에 책임을 지게 될 걸세…….」

「그래, 가서 말씀드려, 뭐 어때서 그러냐, 신발이라도 닳냐?」 지금껏 한마디도 않고 궤짝 위에 아무렇게나 앉아 있던 다른 하인이 중얼거렸다.

「신발이 닳느냐고! 들이지 말라셨단 말이야, 알겠어? 이런 분들은 아침에 만나시잖아.」

「가서 말씀드려. 혀가 떨어지기라도 하냐고?」

「그래, 혀가 떨어지는 것도 아니니까 말씀은 드리지. 하지만 그런 분부하신 적 없어, 알아? 없다고. 안으로 들어오시지요.」

골랴드낀 씨는 첫번째 방으로 들어갔다. 탁자 위에 시계가 놓여 있었다. 그것을 보았다. 여덟 시 반. 가슴이 아파 오기 시작했다. 그는 벌써 돌아가고 싶어졌다. 하지만 바로 그 순간, 바싹 마르고 키가 큰 하인이 옆 방 문턱에 서서 큰 소리로 골랴드낀 씨의 성을 말하며 주인에게 그가 온 것을 알렸다.

〈목소리하고는!〉 형언할 수 없는 슬픔 속에서 우리의 주인공은 생각했다.《이렇게 저렇게 된 일이라고 삼가 겸허하게 의논하러 오셨답니다. 저, 받아들이시지요……》라고 말하면 좋잖아……. 이제 다 글렀어. 이제 내 일은 다 틀려 버린 거라고. 하지만, 뭐, 그래, 괜찮아…….〉 더 이상 생각할 새도 없었다. 하인이 돌아와서는 〈이리 오시지요〉라고 말하며 골랴드낀 씨를 서재로 안내했던 것이다.

그곳에 들어간 우리의 주인공은 순간 자신의 눈이 멀었다고 생각했다. 전혀 아무것도 보이지 않았던 것이다. 눈앞에 두세 명의 모습이 어른거렸을 뿐이었다. 〈음, 손님들이군.〉 골랴드낀 씨는 생각했다. 우리의 주인공은 각하의 검은색 연미복에 붙어 있는 별을 마침내 확실하게 알아볼 수가 있었다. 천천히 시선을 검은 연미복으로 옮기며 마침내는 완전히 시력을 되찾았다.

「무슨 일인가?」 골랴드낀 씨의 머리 위에서 귀에 익은 목소리가 들려왔다.

「9등 문관 골랴드낀입니다, 각하.」

「그런데?」

「해명을 하러 왔습니다…….」

「어떻게……? 무얼 말이지……?」

「네, 그렇습니다. 그러니까, 이렇게 저렇게 된 일이라고 해명을 하러 왔습니다, 각하⋯⋯.」

「자네는, 도대체 자네는 누군가⋯⋯?」

「고 — 고 — 고 — 골랴드낀입니다, 각하. 9등 문관입니다.」

「그래, 도대체 자네에게 필요한 것이 무언가?」

「그러니까, 이렇게 저렇게 된 일이고요, 그 사람을 아버지로 생각합니다. 저는 이 일에서 물러서 있겠습니다. 저를 원수들에게서 보호해 주십시오. 바로 이런 말씀입니다!」

「뭐가 어째⋯⋯?」

「아시다시피⋯⋯.」

「뭘 알아?」

골랴드낀 씨는 입을 다물었다. 그의 턱은 경련하기 시작했다⋯⋯.

「뭐냐니까?」

「저는 기사도를 생각했습니다, 각하⋯⋯ 그러니까 여기, 말하자면, 기사도가 있다고⋯⋯ 윗분들을 아버지로 생각합니다⋯⋯. 그러니까, 이렇게 저렇게 된 일이라서, 보호해 주십시오. 눈⋯⋯ 눈물로 호⋯⋯ 호소합니다. 그런 움⋯⋯ 움직임은 당⋯⋯ 연히 격⋯⋯격⋯⋯ 격려해야 한다고⋯⋯.」

각하는 등을 돌렸다. 우리의 주인공의 눈은 잠시 아무것도 분간할 수가 없었다. 가슴이 죄어 왔다. 숨이 멎을 것 같았다. 그는 자신이 어디에 서 있는 것인지도 몰랐다⋯⋯. 그는 너무 창피하고 슬펐다. 그 후 무슨 일이 있었는지는 아무도 모른다⋯⋯. 정신을 차린 우리의 주인공은 각하가 다른 손님들과 얘기하고 있는 것을 보았다. 그들은 무언가 아주 단호하고 격하게 토론을 벌이고 있는 것 같았다. 골랴드낀 씨는 그제서야 손님들 중 한 사람을 알아보았다. 안드레이 필립뽀비치였다. 다른 사람은 모르는 사람이었는데, 그래도 낯이 익은 듯한 얼굴이었다. 그는 키가 크고 몸집이 아주 좋은 중년의 남자였는데, 짙은 눈썹과 구레나룻, 뭔가 말하는 듯한 강렬한 시선을 가진 자였다. 그 사람의 목에는 훈장이 매달려 있었고, 시가를 물고 있었다. 그 낯선 사람은 시가를 피우면서 가끔 골랴드낀 씨를 쳐다보았고, 시가를 계속 문 채 의미심장하게 고개를 끄덕였다. 골랴드낀 씨는 왠지 거북해졌다. 그래서 그는 시선을 다른 데로 돌려 아주 이상한 손님 한 명을 더 발견했다. 언젠가도 그런 일이 있었지만, 지금까지 우리의 주인공이 거울로 생각했던 문턱에 〈그〉가 서 있었던 것이다. 누군지는 다 알 것이다. 골랴드낀 씨의 아주 절친한 동료이자 친구, 바로 그였다. 작은 골랴드낀 씨는 지금까지 다른 작은 방에 앉아서 무언가 서둘러 쓰고 있었다. 그리고 지금은 나타날 때가 되어서 겨드랑이에 서류를 끼고 나타난 것이다. 그는 각하에게 다가가 그의 비상한 관심을 기대하며 약삭빠르게 대화에 끼어들었다. 그가 앉은 곳은 안드레이 필립뽀비치의 등뒤에서 조금 떨어진 곳으로 시가를 피우는 낯선 사람에게 약간 가려진 곳이었다. 작은 골랴드낀 씨는 대화 속에 푹 빠진 듯, 지금은 아주 점잖은 표정으로 귀를 기울이며 고개도 끄덕이고, 발을 구르며 미소도 짓고, 자신에게도 몇 마디 끼어들게 해주십사 하는 애원하는 시선을 가끔 각하에게 보냈다. 〈비열한 놈!〉 이렇게 생각한 골랴드낀 씨는 자신도 모르게 발을 앞으로 내밀었다. 그때 최고 문관은 그에게 돌아서서 몹시 주저하며 직접 골랴드낀 씨에게 다가왔다.

「좋아, 좋다고. 그럼 잘 가게. 내 자네 일을 검토해 보지. 자네를 배웅하라고 하겠네……」 이때 최고 문관은 짙은 구레나룻의 그 낯선 사람을 쳐다보았다. 그자는 동의의 뜻으로 머리를 끄덕였다.

골랴드낀 씨는 사람들이 그에게 마땅히 해야 할 대접은 전혀 하지 않고 뭔가 다르게 취급하고 있다는 것을 분명히 느끼고 알아차렸다. 그는 생각했다. 〈여하튼 해명은 당연히 해야 하는 거야. 각하께 이러저러해서 그리 됐다고 말이야.〉 그러나 그는 어찌해야 좋을지 몰라서 눈을 내리깔았다. 그런데 그는 정말 놀랍게도 각하의 장화에 있는 아주 커다란 하얀 얼룩을 보았다. 골랴드낀 씨는 생각했다. 〈설마 찢어졌을라고?〉 하지만 골랴드낀 씨는 곧 각하의 신발이 찢어진 게 아니라 빛에 강하게 반사되었을 뿐이라는 것을 알아차렸다. 그건 충분히 있을 수 있는 현상이었다. 장화 가죽이 에나멜로 된 것이라서 그렇게 반짝였던 것뿐이다. 우리의 주인공은 생각했다. 〈이런 것을 《밝은 부분》이라고 하지. 이 말은 특히 화가들의 작업실에서 많이 쓰는데. 다른 데서는 이런 빛의 반사를 《반짝이는 가장자리》라고도 한다지, 아마.〉 골랴드낀 씨는 눈을 들었고, 사태의 결말이 최악이 될 수도 있기 때문에 이젠 말할 때가 됐음을 깨달았다……. 우리의 주인공은 한 발 앞으로 나갔다.

「그러니까, 이렇게 저렇게 된 일이고요, 각하.」 그는 말했다. 「남을 사칭하고 다니는 것은 우리 시대엔 통하지 않습니다.」

최고 문관은 아무 대답도 안 한 채, 종과 연결된 끈을 힘껏 잡아당겼다. 우리의 주인공은 한 발 더 앞으로 나갔다.

「이자는 비열하고 타락한 사람입니다, 각하.」 우리의 주인공은 제정신이 아닌 채로 두려움으로 인해 기절이라도 할 듯한 심정으로 말했다. 하지만 그러면서도 그는 그때 각하의 주위에서 종종걸음을 치고 있던 인간 같지 않은 자신의 쌍둥이를 용감하고 단호한 태도로 가리켜 보였다.

「이렇게 저렇게 된 일이고요, 어쩌고, 저는 다 아시고 계신 어떤 인물을 암시하고 있는 겁니다.」 골랴드낀 씨가 말을 마치자 모두 술렁이기 시작했다. 안드레이 필립뽀비치와 낯선 사람은 고개를 젓기 시작했고, 각하는 더 이상은 못 참겠다는 듯 있는 힘을 다해서 종 줄을 잡아당기며 하인들을 불렀다. 작은 골랴드낀 씨가 앞으로 나설 차례였다.

「각하,」 그는 말했다. 「제가 한마디할 수 있도록 허락하시기를 감히 부탁드립니다.」 작은 골랴드낀 씨의 목소리에는 아주 단호한 무언가가 있었다. 그는 자신이 완벽하게 권리 행사를 하고 있음을 온몸으로 보여 주고 있었다.

「한 가지 묻겠소.」 자신의 열성에 각하가 대답을 하신 거라고 믿고 이번에는 골랴드낀 씨에게 돌아서면서 그는 다시 입을 열었다. 「한 가지 묻겠는데, 누구 안전이라고 당신은 그렇게 함부로 말하는 거요? 당신이 지금 누구 앞에 서 있고, 누구 서재에 와 있는데?」 작은 골랴드낀 씨는 평소 같지 않게 몹시 흥분하면서 분노와 노여움으로 시뻘게져서 활활 타고 있었다. 그의 눈에는 눈물까지 비쳤다.

「바사브류꼬프 님들께서 오셨습니다!」 그때 서재 입구에 나타난 하인이 목청껏 소리쳤다. 골랴드낀 씨가 〈소러시아 출신의 훌륭한 귀족들이 왔군〉 하고 생각했을 때, 그는 누군가가 아주 다정하게 자신의 등에 한 손을 대고, 곧이어 다른 손도 올려놓는 것을 느꼈다. 골랴드낀 씨의 비열한 쌍둥이는 앞으로 뛰어가며 길을 활짝 열어 주었고, 우리의 주인공은 사람들이 자신을 커다란 서재 입구로 몰고 있는 것을 분명히 알아차렸다. 〈올수피 이바노비치 집에서 있었던 일하고 똑같아.〉 그렇게 생각하는 사이 그는 벌써 현관에 와 있었다. 주위를 한번 둘러본 그는 옆에 서 있는 각하의 하인 두 명과 쌍둥이를 보았다.

「외투, 외투, 외투, 내 친구 외투! 내 가장 좋은 친구에게 외투를 줘야지!」 음흉한 그자는 하인의 손에서 외투를 빼앗아 비열하게도 골랴드낀 씨를 모욕적인 웃음거리로 만들려고 머리에 외투를 뒤집어씌우며 떠들어 댔다. 외투 속에서 헤치고 나오면서 큰 골랴드낀 씨는 두 하인의 웃음소리를 똑똑히 들었다. 하지만 아무것도 귀담아듣지 않고 주위의 그 무엇에도 신경을 쓰지 않고 그는 현관 밖으로 나와 환하게 밝혀진 계단에 멈춰 섰다. 작은 골랴드낀 씨는 그의 뒤에 있었다.

「잘 가시오, 각하 나리!」 그는 큰 골랴드낀 씨의 뒤에다 대고 소리를 질렀다.

「비열한 놈!」 우리의 주인공은 마침내 이 말을 입 밖에 냈다.

「그래요, 비열한 놈이라도 좋소……」

「음흉한 놈!」

「그래요, 음흉한 놈이라도 좋고……」 인간 같지도 않은 부당한 원수는 그만의 비열한 습관대로 계단 위에 서서 눈도 깜짝 안 하고 계속해 보라는 듯 상대방의 눈을 똑바로 쳐다보면서 정당한 골랴드낀 씨에게 이렇게 말끝마다 대꾸했다.

우리의 주인공은 분해서 침을 탁 내뱉고는 입구로 뛰어나왔다. 그는 누가 어떻게 자신을 마차에 앉혔는지 전혀 기억하지 못할 정도로 기가 죽어 있었다. 그는 정신을 차리고 마차가 폰딴까 거리를 따라 달리고 있는 것을 보았다. 〈이제 이렇게 이즈마일로프스끼 다리로 갈 때가 된 건가?〉 골랴드낀 씨는 생각했다······. 골랴드낀 씨는 뭔가 더 생각하고 싶었지만, 그럴 수가 없었다. 그저 도저히 설명할 수 없는 어떤 끔찍한 느낌이 스쳤을 뿐이었다······. 〈뭐, 괜찮아!〉 우리의 주인공은 이렇게 결론을 내리고 이즈마일로프스끼 다리로 향했다.

제13장

날씨가 좋아지려는가 싶었다. 지금껏 먹구름이 펑펑 쏟아내던 눅눅한 눈은 정말로 드문드문 내리기 시작하더니 결국 말짱하게 그쳤다. 하늘이 보이기 시작하고, 여기저기서 별들이 빛을 발했다. 다만 길은 여전히 질척거리고 더럽고 대기는 축축하고 답답했다. 그렇지 않아도 숨을 쉬는 것조차 힘든 골랴드낀 씨에겐 더욱 그랬다. 흠뻑 젖어서 무거워진 외투는 눅눅한 온기와 무게를 전하며 그의 사지를 기분 나쁘게 휘감았고, 그렇지 않아도 완전히 힘이 빠져 버린 그의 다리를 획획 꺾고 있었다. 열병과도 같은 오한이 그의 온몸을 타고 흐르며 따끔따끔 자극적인 소름으로 변해 돋아나고 있었다. 그는 기진맥진해서 식은땀을 비 오듯 흘렸다. 그래서 골랴드낀 씨는 단호하고 강인한 정신력으로 〈그건 말이지, 어쩌면, 어떤 식으로든 말이야, 아마도, 확실히, 한순간에 모두 잘 해결될 거야〉라는 식의 말, 즉 늘상 하기 좋아하던 말을 이런 순간 할 법한데도 그만 잊고 있었던 것이다. 〈그래도, 뭐, 아직은 괜찮아.〉 물이 고여 있다 못해 흐를 정도로 흠씬 젖은 모자의 둥근 테에서는 그의 얼굴 이쪽저쪽으로 차가운 물방울들이 흘러내리고 있었다. 그것을 훔쳐 내며 우리의 주인공은 굽힐 줄 모르는 굳은 정신력으로 아직은 괜찮다고 덧붙였고, 올수피 이바노비치 집 마당의 장작더미 옆에 아무렇게나 굴러다니는 꽤 굵은 그루터기에 걸터앉았다. 스페인 풍의 세레나데나 비단이 깔린 계단에 대해서는 새삼 떠올릴 필요도 없겠지만, 비록 따뜻하지는 않아도 편안하고 한적한 이 비밀 장소에 대해서는 한번 생각해 볼 필요가 있겠다. 이왕에 말이 나왔으니 하는 말이지만, 예전에 이 이야기의 처음에 진열장과 낡은 칸막이, 그리고 온갖 잡동사니, 고물, 못쓰는 물건 틈에서 우리의 주인공이 두어 시간 서 있었던 올수피 이바노비치의 집 뒤편의 광은 그를 유혹하고도 남음이 있었다. 사실 골랴드낀 씨는 지금도 올수피 이바노비치의 집 마당에서 벌써 두 시간째 기다리고 있었던 것이다. 하지만 한적하고 편안했던 예전의 은신처에 전에는 없었던 몇 가지 불편한 것들이 생겨났다. 첫번째 불편한 것은 올수피 이바노비치 집에서 최근에 열린 무도회 사건 이후로 그 장소에 대한 몇 가지 문제점이 지적되어 방비책이 취해진 것이고, 두번째로는 끌라라 올수피예브나로부터 약속된 신호를 기다려야만 했던 것이다. 왜냐하면 이런 경우 약속된 신호가 반드시 있을 것이기 때문이었다. 지금껏 항상 그래 왔고, 또 〈우리가 시작하지 않은 것은, 우리가 끝낼 수 없다〉고들 하지 않던가. 골랴드낀 씨는 갑자기 오래전에 읽은 어떤 소설을 새삼스레 생각해 냈다. 지금과 아주 비슷한 상황에서 여주인공이 분홍색 리본을 창문에 매달아 놓음으로써 알프레드에게 신호를 보냈던 것이다. 하지만 이런 밤에 더구나 한 치 앞도 내다볼 수 없는 이 유명한 뻬쩨르부르그의 눅눅한 날씨 속에서 분홍색 리본은 도움이 될 수가 없었다. 한마디로 완전히 불가능한 것이었다. 우리의 주인공은 생각했다. 〈아니야, 지금은 비단이 깔린 계단을 생각할 때가 아니지. 여기서 이렇게 혼자, 한적하고 조용하게 기다리고 있는 게 더 나아……. 나는 그러니까, 그냥 여기 이렇게 있는 거야.〉 그리고는 창문들이 마주 보이는 마당의 장작더미 근처에 알맞은 장소를 구했다. 마당에는 두말할 것도 없이 많은 외부인들, 마부나 마차꾼들이 왔다 갔다 하고 있었다. 더구나 마차 바퀴는 여기저기 부딪히고, 말도 힝힝거리고, 여러 가지로 소란스럽고 분주했다. 그래도 그 자리는 편했다. 사람들이 보든 말든 최소한 지금 일이 벌어지고 있는 곳은 어쨌든 그늘이었고, 골랴드낀 씨 자신은 하나도 빼놓지 않고 다 볼 수 있으면서 다른 사람들은 그를 알아보지 못한다는 점이 지금 그에게는 유리했던 것이다. 창문엔 불이 아주 환하게 밝혀져 있었다. 올수피 이바노비치의 집에서는 어떤 성대한 모임이 열리고 있었던 것이다. 하지만 음악은 아직 들리지 않았다. 〈무도회가 아니라 그냥 다른 일이 있어서 모인 것 같군.〉 우리의 주인공은 아무 감각도 없이 생각했다. 〈그런데, 이거 오늘이 맞나?〉 하는 생각이 갑자기 그의 머리를 스쳤다. 〈날짜를 잘못 본 거 아니야? 그래, 그럴 수 있어. 별의별 일이 다 생기니까……. 그게, 그러니까 이게, 별의별 일이 다 일어날 수도 있는 거야……. 그러니까, 그게 어쩌면, 편지는 어제 썼는데 나한테 곧장 전달이 안 되고, 그러니까 뻬뜨루쉬까, 그 사기꾼 같은 놈이 여기 끼어드는 바람에 곧장 전달이 안 되고 그래! 아니면 내일이라고 씌어 있었던가, 그러니까, 내 말은 내가…… 마차를 준비해 기다리고 어쩌고 하는 일을 모두 내일 벌여야 되는 것 아닌가, 이 말이지……〉 꽁꽁 얼어붙어 있던 우리의 주인공은 이런 것들을 확인해 보려고 편지를 찾아 주머니를 뒤졌다. 하지만 놀랍게도 주머니 안에는 편지가 없었다. 「이건 또 어떻게 된 거야?」 빈사 상태의 골랴드낀 씨가 중얼거렸다. 「도대체 내가 그걸 어디에다 떨어뜨린 거지? 그러니까 내가 그걸 잃어버렸다는 거야? 정말 그건 안 되는데!」 그는 마침내 끙 소리를 냈다. 「그게 만약 못된 놈들 손에 들어갔으면 어쩌지? (그래, 어쩌면, 이미 들어갔을 수도 있잖아!) 하느님! 이젠 또 무슨 일이 벌어질까? 정말 이젠 큰일…… 아, 나의 저주스런 운명이여!」 어쩌면 무례하기 짝이 없는 그의 쌍둥이가 골랴드낀 씨의 원수들에게서 이미 편지에 대한 냄새를 맡고 그에게 외투를 뒤집어씌우면서 그것을 빼앗으려 한 것은 아닌가 하는 생각에 다다르자, 골랴드낀 씨는 갑자기 사시나무 떨듯 떨기 시작했다. 우리의 주인공은 생각했다. 〈그가 그걸 손에 넣고, 증거물로…… 증거물은 무슨 증거물……!〉 골랴드낀 씨는 처음에는 기겁을 하고 공포로 인해 멍해지더니 머리로 피가 쏠리는 것 같았다. 신음소리와 함께 이를 부드득 갈며 그는 펄펄 끓는 머리를 거머쥐고 그루터기에 주저앉아 뭔가 생각하기 시작했다……. 하지만 그의 머릿속에서는 아무 생각도 맞아떨어지지가 않았다. 그의 머릿속에서는 누군가의 얼굴이 어른거리다 사라졌고, 이미 오래전에 잊혀진 사건들이 어떤 때는 불명료하게, 어떤 때는 강렬하게 되살아났고, 어리석은 노래의 멜로디가 떠오르곤 했다. 슬픔, 그의 슬픔은 말로 이루 다 할 수 없는 것이었다! 〈하느님! 하느님!〉 정신을 좀 차린 우리의 주인공은 가슴속에서 터져 나오는 소리 없는 통곡을 억누르며 생각했다. 〈제가 끝도 없는 이 불행의 밑바닥을 헤쳐 나갈 수 있도록 강한 정신력을 주소서! 나는 이제 완전히 파멸되었고 파괴되었어. 이건 더 이상 의심의 여지가 없는 사실이야. 다른 어떤 형태로도 바뀔 수 없는 지극히 당연한 일이야. 우선, 나는 일자리를 잃고 말았어, 완전히 잃어버렸어. 그건 불가항력이었어……. 그래, 그것은 어떻게든 해결이 될 것이라고 치자. 지금 가진 돈으로 처음 얼마간은 꾸려 나갈 수 있다고 치자고. 다른 아파트도 사야 하고 최소한 가구도 몇 개 필요하겠지……. 뻬뜨루쉬까가 없겠군. 뭐, 그런 사기꾼 없이도 살 수 있으니까……. 이웃들한테 좀…… 좋았어! 들어오고 나가는 것도 내 마음대로고, 늦게 들어온다고 뻬뜨루쉬까가 잔소리하는 일도 없겠고. 그래, 바로 그거야. 그래서 이웃들이 좋다는 거지……. 그래, 이건 다 좋다고 치고, 그런데 나는 왜 이렇게 온통 다른 소리만 하고 있는 거지? 전혀 딴소리만 하고 있잖아?〉 현 상황에 대한 인식이 다시 골랴드낀 씨의 정신을 맑게 했다. 그는 주위를 둘러보았다. 〈아, 이런 세상에, 하느님 맙소사! 하느님! 도대체 내가 지금 무슨 소리를 하고 있는 거야!〉 그는 어쩔 줄을 몰라하면서 열이 나는 머리를 움켜쥐고 생각했다…….

「곧 떠나시긴 하는 겁니까, 나리?」 골랴드낀 씨의 머리 위에서 어떤 목소리가 들려왔다. 골랴드낀 씨는 화들짝 놀랐다. 역시 온몸이 흠뻑 젖어서 추위에 꽁꽁 언 마부가 그의 앞에 서 있었다. 그는 참을성도 없었고 또 딱히 할 일도 없어서 장작 뒤에 숨어 있는 골랴드낀 씨를 들여다볼 생각을 했던 것이다.

「나는 말이지, 이보게, 괜찮아....... 나는, 이 사람아, 곧, 이제 곧, 그러니 자네는 좀 기다려 주게.......」

마부는 뭔가 혼자 투덜거리면서 가버렸다. 〈도대체 뭐라고 투덜거리는 거야?〉 골랴드낀 씨는 눈물이 그렁그렁해지며 생각했다. 〈밤새 내가 저를 고용했건만, 그러니까 나는...... 충분히 권리가 있는데....... 그럼, 그렇고말고! 밤새 고용했고, 그러면 끝을 봐야지. 그냥 그렇게 서 있어도 저한테는 마찬가지 아니야. 다 내 맘이라고, 가든 안 가든 다 내 맘이라고. 지금 여기 이렇게 장작 뒤에 서 있는 것이 어때서, 아무일도 아니구먼....... 제가 감히 무슨 말을 해, 그럼. 나리가 장작 뒤에 서 있고 싶어서 저렇게 장작 뒤에 서 있나 보다 하면 되지....... 그렇다고 누구의 명예가 훼손되는 것도 아니고, 그럼! 바로 그겁니다, 귀한 아가씨, 아시고 싶다면 말씀드리지만요. 아가씨, 우리가 사는 시대에는 말이죠, 이런 저런 이유로 아무도 오두막집에서 살지 않아요. 그럼요! 아가씨, 이런 산업 시대에는요, 제멋대로 함부로 살아서는 아무것도 할 수 없어요. 그런데 당신은 지금 그렇게 제멋대로 행동해서 파탄을 맞는 자들의 본보기가 되려 하시는군요....... 재판소 서기로 일하면서 바닷가에서 오막살이를 한다고요. 아가씨, 우선 바닷가에는 재판소 서기들이 있지도 않아요. 두 번째로, 당신과 나는 재판소 서긴가 뭔가가 될 수도 없답니다. 왜냐하면, 예를 들어서, 가령 제가 청원서를 들고 출두한 다음《이러저러해서 재판소 서기가 되려고, 어쩌고, 저기...... 저를 원수로부터 보호해 주세요......》라고 말한다고 칩시다. 그럼 그 사람들은 아가씨께 이렇게 말할걸요. 《아가씨, 저, 재판소 서기는 많습니다. 아가씨가 계신 이곳은 파탄을 맞이하는 본보기가 되도록 아가씨를 가르친 망명객 팔발라의 기숙 학교가 아니란 말입니다.》 방정한 품행이라는 것은요, 아가씨, 집에서 얌전히 아버지를 공경하면서 때가 되기 전까지는 신랑감에 대해 생각하지 않는 것을 의미합니다. 신랑감은 말이죠, 아가씨, 때가 되면 나타나는 거지요. 그렇고말고요! 여자란, 두말할 필요도 없이 재능도 물론 많이 있어야겠지요. 예를 들면, 가끔은 피아노 연주도 하고 프랑스 어로 얘기도 하고, 역사, 지리, 신의 섭리, 산수 등도 배우고 말입니다. 더 이상은 필요 없어요. 하지만 요리 솜씨는 빼놓지 말아야겠죠. 품행이 방정한 모든 아가씨들의 능력엔 반드시 요리 솜씨가 들어가야만 하니까요! 그런데 대체 이게 뭐죠? 제가 존경해 마지않는 아름다운 아가씨, 우선은 집에서 아가씨를 놓아주지도 않으려니와, 도망가더라도 곧 수색대를 풀겠죠. 그 다음에는 꼼짝없이 수도원행이겠고요. 그럼 어떻게 하죠, 아가씨? 그때는 제게 무엇을 하라고 하시겠습니까? 아가씨, 어리석은 소설에서처럼 수도원 가까이에 있는 동산에 매일 올라가 당신이 갇혀 있는 차가운 벽을 바라보며 눈물에만 젖어 있으라 하시겠습니까? 그리고 마침내는 몇몇 치졸한 독일 시인이나 소설가들처럼 죽으라고요, 그래요, 아가씨? 우선, 아가씨의 친구로서 하는 말인데, 일은 그렇게 돌아가는 게 아닙니다. 두 번째로 저는 당신과 당신의 부모님을 채찍으로 몹시 때렸으면 좋겠군요. 프랑스 책 같은 것을 당신에게 읽히지 않았습니까, 프랑스 책에서 뭐 좋은 것을 배운다고. 거기엔 독이…… 아주 유해한 독이 있는 것을요, 아가씨! 한 가지 묻겠습니다만, 아가씨가 생각하는 것은, 그러니까, 어쩌고저쩌고 이렇게 저렇게 무사히 도망가서, 그리고 그…… 바닷가 오두막집, 어쩌고. 그리고 비둘기처럼 사랑을 속삭이면서 많은 감정에 대해서 밀어를 나누고, 그렇게 평생을 만족과 행복 속에서 살고. 그러다 보면, 병아리도 생겨날 거고, 그러면 우린……《이렇게 저렇게 해서, 어쩌고저쩌고, 아버님, 올수피 이바노비치 5등 문관님, 어쩌고, 자, 이렇게 병아리가 태어났어요. 그러니 아버지, 이 기회에 노여움을 푸시고 저희 부부를 축복해 주세요.》뭐 이런 생각을 하고 있는 건가요? 아니오, 아가씨. 다시 말씀드리지만, 일이란 그렇게 쉽게 풀리는 법이 아니랍니다. 우선 비둘기 같은 사랑, 그런 것은 없어요. 꿈도 꾸지 마세요. 요즈음 남편들은요, 아가씨, 주인과 같아요. 따라서 착하고 얌전한 아내는 모든 면에서 그의 마음에 들도록 행동해야 하지요. 요즘, 우리의 산업 시대에는요, 아가씨, 부드러운 것도 좋아하지 않아요. 장 자크 루소의 시대는 흘러갔다고들 얘기하지요. 요즘 직장에서 돌아온 남편들은 배가 고프다며 이렇게 말해요.《여보, 뭐 먹을 거 없어? 보드까나 청어 같은 거 없냐고?》그러니까 아가씨, 보드까와 청어는 집에 항상 준비해 놓아야 한다는 얘기예요. 남편은 그렇게 맛있게 먹고 나서, 당신은 쳐다보지도 않고 이렇게 말하겠죠.《이봐, 부엌에 좀 가봐. 저녁이 어떻게 되어 가는지 좀 보라고.》키스는 일주일에 한 번이나 해줄까요, 그것도 뭐 대강 무심히 하겠죠……. 바로 그게 요즈음 우리 사회입니다. 아가씨. 그 한 번도 대강 무심히 하고 만다니까요……! 만약 생각을 그런 식으로 정리해 본다면, 이미 그렇게 된 일이라면, 그런 식으로 사태를 바라보기 시작한다면 그게 이제 어떻게 될까요……. 나는 여기서 뭐죠? 아가씨, 당신의 변덕스러운 놀이에 나는 왜 끼워 넣었냐고요?《저로 인해 고통을 당하시는 은혜로운 분, 그리고 제 가슴속에 영원히 소중히 남을 귀한 분, 어쩌고저쩌고》라고 했죠. 아가씨, 우선 말이죠, 저는, 저는 당신에게 쓸모가 없는 놈입니다. 스스로도 아시잖아요. 남에게 찬사를 보내는 일도 서툴고, 여자들의 향수 냄새 폴폴 나는 갖가지 사소한 일들을 언급하는 것도 싫어하고, 바람둥이들을 부러워하는 것도 아니고, 생긴 것도 솔직히 말해서 별로입니다. 제게서 허풍이나 부끄러워할 만한 구석은 못 찾을 겁니다. 지금 당신께 모든 것을 솔직하게 말씀드리는 겁니다. 그러니까, 그게 이래요. 제가 가진 것은 직선적이고 솔직한 성격과 건전한 사고 방식뿐이고 모사 같은 것은 할 줄 모릅니다. 저는 모사꾼이 아닌 데다가, 그것을 자랑스럽게까지 생각한다고 말하는 겁니다. 바로 그거예요! 저는 착한 사람들 사이에서 가면을 쓰고 다니는 일 같은 건 없고요, 당신께 모든 걸 말씀드리면…….》

골랴드낀 씨는 자지러지게 놀랐다. 흠뻑 젖은 불그스레한 턱수염의 마부가 장작 뒤에 있는 그를 다시금 들여다본 것이다.

「난 지금, 여보게, 나는 말이지, 저, 이제 곧, 나는, 이 사람, 곧.」 골랴드낀 씨의 목소리는 슬픔에 잠겨 떨리고 있었다.

마부는 뒤통수를 긁적거리면서 자신의 수염을 들여다보더니 한 발 다가섰다……. 그는 골랴드낀 씨를 미심쩍은 눈으로 바라보았다.

「나는 지금, 이 친구야, 저 말이지, 나는 말이야……. 이 사람아…… 조금만 더, 나는, 말이지, 이 사람아, 여기 1분만 더……. 저 말일세, 이 사람아……」

「아예 안 가시는 겁니까?」 골랴드낀 씨에게 단호하고 결정적인 몸짓으로 한 발 더 다가선 마부는 마침내 입을 열었다…….

「아니야, 이 사람아, 지금 가네. 나는, 그러니까, 이 사람아, 누굴 기다리고 있는 거야…….」

「그래서요…….」

「나는 말이지, 여보게…… 자네는 어느 마을 사람이지?」

「저는 주인댁에 매인 몸입니다…….」

「주인들은 좋은 분들이신가?」

「그럭저럭요…….」

「그래, 여보게, 이쪽으로 서게나. 자네는, 그러니까, 뻬쩨르부르그에 온 지는 오래됐나, 자네?」

「네, 벌써 1년이나 이러고 다닙니다…….」

「사는 건 괜찮은가?」

「웬만합니다.」

「그래, 이 사람아, 그런 거야. 신의 섭리에 감사하게나, 이 사람아. 자네는 착한 사람들을 찾아다니게나. 요즘은 착한 사람들이 거의 없다네, 여보게. 착한 사람들이란 자네를 씻겨 주고 먹여 주고 마실 것까지도 줄 걸세. 이 사람아, 착한 사람들은 그래……. 가끔은 자네도 보아서 알겠네만, 금덩이를 끌어안고 살아도 눈물을 흘리는 법이지……. 여보게, 그런 비참한 경우를 알고 있는가. 그런 거라고, 이 사람아…….」

마부는 골랴드낀 씨가 가엾어진 모양이었다.

「죄송합니다요, 나리. 더 기다리겠습니다요. 그런데 오랫동안 기다리시렵니까?」

「아니야, 이 사람아, 아니라고. 나는 이제 말이지, 저……. 나는 이제 더 기다리지 않겠네, 이 사람. 자네는 어떻게 생각하나? 자네 하라는 대로 하지. 나는 이제 여기서 기다리지 않겠어…….」

「아무 데도 안 가신단 말입니까?」

「안 가네, 이 사람아. 안 간다고. 하지만 내 자네에게 사례는 하지 그럼……. 자, 그러니까, 자네에게 내가 얼마를 주어야 하는가?」

「처음에 약조한 것도 있고, 나리. 그리고 어여삐 봐주십쇼, 오래 기다리지 않았습니까요, 나리. 나리, 이놈을 섭섭하게 하지는 말아 주십시오.」

「자, 여기 있네. 이거 받게.」 골랴드낀 씨는 약속한 은화 6루블을 마부에게 다 주어 버리고 더 이상 시간을 허비하지 않고 이곳에서 무사히 벗어나리라 단단히 마음을 먹었다. 더구나, 사태는 이제 확실하게 결정이 난 것이었기 때문에 마부도 보낸 뒤였고, 따라서 이젠 더 이상 기다릴 것도 없었다. 그는 마당을 가로질러 대문 밖으로 나가 숨을 크게 내쉬었다. 그리고 왼쪽으로 몸을 틀어 뒤도 안 돌아보고 좋아라 달리기 시작했다. 그는 생각했다. 〈아마도 다 잘될 거야. 나는 이렇게 해서 이제 불행에서 벗어난 거야.〉 정말로 골랴드낀 씨의 마음은 갑자기 이상하리만치 가벼워졌다. 〈아, 정말로 다 잘되면 얼마나 좋을까!〉 생각은 그렇게 했지만, 우리 주인공은 자신의 말에 거의 믿음을 갖지 않았다. 〈내가 그러니까……, 아니야, 나는 바로 이렇게 다른 방향에서……. 아니면 그렇게 해보는 게 더 나으려나?〉 이렇게 의혹 속에서 그 의혹들의 열쇠와 해결책을 찾으려 애쓰며 우리의 주인공은 어느새 세묘노프스끼 다리까지 뛰었다. 세묘노프스끼 다리까지 뛰어온 그는 다시 생각한 끝에 돌아가기로 최종 결정을 내렸다. 그는 생각했다. 〈그게 낫겠어. 다른 방향에서 생각하는 게 더 낫겠어. 즉 이렇게 하는 거야. 어떻게 할 거냐면 말이지, 나는 아무 상관없는 방관자가 되는 거야. 그러면 해결되고 마는 것을.《나는 방관자입니다, 제삼자입니다》어쩌고 말이야. 그러면 거기서 무슨 일이 일어나도 그건 내 잘못이 아닌 거지. 맞아, 그거야! 사태가 이젠 그런 식으로 돌아가는 거라고.〉

돌아가기로 결심한 우리의 주인공은 정말로 돌아갔다. 게다가 그는 자신만의 행복한 생각에 빠져 이제 자신이 틀림없는 제삼자라고 생각을 하고 있는 것이다. 〈이게 훨씬 나아. 아무것도 책임지지 않아도 되고, 그저 무슨 일이 벌어지나 구경만 하면 되는 거야……. 그래, 정말 좋은 생각이야!〉 그에겐 이러한 계산이 틀림없는 것이었고, 사태는 그렇게 해결될 거라고 믿었다. 마음을 가라앉힌 그는 자신을 위로하고 보호해 주는 장작더미가 있는 평화로운 공간으로 다시 숨어들어 가, 찬찬히 창문을 살펴보기 시작했다. 이번엔 오랫동안 쳐다보면서 기다릴 필요가 없었다. 갑자기 안에서 어떤 이상한 움직임이 보였고, 사람들의 모습이 어른거리더니 커튼이 열렸다. 올수피 이바노비치의 집 창가에는 많은 무리의 사람들이 붐비고 있었고, 모두들 마당을 내려다보면서 뭔가를 찾고 있었다. 장작더미로 몸을 가리고 있던 우리의 주인공도 나름대로 호기심을 갖고 그들의 행동을 살피며 장작더미의 작은 그늘이 허용하는 한도에서 고개를 좌우로 쭈욱 뻗어 거기에 동참했다. 그는 갑자기 무엇에 얻어맞은 듯 깜짝 놀라서 부르르 떨며 무서워서 그 자리에 주저앉을 뻔했다. 한마디로, 그는 사람들이 찾고 있는 것이 〈무엇〉도 아니고 〈누구〉도 아닌 바로 그 자신, 골랴드낀 씨뿐이라는 것을 완전히 알아낸 것 같았다. 모두 그가 있는 쪽을 바라보았고, 모두 그를 가리켰다. 도망갈 수도 없었다. 그러면 모두가 보게 될 테니까……. 망연자실해진 골랴드낀 씨는 장작 옆으로 될 수 있는 대로 바싹 몸을 오그렸다. 하지만, 이때 그는 배신자 같은 그림자에게서 버림받았다는 것을 알아차렸다. 그림자는 그의 전신을 가리고 있지 않았던 것이다. 우리의 주인공은 지금 장작 사이의 쥐구멍에라도 아주 기꺼이 들어가 고분고분하고 얌전하게 앉아 있고만 싶었다. 다만 그것이 가능하기만 하다면 말이다. 하지만 그것은 결단코 불가능한 일이었다. 그는 절망적인 최후의 노력을 기울여 마침내 단호한 모습으로 모든 창문을 똑바로 올려다보았다. 그게 더 나았다……. 그는 수치심으로 인해 얼굴이 빨갛다 못해 거무죽죽해졌다. 모두 그를 알아보자마자 한꺼번에 그를 쳐다보고는, 손짓으로 부르거나 고개를 끄덕이며 그를 불러 댔다. 몇몇 사람은 통풍창을 덜컹거리면서 열어젖히기도 했다. 누구는 또 그에게 뭔가 큰 소리로 말하기 시작했다. 「정말 놀랍군, 어떻게 저런 계집아이들을 어렸을 때부터 채찍으로 때려서 가르치지 않나 몰라?」 우리의 주인공은 정신이 완전히 나간 채 중얼거렸다. 갑자기 현관에서 그가 뛰어나왔다. (누군지는 다 알 것이다.) 그는 모자도 없이 제복만 입고 숨을 헐떡이며 침착하지 못하게 종종걸음으로 껑충껑충 뛰면서 달려 나왔다. 마침내 골랴드낀 씨를 찾아낸 엄청난 기쁨을 거짓으로 나타내며 말이다. 아무짝에도 쓸모없기로 유명한 그자는 시끄럽게 떠들어댔다.

「야꼬프 뻬뜨로비치! 야꼬프 뻬뜨로비치, 여기 계셨어요? 감기 드시겠어요. 여긴 춥다고요. 야꼬프 뻬뜨로비치, 방으로 들어갑시다.」

「야꼬프 뻬뜨로비치! 아닙니다. 저는 괜찮아요, 야꼬프 뻬뜨로비치.」 고분고분한 목소리로 우리의 주인공은 대꾸했다.

「아닙니다, 안 돼요, 야꼬프 뻬뜨로비치, 모두들 당신께 들어오라고, 정중하게 부탁하고 계세요. 우리를 기다리고 있다니까요. 〈제발 저희들을 위해서 야꼬프 뻬뜨로비치를 이리로 모셔오세요〉라고 말하면서요. 정말이라니까요.」

「아니오, 야꼬프 뻬뜨로비치. 저는 말이죠, 저는 차라리 저…… 저는 차라리 집에 가는 것이 낫겠어요, 야꼬프 뻬뜨로비치.」 우리의 주인공은 한편으로는 불 위에서 지글지글 타면서 동시에 또 한편으로는 부끄러움과 공포로 인해 얼어가며 말했다.

「절 — 절 — 절 — 절대로!」 그 혐오스러운 인간이 쩍쩍거렸다. 「절 — 절 — 절 — 절대로 안 됩니다! 갑시다!」 그는 단호하게 말하면서 현관으로 큰 골랴드낀 씨를 잡아끌었다. 큰 골랴드낀 씨는 전혀 가고 싶지 않았지만 모두들 쳐다보고 있었고, 계속 저항하면서 버티는 것도 어리석을 것 같아 안으로 들어갔다. 하지만 단순히 〈들어갔다〉라고만 말할 수는 없는 상황이었다. 왜냐하면, 그는 자기 자신에게 무슨 일이 벌어지고 있는지 정말 몰랐기 때문이다. 이젠 괜찮다, 아무래도 좋았다!

우리의 주인공은 정신을 가다듬기도 전에, 충격에서 깨어나기도 전에 벌써 거실에 와 있었다. 그의 얼굴은 창백했고, 머리는 헝클어지고 옷매무새도 엉망이었다. 흐리멍덩한 눈으로 그는 사람들을 둘러보았다. 세상에! 홀이며, 집 안의 모든 방이며, 모든 공간이, 모든 공간이 사람들로 가득 차 있었다. 사람들은 셀 수도 없이 많았고, 부인네들도 옹기종기 모여 있었다. 이들은 골랴드낀 씨 주위에서 모두 이리 밀고 저리 밀리며 서 있었다. 하나같이 골랴드낀 씨를 보려고 아우성이었고 골랴드낀 씨는 이것을 혼자 감당해야 했다. 그는 사람들이 자신을 어딘가로 떠밀고 있다는 것을 확실히 느낄 수 있었다. 〈이건 문 쪽으로 가는 게 아닌데.〉 골랴드낀 씨는 생각했다. 정말로 그를 밀고 간 곳은 문이 아니라 올수피 이바노비치의 안락의자가 있는 쪽이었다. 의자 한쪽 옆에는 끌라라 올수피예브나가 서 있었다. 그녀의 얼굴은 창백했고 뭔가 괴로워하고 있었고 슬퍼 보였다. 그래도 차림새는 화려했다. 특히 골랴드낀 씨의 눈에 띈 것은 그녀의 검은 머리에 꽂힌 작고 하얀 꽃들이었는데, 금상첨화의 효과를 내주고 있었다. 안락의자의 다른 한쪽에는 블라지미르 세묘노비치가 검은 연미복을 입고 서 있었고, 그의 제복 깃에는 새로운 훈장이 달려 있었다. 앞에서도 언급했듯 사람들은 골랴드낀 씨의 팔을 잡아 올수피 이바노비치에게 데리고 갔다. 한 쪽 팔은 작은 골랴드낀 씨가 꽤나 고상하고 선한 척하며 잡아끌었다. 그 모습에 우리의 주인공은 더할 나위 없이 즐거워했다. 또 다른 한 팔은 최고로 엄숙한 표정을 지은 안드레이 필립뽀비치가 잡아끌었다. 〈도대체 무슨 일이 생기려고 이래?〉 골랴드낀 씨는 생각했다. 사람들이 자신을 올수피 이바노비치에게 데리고 가는 것을 알았을 때, 그는 갑자기 벼락을 맞은 것만 같았다. 도둑맞은 편지에 대한 생각이 그의 머릿속에 떠올랐기 때문이다. 나락으로 떨어지는 것 같은 절망 속에서 우리의 주인공은 올수피 이바노비치의 안락의자 앞에 섰다. 그는 생각했다. 〈이제 나는 어쩌지? 그래, 이젠 당당해지는 거야. 다시 말해서 솔직하면서도 체면은 유지하자고.《그게 말이죠, 이렇게 저렇게 된 일이고 기타 등등.》》 하지만 우리 주인공이 두려워했던 일은 아마도 일어나지 않은 모양이었다. 올수피 이바노비치는 비록 손은 내밀지 않았지만 골랴드낀 씨를 아주 친절하게 맞이하는 것 같았다. 최소한 그를 바라보며 존경을 표시하듯 백발을 흔들었다. 아주 엄숙하고 비장하게, 그러면서 동시에 어떤 깊은 호의를 가지고 머리를 흔들고 있었던 것이다. 최소한 골랴드낀 씨에게는 그렇게 느껴졌다. 심지어 올수피 이바노비치의 생기 없는 눈에서는 눈물까지 반짝인 것처럼 느껴졌다. 골랴드낀 씨가 눈을 들었을 때, 그는 바로 거기 서 있던 끌라라 올수피예브나의 눈썹에도 눈물방울이 빛을 발하는 것을 보았고, 블라지미르 세묘노비치의 눈에서도 그와 비슷한 것을 본 것만 같았다. 끝으로 안드레이 필립뽀비치의 범접할 수 없이 침착한 위엄도 그들의 눈물에 버금가는 것처럼 느껴졌다. 언젠가 아주 높은 문관을 닮은 것같이 보이던 그 젊은이는 마침내 그 순간 서럽게 통곡을 하고 있었다……. 아니면 이 모든 것이 어쩌면 골랴드낀 씨에게 그냥 그렇게 느껴지기만 했던 것일 수도 있다. 왜냐하면 그 스스로가 눈물을 쏟고 있었기에 차가운 뺨 위로 흐르는 뜨거운 눈물을 분명 느끼고 있었기 때문이다……. 우리의 주인공은 이제 다른 사람들과 또 운명과 화해하고 그 순간 올수피 이바노비치뿐만 아니라, 그곳에 함께 있던 모든 손님들, 그리고 심지어는 사악한 쌍둥이, 이제는 골랴드낀 씨의 사악한 쌍둥이가 아니라 아무 상관없는 아주 친절하고 독립적인 제삼자로 느껴지는 그에게도 가없는 애정을 느끼며, 울음에 북받친 목소리로 올수피 이바노비치에게 감동적인 자신의 심경을 토로하려 했다. 하지만 그는 가슴에 쌓인 것이 너무 많아서 정말 아무 설명도 할 수가 없었고, 다만 아주 멋있는 몸짓으로 조용히 자신의 심장만을 가리켰다……. 안드레이 필립뽀비치는 백발이 성성한 노인의 감정을 배려함인 듯, 골랴드낀 씨를 마침내 한쪽으로 데려가서 그를 거기에 남겨두었다. 그것은 완전한 무방비 상태였다. 의혹은 여전히 남아 있었지만, 우리의 주인공은 미소를 띠고 뭔가 혼자 중얼거리면서, 어쨌든 사람들과 운명과 거의 완벽하게 화해를 하고 빽빽한 사람들 틈으로 스며들었다. 모두 그에게 길을 내주면서 기이한 호기심과 뭔가 설명할 수 없는 수수께끼 같은 동정심으로 그를 바라보았다. 우리의 주인공은 다른 방으로 갔다. 거기서도 그에 대한 관심은 넘쳐 났다. 그는 많은 사람들이 자신의 뒤를 쫓으면서 발걸음 하나하나를 주시하며 저희들끼리 뭔가 아주 재미있게 작은 소리로 얘기하면서 고개를 흔들고, 말하고, 따지고, 이러쿵저러쿵 쑥덕거리는 소리를 어렴풋이 들었다. 골랴드낀 씨는 그들이 무엇을 놓고 그렇게 따지고 이러쿵저러쿵 쑥덕거리는지 무척 알고 싶었다. 주위를 돌아본 우리의 주인공은 옆에 있던 작은 골랴드낀 씨를 보았다. 그의 손을 잡아 한쪽으로 데려가야 할 필요를 절실히 느낀 골랴드낀 씨는 또 한 명의 야꼬프 뻬뜨로비치에게, 앞으로 그가 자신의 새 출발에 조력해 줄 것과 다시는 자신을 위험한 지경에 처하게 내버려 두지 말아 줄 것을 간절히 부탁했다. 작은 골랴드낀 씨는 거만하게 고개를 끄덕이며 큰 골랴드낀 씨의 손을 꼭 쥐었다. 우리 주인공의 가슴속에서는 온갖 감정이 북받쳐 올라 심장이 두근두근 뛰기 시작했다. 하지만 그는 여전히 숨을 헐떡였다. 뭔가 그를 꽉 조이는 것 같았다. 그를 향한 눈, 바로 그것들이 그를 괴롭히고 압박하고 있었던 것이다. 골랴드낀 씨는 그 와중에 가발을 쓰고 다니는 그 문관도 보았다. 그는 다른 사람들의 동정과는 관계없이 곱지 않은 시선으로, 주의를 주는 듯한 아주 엄한 시선으로 골랴드낀 씨를 바라보았다. 우리 주인공은 곧장 그에게로 다가가 미소를 짓고 해명을 해보려 했다. 하지만 그럴 수가 없었다. 골랴드낀 씨는 의식을 거의 잃은 데다가 기억도 감정도 다 잃어버리고 만 것이다…… 정신을 차린 그는 둥그렇게 에워싼 손님들 사이에서 자신이 빙글빙글 돌고 있다는 것을 알아차렸다. 갑자기 다른 방에서 누군가 골랴드낀 씨의 이름을 소리쳐 불렀다. 그 외침은 모든 사람들이 들을 수 있도록 단번에 퍼져 나갔다. 모두들 웅성웅성거리며 첫번째 홀 입구로 시끌벅적하게 달려갔다. 사람들은 우리의 주인공을 거의 손으로 들어 나르다시피 했고 가발을 쓴 냉정한 문관은 골랴드낀 씨 옆에 딱 붙어 있었다. 마침내 문관은 골랴드낀 씨의 팔을 잡아 올수피 이바노비치의 맞은편에서 꽤 멀리 떨어져 있는 자신의 옆 자리에 앉혔다. 홀에 있던 사람들도 모두 골랴드낀 씨와 올수피 이바노비치를 둘러싸고 몇 줄로 겹쳐 앉았다. 모두들 입을 다물고 아무 소리도 내지 않았다. 그들은 엄숙한 침묵 속에서 평소와는 다른 어떤 것을 기다리는 듯 올수피 이바노비치를 쳐다보았다. 골랴드낀 씨는 문관과 자신으로부터는 정면이고 올수피 이바노비치에겐 측면이 되는 곳에 또 한 명의 골랴드낀 씨와 안드레이 필립뽀비치가 앉아 있는 것을 보았다. 침묵은 길었다. 정말 무엇인가를 기다리고 있었던 것이다. 〈어떤 집에서 식구 중 누군가 먼 길을 떠날 때와 같군 그래.³³ 이제 모두 서서 기도만 하면 되겠어.〉 우리의 주인공은 이렇게 생각했다. 그때 갑자기 심상치 않은 움직임이 일어 골랴드낀 씨의 상념을 흩어 놓았다. 이미 오래전부터 기다리고 있던 어떤 것이 닥친 것이다. 〈옵니다, 옵니다!〉 하는 소리가 사람들 사이에서 들려왔다. 〈누가 온다는 거야?〉 골랴드낀 씨는 생각했고, 어떤 이상한 느낌으로 몸을 떨었다. 「때가 됐습니다!」 문관은 의미심장한 눈으로 안드레이 필립뽀비치를 쳐다보며 말했다. 안드레이 필립뽀비치는 안드레이 필립뽀비치대로 올수피 이바노비치를 바라보았다. 올수피 이바노비치는 근엄하고 엄숙하게 고개를 끄덕였다. 「일어납시다.」 문관은 골랴드낀 씨를 일으켜 세우며 말했다. 다른 사람들도 모두 따라 일어났다. 문관은 큰 골랴드낀 씨의 팔을 잡았고, 안드레이 필립뽀비치는 작은 골랴드낀 씨의 팔을 잡았다. 그들을 둥그렇게 에워싼 채 어떤 기대 속에 신경을 잔뜩 곤두세우고 있는 사람들 사이로 그들은 완전히 똑같이 생긴 두 사람을 엄숙하게 이끌었다. 우리의 주인공은 어리둥절해져서 주위를 돌아보았다. 사람들은 그때 그를 멈춰 세웠고 그에게 손을 내밀고 서 있던 작은 골랴드낀 씨를 가리켜 보였다. 〈우리를 화해시키려는 것이군.〉 우리의 주인공은 그렇게 생각하면서 감동에 겨워 작은 골랴드낀 씨에게 손을 내밀었다. 그리고 그 다음엔 그에게 머리를 기댔다. 다른 골랴드낀 씨도 그렇게 했다⋯⋯. 이때 큰 골랴드낀 씨는 그의 위선적인 친구가 미소를 지으면서 아주 잠깐 동안 그들을 둘러싼 사람들에게 교활한 눈짓을 했고, 인

---

33 러시아에서는 가족 중 누군가 여행을 떠나면 떠나기 직전 집 안에 있던 사람들 모두가 어디든 걸터앉아서 편안한 여행을 빌어 준다.

간 같지 않은 작은 골랴드낀 씨의 얼굴에 뭔가 악의에 찬 표정이 떠오르고, 더욱이 키스를 해야 했던 순간에는 그가 잔뜩 찌푸린 얼굴을 지어 보이기까지 했다고 느꼈다……. 골랴드낀 씨의 머릿속에선 쇳소리가 울리기 시작했고, 눈앞은 캄캄해졌다. 똑같이 생긴 골랴드낀들로 이루어진 끝도 없이 긴 행렬이 시끄러운 소리를 내며 방문을 억지로 열어젖히고 쳐들어 오고 있는 것만 같았다. 하지만 때는 이미 늦었다…… 배신자의 키스는 쪽 소리를 내면서 울려 퍼진 뒤였다. 그리고…….

그때 전혀 예상하지 못했던 사태가 발생했다……. 거실 문이 시끄러운 소리를 내며 열리더니, 그 모습만으로도 골랴드낀 씨가 얼어붙을 것만 같은 어떤 사람의 모습이 나타났다. 골랴드낀 씨의 다리는 땅에 붙어 버렸다. 그의 억눌린 가슴속에서는 비명소리도 나지 않았다. 한편, 골랴드낀 씨는 이미 모든 걸 알고 있었다. 이와 비슷한 사태를 이미 오래전부터 예감하고 있었다. 낯선 사람은 거만하고 엄숙한 걸음걸이로 골랴드낀 씨에게 다가왔다……. 골랴드낀 씨가 잘 아는 인물이었다. 그를 본 적이 있었다. 아주 자주 보았다. 오늘도 보았다……. 낯선 사람은 키가 크고 건장했다. 그는 검은 옷을 입고 목에는 눈에 확 띄는 십자 훈장을 단, 텁수룩하고 검은 구레나룻이 있는 사나이였다. 입에 시가만 물었더라면 완벽한 그 사람이었을 텐데 말이다……. 그러나 앞에서도 말했듯 낯선 사람의 시선은 골랴드낀 씨를 공포로 얼어붙게 했다. 무서운 사나이는 우리 서사시의 비참한 주인공에게 거만하고 엄숙한 표정을 지으며 다가왔다……. 우리의 주인공은 그에게 손을 내밀었다. 낯선 사람은 그의 손을 잡고 끌어당겼다……. 정신을 하나도 차릴 수 없는 우리의 주인공은 초죽음이 되어 주위를 둘러보았다⋯⋯.

「이분은, 이분은 내과 및 외과 전문의이면서 당신의 오랜 지인인 끄레스찌얀 이바노비치 루쩬쉬삐쯔입니다, 야꼬프 뻬뜨로비치!」 누군가의 기분 나쁜 목소리가 골랴드낀 씨의 귀 바로 밑에서 재잘거렸다. 그는 주위를 둘러보았다. 그것은 비열한 인격을 타고난 혐오스러운 쌍둥이, 바로 그자였다. 그의 얼굴에서는 천박하고 악의에 가득 찬 기쁨이 빛을 발하고 있었다. 그는 기쁨에 겨워 두 손을 비비댔고, 좋아서 어쩔 줄 몰라하며 주위를 이리저리 돌아보았고, 환희에 가득 차서 사람들 주위를 종종걸음 치며 돌아다녔다. 폭발할 것 같은 기쁨에 바로 춤이라도 추려는 것 같았다. 마침내 그는 앞으로 뛰어나가 하인의 손에서 양초를 빼앗아 들더니 골랴드낀 씨와 끄레스찌얀 이바노비치에게 길을 밝혀 주면서 걸어갔다. 골랴드낀 씨는 거실에 있던 사람들이 하나도 빠짐없이 뒤를 따라 나오면서 서로 밀치고 누르며 입을 모아 반복하는 소리를 똑똑히 들었다. 「이건 아무 일도 아니니까 겁내지 마세요, 야꼬프 뻬뜨로비치. 이 사람은 당신의 오랜 친구이자 지인인 끄레스찌얀 이바노비치 루쩬쉬삐쯔잖아요⋯⋯.」 그들은 마침내 불이 환하게 밝혀져 있는 현관 계단으로 나갔다. 거기에도 숱한 사람이 있었다. 아파트 현관 문은 시끄러운 소리를 내며 열렸고, 골랴드낀 씨는 끄레스찌얀 이바노비치와 함께 현관에 나타났다. 그 앞에는 참을성 없이 힝힝거리는 네 필의 말과 그들이 끄는 마차가 서 있었다. 남의 불행에 신명이 난 작은 골랴드낀 씨는 단 세 걸음 만에 계단에서 뛰어 내려와 직접 마차 문을 열었다. 끄레스찌얀 이바노비치는 타이르는 듯한 몸짓으로 골랴드낀 씨에게 앉으라고 권했다. 하지만 그런 것 따위는 전혀 필요하지 않았다. 사람들이 앉혀 주는 것만으로도 충분했으니까……. 공포로 인해 웅크리면서 골랴드낀 씨는 뒤를 돌아보았다. 환하게 밝혀진 계단에는 사람들이 주렁주렁 매달려 있었다. 호기심 가득한 눈들이 여기저기서 그를 주시했다. 올수피 이바노비치도 계단의 맨 앞쪽, 안락의자에 앉아 벌어지는 모든 일을 주의 깊게 빠짐없이 바라보고 있었다. 모두가 기다리고 있었다. 골랴드낀 씨가 뒤를 돌아봤을 때, 기다리다 지쳐 투덜거리는 소리가 사람들 사이에 들려왔다.

「저는 제 관청 업무에 관한 한, 모든 사람들에게 비난을 받아야 한다거나…… 준엄한 책망을 받을 큰일이나…… 그리고 주목을 받을 만한 일은 저지르지 않았다고…… 그럴 일은 아무것도 없다고 생각하는데요?」 우리의 주인공은 정신이 혼미한 상태에서 입을 떼었다. 주위에선 크게 떠드는 소리가 들려왔다. 모두들 그렇지 않다고 고개를 가로저었다. 골랴드낀 씨의 눈에서는 눈물이 흘렀다.

「만약 그렇다면, 저는 준비가…… 저를 맡기지요…… 제 운명을 끄레스찌얀 이바노비치에게 맡기지요…….」

골랴드낀 씨가 자신의 운명을 끄레스찌얀 이바노비치에게 맡긴다고 말하자마자 귀청이 떨어져 나갈 정도로 커다란, 우레와 같은 기쁨의 함성 소리가 에워싸고 있던 사람들 사이에서 터져 나왔다. 기다리고 있던 사람들은 수긍하면서도 악의에 가득 차서 으르렁거렸던 것이다. 끄레스찌얀 이바노비치와 안드레이 필립뽀비치는 각각 양쪽에서 골랴드낀 씨의 팔을 잡아 마차에 앉히려 했고, 그의 분신은 비열한 평소 습관대로 뒤에서 거들었다. 불행한 큰 골랴드낀 씨는 모든 사람과 사물에게 마지막으로 눈길을 한번 더 보내더니, 이런 비유가 가능한지 모르겠지만, 차가운 물을 뒤집어쓴 새끼 고양이처럼 부들부들 떨면서 마차 안으로 들어갔다. 그의 뒤로 끄레스찌얀 이바노비치도 바로 따라 들어와 앉았다. 마차의 문이 쾅 닫혔다. 말을 때리는 채찍 소리도 들렸다. 말은 마차를 힘껏 끌었다……. 남아 있던 사람들은 모두 골랴드낀 씨의 뒤를 따라 뛰었다. 원수들의 고별 인사는 귀청을 찢는 듯한 광란하는 비명 소리가 되어 그의 뒤를 따라왔다. 골랴드낀 씨를 데려가는 마차 주변에는 얼마간 몇몇 사람들의 얼굴이 더 나타나곤 했다. 하지만 그들은 점점 처지기 시작했고, 마침내 완전히 사라졌다. 가장 멀리까지 따라왔던 사람은 골랴드낀 씨의 쌍둥이 위선자였다. 그는 녹색 제복 바지 주머니에 두 손을 찔러 넣고 아주 만족스러운 모습으로 달렸던 것이다. 마차 오른쪽에서 뛰는가 하면 곧 왼쪽에도 나타나고, 가끔은 창틀을 잡고 매달려서 그 속으로 머리를 들이밀며 작별의 표시로 골랴드낀 씨에게 키스를 보내기도 했다. 하지만 그도 지치기 시작했는지 점점 드물게 나타나는가 싶더니 어느덧 완전히 사라져 버렸다. 골랴드낀 씨의 가슴속에서는 심장이 뻐근하게 아파 왔다. 뜨거운 피가 머리로 치솟아 올랐다. 그는 너무 답답해서 앞 단추를 풀어 헤치고 가슴을 드러내어 눈으로 문지르고 찬물을 끼얹고 싶었다. 마침내 그는 정신을 잃고 말았다……. 정신을 차렸을 때, 그는 마차가 전혀 낯선 길을 달리고 있다는 것을 알아차렸다. 오른쪽에서도 왼쪽에서도 산들만 어른거렸다. 막막하고 휑했다. 갑자기 그는 소스라치게 놀랐다. 불타는 듯한 두 눈이 어둠 속에서 그를 지켜보고 있었던 것이다. 악의에 가득 찬 그 눈들은 지옥의 사자의 그것과도 같았고 기쁨으로 빛나고 있었다. 이 사람은 끄레스찌얀 이바노비치가 아니야! 도대체 이게 누구야? 그가 맞나? 그 사람인데! 이 사람은 끄레스찌얀 이바노비치가 맞아! 다만, 옛날의 그가 아니라 다른 끄레스찌얀 이바노비치다! 이 사람은 무서운 끄레스찌얀 이바노비치다……!

「끄레스찌얀 이바노비치, 저는…… 저는 괜찮은 것 같아요, 끄레스찌얀 이바노비치.」 얌전하고 온순한 언행으로 무서운 끄레스찌얀 이바노비치의 동정심을 다소 얼마간이라도 얻기를 바라며 우리의 주인공은 두려움에 부들부들 떨면서 입을 열었다.

「넌 장작, 등불, 하인까지 딸린 관사를 받게 되는데, 네겐 그것도 과분햇!」[34] 사형 선고처럼 엄하고 무서운 끄레스찌얀 이바노비치의 대답이 그렇게 울리고 있었다.

우리의 주인공은 비명을 지르며 머리를 움켜쥐었다. 아아! 그는 이미 오래전부터 이런 일을 예감하고 있었던 것이다!

---

34 원문에서 이 사람은 독일인의 악센트로 말한다.

위대한 소설의 전주곡

도스또예프스끼의 초기 작품 중에서 독자와 비평가에게 가장 냉대받는, 그러면서도 연구자들에게는 가장 큰 관심을 불러일으키는 작품을 한 편 꼽으라면 아마도 『분신*Dvoinik*』을 들 수 있을 것이다. 처녀작 『가난한 사람들*Bednye liudi*』로 비평가들을 감동시켰던 유망한 젊은 작가가 쓴 두 번째 소설로서, 제목부터 무언가 그럴듯한 의미를 내포하는 듯 여겨지지만 이 작품은 당대의 독자들에게 당혹감만을 주었다. 그것은 독자로 하여금 작가의 문체 감각이나 구성 및 인물 묘사 능력을 의심하게 만들기에 충분한 단점들을 고루고루 갖추고 있기 때문이다. 놀랄 만큼 지루한 전개 방식, 단조로운 인물 구조, 다듬어지지 않은 문체, 반복적인 서술 등이 이 소설을 처음 읽으면서 상식적인 독자들이 보편적으로 발견하게 되는 특징일 것이다.

1846년 1월 30일, 『조국 수기*Otechestvennye zapiski*』에 『분신』이 발표되었을 때 도스또예프스끼에게 호의적이었던 비평가 V. 벨린스끼는 비교적 우회적인 표현을 써서 그 작품의 문제점을 지적해 주었다. 그는 이 신예 작가가 〈엄청난 재능을 가지고 있는 것은 사실이지만〉 대부분의 독자들은 『분신』을 견딜 수 없이 지루한 작품으로 생각한다고 밝히면서 이 작품의 모든 단점들은 〈기교와 절제와 조화〉에 대한 의식이 결여된 아직 미숙한 재능에서 비롯된 것이라고 단정지었다. 벨린스끼의 평가는 반드시 혹평이라고 할 수는 없었겠지만 한껏 부풀어 있던 도스또예프스끼의 허영심을 훼손시키기에는 충분할 정도로 부정적인 뉘앙스를 풍기고 있었다. 도스또예프스끼 자신이 이 소설에 대해서 굉장한 기대를 걸고 있었기 때문에 실망은 더 컸다. 그는『분신』을 집필할 때부터 그것이 자기의 걸작이 될 것이라고 호언장담했으며,『분신』이 발표된 직후 형에게 다음과 같이 써보내기도 했다. 〈골랴드낀은『가난한 사람들』보다 열 배나 더 훌륭합니다. 친구들은 모두『죽은 혼』이후 러시아에서 그만한 작품은 쓰인 적이 없다느니, 이것은 천재의 작품이라느니, 등등 끝없이 떠들어 댑니다! 그들은 모두 그토록 열렬한 기대감에 차서 저를 보고 있습니다! 믿어 주세요, 골랴드낀은 저를 성공의 절정으로 데려다 주었답니다.〉『분신』이 어느 모로 보나 독자의 사랑을 받는 데 실패한 것이 분명해졌을 때에도 그는 실패의 원인은 형식에 있을 뿐이며 소설에 내재된 관념은 심오한 것이라고, 그리고 주인공 골랴드낀은 자기가 발견한 가장 위대하고 가장 중요한 사회적 전형이라고 자만하였다.

그렇다면 도스또예프스끼의 이러한 자만은 어디서 유래하는 것일까?『분신』은 일부 비평가들이 주장하듯이 실패작인 것일까?『분신』의 의의는 어디에서 찾을 수 있는 것일까?

『분신』은 보잘것없는 하급 관리 골랴드낀이 점차 심리적으로 붕괴해 가는 과정을 그리고 있다. 소심하고 우유부단한 골랴드낀에게 어느 날 그와 똑같이 생긴 분신이 등장하면서 그의 파멸은 시작된다. 제2의 골랴드낀은 골랴드낀을 흉내 내고 사회 생활과 직장에서 그의 자리를 빼앗으며 뻔뻔스럽고 담대한 행각으로 그를 곤경에 빠뜨린다. 골랴드낀의 분신은 어디를 가든 그를 따라다니며 끝내 그를 미치게 만들고, 골랴드낀의 수난은 그가 정신 병원으로 끌려가는 것으로 마무리된다.

이러한 개요로 미루어 볼 때 이 작품에는 적어도 두 가지 중요한 문학적 사실이 얽혀 있음을 알 수 있다. 첫째는 〈자연주의 학파〉 문학의 주인공인 하급 관리의 테마이고, 두 번째는 분신 혹은 분열된 의식의 문제이다. 자연주의는 리얼리티의 저급한 측면에 초점을 맞추어 가난하고 학대받는 사람들과 열악한 환경 등을 사진처럼 자세하게 묘사함으로써 독자들에게 박애주의를 불러일으키는 것을 목적으로 하는데, 하급 관리는 그러한 취지에 걸맞는 인물 유형 중의 하나라고 할 수 있다. 고골이 하급 관리의 형상을 이용하여 희극적이고 환상적인 그로테스크 문학을 창조하였다면 도스또예프스끼의 처녀작 『가난한 사람들』은 자연주의적인 테마를 한 단계 발전시켜 심리주의의 차원으로 올려놓았다고 볼 수 있다. 이러한 맥락에서 『분신』의 골랴드낀은 자연주의와 고골, 그리고 도스또예프스끼 자신의 처녀작에서 발전해 나온 인물인 셈인데, 그의 존재는 19세기 중반의 뻬쩨르부르그라는 특정한 시공간, 특히 관등이 인간성을 지배하고 관등에 의해서만 개인의 우열이 결정되는 비인간적 관료주의 사회를 반영한다. 근대화 과정에 있는 사회의 제도적 희생물로서의 하급 관리는 『분신』 이후에도 지속적으로 도스또예프스끼의 창작 여정에 등장하며 『죄와 벌』의 마르멜라도프에게서 그의 비극은 절정에 달한다.

분신의 테마는 가깝게는 고골의 작품으로 멀게는 E. T. A. 호프만 식의 고딕 소설로 거슬러 올라갈 수 있다. 고골의 「코」는 어느 날 주인공 꼬발료프가 코를 잃어버리는데 그 코가 사람이 되어 주인공을 사칭하며 다닌다는 매우 기괴한 이야기로, 여기서 꼬발료프의 잃어버린 코가 꼬발료프의 분신임은 자명하다. 신체의 일부가 떨어져 나와 인물로 변신하는 예는 사실 괴기담 등에서 흔히 발견할 수 있지만, 고골은 또다시 괴기담을 사회적 메시지가 담긴 일종의 소극으로 재창조한다. 꼬발료프의 코는 주인공의 관등에 대한 집착, 허영심, 그리고 그러한 인물을 만들어 내는 일그러진 사회를 상징한다. 당시 문단에서 〈새로운 고골〉이라고 불렸던 청년 도스또예프스끼는 선배 작가의 분신으로부터 이러한 사회적 메시지를 빌려 와 자기식의 심리주의적 분신에 접목시킨다. 『가난한 사람들』과 마찬가지로 『분신』 역시 근본적으로 심리 드라마라 할 수 있다. 골랴드낀의 분신은 그 자신의 열등의식, 비겁함, 억눌린 자아, 상위 계급에 대한 두려움과 질투, 자기 비하가 만들어 낸 환상이다. 제2의 골랴드낀은 골랴드낀의 열등의식과 짝을 이루는 과대망상증, 자기 비하와 짝을 이루는 자만감, 그리고 부와 명예와 쾌락을 향한 은밀한 욕망의 화신인 것이다. 이 점에서 그는 고골의 또 다른 단편 「광인 일기」의 주인공 뽀쁘리시친의 후예라 할 수 있다. 뽀쁘리시친 역시 열등 의식과 과대망상증 사이를 오가다가 결국 광기의 발작으로 정신 병원으로 옮겨지게 된다.

골랴드낀과 그의 분신 간의 관계가 결국 한 인간의 내적인 분열을 말해 주는 것이라면, 『분신』은 의식의 분열이라고 하는 이후 도스또예프스끼 문학의 가장 중요한 테마를 예고해 주는 셈이다.『지하로부터의 수기』를 비롯하여 도스또예프스끼의 모든 인물들은 언제나 양극단 사이에서 〈소돔의 이상〉과 〈마돈나의 이상〉을 동시에 추구한다. 그들의 내면에는 병적일 정도로 강한 자존심과 자기 혐오, 가학성과 피학성, 선과 악이 공존하며, 이 상반되는 관념들의 투쟁은 그들의 실존을 유지시켜 주는 원동력이 된다. 인간 영혼의 투시자라고 불려지는 도스또예프스끼는, 인간이란 본질적으로 이중적인 존재라고 믿었으며 그의 믿음은 그가 심리학의 대가로 성숙하기 이전의 초기작에서부터 이미 조금씩 표면화되고 있었던 것이다. 도스또예프스끼가 골랴드낀을 가리켜 〈가장 위대하고 가장 중요한 사회적 전형〉이라 부른 것도 아마 이 때문일 것이다.

골랴드낀이 이후 도스또예프스끼의 소설의 원형이 될 수 있는 또 다른 이유는 자의식이다. 도스또예프스끼의 인물들이 갖는 자의식과 그로부터 유발되는 이중적인 담화는 M. 바흐찐이 분석한『분신』의 담화를 통해 극명하게 드러난다.『지하로부터의 수기』에서부터 『까라마조프 씨네 형제들』에 이르기까지 그의 인물들은 자의식으로 중무장한 채 등장하여 소설의 담화를 무한히 복잡하게 만든다. 골랴드낀 역시『가난한 사람들』의 마까르 제부쉬낀에 이어 자의식으로 인한 이중적 담화를 구사하는 인물이 됨으로써 이후의 비중있는 주인공들의 선조 역할을 하게 된다. 그가 의사 끄레스찌얀을 방문하는 소설의 도입부에서부터 모종의 기관(정신 병원)으로 끌려가는 결말에 이르기까지 그의 모든 독백은 자문자답식의 대화로 이루어지며, 그의 소심함과 우유부단함은 항시

타인의 말을 염두에 두고 거기에 대답하는 식의 내부화된 대화를 만들어 낸다. 〈예의에 어긋나지는 않을까?〉, 〈시간에 늦지는 않았을까?〉, 〈그래서 뭐 어떻단 말인가?〉 등등 골랴드낀의 머릿속에서 진행되는 모든 발화는 타인의 반응을 지나칠 정도로 의식하는 주체의 두려움과 그 두려움의 이면에 있는 자만심을 동시에 표현해 준다. 바흐쩐이 주장하는 바와 같이, 도스또예프스끼적 담화의 가장 두드러진 특징이라 할 수 있는 〈타인의 말을 지향하는 말〉의 맹아는 초기작 『가난한 사람들』과 『분신』에서 발견된다.

 분신의 존재는 각 등장인물의 내면 세계를 결정지어 주는 요소일 뿐만 아니라 소설의 인물 구조를 결정짓는 요소이기도 하다. 『분신』의 세계는 매우 간단하다. 그것은 골랴드낀과 제2의 골랴드낀 간의 적대적이고 뒤틀리고 역겨운, 그러면서도 어쩐지 섬뜩한 관계만을 축으로 전개될 뿐, 그 밖의 인물들은 거의 아무런 기능도 하지 않는다. 그러나 바로 이러한 인물 구조는 이후 도스또예프스끼 소설에 나타나는 인물 구조의 원형이라 할 수 있다. 그의 모든 인물들은 한 명 이상의 분신을 수반한다. 라스꼴리니꼬프는 스비드리가일로프를, 백치 미쉬낀은 로고진을, 스따브로긴은 베르호벤스끼를 비롯한 여러 명의 분신을 각각 수반한다. 어떤 경우에는 주인공 이외의 모든 인물이 주인공의 분신 역할을 할 때도 있다. 분신들은 인물들의 분열된 의식을 표현해 주는 동시에 소설을 매우 입체적으로 만들어 주고 또한 도스또예프스끼 특유의 판단 유보를 독자에게 전달하는 역할을 한다. 한 인물의 선과 악을 판단하는 것은 그의 분신의 존재 때문에 어렵게 된다. 다시 말해서, 선한 인물은 악한 인물을 분신으로 갖기 때문에 선하다고 판단할 수 없게 된다. 결국 도스또예프스끼의 모든 인물들이 선하며 동시에 악하다는 이율 배반적 사실은 분신의 존재 덕분에 소설적 당위성을 획득하게 된다.

결론적으로 말해서 『분신』은, 비록 미숙한 천재의 작품이며 흥미라는 측면에서는 실패작일지 모르지만 도스또예프스끼의 작품 세계 전체를 놓고 볼 때는 엄청난 의의를 지닌다. 그는 두 번째로 발표한 이 중편 속에 앞으로 자기가 쓰게 될 위대한 소설들의 정수를 담아 두었던 것이다.

석영중

도스또예프스끼 연보

1790년 아버지 미하일 안드레예비치 도스또예프스끼, 우니아뜨교 사제의 아들이며 뽀돌리야의 귀족 가문의 자손으로 태어남. 모스끄바의 내외과(內外科) 아카데미에 들어가 1812년 조국 전쟁 때 부상자들을 돌봄. 1819년에 마리야 네차예프와 결혼.

1820년 첫아들 미하일 태어남. 아버지 미하일 도스또예프스끼는 군대에서 제대한 후 모스끄바에 있는 자선 병원의 주치의 자리를 얻음.

1821년 출생 10월 30일(현재의 그레고리우스력(曆)으로는 11월 11일) 부모가 살고 있던 모스끄바의 마린스끼 자선 병원의 부속 건물에서 둘째 아들 표도르 미하일로비치 도스또예프스끼 태어남. 11월 4일 마린스끼 병원 근처, 상뜨뻬쩨르부르그 뻬뜨로빠블로프스끼 성당에서 어린 표도르에게 세례를 줌. 표도르란 이름은 그의 대부이자 외조부인 표도르 네차예프(1769~1832)에게서 물려받은 것으로 보임.

1822년 [1세] 12월 5일 여동생 바르바라 태어남.

1825년 [4세] 3월 15일 남동생 안드레이 태어남.

1829년 [8세] 7월 22일 쌍둥이 여동생이 태어나나 그중 동생인 베라만 살아남음.

1831년 [10세] 여름 아버지 미하일 도스또예프스끼가 뚤라 지방의 다로보예 영지를 사들임. 8월 농부 마레이 사건 발생(『작가 일기』1876년

2월 호에 이 사건을 소재로 한 단편 「농부 마레이」 발표). 12월 13일 남동생 니꼴라이 태어남.

1832년 11세 4월 어머니 마리야 표도로브나, 세 아들을 데리고 다로보예 영지로 감. 6월 도스또예프스끼 부부, 다로보예 옆에 있는 주민 1백여 명의 체레모쉬냐 마을을 사들임. 9월 도스또예프스끼, 어머니와 형제들과 모스끄바로 돌아옴.

1833년 12세 1월. 형 미하일과 드라슈소프가 운영하는 사설 학교에서 반(半)기숙사 생활. 4월 4일 부활절 주간에 소유지가 화재로 잿더미가 됨. 도스또예프스끼 부부, 여름 내내 피해 복구.

1834년 13세 여름 다로보예에서 지내면서 월터 스콧의 작품 탐독. 10월 도스또예프스끼와 형 미하일, 체르마끄가 경영하는 중등 과정의 기숙 학교에 들어감.

1835년 14세 7월 25일 여동생 알렉산드라 태어남.

1837년 16세 1월 29일 단테스 남작과의 결투로 뿌쉬낀 사망. 이 소식에 온 러시아가 충격에 휩싸임. 2월 27일 도스또예프스끼의 어머니 마리야 사망. 봄 도스또예프스끼, 갑작스런 후두염과 목소리 상실로 고생함. 이 병은 그를 평생 따라다님. 5월 아버지와 형 미하일 그리고 표도르 도스또예프스끼, 수도 뻬쩨르부르그로 일주일간 마차 여행(모스끄바와 뻬쩨르부르그 두 도시 간의 철도는 1851년에 개통됨). 두 형제는 뻬쩨르부르그로 가서 중앙 공병 학교의 입학을 목표로 K. F. 꼬스또마로프가 경영하던 기숙 학교에 들어감. 아버지와 두 형제들 작별 이후 더 이상 만나지 못함. 7월 1일 도스또예프스끼의 아버지, 건강상의 이유로 퇴역한 후 아직 어린 두 딸과 시골로 들어감. 9월 두 형제가 공병 학교에 응시하나 표도르 혼자 합격(형 미하일은 신체검사 결과 불합격).

1838년 17세 1월 16일 공병 학교에 입학. 6월 뻬쩨르부르그 근처에서 야영 생활. 돈이 떨어져서 아버지에게 서신으로 줄기차게 돈을 요구함.

1839년 18세　6월 6일 도스또예프스끼의 아버지, 다로보예 농노들에게 살해당함.

1840년 19세　11월 29일 하사관으로 임명됨. 군생활을 지겨워함. 호프만, 실러, 빅토르 위고, 셰익스피어, 라신, 괴테의 책을 읽음.

1841년 20세　8월 소위보로 진급됨. 미완성으로 남아 있는 두 편의 희곡, 「마리 스튜어트Marie Stuart」와 「보리스 고두노프Boris Godunov」를 씀. 알렉산드리야 극장을 자주 드나들며 발레와 음악회를 감상함.

1842년 21세　8월 육군 소위가 됨.

1843년 22세　8월 공병 학교를 졸업하고 공병국 제도실에서 근무. 9월 친구 리젠깜프 박사가 살고 있는 아파트에 자리 잡음. 박사의 환자들과 알게 됨. 돈이 떨어져 P. 까레삔에게 돈을 요구. 12월 발자크의 소설 『외제니 그랑데*Eugénie Grandet*』(1834년판) 번역. 형 미하일에게 공병 학교 친구들과 더불어 번역 작업을 할 것을 제의.

1844년 23세　2월 재정 상태가 극도로 안 좋아짐. 유산 관리인으로부터 일시금을 받고, 토지와 농노에 대한 상속권을 방기함. 8월 제대 신청. 10월 19일 제대함. 『가난한 사람들*Bednye liudi*』 집필 시작.

1845년 24세　1월 『가난한 사람들』 처음부터 다시 쓰기 시작. 3월 소설 『가난한 사람들』 끝냄. 4월 세 번째로 전체 수정. 5월 원고를 친구 그리고로비치Grigorovich에게 읽어 줌. 그리고로비치가 이 글을 가지고 네끄라소프Nekrasov에게 뛰어감. 네끄라소프, 열광하여 그다음 날로 유명 평론가 벨린스끼에게 보임. 작품이 성공을 거둠. 여름 레벨에 있는 형의 집에서 기거하며 두 번째 중편소설 『분신*Dvoinik*』에 착수함. 11월 하룻밤 만에 「아홉 통의 편지로 된 소설Roman v deviati pis' makh」을 씀. 벨린스끼와 뚜르게네프가 도스또예프스끼의 절도 없는 생활을 비난함. 12월 벨린스끼의 집에서 열린 문학 모임에서 『분신』을 낭독함.

1846년 25세　1월 24일 『뻬쩨르부르그 선집*Peterburgskii sbornik*』에

『가난한 사람들』을 발표. 2월 두 번째 작품인 『분신』을 『조국 수기 Otechestvennye zapiski』에 발표. 봄 뻬뜨라셰프스끼를 알게 됨. 여름 레벨에 있는 형 집에서 「쁘로하르친 씨Gospodin Prokharchin」 집필. 10월 5일 게르쩬을 알게 됨. 『여주인Khoziaika』과 『네또츠까 네즈바노바Netochka Nezvanova』 쓰기 시작. 가벼운 간질 증세. 10월 「쁘로하르친 씨」를 잡지 『조국 수기』에 발표.

1847년 26세 1월 소설 「아홉 통의 편지로 된 소설」을 잡지 『동시대인 Sovremennik』에 발표. 1~3월 벨린스끼와 절연. 6월 「뻬쩨르부르그 연대기Peterburgskaia letonisi」를 신문 「상뜨뻬쩨르부르그 통보Sankt-Peterburgskie vedomosti」에 발표함. 7월 7일 센나야 광장에서 갑작스러운 첫 번째 간질 발작. 7월 15일 뻬쩨르부르그 근교에서 도스또예프스끼의 절친한 친구이자 시인인 B. 마이꼬프가 뇌졸중으로 인해 익사함. 가을 『가난한 사람들』이 단행본으로 나옴. 10~12월 『여주인』을 『조국 수기』지에 발표함.

1848년 27세 5월 28일 비사리온 벨린스끼 사망. 가을 뻬뜨라셰프스끼와 스뻬쉬네프와 화해하고 그들의 사회주의 이론에 흥미를 느낌. 12월 뻬뜨라셰프스끼의 집에서 푸리에주의와 공산주의에 관한 강연을 들음.
• 『조국 수기』에 발표한 작품들 : 「남의 아내Chuzhaia zhena」(1월) 「약한 마음Slaboe serdtse」(2월), 「뽈준꼬프」, 「닳고 닳은 사람 이야기」(1장 「퇴역 군인」, 2장 「정직한 도둑」, 후에 1장은 완전히 삭제하고 제목도 「정직한 도둑Chestnyi vor」으로 바꿈), 「크리스마스 트리와 결혼식 Iolka i svad'ba」, 「백야Belye nochi」(12월), 「질투하는 남편」(「질투하는 남편」을 12월 『조국 수기』에 발표하였으나, 1월에 발표한 「남의 아내」와 합쳐 「남의 아내와 침대 밑 남편」으로 개작함).

1849년 28세 연초에 뻬뜨라셰프스끼 친구들 집에서 금요일마다 열리는 문학 모임에 참석. 1~2월 『조국 수기』에 『네또츠까 네즈바노바』 일부 발표(4월 체포로 인해 작업이 중단됨). 4월 7일 푸리에의 탄생일 기념으로 〈뻬뜨라셰프스끼 모임〉에서 점심 식사. 4월 15일 뻬뜨라셰프스끼 집에서 열린 한 모임에서 도스또예프스끼는, 〈절대 왕정의 입장을 신봉했다는 이유로 고골을 비난하는 내용을 담은〉 벨린스끼의 편지를 두 번째로 읽음. 4월 23일 고발에 의해 새벽 5시에 체포당함. 9월 30일 재판 시작. 11월 13일 벨린스끼의 〈사악한〉 편지를 퍼뜨린 죄목으로 사형을 선고받음. 12월 22일 세묘노프스끼 광장에서 사형수들의 형을 집행하기 직전, 황제의 특사로 형 집행이 중단되고 강제 노동형으로 감형됨.

1850년 29세   1월 11일 또볼스끄에 도착하여 이곳에서 여러 명의 12월 당원(제까브리스뜨) 아내들의 방문을 받음. 그중 폰비진의 아내는 그에게 10루블짜리 지폐가 표지에 숨겨진 복음서를 몰래 건네줌. 1월 23일 옴스끄에 도착하여 4년을 지냄. 이 기간 동안 가족에게 편지 쓰기를 금지당한 채 혹독하고 비참한 수용소 생활을 견뎌 냄.

1854년 33세   2월 중순 출옥. 2월 22일 감옥 생활을 묘사한 편지를 형에게 보냄. 3월 2일 시베리아 전선 세미팔라친스끄에 주둔 중인 제7대대에 배치됨. 봄에 세무관 이사예프와 알게 됨. 이사예프 부인에게 반함. 이 기간에 뚜르게네프, 똘스또이, 곤차로프, 칸트, 헤겔 등의 서적을 탐독함. 11월 21일 세미팔라친스끄에 검찰관으로 임명된 브란겔 남작과 가까운 친구가 됨.

1855년 34세   2월 18일 니꼴라이 1세 사망. 8월 4일 세무관 이사예프 사망. 12월 브란겔, 세미팔라친스끄를 떠남.
• 이해에 『죽음의 집의 기록Zapiski iz miortvogo doma』을 쓰기 시작.

1856년 35세   브란겔, 상뜨 뻬쩨르부르그에서 도스또예프스끼의 사면을 위해 활동을 함. 11월 26일 마리야 드미뜨리예브나 이사예프가 오랜 망설임 끝에 도스또예프스끼의 청혼을 승낙함.

1857년 36세   2월 6일 마리야 드미뜨리예브나 이사예프와 결혼. 4월 17일 이전의 권리(세습 귀족 신분)를 되찾음. 8월 감옥에서 구상하고 집필에 들어갔던 「꼬마 영웅Malenkii geroi」이 『조국 수기』에 M이라는 익명으로 실림. 12월 간질 증세로 인해 군 복무를 계속할 수 없다는 진단을 받음.

1858년 37세 봄 까뜨꼬프에게 편지를 보내 『러시아 통보*Russkii vestnik*』지에 중편소설 게재를 요청함. 까뜨꼬프 받아들임. 6월 19일 형 미하일이 정치와 문학 잡지 『시대*Vremia*』지의 출판 허가를 요청함. 9월 30일 미하일, 잡지 출판 허가받음. 10월 31일 돈 떨어짐. 두 편의 중편과 장편 한 편을 씀.

1859년 38세 3월 18일 하사관으로 제대함. 3월 『아저씨의 꿈*Diadiushkin son*』이 『러시아 말*Russkoe slovo*』지에 실림. 4월 11일 소설 『스쩨빤치꼬보 마을 사람들*Selo stepantikovo*』을 까뜨꼬프에게 보냄. 7월 2일 세미팔라친스끄를 떠나 뜨베리로 감. 8월 19일 뜨베리 도착. 8월 28일 형 미하일이 도착하여 며칠간 동생과 함께 지냄. 도스또예프스끼, 상뜨 뻬쩨르부르그에서 거주할 허가를 얻기 위해 교섭. 뜨베리에 싫증을 냄. 10월 6일 네끄라소프, 『동시대인』지에서 『스쩨빤치꼬보 마을 사람들』 출판에 동의함. 도스또예프스끼는 『죽음의 집의 기록』 집필 구상. 11월 상뜨뻬쩨르부르그 거주를 허가받음. 그러나 평생 비밀경찰의 감시를 받게 됨. 12월 상뜨뻬쩨르부르그에 도착(10년 만의 귀환). 며칠 후 스뜨라호프Strakhov와 알게 되고 친구가 됨. 후에 그는 도스또예프스끼의 공식 전기를 쓰게 됨. 11~12월 『스쩨빤치꼬보 마을 사람들』이 『조국 수기』지에 실림.

1860년 39세 봄 여배우 A. I. 쉬베르뜨의 집에 드나들게 되고 그녀의 남동생 내외와도 알게 됨. 3~4월 〈문학 기금〉을 위한 두 편의 연극에 참여(고골의 「검찰관*Revizor*」과 「코*nos*」). 9월 『러시아 세계*Russkii mir*』지(67호)에 『죽음의 집의 기록』 연재 시작. 11월 검열 당국은 『죽음의 집의 기록』의 불온한 표현들을 삭제한다는 조건으로 이 책의 출판을 허가함. 가을, 형과 함께 문학 서클 〈편집자들의 모임〉 결성. 당대의 유명 인사들이 대거 참여.

- 도스또예프스끼의 작품들이 두 권의 책으로 나옴.

1권: 『가난한 사람들』, 『네또츠까 네즈바노바』, 「백야」, 「정직한 도둑」, 「크리스마스 트리와 결혼식」, 「남의 아내와 침대 밑 남편」, 「꼬마 영웅」. 2권: 『아저씨의 꿈』, 『스쩨빤치꼬보 마을 사람들』.

1861년 40세 3월 3일(구력 2월 19일)의 농노 해방령이 시행됨. 7월 『상처받은 사람들*Unizhennye i oskorblionnye*』 마지막 손질. 『시대』지에 기고. 9월 『상처받은 사람들』 출판 허가. 이해에 많은 작가들과 관계를 맺음. 그중에는 곤차로프, 오스뜨로프스끼, 살띠꼬프 쉬체드린도 있음.
• 『상처받은 사람들』이 두 권의 단행본으로 출간됨.

1862년 41세 1월 『죽음의 집의 기록』의 두 번째 부분이 『시대』지에 실림. 1월 16일 『죽음의 집의 기록』의 단행본을 내기 위해 바주노프와 계약. 5월 온천에 가기 위해 통행증 신청. 5월 16일 상뜨뻬쩨르부르그에서 화재 발생. 15일간 계속되어 1천여 개의 상점이 잿더미가 됨. 도스또예프스끼, 크게 놀람. 6월 7일 처음으로 외국 여행. 6월 8~26일 베를린, 드레스덴, 프랑크푸르트, 쾰른, 파리 등을 여행. 7월 초 런던에 가서 게르쩬 만남. 〈도스또예프스끼가 어제 나를 만나러 왔습니다. 그는 순수하고, 그다지 명석하지는 않지만 매력 있는 사람입니다. 그는 러시아 민족을 열광적으로 믿고 있습니다.〉(1862년 7월 17일 게르쩬이 오가레프Ogarev에게 보낸 편지) 7월 7일 체르니셰프스끼Chernyshevskii가 체포되어 뻬뜨로빠블로프스끼 감옥에 감금됨. 7월 8일 도스또예프스끼, 파리로 돌아가기 전 게르쩬에게 자신의 서명이 든 사진을 선물함. 7월 15일 쾰른으로 갔다가 라인 강을 거쳐 스위스로, 그 후엔 이탈리아로 감. 12월 『시대』지에 『악몽 같은 이야기*Skvernyi anekdot*』 발표.

1863년 42세 2월 『시대』지에 「여름 인상에 대한 겨울 메모*Zimnie zametki o letnikh vpechatleniakh*」 연재됨. 4월 『시대』지, 스뜨라호프가 1월에 발생한 폴란드인의 무장봉기 실패에 관해서 폴란드인에게 유리한 기사를 실었다는 이유로 4호로 발행 정지됨. 5월 『시대』지 출판 금지 당함. 8월 외국으로 떠남. 8월 14일 파리에 도착하여 다음 날 먼저 와 있던 수슬로바와 만남. 둘의 관계가 악화되고 그는 노름판에서 돈을 잃음. 9월 수슬로바와 이탈리아로 출발. 바덴바덴에서 머물다가 뚜르게네프를 만남. 노름판에서 3천 프랑을 잃음. 바덴바덴을 떠나 토리노로 감. 그다음 제네바로 가서 도스또예프스끼는 시계를, 수슬로바는 반지를 저당잡힘. 그 후 제네바, 로마, 리보르노로 여행. 9월 17일 로마의 성 베드로 성당 방문. 9월 18일 포럼 산책. 스뜨라호프에게 편지를 보내『노름꾼*Igrok*』에 대한 이야기와 돈이 궁한 사정을 호소함. 스뜨라호프는 도스또예프스끼가 토리노로 가기 전, 그에게서 〈독서를 위한 총서〉의 편집자가 되겠다는 약속을 받아 냄. 10월 수슬로바와 나폴리 체류. 그곳에서 게르쩬 가족을 만남. 그 후 토리노로 돌아옴. 10월 8일 수슬로바와 헤어짐. 수슬로바는 파리로 떠남. 도스또예프스끼는 함부르크로 가서 도박을 하고 돈을 잃음. 수슬로바에게 편지를 보내 350프랑을 받음. 이 시기에『노름꾼』과『지하로부터의 수기*Zapiski iz podpol'ia*』 쓰기 시작. 10월의 마지막 10일 동안 러시아로 돌아감. 11월 형 미하일, 내무부 장관 발루예프에게『시대』지를 다른 이름으로 낼 수 있게 해달라고 요청.

1864년 ⁴³세 1월 발루예프, 형 미하일에게『세기*Epokha*』지 출판 허가 내줌. 3월 21일『세기』지 첫 호 나옴. 3~4월『지하로부터의 수기』를『세기』지에 발표. 4월 4일 〈오전 문학 모임〉에서『죽음의 집의 기록』의 일부를 낭독함. 4월 14~15일 아내 마리야 드미뜨리예브나의 건강 상태 악화. 새벽 4시에 병자 성사. 낮 동안 각혈 계속됨. 저녁 7시에 숨을 거둠. 4월 16일 죽은 아내의 머리맡에서 수첩에 자신의 반성을 적음. 〈아내 마샤는 탁자 위에서 쉬고 있다. 마샤를 다시 볼 수 있을까?〉 4월 말 뻬쩨르부르그로 돌아감. 7월 10일 아침 7시, 빠블로프스끄에서 형 미하일 사망. 그의 아내가『세기』지 발간을 계속해 나갈 것을 허가받음. 9월 25일 친구 아뽈론 그리고리예프 죽음.

• 『죽음의 집의 기록』이 두 권의 독일어 판으로 라이프치히 출판사에서 나옴.

1865년 ⁴⁴세 3월 31일 친구 브란겔에게 아내의 죽음을 알리는 편지를 씀. 〈그녀는 나를 무척이나 사랑했지. 그리고 나도 그녀를 한없이 사랑했네. 그런데 우린 이제 함께 행복을 나눌 수 없게 되었어……. 내 삶은 갑자기 둘로 나뉘어 버렸어.〉 이 시기에 꼬르빈 끄루꼬프스까야 부인, 후에 유명한 수학자가 된 소피야 꼬발레프스까야와의 우정이 시작됨. 4~5월 꼬르빈 끄루꼬프스까야 부인에게 청혼하나 거절당함. 5월 10일 외국 여행을 위해 여권 신청. 6월『세기』지 2호에「악어」연재 (「기이한 사건 혹은 아케이드에서의 돌발적 사건」이라는 제목으로 연재 시작). 『세기』지, 재정난으로 발행 중단(통권 13호). 여름에 출판업자 스쩰로프스끼와 계약을 맺고 자기의 모든 작품을 양도하고 1866년 11월 1일까지 일정 페이지의 새 소설을 탈고하겠다고 약속함. 계약을 이행하지 못할 경우 스쩰로프스끼는 보조금 지급 없이 이후의 모든 작품에 대한 저작권을 가지기로 함. 도스또예프스끼, 3천 루블을 받고 모든 작품의 저작권을 팔아 버림. 7월 말 비스바덴에 도착. 8월 3일 뚜르게네프에게 편지를 보내 노름판에서 거액을 잃은 사실을 알리고 1백 탈러를 보내 달라고 부탁함. 수슬로바, 도스또예프스끼를 만나러 비스바덴으로 감. 8월 8일 50탈러를 부쳐 주어서 고맙다는 편지를 뚜르게네프에게 씀. 9월 밀류꼬프에게 편지를 보내 어디든 상관없으니 중편 소설을 팔아 당장 8백 루블을 보내 달라고 부탁하지만 허탕. 〈나는 호텔에 묵고 있습니다. 빚이 불어나서 위협을 받고 있습니다. 그리고 한 푼도 없는 실정입니다.〉 밀류꼬프는 〈독서를 위한 총서〉, 『동시대인』, 『조국 수기』지에 요청하지만 모두 그가 요구하는 선불금을 거절함. 까뜨꼬프에게 『죄와 벌 Prestuplenie i nakazanie』의 구상을 알리는 편지의 초안 작성. 편지에 소설의 줄거리 묘사. 10월 코펜하겐에 도착하여 친구 브란겔의 집에서 10일을 보냄. 15일 상뜨뻬쩨르부르그로 돌아옴. 11월 2일 수슬로바를 만나 다시 청혼함. 11월 8일 브란겔에게 보낸 편지에서 돌아온 첫 주에 세 차례의 간질 발작이 있었음을 알림. 까뜨꼬프가 그에게 선불금 지급. 11월 말 『죄와 벌』 초고를 태워 버림. 〈새 형식, 새 플롯이 내 마음을 사로잡아 나는 모두 다시 시작했다.〉(1866년 2월 18일 브란겔에게 보낸 편지) 『죄와 벌』을 쓰는 동안 센나야 광장 근처로 자주 산책 나감. 어느 날 술 취한 군인이 다가와 목에 걸고 있던 십자가를 팔겠다고 해 그 십자가를 사서 목에 걸고 다님. 1867년 외국으로 떠날 때 상뜨뻬쩨르부르그에 놓고 갔으며 이후 없어짐.

• 도스또예프스끼의 전집이 작가의 검토와 보충을 거쳐 스쩰로프스끼 출판사에서 나옴.

1권: 「여주인」, 「쁘로하르친 씨」, 「약한 마음」, 『죽음의 집의 기록』, 『가난한 사람들』, 「백야」, 「정직한 도둑」. 2권: 『상처받은 사람들』, 『지하로부터의 수기』, 「악몽 같은 이야기」, 「여름 인상에 대한 겨울 메모」 등. 도스또예프스끼의 여러 단편들과 중편들이 같은 출판사에서 단행본으로 나옴.『가난한 사람들』,「백야」,「약한 마음」,「여주인」,「쁘로하르친씨」등.『죽음의 집의 기록』의 세 번째 판이 검토를 거치고 새 장들이 추가되어 나옴.

1866년 45세　1월『죄와 벌』,『러시아 통보』지에 연재 시작(12월호로 완결). 1월 14일 고리대금업자 뽀뽀프와 그의 하녀 노르만이 대학생 다닐로프에게 살해되고 금품을 강탈당함. 도스또예프스끼는『백치Idiot』를 쓰며 이 사건을 숙고함. 3~4월『동시대인』지에『죄와 벌』에 대한 비호의적인 평이 실림. 4월 4일 러시아 황제 알렉산드르 2세에 대한 까라꼬조프의 암살 계획. 도스또예프스끼는 이 사건에 깜짝 놀람. 6월 여름을 여동생의 가족이 사는 곳에서 가까운 모스끄바의 교외 지역인 류블리노에서 보냄.『노름꾼』의 줄거리와『죄와 벌』5부 작업.『러시아 통보』의 편집자 까뜨꼬프에게 부도덕한 장면이라고 지적당한 2부의 6장을 수정해야 했음(라스꼴리니꼬프와 소냐가 복음서를 읽는 장면). 9월 까라꼬조프에 대한 재판과 판결. 도스또예프스끼는 작가 노트와『악령』의 도입부에서 이 재판에 대해 언급함. 10월 스쩰로프스끼에게 약속한 소설을 제때에 끝내기 위해 속기사를 고용하기로 결심함. 10월 3일 저녁때 안나 그리고리예브나 스니뜨끼나Anna Grigorievna Snitkina가 찾아와 속기사로 일하겠다고 함. 그다음 날『노름꾼』구술 시작. 29일에 끝냄. 30~31일 원고 정서함. 11월『노름꾼』원고를 스쩰로프스끼에게 가져감. 스쩰로프스끼는 자리에 없고 그의 서기가 원고를 거절함. 도스또예프스끼는 출판사 부근의 경찰서에 소설을 맡김. 11월 3일 어머니 집에 있는 안나 그리고리예브나를 방문함. 그리고『죄와 벌』마지막 부분을 속기해 달라고 부탁함. 11월 8일 안나 그리고리예브나에게 청혼. 그녀의 수락. 이달 말, 도스또예프스끼는 하나뿐인 외투를 저당잡혀 쪼들리는 친척들을 도움.

• 도스또예프스끼 전집 제3권 나옴(스쩰로프스끼 출판사).
수록 작품 :『노름꾼』,『분신』,「크리스마스트리와 결혼식」,「남의 아내와 침대 밑 남편」,「꼬마 영웅」,『네또츠까 네즈바노바』,『아저씨의 꿈』,『스쩨빤치꼬보 마을 사람들』. 스쩰로프스끼 출판사에서 단편, 중단편들이 단행본으로 나옴.『분신』,『지하로부터의 수기』,「노름꾼」,「크리

스마스트리와 결혼식」, 「악어 Krokodil」, 「악몽 같은 이야기」 등. 『상처받은 사람들』 세 번째 개정판과 『스쩨빤치꼬보 마을 사람들』의 세 번째 판이 같은 출판사에서 나옴.

1867년 46세 2월 15일 저녁 7시, 삼위일체 대성당에서 도스또예프스끼와 안나 그리고리예브나의 결혼식. 3월 30일 도스또예프스끼와 그의 아내, 모스끄바에 도착. 듀소 호텔로 감. 모스끄바에서 보석상 까밀꼬프가 양갓집 아들 마주린에게 살해당하는 사건이 발생. 도스또예프스끼는 이 범죄 사건을 『백치』의 마지막에 이용함. 4월 도스또예프스끼 부부, 외국으로 갈 계획 세움. 4월 12일 안나 그리고리예브나, 돈을 빌리기 위해 개인 물품을 저당잡힘. 빌린 돈의 일부를 도스또예프스끼 가족에게 줌. 4월 14일 도스또예프스끼 부부, 외국으로 떠나 4년 넘게 체류. 안나 그리고리예브나 일기 쓰기 시작. 4월 17~18일 베를린 체류. 4월 19일 드레스덴에 도착, 미술관에서 라파엘의 마돈나 감상. 책 사들임. 5월 4일 도스또예프스끼, 룰렛 게임을 하러 함부르크로 출발. 5월 5일 도박을 하여 처음엔 땄으나 그 후에 거액을 잃고 아내에게 여러 차례 돈을 요구하지만 이 돈마저 잃음. 5월 15일 드레스덴으로 돌아옴. 5월 25일 알렉산드르 2세에 대한 폴란드 이민자 베레조프스끼의 암살 음모. 파리 체류. 6월 디킨스, 위고를 읽음. 베토벤, 바그너의 음악회 감상. 이달 여러 번의 간질 발작을 일으킴. 6월 21일 도스또예프스끼 부부, 바덴바덴으로 떠남. 이후 룰렛 게임을 계속함. 6월 28일 뚜르게네프를 만나러 감. 러시아와 서양의 관계에 대한 생각 차이로 말다툼. 7월 10일 도박으로 마지막 남은 돈을 잃음. 물건을 저당잡힘. 7월 16일 도벨린스끼에 대한 기사 쓰기 시작. 8월 11일 도스또예프스끼 부부, 제네바로 떠남. 바젤에 들러 미술관 방문. 8월 13일 제네바 도착. 8월 28일 가리발디와 바꾸닌의 협력으로 제네바에서 평화와 자유 연맹의 첫 번째 회의 열림. 도스또예프스끼, 여러 회의에 참석. 9월 도박으로 또 손해를 봄. 제네바에 싫증을 냄. 경제 사정 매우 악화. 10월 『백치』 집필. 도박으로 돈을 잃음. 물건을 저당잡힘. 12월 6일 『백치』의 최종 원고 작업 돌입. 〈내 소설의 주요 생각은 지극히 완전한 사람을 그리는 데 있다.〉
• 『죄와 벌』 수정판이 두 권으로 바주노프 출판사에서 나옴.

1868년 47세 2월 22일 딸 소피야 태어남. 3월 10일 한 가족(6명)이 땀보프에서 살해되는 사건 발생. 16세의 고등학생이 용의자로 지목됨. 도스또예프스끼는 이 사건을 『백치』 2부에 이용함. 도박 계속. 5월 12일 어린 딸 소피야 죽음. 9월 밀라노 도착. 성당에 감. 11월 피렌체로 출발. 그곳에서 겨울을 남.
• 『러시아 통보』지에 『백치』 게재.

1869년 48세 봄 러시아의 친구들과 활발한 서신 교환. 무신론에 관한 소설을 구상. 7월 프라하에서 사흘을 보낸 다음 베네치아, 볼로냐를 거쳐 드레스덴으로 돌아감. 9월 14일 딸 류보프 출생. 11월 21일 모스끄바에서 혁명 운동가 네차예프를 지도자로 하는 〈민중의 복수〉라는 혁명 단체가 불복종을 이유로 농학과 학생 이바노프를 암살함(소위 네차예프 사건). 도스또예프스끼는 이 사건을 주의 깊게 연구하여 후에 『악령 besy』에 이용함.

1870년 49세 봄 니힐리즘에 대한 〈악의적인 것〉 작업(『악령』). 6~8월 프랑스-프로이센 전쟁. 도스또예프스끼, 자기 일기와 서신에 유럽의 사건들에 대해 언급.
• 『오로라 L'Aurore』에 『영원한 남편 Vechnyi muzh』 실림. 『죄와 벌』, 전집 제4권으로 나옴(스쩰로프스끼 출판사).

1871년 50세 1월 『러시아 통보』지에 『악령』 연재 시작. 3~5월 파리 꼬뮌. 도스또예프스끼의 편지와 『미성년 Podrostok』의 작가 노트에서 이 사건을 반영했음을 밝힘. 4월 비스바덴에 가서 룰렛 게임. 돈을 잃고 아내에게 편지를 써서 다시는 도박을 하지 않겠다고 약속함. 러시아가 그리워져서 다시 돌아갈 생각을 함. 7월 1일 네차예프의 재판. 재판의 내용이 『악령』 2부와 3부에서 이용됨. 7월 5일 드레스덴을 떠나 뻬쩨르부르그 도착. 7월 16일 뻬쩨르부르그에서 아들 표도르 태어남.
• 바주노프 출판사에서 〈동시대 작가 총서〉의 하나로 『영원한 남편』이 단행본으로 나옴.

1872년 51세 4~5월 딸 류보프의 팔이 부러짐. 도스또예프스끼, 뜨레쨔꼬프에게 주문받은 초상화를 그리기 위해 뻬로프의 모델이 됨. 5월

15일 여름을 지내기 위해 스따라야 루사로 떠남. 며칠 후 딸의 잘 낫지 않는 팔을 수술하기 위해 뻬쩨르부르그로 다시 돌아옴. 10월 30일 『시민 Grazhdanin』지에서 도스또예프스끼와 공동 작업할 것임을 알림. 11~12월 안나 그리고리예브나, 『악령』을 직접 출판하기 위해 교섭. 도스또예프스끼, 『시민』지의 편집 일을 맡음. 12월 말 도스또예프스끼, 『시민』지 1호에 『작가 일기』 제1장 원고 조판 작업. 독감과 폐기종으로 고생하기 시작.

1873년 52세 1월 1일 『시민』지 제1호가 나옴. 편집장을 맡음. 1월 7일 끼르끼즈 대표단이 겨울 궁전으로 알렉산드르 2세를 접견하러 감. 검열 당국의 사전 허가를 받지 않은 점을 변명하기 위해 도스또예프스끼도 따라감. 뽀베도노스쩨프(성무권의 담당 검사관)가 왕위 계승자 알렉산드르 알렉산드로비치에게 편지와 『악령』 견본 보냄. 2월 26일 안나 그리고리예브나가 출판한 『악령』 판매 시작. 2월 27일 슬라브 자선 단체의 회원으로 뽑힘. 6월 11일 검열법 위반으로 25루블의 벌금형과 48시간의 구류(끼르끼즈 대표단 사건) 처분받음. 6월 15일 시인 쮸체프 사망. 그에 대한 글을 『시민』지에 기고함.
• 『악령』이 세 권의 단행본으로 나옴. 정치적, 연대기적, 문학적 기사와 중편소설, 일상 생활을 묘사한 『작가 일기』가 『시민』지에 연재됨. 『작가 일기』(『시민』지 제6호)에 단편 「보보끄」가 실림.

1874년 53세 1월 『백치』, 두 권의 단행본으로 나옴. 3월 11일 『시민』지 10호에 기고한 글 〈러시아에 사는 독일인들에 대한 비스마르크 왕자의 생각과 관련된 두 단어〉로 잡지는 첫 번째 경고를 받음. 3월 21일과 22일 센나야 광장의 보초에게 체포당함. 이때 『레 미제라블』을 다시 읽음. 4월 22일 건강상의 이유로 『시민』지의 편집장직 사퇴. 그러나 기고는 중단하지 않음. 6월 4일 스따라야 루사를 떠나 엠스에 온천 요법을 받으러 감. 6월 12일 엠스에 도착. 독감에 걸림. 엠스에 싫증을 냄. 뿌쉬낀을 다시 읽고 『미성년』 작업. 〈엠스가 너무 싫은 나머지 감옥이 더 나을 것 같다.〉 7~8월 제네바에 가서 딸 소냐의 무덤에 감. 8월 10일 스따라야 루사로 돌아옴. 이곳에서 겨울을 나기로 결심함. 10월 12일 네끄라소프에게 보낸 편지에서 『조국 수기』지에 소설 『미성년』

이 실릴 것이라고 알림.

1875년 54세 4월 9일 안나 그리고리예브나, 꾸르스끄 지방에 있는 남동생 아내의 땅을 소작하기로 남동생과 합의. 5월 26일 도스또예프스끼, 엠스로 떠남. 처음 왔을 때와 같은 참기 힘든 인상을 받음. 욥기를 읽음. 7월 7일 스따라야 루사로 돌아옴. 8월 10일 아들 알렉세이 태어남. 12월 길에서 일곱 살의 어린 거지와 자주 만나며 그의 생활에 관심을 가지고 질문을 함. 현대의 부모와 아이들에 관한 소설 구상. 12월 27일 비행 청소년을 위한 감화원 방문. 12월 31일 개인 잡지 『작가 일기』의 발행 허가가 내려짐.

• 『죽음의 집의 기록』 제4판이 두 권의 책으로 나옴. 『미성년』이 『조국 수기』(1~12월호)에 실림.

1876년 55세 1월 월간 『작가 일기』 제1호 발행. 단편 「예수의 크리스마스 트리에 초대된 아이」 발표. 2월 『작가 일기』 2월호에 단편 「농부 마레이」 발표. 3월 영적 경험. 『작가 일기』 3월호에 단편 「백 살의 노파」 실림. 5월 18일 안나 그리고리예브나, 남동생에게 스따라야 루사에 집을 한 채 사놓으라고 시킴. 7월 도스또예프스끼, 엠스로 떠남. 그곳에서 의사가 〈죽으려면 아직도 멀었다〉고 안심시킴. 10월 도스또예프스끼가 『작가 일기』에서 말한 계모 꼬르닐로바의 재판이 열림. 그는 죄수를 두 번 방문함. 『작가 일기』는 점점 더 풍부한 통신란이나 다름없게 됨. 11월 도스또예프스끼는 뽀베도노스쩨프의 충고에 대해 『작가 일기』의 별책들을 유명해지게 할 것을 제안. 『온순한 여자Krotkaia』 집필. 『작가 일기』 11월호에 발표. 12월 6일 까잔 광장에서 대학생들의 시위와 난투극. 『작가 일기』에서 이 사건을 상세히 다룸.

• 『미성년』이 3권의 단행본으로 나옴. 『작가 일기』 계속 발간.

1877년 56세 봄 스따라야 루사에 안나 그리고리예브나의 동생 명의로 집을 사들임. 4월 러시아 황제의 성명. 러시아 군대가 터키 영토에 진입. 도스또예프스끼는 성명을 읽고 까잔 성당에 감. 4월 22일 꼬르닐로바의 두 번째 재판에 참석함. 피고는 무죄 석방됨. 검사는 처음 선고는 『작가 일기』의 기사에 따라 취소되었다고 말함. 『작가 일기』 4월호에 단편 「우스운 사람의 꿈」 발표. 도스또예프스끼 가족, 여름을 안나 그리고 리예브나의 남동생 소유지에서 보냄. 7월 『안나 까레니나』 8부가 단행본으로 나옴. 전쟁에 대한 똘스또이의 반체제적 견해 때문에 거부되었던 책으로 『러시아 통보』지의 편집부에서 펴냄. 도스또예프스끼, 그 책을 구입. 7월 19일 꾸르스끄 지방으로 떠남. 어린 시절을 보낸 다로보예로 감. 12월 27일 시인 네끄라소프 사망. 충격에 싸인 도스또예프스끼는 밤을 새워 죽은 시인의 시를 낭독함. 12월 29일 연말 공식 회의에서 도스또예프스끼가 과학 아카데미 러시아 문헌 분과의 객원 회원으로 뽑혔음을 알려 옴. 12월 30일 네끄라소프 장례식에서 간단한 연설을 함.
• 『작가 일기』 계속 발간. 『죄와 벌』 4판이 두 권으로 나옴. 『우스운 사람의 꿈』이 『시민』에서 나옴. 『온순한 여자』가 「상뜨뻬쩨르부르그 신문」에 프랑스어로 번역됨. 단행본으로도 나옴.

1878년 57세 연초 도스또예프스끼, 매달 문학인 협회가 주관하는 저녁 모임 참가. 3월 베라 자술리치의 재판. 베라는 정치범을 하찮은 이유로 채찍질한 뜨레뽀프 경찰국장을 저격. 도스또예프스끼, 재판 방청. 5월 16일 세 살의 어린 아들 알렉세이 도스또예프스끼, 갑작스러운 간질 발작으로 죽음. 아들이 죽은 후 그는 자주 블라지미르 솔로비요프를 만남. 6월 23일 솔로비요프와 함께 러시아 영성의 중심지 중 하나인 옵찌나 수도원에 감. 암브로시 장로와 두 번의 대화. 그로부터 『까라마조프 씨네 형제들Brat'ia Karamazovy』의 영감을 얻음. 12월 계획을 세우고 『까라마조프 씨네 형제들』의 첫 부분 씀. 12월 14일 『상처받은 사람들』의 넬리 이야기를 자선 문학의 밤 모임에서 낭독. 〈문학 기금〉의 저녁 모임에서 뿌쉬낀의 『예언자』를 읽음. 이 겨울 동안 문단에 자주 나옴.
• 『작가 일기』 1877년 12월호가 1878년 1월에 나옴.

1879년 58세 3월 9일 〈문학 기금〉을 위한 연회에서 도스또예프스끼는 『까라마조프 씨네 형제들』의 일부분을 낭독함. 3월 13일 뚜르게네프 기념 오찬 모임에서 뚜르게네프와 도스또예프스끼 사이의 별로 좋지 않은 이야기들이 회자됨. 3월 20일 어린 딸을 괴롭힌 혐의로 고발당한 외국인 브룬스트의 재판. 도스또예프스끼는 이 사건에 매우 깊은 인상을 받아 『까라마조프 씨네 형제들』에 이용함. 도스또예프스끼는 술 취한 남자 때문에 길에 넘어져 얼굴에 상처를 입음. 그의 항의에도 불구하고 가해자는 16루블의 벌금형을 받음. 빅토르 위고의 주재로 열리는 런던 문학 회의에 참여해 달라는 요청을 건강상의 이유로 거절함. 7월 22일 엠스로 떠남. 베를린에서 이틀 머무름. 수족관, 박물관, 티어가르텐 구경. 7월 24일 엠스 도착. 그가 이곳에 머무는 동안 그의 아내는 아이들을 데리고 그녀의 친척인 꾸마닌 부인의 토지 분할 문제를 처리하기 위해 랴잔 지방에 감. 꾸마닌 부인은 2백 제곱미터의 산림과 1백 제곱미터의 경작지를 보유. 8월 6일 형수 죽음. 9월 러시아로 돌아옴. 『까라마조프 씨네 형제들』 작업. 10월 알렉세이 똘스또이의 미망인, 똘스또이 백작 부인이 도스또예프스끼에게 드레스덴 박물관에 있는 라파엘의 「시스티나의 마돈나」 사진을 보여 줌.

• 『까라마조프 씨네 형제들』(소설 3부의 제4권까지) 『러시아 통보』에서 나옴. 1876년에 쓰인 『작가 일기』 단행본 제2판. 『상처받은 사람들』 제5판.

1880년 ^{59세} 1월 도스또예프스끼의 아내가 출판한 작품 판매. 1월 17일 도스또예프스끼와 프랑스 외교관이자 작가인 보귀에 사이에 논쟁[보귀에는 후에 유명한 책, 『러시아 소설』(1886)을 씀]. 도스또예프스끼는 다음과 같이 말함. 〈우리는 모든 민족들이 가진 특징을 가지고 있습니다. 그 위에 모든 러시아의 특징도. 그 이유는 우리는 당신들을 이해할 수 있기 때문입니다. 그러나 당신들은 우리에 미치지 못합니다.〉 자선 문학의 밤 행사에 여러 번 참여. 자기 작품의 몇몇 부분을 읽음. 4월 6일 뻬쩨르부르그 대학에서 열린 블라지미르 솔로비요프의 박사 논문 통과 심사에 참석. 5월 11일 모스끄바에서 열리는 뿌쉬낀 동상 제막식에서 슬라브 자선 단체의 대표로 임명됨. 5월 23일 모스끄바 도착. 5월 24일 도스또예프스끼를 축하하는 오찬. 여러 작가들 참석. 6월 6일 뿌쉬낀 동상 제막식. 6월 7일 첫번째 공개 회의, 뚜르게네프 연설. 6월 8일 두 번째 공개 회의. 도스또예프스끼, 대중의 열광을 불러일으킨 뿌쉬낀에 대한 연설을 함. 월계관을 받음. 저녁에 『예언자』 낭독. 밤에 그는 뿌쉬낀 동상에 가서 자기가 받은 월계관을 바침. 6월 10일 모스끄바를 떠나 스따라야 루사로 감. 『까라마조프 씨네 형제들』쓰기 시작. 9월 26일 똘스또이가 스뜨라호프에게 편지를 보내 『죽음의 집의 기록』은 뿌쉬낀의 작품을 포함하여 새로운 모든 문학 작품들 중 가장 아름다운 책이라고 말함. 11월 8일 도스또예프스끼, 『러시아 통보』지에 『까라마조프 씨네 형제들』의 마지막 장들을 보냄. 〈내 소설은 끝났습니다. 이 소설에 바친 3년과 출판한 2년, 나에게는 의미 있는 순간입니다. 작별 인사를 하지 않은 것을 용서하시기 바랍니다. 나는 20년은 더 살면서 글을 쓸 작정입니다.〉 11월 29일 한 편지에서 나쁜 건강 상태에 대해 불평(폐기종으로 고생). 12월 10일 젊은 메레쥐꼬프스끼Merezhkovskii의 방문을 허락. 15세의 젊은 시인은 도스또예프스끼에게 자신의 시를 읽어 줌. 〈제대로 쓰기 위해서는 고통을 감내해야 한다.〉

• 〈뿌쉬낀에 대한 연설〉이 『모스끄바 통보』지에 실림. 『까라마조프 씨네 형제들』, 『러시아 통보』지에 연재(11월 완결). 『작가 일기』 8월 호가 간행됨. 『까라마조프 씨네 형제들』 단행본 며칠 만에 동이 남.

1881년 60세 1월 『작가 일기』 작업. 1월 19일 알렉세이 똘스또이의 미망인 집에서 열린 연극 『폭군 이반의 죽음Smert' Ioanna Groznogo』에서 수도승 역을 맡음. 1월 26일 상속 문제로 여동생이 찾아와 다투고 간 후 도스또예프스끼 각혈, 5시 반에 의사 폰 브레첼 도착, 진찰 도중 다시 각혈, 의식을 잃음, 6시경 병자 성사를 받음, 7시경 아내와 아이들에게 작별 인사. 1월 27일 각혈 멈춤. 1월 28일 아침 7시 도스또예프스끼는 아내에게 오늘 틀림없이 죽을 것 같다고 말함. 그는 복음서를 아무데나 펼쳐 「마태오의 복음서」 3장, 14~15절을 읽음. 죽음의 전조가 보임. 아침 11시 또 각혈. 저녁 7시 자식들을 불러 아들에게 자신의 성서를 건네줌. 저녁 8시 38분 도스또예프스끼 사망. 1월 31일 알렉산드르 네프스끼 수도원 묘지에 묻힘, 많은 사람들이 긴 행렬을 이루며 그의 죽음을 애도함.

• 『죽음의 집의 기록』 제5판 나옴. 『상처받은 사람들』의 프랑스어 번역이 『상뜨뻬쩨르부르그 신문』에 실림. 『죽음의 집의 기록』 영어로 번역됨. 『상처받은 사람들』 스웨덴어로 번역됨.

열린책들 세계문학 116 분신

옮긴이 석영중 1959년 서울에서 태어나 고려대학교 노어노문학과를 졸업했다. 미국 오하이오 주립대 슬라브어문과에서 문학 박사 학위를 받았으며, 현재 고려대학교 노어노문학과 교수로 재직 중이다. 저서에 『매핑 도스토옙스키』, 『러시아 시의 리듬』, 『도스토예프스키, 돈을 위해 펜을 들다』, 논문 「만젤쉬땀의 시인과 독자」 등이 있으며, 역서로는 뿌쉬낀의 『대위의 딸』, 『예브게니 오네긴』, 『벨낀 이야기』, 『보리스 고두노프』, 마야꼬프스끼의 『나는 사랑한다』, 『좋아』, 도스또예프스끼의 『가난한 사람들』, 『백야』, 보리스 뻴냐끄의 『마호가니』 등이 있다. 뿌쉬낀 번역에 대한 공로로 1999년 러시아 정부로부터 뿌쉬낀 메달을, 2000년에는 한국백상출판문화상 번역상을 받았다.

지은이 표도르 미하일로비치 도스또예프스끼 **옮긴이** 석영중 **발행인** 홍예빈·홍유진
발행처 주식회사 열린책들 **주소** 경기도 파주시 문발로 253 파주출판도시
전화 031-955-4000 **팩스** 031-955-4004 **홈페이지** www.openbooks.co.kr
Copyright (C) 주식회사 열린책들, 2000, 2010, *Printed in Korea.*
ISBN 978-89-329-1116-8 04890 **ISBN** 978-89-329-1499-2 (세트)
발행일 2000년 6월 15일 초판 1쇄 2002년 1월 25일 신판 1쇄 2004년 5월 15일 신판 4쇄 2007년 2월 5일 3판 1쇄 2009년 8월 10일 3판 4쇄 2010년 5월 10일 세계문학판 1쇄 2023년 4월 5일 세계문학판 9쇄

이 도서의 국립중앙도서관 출판예정도서목록(CIP)은 서지정보유통지원시스템 홈페이지(http://seoji.nl.go.kr)와 국가자료공동목록시스템(http://www.nl.go.kr/kolisnet)에서 이용하실 수 있습니다.(CIP제어번호:CIP2010001476)

열린책들 세계문학
Open Books World Literature

001 죄와 벌 전2권
표도르 도스또예프스끼 장편소설 | 홍대화 옮김 | 각 408, 512면

죄와 벌의 심리 과정을 따라가며 혁명 사상의 실제적 문제를 제시하는 명작

- 고려대학교 선정 〈교양 명저 60선〉
- 미국 대학 위원회 선정 SAT 추천 도서

003 최초의 인간
알베르 카뮈 장편소설 | 김화영 옮김 | 392면

20세기 문학의 정점을 이룬 알베르 카뮈 최후의 육성

- 1957년 노벨 문학상 수상 작가

004 소설 전2권
제임스 미치너 장편소설 | 윤희기 옮김 | 각 280, 368면

〈소설이란 무엇인가〉라는 주제를 작가, 편집자, 비평가, 독자의 입장에서 풀어 나간 작품

- 〈이달의 청소년도서〉 선정
- 한국 간행물 윤리 위원회 선정 〈청소년 권장 도서〉

006 개를 데리고 다니는 부인
안똔 체호프 소설선집 | 오종우 옮김 | 368면

삶의 진실과 인간의 참모습을 웃음과 울음으로 드러내는 위대한 작품

- 1993년 서울대학교 선정 〈동서 고전 200선〉
- 2002년 노벨 연구소가 선정한 〈세계문학 100선〉

007 우주 만화
이탈로 칼비노 단편집 | 김운찬 옮김 | 416면

25편 단편 속 신비로운 존재 〈크프우프크〉를 통해 환상적으로 창조된 우스꽝스러운 우주

008 댈러웨이 부인
버지니아 울프 장편소설 | 최애리 옮김 | 296면

난해한 〈의식의 흐름〉 기법과 〈내적 독백〉을 시도한 영국 모더니즘 소설의 고전

- 2005년 『타임』지 선정 〈100대 영문 소설〉, 〈20세기 100선〉
- 『뉴스위크』 선정 〈세계 100대 명작〉

009 어머니
막심 고리끼 장편소설 | 최윤락 옮김 | 544면

혁명의 교과서이자 인간다운 삶의 권리를 일깨우는 영원한 고전

- 1912년 그리보예도프상
- 2006년 이고르 수히흐 교수 〈러시아 문학 20세기의 책 20권〉
- 서울대학교 권장 도서 100선

010 변신
프란츠 카프카 중단편집 | 홍성광 옮김 | 464면

어디에도 안주하지 못하는 인간의 모습을 초현실적으로 그려 낸 카프카의 주옥같은 단편들

- 서울대학교 권장 도서 100선

011 전도서에 바치는 장미
로저 젤라즈니 중단편집 | 김상훈 옮김 | 432면

신화와 SF의 융합, 흥미롭고 지적인 중단편 소설집

012 대위의 딸
알렉산드르 뿌쉬낀 장편소설 | 석영중 옮김 | 240면

역사적 대사건을 가정 소설과 연애 소설의 형식에 녹여 내어 조망한 산문 예술의 정점

- 2000년 한국 백상 출판 문화상 번역상

013 바다의 침묵
베르코르 소설선집 | 이상해 옮김 | 256면

전쟁과 이데올로기에 가려진 인간성에 대하여 고찰한 레지스탕스 문학의 백미

014 원수들, 사랑 이야기
아이작 싱어 장편소설 | 김진준 옮김 | 320면

유대인 학살에서 살아남은 네 남녀의 사랑과 상처를 그린 소설

- 1978년 노벨 문학상 수상 작가

015 백치 전2권
표도르 도스또예프스끼 장편소설 | 김근식 옮김 | 각 504, 528면

백치 미쉬낀을 통해 구현하는 완전한 아름다움과 순수한 인간의 형상

- 피터 박스올 〈죽기 전에 읽어야 할 1001권의 책〉

017 1984년
조지 오웰 장편소설 | 박경서 옮김 | 392면

감시하고 통제하는 전체주의의 권력 앞에 무력해지는 인간의 삶

- 2009년 『뉴스위크』 선정 〈세계 100대 명작〉
- 『타임』지가 뽑은 〈20세기 100선〉

019 이상한 나라의 앨리스
루이스 캐럴 환상동화 | 머빈 피크 그림 | 최용준 옮김 | 336면

시공을 초월하며 상상력과 호기심의 한계를 허무는 루이스 캐럴의 환상 동화

- 2003년 BBC 〈영국인들이 가장 사랑하는 소설 100편〉
- 2004년 〈한국 문인이 선호하는 세계 명작 소설 100선〉

020 베네치아에서의 죽음
토마스 만 중단편집 | 홍성광 옮김 | 432면

삶과 죽음, 예술과 일상이라는 양극의 주제를 다룬 걸작

- 1929년 노벨 문학상 수상 작가
- 피터 박스올 〈죽기 전에 읽어야 할 1001권의 책〉

021 그리스인 조르바
니코스 카잔차키스 장편소설 | 이윤기 옮김 | 488면

카잔차키스가 그려 낸 자유인 조르바의 영혼의 투쟁

- 2002년 노벨 연구소가 선정한 〈세계문학 100선〉
- 2004년 〈한국 문인이 선호하는 세계 명작 소설 100선〉
- 2005년 동아일보 선정 〈21세기 신고전 50선〉
- 피터 박스올 〈죽기 전에 읽어야 할 1001권의 책〉

022 벚꽃 동산
안똔 체호프 희곡선집 | 오종우 옮김 | 336면

거창한 사상보다는 삶의 사소함을 객관적인 문체로 그린, 가장 완숙한 체호프의 작품

- 2006년 이고르 수히흐 교수 〈러시아 문학 20세기의 책 20권〉
- 미국 대학 위원회 선정 SAT 추천 도서
- 서울대학교 권장 도서 100선

023 연애 소설 읽는 노인
루이스 세뿔베다 장편소설 | 정창 옮김 | 192면

담백하고 섬세한 문체와 간결한 내용에 인간의 탐욕과 자연의 거대함을 담은 환경 소설

- 1989년 티그레 후안상
- 1998년 전 세계 베스트셀러 8위

024 젊은 사자들 전2권
어윈 쇼 장편소설 | 정영문 옮김 | 각 416, 408면

인간의 어리석음, 광기, 우스꽝스러움을 탁월하게 포착한 전쟁 소설이자 심리 소설

- 1945년 오 헨리 문학상
- 1970년 플레이보이상

026 젊은 베르테르의 슬픔
요한 볼프강 폰 괴테 장편소설 | 김인순 옮김 | 240면

사랑의 열병을 앓는 전 세계 젊은이들의 영혼을 울린 감성 문학의 고전

- 2003년 크리스티아네 취른트 〈사람이 읽어야 할 모든 것: 책〉
- 피터 박스올 〈죽기 전에 읽어야 할 1001권의 책〉

027 시라노
에드몽 로스탕 희곡 | 이상해 옮김 | 256면

명랑한 영웅주의, 감미로운 연애 감정, 기발하고 화려한 시구들이 돋보이는 명작

- 미국 대학 위원회 선정 SAT 추천 도서

028 전망 좋은 방
E. M. 포스터 장편소설 | 고정아 옮김 | 352면

영국 사회의 계층 간 갈등과 가치관의 충돌을 날카롭게 포착한 걸작

- 1998년 랜덤하우스 모던 라이브러리 선정 〈최고의 영문 소설 100〉
- 피터 박스올 〈죽기 전에 읽어야 할 1001권의 책〉

029 까라마조프 씨네 형제들 전3권
표도르 도스또예프스끼 장편소설 | 이대우 옮김 | 각 496, 496, 460면

많은 인물군과 에피소드를 통해 심오한 사상과 예술적 깊이를 보여 주는 도스또예프스끼 40년 창작의 결산

- 국립중앙도서관 선정 청소년 권장 도서 50선
- 서울대학교 권장 도서 100선
- 서머싯 몸 선정 세계 10대 소설

032 프랑스 중위의 여자 전2권
존 파울즈 장편소설 | 김석희 옮김 | 각 344면

자유에 대한 정열이 고갈된 20세기에 대한 탁월한 우화

- 1969년 실버펜상
- 2005년 『타임』지 선정 〈100대 영문 소설〉

034 소립자
미셸 우엘벡 장편소설 | 이세욱 옮김 | 448면

성(性) 풍속의 변천 과정을 중심으로 전개되는 두 형제의 쓸쓸한 삶을 다룬 작품

- 1998년 『타임스 리터러리 서플러먼트』 선정 〈올해의 책〉
- 2002년 국제 IMPAC 더블린 문학상
- 1998년 『리르』 선정 〈올해 최고의 책〉

035 영혼의 자서전 전2권
니코스 카잔차키스 자서전 | 안정효 옮김 | 각 352, 408면

카잔차키스 자신의 삶의 여정을 아름답게 묘사한 자전적 소설

037 우리들
예브게니 자먀찐 장편소설 | 석영중 옮김 | 320면

인간이 인간일 수 있음을 방해하는 모든 제도를 거부하는, 디스토피아 소설의 효시

- 2006년 이고르 수히흐 교수 〈러시아 문학 20세기의 책 20권〉
- 피터 박스올 〈죽기 전에 읽어야 할 1001권의 책〉

038 뉴욕 3부작
폴 오스터 장편소설 | 황보석 옮김 | 480면

추리 소설의 형식을 빌려 장르의 관습을 뒤엎어 버린, 가장 미국적인 소설

- 피터 박스올 〈죽기 전에 읽어야 할 1001권의 책〉

039 닥터 지바고 전2권
보리스 파스테르나크 장편소설 | 홍대화 옮김 | 각 480, 592면

장엄한 시대의 증언으로 러시아 문학의 지평을 넓힌 해빙기 문학의 정수

- 1958년 노벨 문학상
- 미국 대학 위원회 선정 SAT 추천 도서
- 『타임』지가 뽑은 〈20세기 100선〉

041 고리오 영감
오노레 드 발자크 장편소설 | 임희근 옮김 | 456면

〈인간 희극〉 시리즈의 으뜸으로, 이후 방대한 소설 세계를 열어 주는 발자크의 대표작

- 2002년 노벨 연구소가 선정한 〈세계문학 100선〉
- 연세대학교 권장 도서 200권

042 뿌리 전2권
알렉스 헤일리 장편소설 | 안정효 옮김 | 각 400, 448면

10여 년간의 철저한 자료 조사로 재구성된 르포르타주 문학의 걸작

- 1977년 퓰리처상
- 1977년 전미 도서상
- 2004년 〈한국 문인이 선호하는 세계 명작 소설 100선〉
- 2005년 헨리 포드사 선정 〈75년간 미국을 뒤바꾼 75가지〉

044 백년보다 긴 하루
친기즈 아이뜨마또프 장편소설 | 황보석 옮김 | 560면

꿈꾸는 듯한 현실과 현실 같은 상상이 절묘하게 어우러진, 소비에트 문학권 최고의 스테디셀러

- 1983년 소비에트 문학상
- 1994년 오스트리아 유럽 문학상

045 최후의 세계
크리스토프 란스마이어 장편소설 | 장희권 옮김 | 264면

신화적 인물과 모티프를 현대적 관심사들과 결합시킨 지적 신화 소설

- 1988년 프랑크푸르트 도서전 선정 〈올해의 책〉
- 1988년 안톤 빌트간스상
- 1992년 독일 바이에른 주 학술원 대문학상
- 피터 박스올 〈죽기 전에 읽어야 할 1001권의 책〉

046 추운 나라에서 돌아온 스파이
존 르카레 장편소설 | 김석희 옮김 | 368면

20세기 냉전이 낳은 존 르카레 최고의 스릴러

- 1963년 서머싯 몸상
- 1963년 영국 추리작가 협회상
- 1963년 미국 추리작가 협회상
- 2005년 『타임』지 선정 〈100대 영문 소설〉

047 산도칸 – 몸프라쳄의 호랑이
에밀리오 살가리 장편소설 | 유향란 옮김 | 428면

말레이시아 해를 배경으로 펼쳐지는 해적 산도칸과 그의 친구 야네스의 활약상

- 피터 박스올 〈죽기 전에 읽어야 할 1001권의 책〉

048 기적의 시대
보리슬라프 페키치 장편소설 | 이윤기 옮김 | 560면

예수가 행한 기적의 이면을 인간의 입장에서 조명한 기막힌 패러디

- 1965년 유고슬라비아 문학상

049 그리고 죽음
짐 크레이스 장편소설 | 김석희 옮김 | 224면

성장과 소멸, 삶과 죽음이 자연과 인간에게 주는 의미를 성찰하게 하는 걸작

- 1999년 전미 비평가 협회상
- 1999년 『가디언』 선정 〈올해의 책〉

050 세설 전2권
다니자키 준이치로 장편소설 | 송태욱 옮김 | 각 480면

몰락한 오사카 상류층의 네 자매의 결혼 이야기를 통해 당시의 풍속을 잔잔하게 그린 작품

052 세상이 끝날 때까지 아직 10억 년
스뜨루가츠끼 형제 장편소설 | 석영중 옮김 | 224면

반유토피아 문학의 전통을 계승한 정치 풍자로 판금 조치를 당하기도 한 문제작

- 1988년 〈이달의 청소년 도서〉 선정

053 동물 농장
조지 오웰 장편소설 | 박경서 옮김 | 208면

스딸린 통치의 역사를 동물 우화에 빗댄 정치 알레고리 소설의 고전

- 2008년 영국 플래닛닷컴 선정 〈역사상 가장 위대한 소설 10〉
- 2009년 『뉴스위크』 선정 〈세계 100대 명저〉

054 캉디드 혹은 낙관주의
볼테르 장편소설 | 이봉지 옮김 | 232면

해학과 풍자를 통해 작가 자신의 철학을 고스란히 담아 낸 철학적 콩트의 정수

- 1993년 서울대학교 선정 〈동서 고전 200선〉
- 미국 대학 위원회 선정 SAT 추천 도서

055 도적 떼
프리드리히 폰 실러 희곡 | 김인순 옮김 | 264면

〈형제의 반목〉이라는 모티프를 이용하여 자유와 반항을 설득력 있게 묘사한 비극

- 1993년 서울대학교 선정 〈동서 고전 200선〉
- 고려대학교 선정 〈교양 명저 60선〉

056 플로베르의 앵무새
줄리언 반스 장편소설 | 신재실 옮김 | 320면

예술 작품을 둘러싸고 벌어지는 인간 사회의 다양한 양상을 날카롭게 통찰한 작품

- 1986년 메디치상
- 1986년 E. M. 포스터상
- 1987년 구텐베르크상

057 악령 전3권
표도르 도스또예프스끼 장편소설 | 박혜경 옮김 | 각 328, 408, 528면

실제 사건에 심리적, 형이상학적 색채를 가미한 위대한 비극

- 1966년 동아일보 선정 〈한국 명사들의 추천 도서〉
- 피터 박스올 《죽기 전에 읽어야 할 1001권의 책》

060 의심스러운 싸움
존 스타인벡 장편소설 | 윤희기 옮김 | 340면

1930년대 대공황기 캘리포니아 농장 지대의 파업을 극적으로 그린 소설

- 1937년 캘리포니아 커먼웰스 클럽 금상
- 1962년 노벨 문학상 수상 작가

061 몽유병자들 전2권
헤르만 브로흐 장편소설 | 김경연 옮김 | 각 568, 544면

현대 문명의 병폐와 가치의 붕괴를 상징적, 비판적으로 해석한 박물 소설이자 모든 문학적 표현 수단의 총체

063 몰타의 매
대실 해밋 장편소설 | 고정아 옮김 | 304면

하드보일드 소설의 창시자 대실 해밋의 세계 최초 탐정 소설

- 2009년 『뉴스위크』 선정 〈세계 100대 명자〉
- 뉴욕 추리 전문 서점 블랙 오키드 선정 〈최고의 추리 소설 10〉

064 마야꼬프스끼 선집
블라지미르 마야꼬프스끼 선집 | 석영중 옮김 | 320면

20세기 러시아의 위대한 혁명 시인 마야꼬프스끼의 대표적인 시와 산문 모음집

065 드라큘라 전2권
브램 스토커 장편소설 | 이세욱 옮김 | 각 340, 344면

공포와 성(性)을 결합시킨 환상 문학의 고전

- 2003년 크리스티아네 취른트 《사람이 읽어야 할 모든 것 책》
- 피터 박스올 《죽기 전에 읽어야 할 1001권의 책》

067 서부 전선 이상 없다
에리히 마리아 레마르크 장편소설 | 홍성광 옮김 | 336면

지극히 평범했던 한 인간을 통해 전쟁의 본질을 보여 주는, 가장 위대한 전쟁 소설

- 미국 대학 위원회 선정 SAT 추천 도서
- 『타임』지 뽑은 〈20세기 100선〉
- 피터 박스올 《죽기 전에 읽어야 할 1001권의 책》

068 적과 흑 전2권
스탕달 장편소설 | 임미경 옮김 | 각 432, 368면

〈출세〉를 향한 젊은이의 성공과 좌절을 통해 부조리한 사회 구조를 고발한 작품

- 2002년 노벨 연구소가 선정한 〈세계문학 100선〉
- 국립중앙도서관 선정 청소년 권장 도서 50선
- 서울대학교 권장 도서 100선

070 지상에서 영원으로 전3권
제임스 존스 장편소설 | 이종인 옮김 | 각 396, 380, 496면

제2차 세계 대전을 배경으로 두 쌍의 연인을 통해 하와이 주둔 미군 부대의 실상을 폭로한 자연주의 소설

- 1952년 전미 도서상
- 1998년 랜덤하우스 모던 라이브러리 선정 〈최고의 영문 소설 100〉

073 파우스트
요한 볼프강 폰 괴테 희곡 | 김인순 옮김 | 568면

진리를 찾는 파우스트를 통해 인간사의 모든 문제를 상징적으로 표현한 고전 중의 고전

- 2002년 노벨 연구소가 선정한 〈세계문학 100선〉
- 2003년 국립중앙도서관 선정 〈고전 100선〉
- 미국 대학 위원회 선정 SAT 추천 도서
- 서울대학교 권장 도서 100선
- 『뉴스위크』 선정 〈세상을 움직인 100권의 책〉

074 쾌걸 조로
존스턴 매컬리 장편소설 | 김훈 옮김 | 316면

마스크 뒤에 정체를 감추고 폭압에 맞서 싸우는 쾌걸 조로의 가슴 시원한 활약

075 거장과 마르가리따 전2권
미하일 불가꼬프 장편소설 | 홍대화 옮김 | 각 364, 328면

스딸린 치하의 소비에트 사회를 풍자하는 서늘한 공포와 유쾌한 웃음의 묘미

- 2006년 이고르 수히흐 교수 〈러시아 문학 20세기의 책 20권〉
- 피터 박스올 《죽기 전에 읽어야 할 1001권의 책》

077 순수의 시대
이디스 워튼 장편소설 | 고정아 옮김 | 448면

사랑과 결혼의 의미를 찾는 세 남녀의 이야기를 세밀하게 그려 낸 연애 소설의 고전

- 1998년 랜덤하우스 모던 라이브러리 선정 〈최고의 영문 소설 100〉
- 2009년 『뉴스위크』 선정 〈세계 100대 명자〉

078 검의 대가
아르투로 페레스 레베르테 장편소설 | 김수진 옮김 | 384면

1868년 마드리드, 역사적인 음모와 계략 그리고 화려한 검술이 엮어 내는 지적 미스터리

- 1993년 『리르』지 선정 〈10대 외국 소설가〉
- 1997년 코레오 그롤상
- 2000년 『뉴욕 타임스』 선정 〈올해의 포켓북〉

079 예브게니 오네긴
알렉산드르 뿌쉬낀 운문소설 | 석영중 옮김 | 328면

패러디의 소설이자 소설의 패러디. 러시아가 낳은 위대한 시인 뿌쉬낀의 장편 운문 소설

- 고려대학교 선정 〈교양 명저 60선〉
- 연세대학교 권장 도서 200권

080 장미의 이름 전2권
움베르토 에코 장편소설 | 이윤기 옮김 | 각 440, 448면

에코의 해박한 인류학적 지식과 기호학 이론이 녹아 있는 중세 추리 소설

- 1981년 스트레가상
- 1982년 메디치상
- 『타임』지가 뽑은 〈20세기 100선〉

082 향수
파트리크 쥐스킨트 장편소설 | 강명순 옮김 | 384면

지상 최고의 향수를 만들려는 한 악마적 천재의 기상천외한 이야기

- 2003년 BBC 「빅리드」 조사 〈영국인들이 가장 사랑하는 소설 100편〉
- 2008년 서울대학교 대출 도서 순위 20

083 여자를 안다는 것
아모스 오즈 장편소설 | 최창모 옮김 | 280면

현대 히브리 문학의 대표적 작가이자 평화 운동가인 아모스 오즈의 대표작

084 나는 고양이로소이다
나쓰메 소세키 장편소설 | 김난주 옮김 | 544면

고양이의 눈에 비친 인간들의 우스꽝스럽고도 서글픈 초상

085 웃는 남자 전2권
빅토르 위고 장편소설 | 이형식 옮김 | 각 472, 496면

17세기 영국 사회에 대한 묘사와 역사에 대한 통찰력이 돋보이는 위고의 최고 걸작

087 아웃 오브 아프리카
카렌 블릭센 장편소설 | 민승남 옮김 | 480면

아프리카에 바치는, 아프리카인과 나눈 사랑과 교감 그리고 우정과 깨달음의 기록

- 피터 박스올 〈죽기 전에 읽어야 할 1001권의 책〉

088 무엇을 할 것인가 전2권
니꼴라이 체르니셰프스끼 장편소설 | 서정록 옮김 | 각 360, 404면

젊은 지식인들에게 〈혁명의 교과서〉로 추앙받은 사회주의 이상 소설

090 도나 플로르와 그녀의 두 남편 전2권
조르지 아마두 장편소설 | 오숙은 옮김 | 각 408, 308면

브라질의 국민 작가 아마두의 관능적이고도 익살이 넘치는 대표작

092 미사고의 숲
로버트 홀드스톡 장편소설 | 김상훈 옮김 | 424면

신화의 원형과 〈숲〉으로 상징되는 집단 무의식의 본질을 유려한 문체로 형상화한 걸작

- 1985년 세계 환상 문학상 대상
- 2003년 프랑스 환상 문학상 특별상

093 신곡 전3권
단테 알리기에리 장편서사시 | 김운찬 옮김 | 각 292, 296, 328면

총 1만 4233행으로 기록된, 단테의 일주일 동안의 저승 여행 이야기

- 2009년 『뉴스위크』 선정 〈세계 100대 명저〉
- 서울대학교 권장 도서 100선

096 교수
샬럿 브론테 장편소설 | 배미영 옮김 | 368면

권위와 위선을 거부하고 자립해 가는 인간들의 모순된 내면 심리에 대한 탁월한 묘사

097 노름꾼
표도르 도스또예프스끼 장편소설 | 이재필 옮김 | 320면

집필의 실패, 형과 아내의 죽음, 빚…… 파국으로 치닫는 악몽 같은 이야기로 승화한 작가의 회상

098 하워즈 엔드
E. M. 포스터 장편소설 | 고정아 옮김 | 508면

정교한 플롯과 다채로운 인물 묘사가 돋보이는 E. M. 포스터의 역작

- 1998년 랜덤하우스 모던 라이브러리 선정 〈최고의 영문 소설 100〉
- 2004년 〈한국 문인이 선호하는 세계 명작 소설 100선〉

099 최후의 유혹 전2권
니꼬스 카잔차키스 장편소설 | 안정효 옮김 | 각 408면

예수뿐 아니라 그의 주변 인물들에게까지 생생한 살과 영혼을 부여한 소설

- 피터 박스올 〈죽기 전에 읽어야 할 1001권의 책〉

101 키리냐가
마이크 레스닉 장편소설 | 최용준 옮김 | 464면

모든 문제에 대한 해답이 존재했던, 잃어버린 유토피아에 관한 우화

- 1989년 휴고상

102 바스커빌가의 개
아서 코난 도일 장편소설 | 조영학 옮김 | 264면

가장 매력적인 탐정 〈셜록 홈스〉를 창조해 낸 코넌 도일 최고의 장편소설

- 『히치콕 매거진』 선정 〈세계 10대 추리 소설〉
- 피터 박스올 〈죽기 전에 읽어야 할 1001권의 책〉

103 버마 시절
조지 오웰 장편소설 | 박경서 옮김 | 408면

〈인도 제국주의 경찰〉이라는 실제 경험을 바탕으로 완성한 조지 오웰의 첫 장편, 그 식민지의 기록

104 10 1/2장으로 쓴 세계 역사
줄리언 반스 장편소설 | 신재실 옮김 | 464면

패러디, 다큐멘터리, 에세이 등 다양한 형식을 통한 세계 역사의 포스트모더니즘적 전복

105 죽음의 집의 기록
표도르 도스또예프스끼 장편소설 | 이덕형 옮김 | 528면

도스또예프스끼의 실제 경험이 가장 많이 반영된 다큐멘터리적 소설

- 1955년 시카고 대학 그레이트 북스
- 피터 박스올 《죽기 전에 읽어야 할 1001권의 책》

106 소유 전2권
수전 바이어트 장편소설 | 윤희기 옮김 | 각 440, 488면

우연히 발견된 편지의 비밀을 좇으며 알아 가는 빅토리아 시대의 사랑, 그리고 현실의 사랑

- 1990년 부커상
- 1990년 영국 최고 영예 지도자성인 커맨더(CBE) 훈장
- 2005년 『타임』지 선정 〈100대 영문 소설〉

108 미성년 전2권
표도르 도스또예프스끼 장편소설 | 이상룡 옮김 | 각 512, 544면

불행한 운명을 타고난 한 청년이 이상과 현실 사이에서 방황하는 모습을 그린 성장 소설

110 성 앙투안느의 유혹
귀스타브 플로베르 희곡소설 | 김용은 옮김 | 584면

〈낭만주의적 구도자〉 귀스타브 플로베르가 스스로 밝힌 〈평생의 작품〉

111 밤으로의 긴 여로
유진 오닐 희곡 | 강유나 옮김 | 240면

치솟는 애증과 한없는 연민의 다른 이름, 〈가족〉에 대한 유진 오닐의 자전적 고백

- 1936년 노벨 문학상 수상 작가
- 1957년 퓰리처상
- 미국 대학 위원회 선정 SAT 추천 도서
- 『타임』지가 뽑은 〈20세기 100선〉

112 마법사 전2권
존 파울즈 장편소설 | 정영문 옮김 | 각 512, 552면

중층적 책략과 거미줄처럼 깔린 복선, 다양한 상징이 어우러진 거대한 환상의 숲

- 2003년 BBC 〈빅리드〉 조사 〈영국인들이 가장 사랑하는 소설 100편〉
- 『타임』지 선정 〈100대 영문 소설〉

114 스쩨빤치꼬보 마을 사람들
표도르 도스또예프스끼 장편소설 | 변현태 옮김 | 416면

작가의 시베리아 유형 직후에 발표된 작품. 유쾌한 희극적 기법과 언어의 기막힌 패러디

115 플랑드르 거장의 그림
아르투로 페레스 레베르테 장편소설 | 정창 옮김 | 512면

그림에 감추어진 문장으로 과거를 추적해 가는 미스터리이자 역사 추리 소설

- 1993년 프랑스 추리 소설 대상
- 1993년 『리르』지 선정 〈10대 외국인 소설가〉

116 분신
표도르 도스또예프스끼 장편소설 | 석영중 옮김 | 288면

〈의식의 분열〉이라는 도스또예프스끼 창작의 가장 중요한 테마를 예고한 작품

117 가난한 사람들
표도르 도스또예프스끼 장편소설 | 석영중 옮김 | 256면

보잘것없는 하급 관리와 욕심 많은 지주의 아내가 되는 가엾은 처녀가 주고받은 편지

118 인형의 집
헨리크 입센 희곡 | 김창화 옮김 | 272면

누군가의 아내 혹은 어머니가 아닌, 한 〈인간〉으로서의 여성의 깨달음을 그린 화제작

- 미국 대학 위원회 선정 SAT 추천 도서
- 『뉴스위크』 선정 〈세상을 움직인 100권의 책〉

119 영원한 남편
표도르 도스또예프스끼 장편소설 | 정명자 외 옮김 | 448면

도스또예프스끼의 심화된 예술 세계를 보여 주는 단편 모음집

120 알코올
기욤 아폴리네르 시집 | 황현산 옮김 | 352면

파격적인 시풍과 유려한 내재율을 자랑하는 기욤 아폴리네르의 첫 시집

121 지하로부터의 수기
표도르 도스또예프스끼 장편소설 | 계동준 옮김 | 256면

선악의 충돌, 환경과 윤리의 갈등, 인간의 번민과 그리스도를 통한 구원에 관한 이야기들

122 어느 작가의 오후
페터 한트케 중편소설 | 홍성광 옮김 | 160면

세계적 작가 페터 한트케가 소설의 형식으로 써 내려간 독특한 〈작가론〉, 한트케식 글쓰기의 표본

123 아저씨의 꿈
표도르 도스또예프스끼 장편소설 | 박종소 옮김 | 312면

과장의 기법과 희화적 색채를 드러낸 도스또예프스끼의 풍자 드라마 혹은 사회 비판적 소설

124 네또츠까 네즈바노바
표도르 도스또예프스끼 장편소설 | 박재만 옮김 | 316면

네또츠까 네즈바노바라는 한 여성의 일대기를 다룬 도스또예프스끼 최초의 장편이자 미완성작

125 곤두박질
마이클 프레인 장편소설 | 최용준 옮김 | 528면

해박한 미술사적 지식을 토대로 한 예술 소설이자 역사적 배경 속에서 벌어지는 사회 심리 코미디

- 1999년 『타임스 리터러리 서플러먼트』 선정 〈올해의 책〉
- 1999년 휫브레드상

126 백야 외

표도르 도스또예프스끼 소설선집 | 석영중 외 옮김 | 408면

도스또예프스끼의 유토피아적 사회주의 사상이 나타난 단편 모음으로, 뻬뜨로빠블로프스끄 감옥에 수감된 동안의 삶의 환희 등이 엿보이는 작품

127 살라미나의 병사들

하비에르 세르카스 장편소설 | 김충민 옮김 | 304면

1939년 프랑스 국경 숲 집단 총살에서 살아남은 작가이자 팔랑헤당의 핵심 멤버였던 산체스 마사스를 추적하는, 탐정 소설 형식을 띤 이야기

- 2001년 스페인 살람보상, 『케 레에르』지 독자상, 바르셀로나 시의 상
- 2004년 영국 『인디펜던트』 외국 소설상

128 뻬쩨르부르그 연대기 외

표도르 도스또예프스끼 소설선집 | 이항재 옮김 | 296면

새로운 테마와 방법으로 고심한 흔적이 나타나는, 당대 사회에 대한 날카로운 관찰자적 시각을 가지고 간결하고 세련된 문체를 사용한 작품

129 상처받은 사람들 전2권

표도르 도스또예프스끼 장편소설 | 윤우섭 옮김 | 각 296, 392면

19세기 중엽 뻬쩨르부르그 상류 사회의 이중적 삶과 하층민의 고통, 그로 인한 비극적 갈등과 모순을 그린 작품

131 악어 외

표도르 도스또예프스끼 소설선집 | 박혜경 외 옮김 | 312면

도스또예프스끼의 중기 단편. 점차 완숙해져 가는 작가의 예술적·사상적 세계관이 돋보이는 작품

132 허클베리 핀의 모험

마크 트웨인 장편소설 | 윤교찬 옮김 | 416면

모험 소설의 대가, 미국의 셰익스피어라 불리는 마크 트웨인의 대표작

- 미국 대학 위원회 선정 SAT 추천 도서
- 서울대학교 권장 도서 100선

133 부활 전2권

레프 똘스또이 장편소설 | 이대우 옮김 | 각 308, 416면

똘스또이의 세계관이 담긴 거대한 사상서, 끝없는 용서와 사랑으로 부활하는 인간성에 대한 이야기

- 2003년 국립중앙도서관 선정 〈고전 100선〉
- 2004년 〈한국 문인이 선호하는 세계 명작 소설 100선〉

135 보물섬

로버트 루이스 스티븐슨 장편소설 | 최용준 옮김 | 360면

백 년이 넘게 전 세계 독자들의 사랑을 받아 온 해양 모험 소설의 고전

- 2003년 BBC 「빅리드」 조사 〈영국인들이 가장 사랑하는 소설 100선〉
- 미국 대학 위원회 선정 SAT 추천 도서

136 천일야화 전6권

앙투안 갈랑 | 임호경 옮김 | 각 336, 328, 372, 392, 344, 320면

마법과 흥미진진한 모험 속에서 아랍의 문화와 관습은 물론 아랍인들의 세계관과 기질을 재미있게 전하는 앙투안 갈랑의 〈천일야화〉 완역판

- 2003년 국립중앙도서관 선정 〈고전 100선〉

142 아버지와 아들

이반 뚜르게네프 장편소설 | 이상원 옮김 | 328면

격변기 러시아의 세대 갈등, 〈보수〉와 〈진보〉가 대립하는 시대상을 묘사하여 논쟁을 불러일으킨 작품

- 1993년 서울대학교 선정 〈동서 고전 200선〉
- 미국 대학 위원회 선정 SAT 추천 도서

143 오만과 편견

제인 오스틴 장편소설 | 원유경 옮김 | 480면

오만과 편견에서 비롯된 모든 갈등과 모순은 결혼으로 해결된다. 셰익스피어에 버금가는 작가 제인 오스틴의 대표작

- 1954년 서머싯 몸이 추천한 세계 10대 소설
- 2002년 노벨 연구소가 선정한 〈세계 문학 100선〉
- 미국 대학 위원회 선정 SAT 추천 도서

144 천로 역정

존 버니언 우화소설 | 이동일 옮김 | 432면

좁은 문을 지나 천국에 이르는 순례자의 여정. 침례교 설교자 존 버니언의 대표작인 종교적 우화소설

- 1945년 호레이스 십 선정 〈세계를 움직인 책 10권〉
- 2003년 국립중앙도서관 선정 〈고전 100선〉
- 2004년 〈한국 문인이 선호하는 세계 명작 소설 100선〉

145 대주교에게 죽음이 오다

윌라 캐더 장편소설 | 윤명옥 옮김 | 352면

웅대한 자연환경과 함께 뉴멕시코 선교사들의 삶을 그린, 퓰리처상 수상 작가 윌라 캐더의 아름다운 신화적 소설

- 2005년 『타임』지 선정 〈100대 영문 소설〉
- 2009년 『뉴스위크』 선정 〈세계 100대 명저〉
- 미국 대학 위원회 선정 SAT 추천 도서

146 권력과 영광

그레이엄 그린 장편소설 | 김연수 옮김 | 384면

군사 혁명 시절의 멕시코, 범법자이자 도망자를 자처한 어느 사제의 이야기. 불구가 된 세상이 신의 대리인에게 내리는 가혹한 형벌, 혹은 놀라운 축복!

- 2005년 『타임』지 선정 〈100대 영문 소설〉

147 80일간의 세계 일주

쥘 베른 장편소설 | 고정아 옮김 | 352면

공상 과학 소설의 고전! 지금까지 전 세계에 가장 많은 번역 작품을 남긴 쥘 베른. 그가 그려 낸 80일 동안의 세계 일주

- 미국 대학 위원회 선정 SAT 추천 도서

148 바람과 함께 사라지다 전3권
마거릿 미첼 장편소설 | 안정효 옮김 | 각 616, 640, 640면

미국 문학사상 최고의 이야기꾼 마거릿 미첼의 대표작. 전쟁의 폐허 속에서 살아가는 여성의 이야기
- 1937년 퓰리처상
- 2009년 『뉴스위크』 선정 〈세계 100대 명작〉

151 기탄잘리
라빈드라나트 타고르 시집 | 장경렬 옮김 | 224면

먼 곳을 가깝게 하고 낯선 이를 형제로 만드는 타고르 시의 힘. 나그네, 연인…… 〈님〉을 그리는 가난한 마음들이 바치는 노래의 화환
- 1913년 노벨 문학상
- 2003년 국립중앙도서관 선정 〈고전 100선〉

152 도리언 그레이의 초상
오스카 와일드 장편소설 | 윤희기 옮김 | 384면

예술과 삶의 관계를 해명한 오스카 와일드의 유일한 장편소설
- 1966년 동아일보 선정 〈한국 명사들의 추천 도서〉
- 미국 대학 위원회 선정 SAT 추천 도서

153 레우코와의 대화
체사레 파베세 희곡소설 | 김운찬 옮김 | 280면

이탈리아 신사실주의 문학을 대표하는 파베세의 급진적인 신화 해석

154 햄릿
윌리엄 셰익스피어 희곡 | 박우수 옮김 | 256면

삶과 죽음, 도덕과 양심, 의지와 운명 등 다양한 문제를 동반한 존재 탐구의 여정
- 2002년 노벨 연구소가 선정한 〈세계문학 100선〉
- 미국 대학 위원회 선정 SAT 추천 도서

155 맥베스
윌리엄 셰익스피어 희곡 | 권오숙 옮김 | 176면

모순과 역설을 통해 인간 내면의 온갖 가치 충돌을 그려 낸, 셰익스피어 4대 비극의 마지막 작품
- 2002년 노벨 연구소가 선정한 〈세계문학 100선〉
- 미국 대학 위원회 선정 SAT 추천 도서

156 아들과 연인 전2권
D. H. 로런스 장편소설 | 최희섭 옮김 | 각 464, 432면

19세기 말에서 20세기 초 영국 사회 하층 계급의 삶을 생생하게 묘사한 로런스의 자전적 소설
- 2002년 노벨 연구소가 선정한 〈세계문학 100선〉
- 2009년 『뉴스위크』 선정 〈세계 100대 명작〉

158 그리고 아무 말도 하지 않았다
하인리히 뵐 장편소설 | 홍성광 옮김 | 272면

〈전후 독일에서 쓰인 최고의 책〉이라고 극찬받은 작품. 섬세하게 묘사된 전후의 내면 풍경
- 1972년 노벨 문학상 수상 작가

159 미덕의 불운
싸드 장편소설 | 이형식 옮김 | 248면

신앙 깊고 정숙한 미덕의 화신 쥐스띤느에게 가해지는 잔혹한 운명. 〈싸디즘〉의 유래가 된 문제작

160 프랑켄슈타인
메리 W. 셸리 장편소설 | 오숙은 옮김 | 320면

공포 소설, 공상 과학 소설의 고전. 과학의 발전과 실험이 불러올지도 모를 끔찍한 재앙에 대한 경고
- 2009년 『뉴스위크』 선정 〈세계 100대 명작〉
- 미국 대학 위원회 선정 SAT 추천 도서

161 위대한 개츠비
프랜시스 스콧 피츠제럴드 장편소설 | 한애경 옮김 | 280면

개츠비, 닉, 톰이라는 세 캐릭터를 통해 시대적 불안을 뛰어나게 묘사한 고전
- 2005년 『타임』지 선정 〈100대 영문 소설〉
- 미국 대학 위원회 선정 SAT 추천 도서

162 아Q정전
루쉰 중단편집 | 김태성 옮김 | 320면

현대 중국의 문학과 인문 정신의 출발을 상징하는 루쉰의 소설집
- 1996년 『뉴욕 타임스』 선정 〈20세기에 가장 큰 영향을 끼친 그레이트 북스〉

163 로빈슨 크루소
대니얼 디포 장편소설 | 류경희 옮김 | 456면

최초의 본격 소설이자 근대 소설의 효시. 국적과 시대와 세대를 불문한 여행기 문학의 대표작
- 2003년 국립중앙도서관 선정 〈고전 100선〉
- 미국 대학 위원회 선정 SAT 추천 도서

164 타임머신
허버트 조지 웰스 소설선집 | 김석희 옮김 | 304면

SF의 거인 허버트 조지 웰스가 그려 낸 인류의 미래 그 잔혹한 기저
- 2003년 크리스티아네 췌른트 〈사람이 읽아야 할 모든 것 책〉
- 피터 박스올 〈죽기 전에 읽어야 할 1001권의 책〉

165 제인 에어 전2권
샬럿 브론테 장편소설 | 이미선 옮김 | 각 392, 384면

가난한 고아 가정 교사 제인 에어와 부유하지만 불행한 로체스터의 사랑을 주제로 한 연애 소설
- 미국 대학 위원회 선정 SAT 추천 도서
- 피터 박스올 〈죽기 전에 읽어야 할 1001권의 책〉

167 풀잎
월트 휘트먼 시집 | 허현숙 옮김 | 280면

자유시의 선구자 월트 휘트먼. 40년간 수정과 증보를 거듭한 시집 『풀잎』의 초판 완역본
- 2002년 노벨 연구소가 선정한 〈세계문학 100선〉
- 2009년 『뉴스위크』 선정 〈세계 100대 명작〉

168 표류자들의 집
기예르모 로살레스 장편소설 | 최유정 옮김 | 216면

쿠바도 미국, 그 어느 땅에도 뿌리박기를 거부한 작가 기예르모 로살레스. 그가 생전에 남긴 단 한 권의 책
- 1987년 황금 문학상

169 배빗
싱클레어 루이스 장편소설 | 이종인 옮김 | 520면

일반 명사가 된 한 남자의 이야기, 미국의 중산 계급에 대한 풍자와 뛰어난 환경 묘사에 성공한 루이스의 최고 걸작
- 1930년 노벨 문학상

170 이토록 긴 편지
마리아마 바 장편소설 | 백선희 옮김 | 192면

50대 여성 라마툴라이가 친구 아이사투에게 쓴 편지. 일부다처제를 둘러싼 두 여인의 고통과 선택, 새로운 삶에서의 번민을 담아낸 작품
- 1980년 노마상

171 느릅나무 아래 욕망
유진 오닐 희곡 | 손동호 옮김 | 168면

욕정과 물욕, 근친상간과 유아 살해, 욕망에서 비롯된 인간사 갈등의 극단점. 그러나 그 속에서도 아직 꺾이지 않는 사랑에 대한 이야기
- 1936년 노벨 문학상 수상 작가

172 이방인
알베르 카뮈 장편소설 | 김예령 옮김 | 208면

인간의 부조리를 성찰한 작가 알베르 카뮈의 처녀작. 죽음, 자유, 반항, 진실의 심연을 들여다본다
- 1957년 노벨 문학상 수상 작가
- 2002년 노벨 연구소가 선정한 《세계 문학 100대 작품》

173 미라마르
나기브 마푸즈 장편소설 | 허진 옮김 | 288면

아랍 문학계의 큰 별, 나기브 마푸즈가 파고든 두 차례의 혁명, 그 이후
- 1988년 노벨 문학상 수상 작가
- 피터 박스올 《죽기 전에 읽어야 할 1001권의 책》

174 지킬 박사와 하이드 씨
로버트 루이스 스티븐슨 소설선집 | 조영학 옮김 | 320면

인간 내면의 근원을 탐구한 탁월한 심리 묘사가 스티븐슨, 그가 선사하는 다섯 가지 기이한 이야기
- 2004년 《한국 문인이 선호하는 세계 명작 소설 100선》

175 루진
이반 뚜르게네프 장편소설 | 이항재 옮김 | 264면

한 〈잉여 인간〉의 삶과 죽음을 러시아 문단의 거인 뚜르게네프의 사실적 시선을 통해 엿본다

176 피그말리온
조지 버나드 쇼 희곡 | 김소임 옮김 | 256면

20세기 영국 사회의 허위와 모순에 대한 신랄한 풍자. 셰익스피어 이후 가장 위대한 극작가 조지 버나드 쇼의 대표작
- 1925년 노벨 문학상 수상 작가

177 목로주점 전2권
에밀 졸라 장편소설 | 유기환 옮김 | 각 336면

노동자의 언어로 쓰인 최초의 노동 소설. 19세기를 살아간 노동자의 고달픈 삶, 그 몰락의 연대기
- 피터 박스올 《죽기 전에 읽어야 할 1001권의 책》

179 엠마 전2권
제인 오스틴 장편소설 | 이미애 옮김 | 각 336, 360면

호기심과 오해가 빚어낸 사건들 속에서 완성되는 철부지 엠마의 좌충우돌 성장기
- 2007년 데보라 G. 펠더 《여성의 삶을 바꾼 책 50권》

181 비숍 살인 사건
S. S. 밴 다인 장편소설 | 최인자 옮김 | 464면

추리 소설의 황금시대를 장식한 S. S. 밴 다인의, 시와 문학을 접목시킨 연쇄 살인 사건

182 우신예찬
에라스무스 풍자서 | 김남우 옮김 | 296면

자유로운 세계주의자 에라스무스, 그의 눈에 비친 〈웃지 않을 수 없는〉 시대의 모습

183 하자르 사전
밀로라드 파비치 장편소설 | 신현철 옮김 | 488면

지중해에 실제로 존재했던 하자르 제국에 대한, 역사와 환상이 교묘하게 뒤섞인 역사 미스터리 사전(辭典) 소설

184 테스 전2권
토머스 하디 장편소설 | 김문숙 옮김 | 각 392, 336면

옹졸한 인습 속에서도 강인한 생명력과 자연의 회복력을 지닌 순수한 대지의 딸 테스의 삶과 죽음
- 미국 대학 위원회 선정 SAT 추천 도서

186 투명 인간
허버트 조지 웰스 장편소설 | 김석희 옮김 | 288면

SF의 거장 허버트 조지 웰스의 빛나는 상상력. 보이지 않는 인간이 보여 주는, 소외된 인간의 고독
- 미국 대학 위원회 선정 SAT 추천 도서

187 93년 전2권
빅토르 위고 장편소설 | 이형식 옮김 | 각 288, 360면

프랑스 대혁명 당시 가장 치열했던 방데 전투의 종말. 그리고 그곳에서, 사상과 인간성 간의 전쟁이 다시 시작된다

189 젊은 예술가의 초상
제임스 조이스 장편소설 | 성은애 옮김 | 384면

20세기 가장 혁명적인 문학가 제임스 조이스의 자전적 소설. 감수성을 억압하는 사회를 거부하고 예술의 길을 택한 한 소년의 성장기

190 소네트집
윌리엄 셰익스피어 연작시집 | 박우수 옮김 | 200면

아름다운 언어로 사랑과 고통을 그려 낸 소네트 문학의 최고 걸작
- 2009년 「뉴스위크」 선정 〈세계 100대 명저〉

191 메뚜기의 날
너새니얼 웨스트 장편소설 | 김진준 옮김 | 280면

할리우드 뒷골목의 하류 인생들이 그들의 적나라한 모습에서 헛된 꿈에 부푼 인간들의 모습을 본다
- 2009년 「뉴스위크」 선정 〈세계 100대 명저〉

192 나사의 회전
헨리 제임스 중편소설 | 이승은 옮김 | 256면

모호한 암시와 뒤에 숨겨진 반전. 현대 심리 소설의 아버지 헨리 제임스의 대표작
- 미국 대학 위원회 선정 SAT 추천 도서
- 1955년 시카고 대학 〈그레이트 북스〉

193 오셀로
윌리엄 셰익스피어 희곡 | 권오숙 옮김 | 216면

인간의 사랑과 질투, 그리고 의심이라는 감정이 빚어내는 비극

194 소송
프란츠 카프카 장편소설 | 김재혁 옮김 | 376면

난데없는 소송과 운명적 소용돌이에 희생당하는 한 인간을 통해 카프카의 문학적 천재성을 본다
- 2002년 노벨 연구소가 선정한 〈세계 문학 100선〉
- 2005년 「타임」지 선정 〈100대 영문 소설〉

195 나의 안토니아
윌라 캐더 장편소설 | 전경자 옮김 | 368면

유토피아를 꿈꾸며 고향을 떠나온 이민자들의 삶. 황량한 초원에서 펼쳐진 그들의 아름다운 순간들
- 2007년 데보라 G. 펠더 〈여성의 삶을 바꾼 책 50권〉

196 자성록
마르쿠스 아우렐리우스 명상록 | 박민수 옮김 | 240면

로마 황제라는 화려함 뒤에 권력보다는 철학과 인간을 사랑했던 고독한 영웅이 있었다. 그의 성찰의 시간들을 엿본다

197 오레스테이아
아이스킬로스 비극 | 두행숙 옮김 | 336면

오레스테스를 중심으로 벌어지는 잔혹한 복수극을 통해 정의란 무엇인지에 대한 질문을 던진다

198 노인과 바다
어니스트 헤밍웨이 소설집 | 이종인 옮김 | 320면

한 노인과 거대한 물고기의 사투를 통해 삶과 죽음에 대한 고민과 패배하지 않는 인간의 굳건한 의지를 그려 낸다
- 1952년 퓰리처상 수상작
- 1952년 노벨 문학상 수상 작가

199 무기여 잘 있거라
어니스트 헤밍웨이 장편소설 | 이종인 옮김 | 464면

체험에 뿌리를 내린 크나큰 비극. 미국 문학의 거장 헤밍웨이가 〈잃어버린 세대〉의 모습을 담는다
- 「타임」지가 뽑은 〈20세기 100선〉
- 미국 대학 위원회 선정 SAT 추천 도서

200 서푼짜리 오페라
베르톨트 브레히트 희곡선집 | 이은화 옮김 | 320면

이데올로기 속에 갇힌 인간의 모습을 그려 낸 「서푼짜리 오페라」와 「억척어멈과 자식들」을 만난다
- 「뉴욕 타임스」 선정 〈20세기 최고의 책 100선〉

201 리어 왕
윌리엄 셰익스피어 희곡 | 박우수 옮김 | 224면

자신의 정체성을 아는 자 누구인가? 오이디푸스의 후예 리어, 눈이 있으되 보지 못하는 자의 고통
- 미국 대학 위원회 선정 SAT 추천 도서
- 2002년 노벨 연구소가 선정한 〈세계문학 100선〉

202 주홍 글자
너새니얼 호손 장편소설 | 곽영미 옮김 | 360면

미국 문학의 시대를 연 호손의 대표작. 가장 통속적인 곳에서 피어난 가장 숭고한 이야기
- 미국 대학 위원회 선정 SAT 추천 도서
- 서울대학교 선정 〈동서 고전 200선〉

203 모히칸족의 최후
제임스 페니모어 쿠퍼 장편소설 | 이나경 옮김 | 512면

자연과 문명, 인디언과 백인, 신화와 역사의 경계를 넘나드는 모히칸 전사의 최후 전투 기록
- 미국 대학 위원회 선정 SAT 추천 도서

204 곤충 극장
카렐 차페크 희곡선집 | 김선형 옮김 | 360면

양차 대전 사이 유럽을 살아간 휴머니스트 카렐 차페크의 치열한 고민, 그러나 위트 넘치는 기록들

205 누구를 위하여 종은 울리나 전2권
어니스트 헤밍웨이 장편소설 | 이종인 옮김 | 각 416, 400면

허무주의에서 평화를 위한 필사의 투쟁으로, 연대를 통한 실천 의식을 역설한 헤밍웨이의 역작
- 1953년 노벨 문학상 수상 작가
- 뉴스위크 선정 세계 100대 명저
- 르몽드 선정 〈20세기 최고의 책〉

207 타르튀프
몰리에르 희곡선집 | 신은영 옮김 | 416면

최고의 희극 배우이자 가장 위대한 극작가 몰리에르, 조롱과 웃음기로 무장한 투쟁의 궤적

- 1955년 시카고 대학 〈그레이트 북스〉
- 서울대학교 선정 〈동서 고전 200선〉

208 유토피아
토머스 모어 소설 | 전경자 옮김 | 288면

르네상스 시대의 휴머니즘과 종교적 관용, 성 평등을 주장한 근대 소설의 효시이자 사회사상사적 명저

- 『뉴스위크』 선정 세상을 움직인 100권의 책
- 스탠포드 대학 선정 〈세계의 결정적 책 15권〉

209 인간과 초인
조지 버나드 쇼 희곡 | 이후지 옮김 | 320면

니체의 초인 사상에 큰 영향을 받은 버나드 쇼의 인생관과 예술론이 흥미로운 설정과 희극적인 요소와 함께 펼쳐진다

- 1925년 노벨 문학상 수상
- 시카고 대학 그레이트 북스

210 페드르와 이폴리트
장 라신 희곡 | 신정아 옮김 | 200면

프랑스 신고전주의 희곡의 대가 라신의 대표작이자 정념을 다룬 비극의 정수

- 서울대학교 선정 〈동서 고전 200선〉
- 시카고 대학 그레이트 북스

211 말테의 수기
라이너 마리아 릴케 장편소설 | 안문영 옮김 | 320면

고독과 고난에 대한 기록, 20세기 초 독일어로 발표된 최초의 현대 소설이자 릴케의 유일한 장편소설

- 국립중앙도서관 선정 청소년 권장도서 50선
- 서울대학교 선정 〈동서 고전 200선〉

212 등대로
버지니아 울프 장편소설 | 최애리 옮김 | 328면

삶과 죽음, 세월을 바라보는 깊은 눈, 무수한 인상의 단면들을 아름답게 이어 간 울프의 자전적 소설

- 2002년 노벨 연구가 선정한 〈세계문학 100선〉
- 2005년 『타임』지 선정 〈100대 영문 소설〉

213 개의 심장
미하일 불가꼬프 중편소설집 | 정연호 옮김 | 352면

혁명의 모순과 과학의 맹점을 파고든 〈불가꼬프적〉 상상력의 정수

214 모비 딕 전2권
허먼 멜빌 장편소설 | 강수정 옮김 | 각 464, 488면

고래에 관한 모든 것, 전율적인 모험, 자연과 인간에 대한 심오한 통찰을 담은 멜빌의 독보적 걸작

- 1954년 서머싯 몸이 추천한 〈세계 10대 소설〉
- 2002년 노벨 연구가 선정한 〈세계문학 100선〉

216 더블린 사람들
제임스 조이스 단편소설집 | 이강훈 옮김 | 336면

마비된 도시 더블린에 갇힌 욕망과 환멸, 20세기 문학사를 새롭게 쓴 선구적 작가 제임스 조이스 문학의 출발점

- 2008년 〈하버드 서점이 뽑은 잘 팔리는 책 20〉
- 2004년 〈한국 문인이 선호하는 세계 명작 소설 100선〉

217 마의 산 전3권
토마스 만 장편소설 | 윤순식 옮김 | 각 496, 488, 512면

20세기 독일 문학의 거장 토마스 만 작품의 정수! 죽음이 지배하는 알프스의 호화 요양원 〈베르크호프〉에서 생(生)의 아름다움과 환희를 되묻다

220 비극의 탄생
프리드리히 니체 | 김남우 옮김 | 320면

아폴론과 디오뉘소스라는 두 가지 원리로 희랍 비극의 근원을 분석하고 서양 문화의 심층 구조를 드러낸다. 20세기 문학, 철학, 예술에 심대한 영향을 끼친 책

221 위대한 유산 전2권
찰스 디킨스 장편소설 | 류경희 옮김 | 각 432, 448면

세상만사를 꿰뚫어보는 깊은 통찰과 풍부한 서사, 유쾌한 해학이 담긴 19세기 대문호 찰스 디킨스의 작품

- 2002년 노벨 연구가 선정한 〈세계문학 100선〉
- 2007년 영국 독자들이 뽑은 가장 귀중한 책

223 사람은 무엇으로 사는가
레프 똘스또이 소설집 | 윤새라 옮김 | 464면

1852년부터 1907년까지, 13편을 선정해 60년에 이르는 똘스또이 작품 세계의 궤적을 담아낸 단편선

224 자살 클럽
로버트 루이스 스티븐슨 소설선집 | 임종기 옮김 | 272면

인간 내면에 도사린 본질적 탐욕과 이중성, 죄의식과 두려움을 둘러싼 기묘하고도 환상적인 단편선

225 채털리 부인의 연인 전2권
데이비드 허버트 로런스 장편소설 | 이미선 옮김 | 각 336, 328면

20세기 문학계를 뒤흔든 D. H. 로런스의 문제작, 현대 산업 사회에 대한 비판과 인간성 회복에의 염원이 담긴 작품

- 르몽드 선정 〈20세기 최고의 책〉
- 피터 박스올 〈죽기 전에 읽어야 할 1001권의 책〉
- 2004년 〈한국 문인이 선호하는 세계 명작 소설 100선〉

227 데미안
헤르만 헤세 장편소설 | 김인순 옮김 | 264면

혼돈과 자아 상실의 시대를 살아가는 젊은이들에게 시대의 지성 헤르만 헤세가 바치는 작품

- 1946년 노벨 문학상 수상 작가
- 2004년 〈한국 문인이 선호하는 세계 명작 소설 100선〉

228 두이노의 비가
라이너 마리아 릴케 시선집 | 손재준 옮김 | 504면

삶 속에서 죽음을 노래한 시인 릴케의 대표 시집 중 엄선한 170여 편의 주요 작품을 소개한 시 선집

- 동아일보 선정 〈세계를 움직인 100권의 책〉
- 고려대학교 선정 〈교양 명저 60선〉

229 페스트
알베르 카뮈 장편소설 | 최윤주 옮김 | 432면

죽음 앞에 선 인간의 고뇌와 역할에 대한 진지한 성찰이 담긴 (제2차 세계 대전 이후 최대의 걸작)

- 1957년 노벨 문학상 수상 작가
- 서울대학교 선정 권장 도서 100선
- 국립중앙도서관 선정 청소년 권장 도서 50선

230 여인의 초상 전2권
헨리 제임스 장편소설 | 정상준 옮김 | 각 520, 544면

자유로운 이상을 가진 한 여인의 이야기, 헨리 제임스의 심리적 사실주의를 대표하는 걸작

- 2004년 〈한국 문인이 선호하는 세계 명작 소설 100선〉
- 미국 대학 위원회 선정 SAT 추천 도서
- 서울대학교 선정 〈동서 고전 200선〉

232 성
프란츠 카프카 장편소설 | 이재황 옮김 | 560면

독일인이 뽑은 20세기 최고의 작가 카프카의 3대 장편소설 중 하나

- 2002년 노벨 연구소가 선정한 〈세계 문학 100선〉
- 피터 박스올 〈죽기 전에 읽어야 할 1001권의 책〉

233 차라투스트라는 이렇게 말했다
프리드리히 니체 산문시 | 김인순 옮김 | 464면

니체 철학의 가장 중심적인 사상들을 생동하는 문학적 언어로 녹여 낸 작품

- 국립중앙도서관 선정 고전 100선
- 동아일보 선정 〈세계를 움직이는 100권의 책〉

234 노래의 책
하인리히 하이네 시집 | 이재영 옮김 | 384면

독일을 대표하는 서정 시인이자 혁명적 저널리스트인 하이네의 시집. 실패한 사랑의 슬픔과 인습의 굴레에서 벗어나고자 했던 고아한 시성(詩聖)의 노래

235 변신 이야기
오비디우스 서사시 | 이종인 옮김 | 632면

라틴 문학의 전성기를 대표하는 시인 오비디우스가 그리스 로마 신화를 응집한 역작

- 2002년 노벨 연구소가 선정한 〈세계문학 100선〉
- 서울대학교 권장 도서 100선
- 연세대학교 권장 도서 200선

236 안나 까레니나 전2권
레프 톨스토이 장편소설 | 이명현 옮김 | 각 800, 736면

사랑과 결혼, 가정 등 일상적인 소재를 통해 당대 러시아의 혼란한 사회상과 개인의 내면을 생생하게 묘사한, 톨스토이의 모든 고민을 집대성한 대표작

- 〈가디언〉 선정 역대 최고의 소설 100선
- 서울대학교 권장 도서 100선

238 이반 일리치의 죽음·광인의 수기
레프 톨스토이 중단편집 | 석영중·정지원 옮김 | 232면

죽음 앞에 선 인간 실존에 대한 톨스토이의 깊은 성찰이 담긴 걸작

- 시카고 대학 그레이트 북스
- 피터 박스올 〈죽기 전에 읽어야 할 1001권의 책〉

239 수레바퀴 아래서
헤르만 헤세 장편소설 | 강명순 옮김 | 272면

모순적인 교육 제도에 짓눌린 안타까운 청춘의 이야기, 헤세의 사춘기 시절 체험이 담긴 자전적 성장 소설

- 1946년 노벨 문학상 수상 작가
- 서울대학교 선정 동서 고전 200선

240 피터 팬
J. M 배리 장편소설 | 최용준 옮김 | 272면

영원히 어른이 되고 싶지 않은 소년 피터팬, 신비의 섬 네버랜드에서 펼쳐지는 짜릿한 대모험

- 〈가디언〉 선정 〈모두가 읽어야 할 소설 1000선〉

241 정글 북
러디어드 키플링 중단편집 | 오숙은 옮김 | 272면

늑대 품에서 자란 소년 모글리, 대지가 살아 숨 쉬는 일곱 개의 빛나는 중단편들

- 1907년 노벨 문학상 수상 작가
- BBC 선정 아동 고전 소설

242 한여름 밤의 꿈
윌리엄 셰익스피어 희곡 | 박우수 옮김 | 160면

셰익스피어의 대표 낭만 희극. 꿈과 현실을 넘나드는 한바탕의 마법 같은 이야기

- 미국 대학 위원회 선정 SAT 추천 도서

243 좁은 문
앙드레 지드 장편소설 | 김화영 옮김 | 264면

지상보다 천상의 행복을 사랑한 여인과, 그 여인을 사랑한 한 남자의 이야기. 현대 프랑스 문학의 거장 앙드레 지드 대표작

- 1947년 노벨 문학상 수상 작가
- 2003년 국립중앙도서관 선정 〈고전 100선〉

244 모리스
E. M. 포스터 장편소설 | 고정아 옮김 | 408면

영국 중산층의 한 젊은이가 자신의 성적 정체성을 찾아가는 과정을 그린 소설

245 브라운 신부의 순진
길버트 키스 체스터턴 단편집 | 이상원 옮김 | 336면

추리 문학계의 전설로 손꼽히는 매력적인 성직자 탐정 브라운 신부의 놀라운 활약상. 추리 문학의 거장 체스터턴의 대표 단편집

246 각성
케이트 쇼팽 장편소설 | 한애경 옮김 | 272면

오롯이 〈자기 자신〉으로 살기 원했던 한 여성의 이야기. 선구적 페미니즘 작가 케이트 쇼팽의 대표작

247 뷔히너 전집
게오르크 뷔히너 지음 | 박종대 옮김 | 400면

독일 현대극의 선구자가 된 천재 작가 게오르크 뷔히너. 「당통의 죽음」, 「보이체크」 등 그가 남긴 모든 문학 작품을 한 권에 수록한 전집

248 디미트리오스의 가면
에릭 앰블러 장편소설 | 최용준 옮김 | 424면

〈스파이 소설의 최고 걸작〉으로 평가받는, 현대 스파이 소설의 아버지 에릭 앰블러의 대표작

249 베르가모의 페스트 외
옌스 페테르 야콥센 중단편 전집 | 박종대 옮김 | 208면

페스트가 이탈리아 북부를 휩쓸자 절망에 빠진 시민들은 타락하기 시작한다. 덴마크 작가 야콥센의 걸작 중단편집

250 폭풍우
윌리엄 셰익스피어 희곡 | 박우수 옮김 | 176면

폭풍우로 외딴 섬에 난파한 기묘한 인연의 사람들. 사랑과 복수, 용서가 뒤섞인 환상적인 이야기

251 어셴든, 영국 정보부 요원
서머싯 몸 연작 소설집 | 이민아 옮김 | 416면

서머싯 몸이 자신의 실제 스파이 경험을 토대로 쓴 연작 소설집. 현대 스파이 소설의 원조이자 고전이 된 걸작

252 기나긴 이별
레이먼드 챈들러 장편소설 | 김진준 옮김 | 600면

하드보일드 소설의 대표 고전 레이먼드 챈들러가 창조한 전설적인 탐정 필립 말로의 활약을 담은 대표작

- 1955년 에드거상 수상작

253 인도로 가는 길
E. M. 포스터 장편소설 | 민승남 옮김 | 552면

인도인과 영국인은 친구가 될 수 있을까. 영국 식민 통치의 모순을 파헤친 E. M. 포스터의 대표작

- 「타임」 선정 〈현대 100대 영문 소설〉
- 모던 라이브러리 선정 〈20세기 영문 소설 100선〉
- 1924년 제임스 테이트 블랙 기념상 수상
- 1925년 페미니상 수상

254 올랜도
버지니아 울프 장편소설 | 이미애 옮김 | 376면

남성에서 여성이 되어 수백 년을 살아온 한 시인의 놀라운 일대기. 버지니아 울프의 걸작 환상 소설

- 피터 박스올 〈죽기 전에 읽어야 할 1001권의 책〉
- BBC 선정 〈우리 세계를 형성한 100권의 소설〉

255 시지프 신화
알베르 카뮈 지음 | 박언주 옮김 | 264면

카뮈의 부조리 사상의 정수를 담은 대표 철학 에세이. 철학적인 명징함과 문학적 감수성을 두루 갖춘 걸작

- 1967년 노벨 문학상 수상 작가
- 고려대학교 선정 교양 명저 60선

256 조지 오웰 산문선
조지 오웰 지음 | 허진 옮김 | 424면

조지 오웰의 명징한 통찰과 사유를 보여 주는 빼어난 에세이들을 엄선한 선집

257 로미오와 줄리엣
윌리엄 셰익스피어 희곡 | 도재доска 옮김 | 200면

증오 속에서 태어나 죽음을 넘어서는 불멸의 사랑. 셰익스피어가 창조한 가장 유명한 사랑의 비극

258 수용소군도 전6권
알렉산드르 솔제니친 기록문학 | 김학수 옮김 | 각 460면 내외

20세기 최고의 고발 문학이자 세계적인 휴먼 다큐멘터리

- 1970년 노벨 문학상
- 「타임」지가 뽑은 〈20세기 100선〉

264 스웨덴 기사
레오 페루츠 장편소설 | 강명순 옮김 | 336면

운명처럼 얽힌 신분이 뒤바뀐 도둑과 귀족의 파란만장한 이야기. 독일어권 문학의 거장 레오 페루츠의 걸작 환상 소설

265 유리 열쇠
대실 해밋 장편소설 | 홍성영 옮김 | 328면

대실 해밋이 자신의 최고 걸작으로 꼽은 작품. 인간의 욕망과 비정한 정치의 이면을 드러내는 하드보일드 범죄 소설

266 로드 짐
조지프 콘래드 장편소설 | 최용준 옮김 | 608면

침몰하는 배와 승객을 버리고 도망한 한 선원의 파멸과 방황, 모험을 그린 걸작. 영국 문학의 거장 조지프 콘래드의 대표 장편소설

- 모던 라이브러리 선정 〈20세기 영문 소설 100선〉
- 르몽드 선정 〈20세기 최고의 책〉

267 푸코의 진자 전3권
움베르토 에코 장편소설 | 이윤기 옮김 | 각 392, 384, 416면

광신과 음모론의 극한을 보여 주는 이야기, 에코의 가장 〈백과사전적〉이고 야심적인 소설

270 공포로의 여행
에릭 앰블러 장편소설 | 최용준 옮김 | 376면

전쟁 중 한 엔지니어의 생사를 둘러싸고 벌어지는 각국의 숨 막히는 첩보전. 현대 스파이 소설의 아버지 에릭 앰블러의 걸작

271 심판의 날의 거장
레오 페루츠 장편소설 | 신동화 옮김 | 264면

유명 배우의 의문의 죽음, 그리고 수수께끼의 연쇄 자살 사건의 비밀. 독일어권 문학의 거장 레오 페루츠의 대표작

272 에드거 앨런 포 단편선
에드거 앨런 포 지음 | 김석희 옮김 | 392면

환상 문학과 미스터리 문학의 선구자 에드거 앨런 포의 대표 작품 12편을 엄선한 단편집

- 미국 대학 위원회 선정 SAT 추천 도서
- 2002년 노벨 연구소가 선정한 〈세계문학 100선〉
- 2004년 〈한국 문인이 선호하는 세계 명작 소설 100선〉

273 수전노 외
몰리에르 희곡집 | 신정아 옮김 | 424면

천재 극작가이자 희극 배우 몰리에르, 고전 희극을 완성한 그의 대표적 문제작들

- 고려대학교 선정 〈교양 명저 60선〉
- 클리프턴 패디먼 〈일생의 독서 계획〉

274 모파상 단편선
기 드 모파상 지음 | 임미경 옮김 | 400면

세계문학사상 가장 위대한 단편 작가 중 하나인 기 드 모파상. 속되고도 아름다운 삶의 면면을 날카롭게 포착하는 그의 걸작 단편들

275 평범한 인생
카렐 차페크 장편소설 | 송순섭 옮김 | 280면

죽음을 앞두고 진정한 자신들을 만난 한 남자의 이야기. 체코 문학의 길을 낸 20세기 최고의 이야기꾼 차페크의 걸작

276 마음
나쓰메 소세키 장편소설 | 양윤옥 옮김 | 344면

정교한 언어로 길어 올린 인간 내면의 연약한 심연. 일본의 국민 작가 나쓰메 소세키 문학의 정수

- 서울대학교 권장 도서 100선
- 피터 박스올 〈죽기 전에 읽어야 할 1001권의 책〉

277 인간 실격·사양
다자이 오사무 소설집 | 김난주 옮김 | 336면

일본 데카당스 문학의 기수 다자이 오사무. 그가 생의 마지막 불꽃을 태워 완성한 두 편의 대표작

278 작은 아씨들 전2권
루이자 메이 올컷 장편소설 | 허진 옮김 | 각 408, 464면

세상의 모든 딸들을 위한 걸작. 저마다 다른 개성으로 빛나는 네 자매의 성장 소설

- 『타임』지 선정 〈100대 영문 소설〉
- 미국 전국 교육 협회 선정 〈교사를 위한 100대 도서〉

280 고함과 분노
윌리엄 포크너 장편소설 | 윤교찬 옮김 | 520면

현대 미국 문학의 거장이자 노벨 문학상 수상 작가 윌리엄 포크너의 가장 강렬한 대표작

- 1949년 노벨 문학상 수상 작가
- 미국 대학 위원회 선정 SAT 추천 도서

281 신화의 시대
토머스 불핀치 신화집 | 박중서 옮김 | 664면

서양 문화의 근간이 되는 그리스 로마 신화를 집대성한 최고의 역작

- 서울대학교 권장 도서 100선
- 한국 문인이 선호하는 세계 명작 소설 100선

282 셜록 홈스의 모험
아서 코넌 도일 단편집 | 오숙은 옮김 | 456면

세계에서 가장 유명한 탐정 셜록 홈스 이야기의 정수를 담은 단편집. 문학사상 가장 위대한 추리 단편집으로 손꼽히는 역작

283 자기만의 방
버지니아 울프 지음 | 공경희 옮김 | 216면

선구적 페미니스트 버지니아 울프가 여성과 문학의 문제를 논한 에세이. 페미니즘의 가장 유명한 고전이 된 걸작

284 지상의 양식·새 양식
앙드레 지드 지음 | 최애영 옮김 | 360면

노벨 문학상 수상 작가 앙드레 지드의 대표작. 생의 쾌락을 향한 열정과 열광을 노래한 영원한 〈탈주와 해방의 참고서〉